文學研究叢書‧現代詩學叢刊

青林果熟星宿爛：

落蒂新詩論集

鄭鍵鴻　余城旭　陳卓盈　編
余境熹　著

青林果熟　星宿爛

辛丑清暑閣戴一

王序
詩歌評論的新境界

　　境熹先生為詩歌評論界大家，亦為宗教長老，學貫中西，博聞廣記。引經據典時下筆俐落，不僅評論剖析字字珠璣，亦為詩歌最佳導讀。只要可評讀之好詩，不論名家或新人之作，均樂予推薦，這是令詩壇眾人所佩服。

　　尤其對詩友落蒂先生的詩作評論，著筆甚多，鞭辟入裡，對落蒂的重親情、友情及國族歷史的深情關懷，均有長篇論述，紮實可貴。

　　境熹先生的評論作品有些冠以「誤讀」，也並非完全「誤讀」，只是另闢蹊徑，從不同角度切入，有些也許非原作之意，但是解讀另有一番意味。

　　其甚少論評意象晦澀或無病呻吟之作，導讀亦是由淺而入深，引領讀者進入作者塑造的境界，去感受詩歌的氛圍。

　　境熹先生年紀不大，但文筆已有長老風範，假以時日必成論述界之巨擘，祝其書寫創作，永茂永盛。

　　　　　　　　　　　　　綠蒂（王吉隆）　於辛丑年三月

林序

花霧兩相歡：

讀余境熹《青林果熟星宿爛》

（一）蒂落花開

> 花開漫過山，遍野都喧鬧起來
> 木棉苦戀著流蘇，杜鵑不啼
> 春風，溜進斗室窺視螃蟹蘭
> 僧尼怕經書念誦寂寞而擊缽
>
> 蒂落是生命太重，因為種籽
> 飄起如鴻毛，隨意而居
> 跌落似霜葉，羞赧於情愛
> 佛陀不語是忘了如何組合語彙

（二）魚來撈月

> 寒流，來了
> 一條魚，亢奮的甩尾
> 一池水攪混許多魚
> 尾隨嘶喊：給我黃河水

發現，自己
跌落水塘，就是那條
剩魚，等候撈起
明天的月亮

（三）花絮隨風

春夢穿過紅樓長廊，彷彿
還是昨天，班芝花*燦爛妳的心
是蝴蝶引來莊周，還是柏拉圖
推卻哲學，讓歡欣彎成上弦月

逝去的愛情適合壓成乾燥花
夾在詩集回溫，等待
木棉花絮飄零成滿地聖潔
再來瀏覽青春奔飛的苦澀

（四）水影波光

午後流光偷懶，賴在池塘
揚波逐流，扭動椰子樹身影
史事浮起來，詩情沉落
水影，聆聽幾隻烏鴉拉大提琴

---

* ※木棉花別名班芝花

水中浮雲笑問徘徊窗畔的流雲
流浪何時止付，漫長的
山河歲月都在寫詩，如落葉
隨興飄零，悠然卻說傷感

（五）遺落跫音

腳步聲無心掉落臺階
石板路跟來撿拾，氣喘聲
忘情於溪河蛇行的水路
幾番風塵都在縹緲裡打滾

空谷悠悠傳來回音哦哦
行雲過處總會留些註腳
每當竹筷夾起下酒時
跫音早已不知醉落何方

‧詩人余境熹近年以「誤讀」詩評名揚詩壇，諸如：岩上、落蒂、楊
子澗、謝振宗、靈歌、林柏維、吳錡亮等詩家作品，都曾是他以「誤
讀」為名解剖的對象；晚近集中火力於詩人落蒂的詩評，轉瞬間即
積累數十篇佳構，由其學生集結成書，即：《青林果熟星宿爛》。蒙
余教授不棄，委我以詩代序，然而面對以飽覽群籍為礎石發而為
文的詩論，實難逐一泮池撈月，幾番思慮，還是採自由詩寫方式，
看能否收拋磚引玉之功。組詩裡，每一則或可勉強勾牽相關篇目：
蒂落花開（輯一：明我長相憶）、魚來撈月（輯三：佛在靈山莫遠

求）、花絮隨風（輯四：誰家鸚鵡語紅樓）、水影波光（輯六：推窗一笑讀君詩）、遺落跫音（輯十：若是妳的跫音一直不響）。

林柏維

劉序
青林果熟花蒂落

港島境熹眉頭方鎖，落蒂心頭舒閑愁
明我長相憶，國破山河重情在詩續
他在島嶼上寫思，他在香江解構
楊朱歧路阮籍窮途，紛紛旋轉頭顱
寒蟬鳴泣之時，不妨略讀悲傷十四行

追風箏的詩人，絕然的那一刻
幻影與鬼魅，讀獨樹一幟的故事
文理自然，姿態橫生河流的方向
那人不畏阻隔，如瀑布傾注虛浮的夢
詩界大寒流，訴說他的懷疑和憤怒

在黯黯然的時代生成詩，讀晉京謁巍闕
海邊老者小品嚐詩藝，手記載神思
佛在靈山莫遠求，鯨魚說：豈容華髮待流年
夜宿峨眉聞晚鐘，也是禪關也是詩
山中物語，禪解登獨立山的修行之旅
魚腹中的舊書，仰望燈光、山霧
等請來的詩人讀史，讀回首中的隨想

誰家鸚鵡語紅樓，旋轉了木棉花

吹響落蒂的笛聲，白而往，黑而來
彌陀寺外談柏拉圖的愛，惟鷺鷥誤讀
斷章取出新義，星樓上偶像夢幻祭
兩次動心經驗，會領袖和拼五星卡
四月是你的謊言，大航海時代的歌者
新詩裡的蜀漢名將，推窗一笑讀君詩

憤怒的中國西南戰史，道蹤詩裡尋
毫無章法的詩句？在遠遠的地方看你
翻檢落蒂的傷痕，鯨吞天下的無言歌
斗折蛇行，明滅可見遙遠的燈光
再邀星子共飲，星散的初戀流雲的夢幻
域外觀星，煙雲的西洋文學連結
如你在雨中，略讀星的互映

勝興老火車站，鳶飛夢土滿月圓
回望，花生童話，逍遙遊
一朵尚潔的日日春，破網織網綴網
呈給明月 —— 遙寄風燈諸子
在這交會時互放的光亮
若是妳的跫音一直不響
現代蠱的自述，將在黑暗中掙扎

春之彌陀寺，吟餘屋角見雲生
禪意猶無盡藏，那些失落的地平線
落蒂的紅白合戰，飛升與沉落

跨越文類邊界，眉頭方鎖，心頭又舒閑愁

──二〇二一年一月二十三日午後。香港余境熹素以解構主義評詩著
　名，今其《青林果熟星宿爛：落蒂新詩論集》即將付梓，筆者通
　篇以其書中篇名「再解構」，忝以為詩序也。

劉正偉

代序

眉頭方鎖，心頭又舒：

落蒂〈閑愁〉的解構式閱讀

　　落蒂（楊顯榮，1944-）的〈閑愁〉刊於二○二○年十二月二十九日《中華日報》副刊，寫的是一種退休後的心情，其中雖涉東漢「嚴子」的典故，但全篇文意不難理解。本篇試作「解構」式閱讀，提供新的思考角度，先引〈閑愁〉如下：

　　　　你聽到那樣的鐘聲會流淚
　　　　你不再上課不再有年輕氣息環繞
　　　　四周都安靜起來，安靜到淚水滴落
　　　　竟然有聲的滴落，虛空的滴落

　　　　不再是琅琅的書聲
　　　　是坐對一壁古書的老僧
　　　　偶而在書桌旁低頭垂釣
　　　　且夢到遠在富春山麓
　　　　浙江桐廬的嚴子陵釣臺

　　　　劫掠者啊！把你的青春
　　　　你的一切劫掠而去
　　　　你低頭似乎也誦著詩
　　　　一切如江水成烟成雲

只剩下滿室的靜

懷想似水年華流逝
只剩下一地閑愁
只能用寂寞排遣的閑愁

　　落蒂聽到校園「鐘聲」時，不覺下淚。他的散文〈月是故鄉明〉
雖是代人所寫的家書，內裡卻多表現自身對擔任教師的看法：「我唸
了師院，又再度當了教師……我真的很喜歡教書，和學生們在一起，
我不知時光之消逝……」可是，打從退休之後，昔日圍繞身旁的「年
輕氣息」消失不見，落蒂頗感愴然，心靈似乎空空洞洞的，「安靜」
到連「淚水滴落」都有回響，一聲一聲，盡都是「虛空」。
　　和在校內常聽到少年人「琅琅的書聲」構成對比，落蒂「書」還
是有的，卻是靜默無「聲」的「一壁古書」，令他覺得自己好像個面
壁的「老僧」，生機缺缺──「老僧」的「老」字，正好又與此詩首
節、校園的「年輕氣息」相背。讀著這些「古書」，落蒂自言「偶
而」會「低頭垂釣」，沉沉睡去，在夢中則是到了著名的退隱之
地──「富春山麓／浙江桐廬的嚴子陵釣臺」，落蒂退休、隱於家的
寂寞由是更揮之不去。
　　時間便是落蒂口中的「劫掠者」，能把「青春」奪去──那是形
體的，如落蒂〈心事記事〉早已曾言，「髮已快掉光／無法分邊／再
如何偽裝打扮／也無法逃過自然律」。更甚者，時間這「劫掠者」能
把「一切」精彩、美好都挪走。在它跟前，無力逆拒的落蒂只可「低
頭」，似是在誦詩，實質是承認「一切如江水成烟成雲」……獨立一
行成段的「只剩下滿室的靜」，很好地捕捉了落蒂心中的空洞、無可
聊賴。

　　「一切如江水」，是的，「年華」已「似水」般「流逝」，只堪「懷想」，不可逆轉。目下，那堆積滿地的「閑愁」無法「排遣」；落蒂說以「寂寞排遣」，真意其實是生活僅僅還能拿出「寂寞」來——「寂寞」與「閑愁」互相催發則可，要拿它遣走「閑愁」，這是何等深沉、何等諷刺！

　　然而，以解構的方式切入，文本內又總存著瓦解其原先意義的聲音。在〈閑愁〉一篇，其標題及結尾複現的「閑愁」字眼都令人想起李清照（1084-約1155）的〈一剪梅・紅藕香殘玉簟秋〉：「花自飄零水自流，一種相思，兩處閑愁。」

　　面對「閑愁」纏身的落蒂，李清照能夠給出何種意見？

　　首先，是肯定「退」擺脫名利，格外高尚。回溯到〈閑愁〉第二節，同樣是「嚴子陵釣臺」，李清照便寫過〈夜發嚴灘〉一詩，肯定真正的隱者：「巨艦只緣因利往，扁舟亦是為名來。往來有愧先生德，特地通宵過釣臺。」落蒂在〈人性的怪胎〉、〈我的困惑〉及〈宿和南寺〉等篇皆表達過對「名利船」的不屑，與李清照的見解不謀而合。既然如此，和李清照一樣珍視「退」的清高，養浩然氣，落蒂實在不必感到「虛空」。

　　此外，落蒂謂「只剩下滿室的靜」，內心愁鬱，李清照卻提出欣賞「靜」的環境。李清照到萊州時，曾經自覺被丈夫冷落，但她在〈感懷〉的頸、尾聯說：「作詩謝絕聊閉門，燕寢凝香有佳思。靜中我乃得知交，烏有先生子虛子」，表示「靜」了下來，反而可在文學之林覓得「知交」，跟司馬相如（約前179-前117）賦中虛構的人物為友。何況在〈感懷〉裡，李清照還苦於「寒窗敗几無書史」，缺少冊籍，而落蒂則有「一壁古書」，隨時能神交古人——「滿室的靜」實質是令人羨慕的讀書條件。

　　那麼，泝洄至〈閑愁〉的開頭，若再聽到「鐘聲」，展卷有

「夢」的落蒂或許能如李清照〈曉夢〉所說的，「曉夢隨疏鐘，飄然躋雲霞。因緣安期生，邂逅萼綠華」，與書冊中的神仙永結忘情之遊，大可不必自個兒「流淚」，不必任「淚水滴落」。

可以看出，由於〈閑愁〉裡含藏著與李清照的多重聯繫，對李清照作品的聯想適足以「排遣」落蒂之愁，亦即：〈閑愁〉內蘊的元素能夠解構〈閑愁〉的本意。這種嶄新的釋讀，不獨是為安慰落蒂，也盼能給讀者反覆細味作品之趣。

當然，本篇小論亦是一個文本，它含藏的訊息復可將自身解構掉。例如，李清照雖千方百計「排遣」其「閑愁」，但在〈一剪梅〉結尾，她仍不得不慨嘆愁懷之難遣：「此情無計可消除，才下眉頭，卻上心頭。」巧的是，落蒂詩的「閑愁」出現在標題和末二行，高懸的標題對應「眉頭」，底部的文字則對應「心頭」，「上」、「下」包抄，彷彿贊同著李清照「此情無計可消除」的觀點。此外，落蒂詩第五節的「一地閑愁」，以「閑愁」搭配「一地」，極易使人想到李清照〈聲聲慢・尋尋覓覓〉的「滿地黃花堆積。憔悴損，如今有誰堪摘」──要是這樣，〈閑愁〉和李清照的聯繫恐怕不僅未能慰解落蒂，反而會促他邊淚邊喊：「怎一個愁字了得」、「怎一個愁字了得」！

解構之後，尚有解構。那，上段文字仍能被顛覆嗎？答案是當然可以。

說到底，落蒂壓根兒就沒承認〈閑愁〉的「你」是他自己。解來解去，可能全是一場場誤會。事實上，退休後的落蒂何曾為「一壁古書」鬱悶？他在〈心遠地自偏〉言：「舉凡古今中外名詩、論著，都一一搜尋回家中小小的桌上，日以繼夜的閱讀，好不愉快！」

他何曾「只剩下滿室的靜」？落蒂說：「我退休，妻子也跟著我退休」，二人攜手漫步人生，令落蒂高高興興的、「彷彿在初戀的時光中」；雖然三個女兒「各有各的追求和忙碌」，但〈心遠地自偏〉說一

家人仍能「坐在一起天南地北閒聊」（落蒂另有幽默的說法：「無事臭蓋」），這又何「滿室的靜」之有？滿室是「靜帆」（落蒂太太）才差不多。

又，落蒂並不視「低頭垂釣」、「低頭似乎也誦著詩」為負面，他在〈心遠地自偏〉披露：「陽臺雖小，卻可以看到中和公園，看到東南兩方的山峰，尤其夜晚時，烘爐地的燈火特別亮，特別美，我在陽臺上苦苦尋詩，我寫〈漁歌〉，戲稱自己在陽臺垂釣。」他的「垂釣」、「誦著詩」可充實極了。他還積極剪貼已發表的詩文，樂於將心血付梓，跟讀者分享，以「年輕氣息」擋住時間的「劫掠」，在詩國留痕，不讓「一切如江水成烟成雲」。

目次

青林果熟星宿爛

輯一　明我長相憶

輯二　他在島嶼上寫思

輯三　佛在靈山莫遠求

修竹風來環佩鳴

輯四　誰家鸚鵡語紅樓

翠影扶疏僧宇靜

輯一
明我長相憶

明我長相憶：
落蒂新詩的「重情」精神

一　引言

　　以前香港高考開設「中國語文及文化」一科，其卷二的文化問題則以唐君毅（1909-1978）、殷海光（1919-1969）、吳森（1934-2006）、金耀基（1935- ）等名家篇章為參考。在教學安排中，唐君毅〈與青年談中國文化〉、吳森〈情與中國文化〉兩篇均以「情」為主脈，歷述中國之人，究對何者有情，而答案即「包攬一切，無所不關懷顧念」。

　　按唐君毅〈與青年談中國文化〉言：

> 人之孝，表示人之生命精神之能返而顧念其所自生之本。由孝
> 父母，而及於父母之父母，及於祖宗，於是人之生命精神，可
> 上通於百世，宛若融凝無數之父母祖宗以為一。由弟而敬兄以
> 及一切同族之長兄，以融凝一宗族中一切兄弟以為一。孝之擴
> 充，為孝於整個之民族，而忠於民族之歷史與文化。悌之擴
> 充，為視四海之內之人皆兄弟。故孝慈之道之擴充，即縱面的
> 維繫民族生命於永久。友愛之道之擴充，即橫面的啟發民胞物
> 與，天下一家之意識。中國先哲所謂仁之最高表現，從橫面看
> 是極於民胞物與之精神。自縱面看，則是慎終追遠，上承祖宗
> 之心與往聖之志，而下則求啟迪後人，以萬世之太平為念。

　　吳森〈情與中國文化〉的演講中，亦強調：「中國人對情的重視，不只是對父母兄弟子女夫婦朋友之情，也不只是對一般貧苦大眾之情……中國人情感豐富，不但及於已死去的親屬，而且及於和自己完全無親屬關係的已死的古人和他們的事蹟。」又說：「中國人對物也同樣有情……自始即感謝天覆地載之恩而對天地有無限感謝和崇敬之情。這是一種道德和宗教的意識，另一方面，中國人對自然物採取欣賞的態度，這是藝術的意識。」

　　受唐、吳二氏啟發，姑且以圖表方式，簡單標示中國文化重情之對象如下：

縱面	本國歷史		人類歷史文化			家鄉
	祖先		古人			
	父母					
	我	配偶	兄弟	朋友	一般人	自然界
	子孫		學生			
	後世					
	橫面					

　　以「我」發端，就縱面言，關愛配偶、兄弟、朋友，再而一般人，乃至自然萬物；就橫面言，上達父母、祖先、本國歷史，下接子孫萬世。縱橫交織，由本國歷史，延伸至關懷全人類的文化歷史；由當下能遇的友朋眾人，又及於古代之人；由年齡相近的朋友，而至於愛護如子女的學生；由今日觸及的自然環境，延展至父母祖先世代相守的家鄉。

　　吳森〈情與中國文化〉推崇杜甫（西元712-770年）「上承先聖孔孟的仁道立場，來把人情在文學上發揮到極致」，比韓愈（西元768-824年）、宋明理學更配稱作儒家道統的嫡傳人。杜甫是唐詩的巔峰，那

麼，如果轉從新詩創作中找尋致力發揮「情」者，則落蒂絕對可說是典範之一，其作品涵蓋面極廣，充分顯示出對上表縱橫兩面各對象的深深關愛，能叫讀者感動。限於篇幅，本文謹先以落蒂對家族、今古人之情為論，至其對鄉土、自然、歷史文化之情，則當以另文詳申，以見全貌。

二 詩是吾家事

古人言「刑于寡妻，至于兄弟，以御于家邦」，重情之對象實際也由家人發端，再擴及其餘。在落蒂詩裡，上起父祖，中及妻子，下至兒孫，都是書寫、關愛的重要成員。

〈命名〉篇幅不長，但舉重若重，譜出了落蒂的家族小史，先是祖父「在異鄉奔走衝撞／希望父親的名字讓他記住／臺灣的山山水水」，接著是父親「希望我的名字中有他心中的／長江黃河三山五嶽」，再到落蒂自己，必須思考如何「在剛出生的寶寶身上」延續祖父的臺灣情、父親的中國夢，「為你們的願望刻記」。由為嬰兒命名一事，連繫了數代人的情感和希冀。

散文詩〈剪布〉則寫得更為感人，記述年少之時，家中因為兄弟眾多，經濟不好，母親必須傷透腦筋地為子女裁製衣服，每次到布莊剪布，都要選用較便宜的布頭布尾，還要交代裁縫把袖子、褲管造長一些，以便子女穿著的日子可以更多一些。可是，兄弟們偏偏還是長得太快，母親唯有含淚剪布，再苦都要讓孩子得到溫暖。詩的第二節寫道：「然而如今，剪布流淚的換成我們兄弟了。每次剪布，每次少了幾尺，原因是母親越來越瘦小，而且背也駝了，腰也直不起來。我們的經濟越來越好，可以剪很多很多很好的布，但母親已住到養護中心，不需要太多的布了。這時換成我們兄弟常常流淚剪布。」既是感

念母親當年照料家庭的含辛茹苦，也是痛惜明明經濟能力足夠了，卻沒有辦法可報答母親。懊惱之中，飽含了對親母的情意。

落蒂與妻子之情，最顯見於散文詩〈熨斗〉之中。〈熨斗〉先言妻子恆常以十幾公斤重的熨斗為自己燙衣服，左手還得拿個噴水器，因此每每「燙得手酸、腰酸、腿麻、四肢無力癱在那裡」，有時則「時燙時停」，不得不休息一下。對此，落蒂忍不住灑下感激妻子的男兒淚，「以淚水代替她的噴水器，洶湧的噴向我縐得無法燙平的滿身傷痕」。不是嗎？落蒂說，妻子實在是以瘦弱的手，去燙平落蒂「滿腹的不合時宜，滿身心的凹凸不平」，時時安撫著自己呢！

回應妻子的愛，落蒂也深愛著妻子，只要詩集內方便加插照片，落蒂就會放上和妻子的合照，如《詩的旅行》、《臺灣之美——詩寫臺灣》二集皆是。但為要燙平落蒂滿腹的不合時宜，其妻也會直接與落蒂「對抗」。這些情況，亦見於落蒂詩中，例如〈黑色奇萊〉所記，落蒂已登過眾多山峰，唯有時時望見的奇萊仍然未上，於是多次心癢癢地向妻子表示，一定要在有生之年登上奇萊。愛護落蒂的妻子則說，包括清華大學的七位學子在內，歷年來已有許多人命喪奇萊，勸喻落蒂打消念頭，甚至以「在家擦地板／從一樓　擦到／五樓」的幽默說法，要落蒂登樓以代登山。如此幾度交鋒，夫妻鬧來鬧去，卻不傷感情，有次來到北港溪的堤岸，對著黃昏，對著滿天的彩霞，與妻子浪漫出遊的落蒂還是舊事重提，又一次說：「即使／像悲壯的落日／我也要　登上／夢中的奇萊」。從落蒂一再向太太徵詢批准可見，他始終是尊敬愛護妻子的；而妻子千方百計阻止落蒂去做危險的事，何嘗又不是由「情」驅動呢？

因此，落蒂在詩作中也歌頌妻子的「柔力」，如〈滿月圓〉記一位「帶著昨晚的疲憊／滿身都市的灰塵／公司盈餘報表／股市漲跌指數的人」，當嗅到落蒂「妻煮的咖啡香／混合著處女瀑布的氤氳」，就

回轉腳步，「走了回來」，隨落蒂他們「一起／循著溪聲／走進密林中」，有類於〈與宋元思書〉所形容的「鳶飛戾天者，望峰息心；經綸世務者，窺谷忘返」。借此一事，具見落蒂妻子滌淨人心的感染力，也反映落蒂對妻子的欣賞。

妻子有「柔力」之餘，也有生氣的時刻，重情愛妻的落蒂則善於化解太太之怒，以〈花的變奏曲〉為例：「妻生氣問我／你怎麼在花瓶裡／插上／雞毛撢子／我吶吶的說／那是／那是我在市場／精心挑選的百合／精心挑選的百合／插在花瓶裡／卻在靜寂的夜裡／招進滿室的月光／滿室的月光／在室內繞了兩圈／不耐的問候牆頭的杏花／牆頭的杏花低頭／指著滿地的玫瑰／滿地的玫瑰／生氣的隨著月光／越牆而去／只留下／妻抱著空空的花瓶」。先是以「吶吶」的低姿態語氣避免怒火升溫，再來是似乎在解釋甚麼，但繞來繞去，就把話題帶走，妻子只是抱著一個空花瓶，沒有收到甚麼答案，但怒氣也自消失無蹤了。

這裡固然不能不提落蒂與妻子的愛情結晶──照片同收《臺灣之美──詩寫臺灣》的三位千金。在落蒂新開設的臉書上，已可見他與女兒共聚歡慶生辰的訊息和相片；在落蒂最新出版的詩集《大寒流》裡，也收錄一首專寫諸女兒之作：〈遠古的記憶〉。〈遠古的記憶〉寫落蒂回到老家古厝，在三個女兒玩耍讀書的房間檢視舊物，從大女兒的芭比娃娃、二女兒的古董鋼琴、三女兒的大富翁桌遊等，對比今昔，想及三位女兒現在或在遠方努力工作，或在各地巡迴演奏，或在外資銀行點算鈔票，各自成才，心感欣慰之餘，亦攫緊承載往昔片段的舊物，珍愛記憶，珍愛著他即使長大但永遠仍是孩子的三個女兒。以數量計，落蒂寫女兒的詩尚不覺多，期盼落蒂接續書寫，當能為讀者展示情感緊緊相聯的父女深情。

三　不薄今人愛古人

　　除卻家人之外，落蒂亦對朋友、學生，乃至不認識的一般人有情，且能愛及已逝者及未來者，對古人和後世之人存著濃厚情意。

　　在友朋方面，落蒂與人的情誼不因時移而易，反而是歷久尚持，其〈風夜歸來〉嘆息歲月飛逝，自己已成了一個「疲憊的旅人」，在人生的旅途上走得步履蹣跚，唏噓之至。可是，一憶起二十年前一道「煮酒論劍」的少年友人，那些「意氣風發」的美好年華就重現眼前。即使和朋友時有針鋒相對的觀點，甚至偶生齟齬，落蒂還是期待能夠再聚，盼望著：「有誰還來與我／爭論風雨／有誰還來與我／終宵煮酒／彈琴／論劍」，珍重友誼之情，溢於言表。

　　現在的落蒂有不少詩人朋友，有時是愉快切磋，輕鬆說笑，如〈詩友戲謔圖〉「砍頭詩」一章，謂管管（管運龍，1929-2021）寫了「從盤古開天／堯舜禹湯／一直砍到／清末民初／再砍到臺灣／只剩下一行」的九行詩，於是自己也寫一首九行詩回應，反其道而行，「從臺灣加到／世界各地／成了千行詩」，令管管哈哈大笑，連說落蒂「你欠砍頭」；「搖頭詩」一章，則張默（張德中，1931-　）、辛鬱（宓世森，1933-2015）和碧果（姜海洲，1932-　）皆對落蒂新寫成的一首詩「搖頭」，表示應能更好，落蒂卻彷彿受到詩友們反應的感染一般，當即「搖頭擺腦」起來，笑著說自己「寫了一首／搖頭詩」，與眾好友哈哈一樂。這些創作，都見出落蒂與詩友不生隔膜，坦誠相處，情感真摯。

　　落蒂與詩友的互動還有不少，他和詩友相聚，可以在附近的咖啡店「忘情的聊了一個夏午」（〈那個聽你忘情高論的夏午——致某詩人〉），也可以出關萬里，在遙遠的天涯一同體驗新事物，發掘題材，如與一信（徐榮慶，1933-　）等的新疆之旅，便衍生出〈魔鬼城〉、

〈伊犁河〉等多首旅遊詩。落蒂和詩人朋友之間，既可以天南地北聊詩趣，也可以天南地北走透透，以詩國事業相勸勉。談到以詩國事業相勉，在〈天涯共此時——致憲陽、石平〉中，落蒂便為朋友「不時有詩文寄回共享」，或「在詩壇上栽種了／許多詩的花園」而大大快慰；〈詩人寫意圖——致某詩人〉則稱許朋友在詩中發出「震耳欲聾的／虎嘯／撼動城牆／翻過陰山／奔過秦嶺／如海浪奔騰／而／去」，又評其詩如「一杯走過極地／越過沙漠／可以一飲而盡的／清水」，能令飲者醺醺然，並預言有朝一日，必有有識者「為之載欣載奔／將它／小心拓印」，連無感的石雕也要為之震撼——有道是「文人相輕」、「詩是自家的好」，這兩首詩卻都見落蒂衷心欣賞朋友的文藝成就，顯得無私，情義相照。

除了成年的友人之外，多年來擔任高中英文教師的落蒂也有不少「小朋友」。他不是販售知識的教書匠，而是亦師亦友地，與學生同感共悲。在「師說」一系列詩作中，〈蝴蝶標本——給丁丁〉留意到學生「茫然痛苦的表情」，為學生像蝴蝶標本一樣，因家長過分規畫而無法乘夢想飛翔，「那種豔麗只給人一種感覺／一種死亡和呆滯的感覺」，而深心難過；〈父與子——給康康〉記一名從鄉下到都市學習的學生，由於成績趕不上而「洩氣，終至自暴自棄」，但落蒂不以批評其品行為務，反而是注意到他在陌生環境中的「掙扎」，了解其壓力，很同情他，更在這名學生喪父之時前往探視安慰，與哀者同哀；另外，〈我聽到生命痛苦落地的聲音——給凱凱〉寫一名「不擅長背書／也不想做背書機器」的學生，在父母、兄長的成就光環下不勝重負，落蒂因而花費大量時間、精神開解他，「三年來，多少晨昏／為你解釋生命的意義」，更讓學生發揮出文學才華，孰料這名年輕人還是選擇於十九歲時跳仁愛鄉吊橋自殺，對學生情深的落蒂乃「彷彿聽到／生命痛苦落地的聲音」，時時想起學生那「憂悒羞怯的眼神」、「傾訴」的

話語，對他的思念，「仍在心中一直擴大／一直擴大」。落蒂「師說」系列的幾首作品均採平白如話的語言入詩，對學生作家人語，用情至切，反映出落蒂對學生的愛，尤能感動人心，催讀者淚下。

對熟悉的朋友、學生有情，對不認識的眾人，落蒂一樣灌注情意，譜而為詩，感人至深。落蒂固然會為他人的成就欣喜雀躍，如〈三灣梨園中的果農〉一詩，便衷心讚美農人「在像地獄一般孤獨的／山間曠野／把痛苦化成一簍簍成果／讓所有人笑開懷」的毅力。但更多時候，落蒂是為對抗命運的失敗者代言，如〈童年〉第三章寫從大陸渡海來到臺灣的阿兵哥，因思念海峽對岸的家，「個個淚流滿面／說心早已飛到海的那邊／尋找家鄉的小孩」，為士兵離鄉背井的際遇感到悲哀；〈馬祖印象──遊馬祖手記之一〉則關注老來「掃起咖啡屋和民宿的馬路」的阿兵哥，指他們一生悲慘，「只有時間／仍不斷撫慰那些傷痕」，最終卻仍不免老無所依的下場，令人愴然動容。

老無所依的，還有貧窮的拾荒者。落蒂〈拉著沉重推車的老人〉寫老者出現，顫危危地，一步一步拉著車子，「吃力地喘氣將車停在路邊／從垃圾箱中翻找他要的金銀珠寶／那些別人棄置的報紙紙箱寶特瓶／還有不值幾文錢的破鋼舊鐵」，已勾勒出老人的困苦與不幸；落蒂更投入情感，由老者「推著笨重的車子／負擔愈來愈重／而撿到的東西愈來愈少」這一實景，進一步推想到對方「一定背負著／如車上一包包沉重的命運」，痛心地追問「他家有多少人待養／是否有生病的老伴靠他醫療」。當察覺沒有人與老者交談，也沒有人對他投以關注的眼神時，落蒂痛切地呼籲「社會的良心」醒來，要挖掘出老人背後的故事，對他「投以真正的關注」。

落蒂亦特別關懷底層社會的女子，〈哭泣的外傘頂洲〉寫老婦人深知「祖先多人出海未歸」、「丈夫兒子可能一去不回」，而「出外改行謀生的鄉親」也都杳無音訊，唯有日日在海邊守望與編織；丈夫不

在的賣蚵女則紮起裙襬，咬緊牙關，一手牽著年紀尚小的女兒，一手提著蚵仔、西施舌，負擔沉重，一晃一晃地來到漁市場叫賣。時光荏苒，小女兒或許不多久就會變成賣蚵女，而賣蚵女可能變成苦盼歸人的老婦，落蒂感嘆道：「賣蚵女／漁港老婦／依然浮沉在／命運的小舟上」，對儼如遭遺棄的底層女子一掬同情之淚。其他以底層女性為書寫對象的作品還有〈華西街〉，特寫為了家鄉親人而到城市出賣肉體的女子，在酒杯之間討生活，「像刀一樣切割」著精神，被命運「壓成紙片人」，飽受欺凌、剝削，苦不堪言，需要關切、救援，亦流露出作者的重情思想。

有些時候，落蒂會代入其他社會角色，以「我」作第一人稱書寫，身同感受地表達底層人士的悲哀。舉例來說，〈內灣木頭搬運工〉寫搬運工丈夫為了賺取收入，為太太買「裁縫車前的煤油燈」，讓孩子有稀飯可吃，而拼力去拉「不動如山的一綑巨木」，可惜意外發生，工人被壓在巨木下面，喪失性命，遺下孤兒寡婦，乏人照料。詩中最長的一句：「把我的命運綁上一根巨木也把我家的炊煙擺上去」，亦彷彿一根巨木，叫人讀了相當沉重，無法不同情身處基層的搬運工。〈洗窗工人手記〉寫洗窗工人「我」和小張負責清洗大樓的玻璃帷幕，可是吊籃和安全帶並不全然穩固，加上樓層愈高，風力愈強，小張漸覺暈眩，害怕得不得了的「我」仍安慰他說：「不要怕，不要往下看／想著晚上回家，有一些錢可以給／父母老婆和小孩」，祈求小張能鎮定下來。但當吊籃在二十五樓晃動得更厲害時，「我」也只能「開始祈禱／神呀！請牢固我的懼怕和不安／我家還有老母小孩」，指望神明施助解救。最終，小張從高處摔下，粉身碎骨，只換來死亡保險金和安家費，「我」亦被鋼索切斷了三根手指頭，在更換一條新安全帶後，還是要繼續洗窗的危險工作。通過「我」在手記裡的自述，落蒂細緻地表現出工人辛酸的心路歷程，一再思考經濟壓力

如何把人迫入絕境，整首詩既可說是上佳的「工人文學」創作，同時亦是重情新詩的典範。

如果說〈卑亞南蕃社〉、〈武界傳奇〉等作還只是以遊人身分感受臺灣原住民生活的話，那麼〈最後的營火〉、〈辭別的清晨〉、〈心語〉、〈山中新子民〉、〈最後的雲豹〉、〈馬蘭山莊〉等，就斷然是念念愛顧原住民之作。這些詩共同交織出的圖景是：由於漢人持續往山中發展產業，不但百年紅檜木難逃被砍的命運，原住民也不得不離開祖先一寸寸墾殖的土地，離開山林，離開山中神靈，來到「中山北路／或每個夜生活的驛站」討生活，往後只能在都市街頭「品嚐家鄉的水果」；偏偏眾多學者只知呼籲保存原住民「臉上刺青／戴上羽毛衣冠」的刻板外觀，留皮不留骨，對護育原住民文化欠缺全盤規畫，留在山林的原住民也因而更形失落，或是著起傳統衣裝「供人／照相」，或是以「唱歌」娛賓，轉成山中「新」子民，不再「布置著崗哨／練習彎弓以及射箭／伐木或者採桑」，不再能維持「族人中的光榮」；間或有青年族人犯禁，恢復狩獵傳統，「以玩具弓箭／射殺雲豹」，則他必然會受到主流社會的撻伐——但是，那頭「在山產店……動也不動」的死雲豹，不也正暗合原住民無法再活現「英姿」的生存處境嗎？落蒂如泣如訴地寫下原住民的委屈，適好和布農族作家拓拔斯・塔瑪匹瑪（漢名田雅各，1960- ）小說〈最後的獵人〉、〈夕陽蟬〉、〈情人與妓女〉等篇主題相合，都是以一顆赤心關注受現代文明侵害的原住民，對不認識者傳達了愛顧之情。

年月相隨的苦難使人煎熬，但突如其來的災禍何嘗不教人心搖神傷？對於身處災難中的人，落蒂的詩筆也未曾忘懷。其〈場景照片六帖——高雄氣爆事件有感〉「鏡頭1」寫道：「哀傷的燈光／肅穆的場景／一片弔喪花海／燭火燃著／官員鞠躬致歉／家屬哭倒靈前／死難者照片排成一整排／仍然是／昔日快樂健康的笑容」，最尾以笑容帶出

悲劇效果，更加令人不捨那些健康快樂的死者，同聲一哭；〈蟋蟀之歌〉則以蟋蟀這種昆蟲代表詩人自身，「在永安煤礦前，為被埋的三十多人，／唧唧／在海山煤山兩礦前，晝夜不停唧唧」，以至「在許多事件之前，唧唧／在許多人前，為不平的事唧唧／二十四小時，唧唧，直到／力竭而死」，關懷及於包括煤礦災難在內的種種人禍。落蒂之情，可謂擴充甚廣，對一切認識、不認識的人，皆存顧念之心。

當然，落蒂對不認識者的情不一定都是沉重的，也可以是輕鬆的。例如〈在異國的公路上〉，寫「金髮碧眼的青年」主動和落蒂「討論／蘇東坡的念奴嬌以及／崔顥的黃鶴樓」，落蒂則「拿起濟慈的詩集／輕輕唸了兩句」回應，二人就「都相視而笑了」。在這裡，落蒂為讀者繪出了一幅不同國籍者彼此尊重對方文化的美麗圖景，讓人看見「四海之內，皆兄弟也」的情誼，顯豁、開朗、明快。

由愛顧今之眾人上推，落蒂對已逝者也有著特殊的情感。如前所述，落蒂常在詩作中思考經濟拮据者的養家難題，予以同情。到〈在茶馬古道上做夢〉一篇，他一樣想像百年前的騎馬人因有著「必須餵飽的家人」，而毅然地踏上崎嶇之路，關懷起古代迫於生計者的無奈與辛酸。此外，落蒂注重現代人的挑戰，但對島上先民的披荊斬棘、篳路藍縷更是崇敬不已，其「菊島風情錄」第五首〈澎湖開拓館〉寫自己看見先民們使用的羅盤，頓時生起思古之幽情，覺得「黑海溝的海浪／狠狠的痛擊著我」，融入當初駛進澎湖的艱辛場景，流露出一種對先驅者的敬慕之情。

無論古今，落蒂都對被欺壓者寄予深切同情。古代受剝削的典型，在男子是遠戍邊地的士兵，落蒂的〈長城短調〉因之也不是為歌頌長城的壯偉而作，反是直指萬里高牆乃「人類歷史上的一道／傷痕」，抨擊古代帝王不管「兵卒之死活」，為士卒「自秦漢起／就很少歸鄉」，為士卒被迫置身在「寒天大漠」的險絕環境中，為士卒一雙雙「淚眼

更是望不穿／風雪的茫然」而黯然神傷。站在長城之上，錐心於古人為追逐功名這一「虛無的夢」而造成無數無謂犧牲，重視人情、哀慟不已的落蒂不禁唸起大悲咒來，卻猶覺得「有成千上萬的士兵／手執白骨／敲打應和著」，愁緒一般，揮之不去。在女子方面，落蒂則替古代地位低下、淪為夫家財物、被強制守節的婦女落淚──當看過安徽碩大的一排貞節牌坊之後，他痛心地在「短詩花束」第十二首〈徽州牌坊群〉裡寫道：「數萬個女人／在野外哭泣／只有少數幾位／能站上牌坊／站上去的女人／哭聲更大／讓石柱永遠潮濕未乾」。

梁實秋（梁治華，1903-1987）引述約翰・羅斯金（John Ruskin, 1819-1900）的說法，提及讀書宜尚友古人，愛閱讀的落蒂，其詩亦往往與著名古人神交。例如〈廬山觀瀑──與李白唱和〉追問李白（西元701-762年）廬山瀑布是否真有三千尺，〈與杜甫擦身而過〉則說想跟杜甫探討詩句，渴想與詩仙、詩聖對答交流，其他如〈過長江偶見水鴨子〉提及懷素（西元725-785年）、米芾（1051-1107）、八大山人（朱耷，約1626-約1705），〈雨季不再──再致憲陽、石平〉提及威廉・莎士比亞（William Shakespeare, 1564-1616）、羅賓德拉納特・泰戈爾（Rabindranath Tagore, 1861-1941）等，皆可見出落蒂對各地已逝藝術名家的嚮往之情。因用例甚繁，茲不一一列舉。但更深層次的，是落蒂確實關顧古人的感受，如〈在儋州遇見蘇東坡〉寫許多詩人在文化活動上只管「大啖美食紅酒」，享受七星級飯店和民眾歡迎的豪華招待，「極滿意眼前情景／並無閒暇體會東坡的心聲」，更只虛應故事地「在大會準備的長條宣紙上／匆匆寫下自我感覺良好不虛此生」，以致「穿著木屐戴著斗笠的詩人蘇東坡」備受冷落，「獨自站在樹林暗處嘆息／對著現代詩人的朗誦揮毫而流淚」，落蒂為此也深感不安。這種發自內心對古人有情的表現，可說是落蒂獨特的筆法，他情繫古人，勝於用典式偶提古人姓名之作，應不可以道里計。

四　結語

　　本文以情切入，可說是對落蒂新詩主題的一番整理與回顧，更周全的討論、更深入的析讀、更微觀的鉤沉，尚待展開。這一階段，姑以重情精神為中樞，點射其餘，略陳落蒂詩的另幾項要點如下，供讀者檢驗：

　　（一）落蒂重情，後論將兼及自然物，但落蒂尤以愛人類為務，以人為核心，故如〈二二八公園〉言：「我的心冷了　即使／我瞄準一隻狗也會發抖／何況我的兄弟我的族人」。反過來，我為人人，人人為我，落蒂亦對他人抱有信心，如〈入山〉說：「我的方向盤逐漸失控／只好將車停在／山腰間一戶有燈火的人家」，以象徵角度看，便是當有失誤之時，仍可信賴旁人的施助。而既以人為核心，類似儒家「未能事人，焉能事鬼」的說法，落蒂的〈福安宮〉也不無諷刺地指「所有人都希望神明平安廟宇平安／大家都平安／它卻在縹緲的煙霧中」，並對廟宇「忙著收香油錢」的斂財舉動略有微言。

　　（二）「君子喻於義，小人喻於利」，義和利總是對立的。落蒂重情義，對於一味趨利者，如〈刮鬍刀〉裡逢迎拍馬的上司，會作不客氣的抨擊；在〈德天瀑布〉裡，他對著名景點上「一群群旅客／與一攤攤商販之間／正展現人性的貪婪」等情況，也備感「憂鬱」。此外，落蒂特別批評虛情假意以圖利者，如〈悔悟〉的「有人虛意撫慰老人的寂寞空虛／有人表演餵哺失怙的小孩」等。「唯仁者，能好人，能惡人」，落蒂在重情之中，也保有重要的道德判準。

　　（三）因為重視，落蒂對動情對象的記憶特別持久，如「菊島風情錄」第四首的〈林投公園〉：「誰在那裡等我／一直不斷搖晃的影子／水上摩托車／掀起數十年前／在我胸中／從未消逝的／一朵浪花」，其情動輒綿延數十寒暑；〈梅山公園〉亦為一證：「一朵雪白的

梅花／多年來一直雪白在我心上／／一朵清香的梅花／多年來一直清
香在我心上／／一個依稀的倩影／多年來一直飄忽在我心上／／一個
山邊的小公園／多年來一直緊貼在我心上」。如果說重情而包含本文
及後論所言的縱橫面各種對象是「廣」，持續不斷地關愛對方則是一
種「深」，落蒂詩中之情，委實既廣且深。

（四）佛教的空義在落蒂詩裡屢屢可見，宜以另文詳加探討。但
有趣的是，重情精神多少影響了落蒂以佛教為題材的創作，故如〈歲
末，峨嵋遇雪〉第四章會這樣寫道：「阿彌陀佛，一聲佛號／自我身
後響起／原來，我的佛／竟在後面列隊的人群中／與眾人亦步亦
趨」。佛在眾生中，求佛，不如也回頭關懷世人，這是落蒂詩思的妙
處之一。

（五）落蒂有意弘揚的「重情精神」，其實乃「中國文化」的重
要傳統，兩者密不可分，是以落蒂非常擔憂「去中國化」的問題，其
〈把一切捏在掌中〉等詩，可為例證。他在「詩寫高雄」第二首〈蓮
池風景區〉寫道：「一位洋人拿著相機／猛拍二十四孝十二賢人／尤
其讚嘆地獄世界／多麼有益人心」，借外國人的舉動，暗示中國之
「情」可以為西方帶來啟發，與吳森〈情與中國文化〉結尾稱言美國
社會個人主義橫行，提倡「中國文化的『情』，是世界人類精神病的
良藥」可謂暗合。在重情的同時，落蒂亦有意無意地為中國文化作了
宣傳，期以詩筆所承的精神，拯救終無安寧的世界。杜甫詩說：「安
得廣廈千萬間，大庇天下寒士俱歡顏。」字面雖與落蒂詩不同，但兩
者的濟世情操，宜乎是相投合的。

國破山河在：
落蒂新詩的「重情」精神續論

一　引言

　　前文〈明我長相憶：落蒂新詩的「重情」精神〉以香港昔日高考「中國語文及文化科」的參考文章──唐君毅〈與青年談中國文化〉及吳森〈情與中國文化〉發軔，整理出理想之中國人就縱向言，上至本國文化、祖先、父母，下至子女、後世；就橫向言，近及妻子、兄弟、朋友，遠逮不認識的社會大眾、自然界；乃至對交錯於縱橫兩面的學生、古人、家鄉、整體人類歷史文化等，皆存關懷顧念之心，而落蒂則允稱為新詩詩人的「重情」指標。

　　限於篇幅，該文僅及以「詩是吾家事」、「不薄今人愛古人」兩節，就落蒂對家族之情、今古人之情發論，未得申述落蒂對歷史、自然等之情。本篇即接續前文，作出補充，以期更周全地展示落蒂新詩中的「重情」世界。

二　長使英雄淚滿襟

　　由親人而今人、古人，再由點及面，落蒂不但對單個人物或特定群體有情，更是對整套歷史文化有情，且無論中外；對生養先祖的土地有情，且特別期許鄉土文化能夠承傳下去。

在歷史方面，落蒂首先是對中華民族的苦難有「情」。〈夏末讀史〉寫自己每次閱讀歷史課本，只要翻到八國聯軍入侵中國一章，就會渾身不舒服，好像自己變成了一條毛蟲，被爬滿身上的螞蟻肆意攻擊；當讀到諸多強加於中國的不平等條約時，落蒂更會「鐵羽落淚」，無法再唸下去。讀書已然如此，若是親歷其境，重「情」的落蒂便更為痛苦。他在〈夜遊圓明園〉憶述八國聯軍對圓明園的破壞，指控當年的槍聲，使得名園淪為廢墟荒城，教人扼腕長嘆；〈圓明新園〉則記述作者遊訪圓明新園，雖然園內歌舞妙曼，但當他一想到八國聯軍攻陷北京，圓明園第二次被燒毀的往事，所有眼前的美好景象，就都變成「紛飛的箭簇」，把作者刺成「身中萬箭的／刺蝟」，叫身心疼痛不已。

接觸其他國家的歷史時，落蒂一樣帶著悲憫情懷。他不以探查歷史的細節為務，在〈紀三井寺〉說：「人行道上有幕府時期的腳印／導遊細說著豐臣家和德川家的往事／我分不清誰是織田誰是在他之前之後」，對時代順序並不十分關心。他重視的，實是對歷史的有情感悟，如到日本旅行，便一再思考戰爭禍害的問題。其〈大阪城〉通過城下所見，痛惜：「槍砲口仍在牆頭上發聲／告訴朝聖的人們／只要有人就有戰爭就有殺戮」，想到詩人似乎無力改變歷代皆然的這一情況，落蒂心中不免湧起一股莫名的蒼涼，憫悼以往橫死於大阪城激烈戰鬥的日人，以至世間所有受戰禍所苦者。

因為對世界各民族的歷史有情，落蒂渴望人們能從過往所犯的錯誤回轉，以締造普世的和平為念。他的〈小雁塔〉嘲諷窮兵黷武的野心家，指出日本的東條英機（TOJO Hideki, 1884-1948）、義大利的貝尼托・墨索里尼（Benito Mussolini, 1883-1945）、蒙古的成吉思汗（約1162-1227）和法國的拿破崙一世（Napoleon I, 1769-1821）都曾經「想要世界第一」，但而今安在哉？以遊歷大阪為背景的〈旅日抒

懷〉，則直指日本戰國群雄以至二戰時期的侵略者盡都功業不永，到頭來一場空，又何苦塗炭生靈？〈億載金城〉亦反諷著說：「數十寒暑的人們／竟想讓金城億載／所以秦皇漢武開疆拓土有理／所以成吉思汗鐵蹄到處有理／所以東條英機　希特勒　拿破崙／他們都是民族英雄」，暗示歷史上的所謂偉人，其實皆未為能建起億載不墜的霸業，更遑論為後世創造永久的幸福，不過是使邊庭流血成海水、千村萬落生荊杞的罪人，根本不值得效法。

回顧歷史，展望未來，重情的落蒂試圖為仍然紛爭處處的現代世界開出處方。他的〈橋〉設想韓國總統朴正熙（1917-1979）與拿破崙、墨索里尼、東條英機等人不同，說他深諳「反正遲早都要被推向前／推向遠方，進入歷史」的道理，因此不求一己榮利，提出「如果我的崩塌對世人有益／我願意像一顆流星／燃放短暫而永恆的光芒」——朴正熙的這種心態，落蒂認為是有裨於全人類的。可是，人類在走過多災多難的二十世紀後，廿一世紀伊始，卻又頻聞戰爭與戰爭的風聲，落蒂的〈行吟者〉於是從「九一一」恐怖襲擊發端，苦苦思索「到底是什麼主義／可以讓暴力不再／讓仇恨不再」，他慨嘆資本主義也好，共產主義也罷，似乎都無法真正使世人和平幸福，全詩為因欠缺「情」而「仍然日日夜夜／如獨行的危舟」般的人們唏噓難過。巧合的是，〈行吟者〉多番引述杜甫，與吳森〈情與中國文化〉之標示杜甫為重情詩人典範，兩者似可互相發明。

世界的歷史若是遙遠，鄉土的文化肯定切身。落蒂的鄉土情，對象包括其出生成長的臺灣，以及文化上的故鄉——中國大陸。在落蒂筆下，鄉土上的舊事物皆是連繫以往歲月的重要樞紐，如〈橫山老戲院〉所示：「老戲院仍以風燭殘年之姿／讓老人回憶／讓年輕人知道歷史」。然而，亦如「淡水采風」其一〈淡水老街〉所說：「時光是一個不停的馬拉松跑者」，不斷向前，把往昔遺下遠遠，就像眼前淡水

河的落日，「紅紅的掛在出海口／誰也擋不住它的沉落」，無論是誰，也挽留不了甚麼。因此，重情的落蒂在面對鄉土的變貌時，常常禁不住憂傷的情緒，其〈逝水〉即以昔日的市集和小巷為背景，記述當年流行的野臺戲已不再熱鬧開演了，「孩提時一起嬉戲的田野／已聳立無數集合式住宅／新設立的學校／輻射的交通網／讓人繞了迷路」——當察覺到舊時熟悉的一切，現在「除了陌生還是陌生」時，落蒂心中真的迷茫不已。〈逝水〉的題目借用古希臘哲學家赫拉克利特（Heraclitus, 約西元前535-前475年）的名言「人不能兩次踏進同一條河流」，除了是照應作家在詩末的嘆息：「已無法在昔日玩耍的河中／沐浴在／原來的江水」，顯得頗富匠心之餘，實在亦強調了落蒂對鄉土人與物皆面目全非的感慨。

　　〈曾經〉一篇抒發對鄉土事物變遷的感慨，寫在明朝清朝讓渡海來臺者繁衍子孫的紅瓦厝「曾經十分風光過」，但隨著年輕才俊在現代陸續出走，或到臺北做貿易，或到外國唸書，偶有還鄉的，則「只為競選立委」，紅瓦厝因而淪為寂寞無生氣的建築，空虛孤立，令人陡生懷緬之情、滄桑之慨。類似之作是寫大陸安徽的〈宏村古鎮〉：「最豪華的一間古宅／子孫早已被迫流落地方」，詩人乍見「吞雲軒只留下／昔日鴉片煙具和擺設／排雲閣也未聞／麻將聲」，便頓起四顧茫茫、欲語還休之感。相反，在「菊島風情錄」其九〈二崁古厝〉裡，落蒂看見「陳家老宅最多遊客發問／讓二崁聚落重新／活了起來／四十餘間古厝／也活了起來」，詩人自己便也快慰起來，陶醉在「有趣的臺語褒歌」中，為歷史，不，昔日的生活情境得到保存而滿足。

三　潤物細無聲

　　唐君毅〈與青年談中國文化〉說：「人有仁所以能愛家人，愛國

人，愛天下一切人。以至對於禽獸，都欲見其生不忍見其死，對於草木山川，都可有情，而極至於樂觀彼萬物之生生不已，而有贊天地之化育之心。」對人類有情，對承載人文的鄉土有情，更進一步，民吾胞，物吾與，落蒂對自然物也有深厚的關愛。

物我交感交流，是落蒂詩的常見現象。「淒涼四韻」的第一首〈詩箋〉寫道：「也許／那一片楓葉／最能知曉／我心中的／秘密／我把它夾在日記中／反覆的／讀著」，表現出詩人的有情宇宙觀，視萬物皆為可以溝通交往的對象，故能在知音幾稀的淒涼處境中，將心事寄予楓葉——李白「相看兩不厭，只有敬亭山」、辛棄疾（1140-1207）「我看青山多嫵媚，料青山見我應如是」等，都可說是落蒂〈詩箋〉的前身。這種萬物有情的觀念，亦見於落蒂〈秋的江邊〉：「我甚至於找一塊青石／坐下來和江上的浮萍討論」，寫出詩人與浮萍青石分享心中美的感受，能一同欣賞那野雁騰空飛起時的景致，忻忻交流，情在其中。那麼，「菊島風情錄」其八〈天后宮〉寫詩人能夠了解游魚「因滿心歡喜而抖擻起來」的快樂，近似《莊子》「知魚之樂」，實際並不玄乎其玄，只是詩人因對自然有情，而慣與萬物相交的尋常事而已。

為動物悲喜，乃是落蒂詩的一大特色。喜方面，「寫瀑三題」之二的〈五峰旗瀑布〉記為松鼠而樂：「松鼠們如果／能永遠快樂奔跑／穿梭跳躍／在四周濃密的森林／誰不願／／為牠們伴奏／稀世的天籟」，樂也融融，陶然忘機；〈山中物語〉一首，詩人亦因為「突然從芒草箭竹間／奔出一隻久已絕跡／讓眾人驚呼的雲豹」而歡欣不已，慶幸雲豹仍然存活。這些詩例，都合於唐君毅「樂觀彼萬物之生生不已」之意，是詩人重情的印記。

落蒂與動物同悲同喜，而其詩中較多出現的對象，則是牛、魚和各種禽鳥。先說牛。〈牛說——北港牛墟所見〉代入牛的角色，歷述

主人對自己的苛刻暴虐，固屬落蒂同情動物之力作，而〈鄉村即景之一〉寫老農不捨地「將老牛／牽上貨車，然後／含淚，目送卡車／絕塵而去」，捕捉老農「頹然坐在樹下」，明知牛已遠去卻仍喃喃著「老牛，／別哭！」的形象，更是繪聲繪影地寫出了和牲畜難以割斷的情感，表達出人對動物有情的觀念。在〈觀「刺牛」有感〉中，落蒂揚聲反對殘酷的鬥牛活動，改以「刺牛」稱之，還說要解開牛身上的繩索，讓牠更靈活地避開刺牛者的攻擊；要在牛角上綁兩支劍，讓牠的反擊更使人警惕；甚至要在牛尾巴點一把火，燃起牠胸中之怒，讓牠更拚命地抵抗鬥牛士的挑戰。落蒂在〈觀「刺牛」有感〉的結尾寫道：「觀眾　不要叫好／不要鼓掌／好嗎／記者　不要特寫／不要全程報導／好嗎」，一來可理解作他對人們在「刺牛」活動中崇尚暴力的反感，二來若把這幾行都看作牛的心聲，則落蒂是表現出牛不希望落敗鬥牛士的尊嚴受旁觀者的凌遲，對一心只想傷害自己的對手仍存愛顧之情。可以說，重情的落蒂不但寫出對動物之情，更寫出動物所涵蘊的情，令作品更有深度。

　　如〈飛牛牧場〉、〈頤和園〉等詩所示，落蒂並非不吃肉，但他似乎對親手屠殺動物存有戒心，有「君子遠庖廚」之風。特別值得注意的是〈狩獵〉一篇，在參與捕獵行動時，落蒂只感到周圍「燠熱」難耐，連植物都「垂頭喪氣」，毫無興致可言；終於一聲槍響，撼動山林，嚮導失望地表示：「完了，所有的努力全白費／標的物嚇跑了」，落蒂反而鬆一口氣，為殺戮中止而把「緊繃的神經／鬆懈了下來」。對於魚，落蒂詩也有「捕不到」的寫作原則，如〈童年〉：「我的竹簍總比牠們／慢半拍／常搶拾不到任何一隻小蟲／更別說泥鰍了」；〈某些堅持〉：「我讓我的魚簍空空／讓我的魚線折斷／讓我的魚網粉碎」；〈在陽臺垂釣〉：「即使我的釣線拋得再長／網張得再大／魚仍自在悠游／我的魚簍仍然空空」；〈夢中的魚〉：「慢慢的拉回慢慢的收網

／竟然拉回一網子水聲／拉起一竿子泡沫／慢慢的我慢慢的拉回／拉回一網子空」；〈上街垂釣〉：「他們彷彿收穫頗豐／魚簍滿滿　而我／而我仍然一無所獲」；〈在山海間奔波〉：「而我竟然連人帶鏢／跌入海中沉到深黑的海底」……似乎對魚有種獨特的「不捕」之情。明乎此，那麼落蒂能以工筆細描，在〈魚語三章〉寫出游魚落網後被送到漁市的痛苦所感，就絕對不能算是意外了——市中魚「任人叫賣一斤幾元／任人選取最中意的部位」的悽酸，「手起刀落／血淋淋的我的身軀／一塊塊的擺在販賣桌上」的不幸，誠如落蒂所言，「只要原原本本擺在那裡／就是最震撼的意象」，詩人對自然生命的同情在在可見。略作補充，「殺魚」作為負面意象，也出現在落蒂〈竹園漁港〉中，與出海謀生者丟掉性命，以及酒肆公關虛情假意地勸酒一樣，都教作者「茫然」，而〈是雨不是淚〉則更直接地表達出對魚的關愛：原來，長江截流的工程持續進行，人類的重機械大建設將令中華鱘魚失去天然的繁殖環境，以後只能靠人工孵育來延續生命，落蒂乃感慨「似乎有人除了／寫祭鱷魚文外　還要／多寫一篇／祭鱘魚文」。

　　至於禽鳥，落蒂深深喜愛牠們像藝術作品一樣的姿態。〈鷺鷥〉裡寫：「縮起一隻腳／田野中的一隻／鷺鷥／／垂下頭／立在蒼茫中的一隻／鷺鷥／／伸長脖子／欲啄食月光的一隻／鷺鷥／／漸行／漸／遠／／一個白色的驚嘆號！」讚歎鷺鷥凌空而起的身姿，最後一行不僅描摹出鷺鷥之顏色、形態，更契合作者心中之驚訝、雀躍。〈秋的江邊〉把翔起的野雁比喻為文學的精品絕句：「一隻野雁叫了一聲／掠過對岸／／我看到一首絕句／寫在渡口的天空」，而〈過長江偶見水鴨子〉更說水鴨子在江水鋪成的「宣紙」上凌空飛起時，是「飛白」；划水時，是「以懷素的狂草／在水面形成／一幅抽象波紋」；潛在水下，也可能變化出米芾或八大山人的風格，極致地歌頌鴨子的美態，為其充滿生氣而喜，反映出一種對禽鳥的欣悅之情。

　　那麼，動物之外，植物是否亦一樣深為落蒂所關愛呢？答案是肯定的。舉〈哭泣的玫瑰〉為例：「昨夜對著月光／吐露心事的玫瑰／今晨竟在蟲蛀聲中醒來／殘破的花瓣／還停留幾顆／晶瑩的露珠／我輕撫她的淚痕說／不要哭／親親／昨夜你已燦亮過」，詩人竟為一株光彩短暫的玫瑰動情，輕撫它、安慰它，將自然的鮮花凋謝看作哀傷的生命悲劇，要說落蒂不是深於情者，應是絕不可能的。其他詩例，還可參考落蒂〈哭泣的銀杏〉、〈木棉花〉、「心情兩首」的〈古典玫瑰〉，以至〈驅車入林〉專寫神木的第六章、第九章等，其對植物之情，處處流露，俯拾皆是，不必轉角，就可遇見。

　　吳森〈情與中國文化〉曾說：「中國人對自然物採取欣賞的態度，這是藝術的意識。這和西方人用科學的態度征服自然很不一樣。」這在落蒂詩裡一樣得到印證。落蒂愛詩，精研詩藝，乃至對詩有近乎信仰的熱情，如〈讀報〉所寫：「我把尚未結集的詩稿／放在鍋中煮／一縷清香／上達天聽」，謂即使寫詩不能賺錢，卻仍自有妙香，可以感動蒼天。但在自然之美跟前，落蒂卻屢屢自承無法以詩來表達甚麼，例如〈蘆笛岩〉說：「從洞外的亮麗陽光中／走進微光的世界／眼睛突然為之一亮／遂驚見千萬年的時光巨匠／竟能以無形的藝術家巧手／為我們雕成神奇璀璨的殿堂／我的頭髮開始一束束掉落／／手上的筆也開始風化／詩也一個字一個字消失／腦袋逐漸空白／面對如此神奇巨構／一股電流通過而至全身／麻木」。此亦無他，只因落蒂衷心認為，大自然才是最好的詩人、最好的藝術家。他在〈那夜的水聲〉裡說：「月光淡淡照在／夏雨過後的彌陀寺／照在八掌溪的水波上／耀動的水波／彷彿千萬首詩億萬首詩」，謂只要水波與月光配合，輕輕揮灑，便已變化萬千，不可窮盡，遠勝於詩人苦心孤詣的經營；另外，落蒂在〈登滕王閣〉說由於登樓四望，卻「沒有落霞也沒有孤鶩」，加上貨船游弋的江面持續傳來重機械的嘎嘎聲，各樓

層商店區的叫賣吆喝又永無寧息，周圍嘈雜異常，實在無法刺激出詩興，但沒料到，正在他苦苦覓尋詩句而不得時，大自然忽然降下「晚春最後一場雪」，那「飄然落下」的美景，憑空便寫就了極富興味的詩行，讓詩人甘拜下風。通過這些描述，在在可見出落蒂對大自然的仰慕、敬愛，一往而情深。

大自然有隨興的小品傑作，也有動地驚天的大手筆，叫落蒂全然傾注深情。〈玉龍雪山〉寫詩人在宏偉的山前整個人都「怔住了」，不是由於高山反應，而純粹是由於「對美的一種痴狂」；〈灕江〉寫煙雨中的美景猶如「故宮名作／最特出最令人難忘的／淡墨山水」，令詩人「幾乎對自己的眼睛／產生懷疑了」。如斯美景，已是不凡，但〈黑部立山雪牆——旅日手記之一〉形容雪牆上一絲絲細密的冰針，似乎是詩人「昔年一再夢到的銀山拍天巨浪」，也似「在博物館中見到的或唐宋／或明清或現代或古代的大畫家／那一支開天闢地的巨筆」，能夠將浩瀚宇宙凝縮於一堵白牆之上，又延伸至無限，更是使落蒂震撼不已；「短詩花束」第十一首〈始信峰〉云：「如果此刻／我飛了出去／飛向那迷人的山谷／一定不是自殺／而是／受了美的驚嚇」，神迷於自然之美，直教生可以死，死可以生，落蒂對自然大手筆的崇愛，豈不是躍然紙上？

正因如此，落蒂不能忍受人們對自然的破壞，其〈孤獨立在黃山上〉指纜車的鋼索橫斷山景，「粉碎了千萬年／人們對美的仰望」，有損自然的藝術，〈飛來句偶拾〉第六首亦惋惜：「有人仰天長嘆／嘆當年忘了刻上階梯／以致讓人加上纜車」，不滿於現代科技對自然界征服式的介入。另外，〈青草湖〉寫因人們發展旅遊，以致青草湖完全消失，空有名字留在地方史冊之上；〈天池〉寫塔羅灣溪源頭的天池正受到「人們從山腳下／一路開發而來」的步步進逼所威脅，「藻類正扼住／她的咽喉／污染／正一刀一刀的削去／她的生命」，慘不忍

睹，作者唯藉著岩壁上汩汩而出的流水，寄託心中不停垂淚的傷懷；「雜感兩章」的〈海岸斷想〉則記作者吟誦著林亨泰（1924- ）〈風景（之二）〉的名句，卻發現「如今／防風林哪裡去了／代之而起的是／轟隆的機械聲／以及水泥塊／以及長長的水泥海堤／以及填海造陸／以及林立的工廠」，令陶醉於自然的美夢徹底幻滅。凡此種種，都可見出落蒂對自然有情，深深地為自然的不幸而悲哀。

若說歌頌自然本是詩家常事，那麼，落蒂的獨特之處，實在於他確能以心融入自然，深情相契，而非「例行公事」、「呈交習作」式地以詩紀行。〈七星公園摩崖石窟〉寫過：「許多歷代自稱文人雅士／都來這裡又刻又畫／只因許多學者都來／又研究又欣賞又讚嘆」，純因摩崖石窟美名已揚，於是附庸風雅者紛紛前來，刻刻畫畫，定要留下與之相聯的作品，結果是「一些剛剛冒出的小草新芽／被急急前來書寫的大腳／踩到而頻頻呼痛」，那些文人雅士並未真心感受自然奇工，只為石窟帶來大大小小的傷害，令人痛惜。與之相反，落蒂是心凝形釋，與石窟、窟外的大樹合而為一，靜靜地，「只欣賞瀟灑飄過的雲／只欣賞自開自落的花」，對自然界絕不採探究式的wonder態度，而是流露關愛式的concern，這也與吳森〈情與中國文化〉對「情」的定義如出一轍。〈在楓紅中飛升與沉落——黑部立山賞楓心情〉的「仔細品詩」一節，也對詩人「歌頌楓紅／而眼裡心裡／都沒有／楓紅」的觀賞方式表示不屑，其深層原因，便是渴望與自然建立真切聯繫，而非逢場作興，這便是落蒂對自然有真情，因而與眾家詩人不同的地方。

四 結語

國破，落蒂悲，且思考和諧之道，企能為萬世開太平；山河在，

落蒂喜，且思考護理之道，企能贊天地之化育。落蒂的重情世界，包攬一切人、物，廣而復深，若讀者潛沉其中，反覆咀嚼，當可陶冶性情，增益仁心。這是落蒂詩有裨教化的一個方面，或值得關心世道者加以推廣。

國破山河在，明我長相憶。是次前後篇兩文合撰，略可指陳落蒂新詩的重情精神，唯詩人佳作的其他主題，如佛家空義的貫徹、臺灣人文地理學的實踐、旅遊詩的內涵等，以至其千萬變化的寫作技巧，則皆尚俟後論。落蒂詩愈轉愈精，如得論家投以更多關注，必然是詩壇所喜見樂聞之事。

輯二
他在島嶼上寫思

他在島嶼上寫思：
落蒂〈大寒流〉試析

談到自己的第八部個人詩集《大寒流》時，詩人落蒂這樣說：「任何時代都有他們那個時代的文學。在風雨如晦，雞鳴不已的時代，叫我寫一些與當代無關，甚至置身事外的詩，我真的辦不到。」其新作中的主題詩〈大寒流〉，即切切實實地關注著今日臺灣的局面：

> 大寒流竟從內心吹來
> 面對著熱鬧的人群
> 閃爍的廣告明星眼眸
> 客滿的飲食文化城
> 排隊搶票的某歌星演唱

起筆寒流自心底湧起，表露詩家對時勢的憂慮。林升〈題臨安邸〉寫暖風青山、樓臺歌舞，使得南宋君臣樂而忘返，「直把杭州作汴州」；辛棄疾〈青玉案・元夕〉亦說眾人沉溺於「鳳簫聲動，玉壺光轉，一夜魚龍舞」的表面繁華，竟甘願偏安江左，無心收復中原；到了落蒂筆下，現代臺灣人似乎一樣耽於逸樂，粉飾太平，視覺被「閃爍的廣告明星眼眸」吸引，味覺遭「飲食文化城」占奪，聽覺也由「歌星演唱」俘擄去──在這裡，落蒂不但為後文寫臺灣人未能居安思危預作鋪墊，也活用《老子》「五色令人目盲」、「五味令人口

爽」、「五音令人耳聾」的說法，暗示當代人的心靈因滿足於感官魅惑
而日漸缺損。

> 我的煩憂只隔著一道短小的牆
> 從網路抓來的世界各地資訊
> 看著各國爭先恐後的向榮
> 彷彿墜落到蠻荒邊城

　　如果外無威脅，眾人安享太平，那也未必太壞，可是「隔著一道
短小的牆」，只要肯站起來，就能看見外面洶湧而至的挑戰，落蒂實
在禁不住不去「煩憂」。他從網絡逮住「世界各地資訊／看著各國爭
先恐後的向榮」，回過頭來，臺灣卻似乎不思進取，不進則退，在世
界潮流中漸漸「墜落」到邊緣位置。落蒂這樣寫，自然容易挑動一部
分讀者的神經，惹來批評，但他果斷地敲響警鐘，大概是盼望在臺灣
真變成「蠻荒邊城」之前，能令眾人振作起來吧。

> 坐在千里黃沙的土地上
> 看著躍馬長嘶的敵騎
> 漫天烽火燎原燒起
> 而人們偏偏無感的划拳行酒令
> 任大寒流在室外呼號

　　上接「蠻荒邊城」，落蒂想像自己來到疆場之上——中國古典文
學的戰爭書寫多以西北黃沙地帶為背景，煙塵滾滾，這當然與寶島的
地理情況大不相同。落蒂將二者疊合起來，乃有意隱喻當代的競爭雖
然用不著「躍馬長嘶」，也不一定燃起肉眼可見的「漫天烽火」，其凶

險程度卻與古代兵戰並無二致，提醒臺灣人留意寶島的處境，不宜掉
以輕心，以致在經濟、科技等領域被遠遠拋離。何其芳（何永芳，
1912-1977）〈古城〉寫日本侵華，中國有累卵之危，人民卻依然無動
於衷，任由本可積極備戰的寶貴時間白白流逝，只日日聚在古柏樹
下，「圍著桌子喝茶」；落蒂巧加變化，就成了「人們偏偏無感的划拳
行酒令／任大寒流在室外呼號」，謂人們以划拳鬥酒的喧鬧，掩蓋明
明清晰可聞的「大寒流」呼聲，顯得更浮躁，也更自欺而不能欺人。

> 酒酣耳熱中
> 大老鼠已在暗巷排水溝中猖獗
> 防水閘門早已破損
> 大海逆擊倒灌誰也來不及奔逃

　　世界各地區爭先恐後「向榮」，呈現增長趨勢，臺灣的不少人卻
仍「無感的划拳行酒令」，不肯急起直追，如是者，寶島又豈能長保
發達昌盛呢？偏偏在民眾「酒酣耳熱」的喧嘩背後，落蒂還留意到躲
在「暗巷排水溝」的「大老鼠」！《詩經·魏風》有暗指貪婪統治者
的「碩鼠」，《晏子春秋》亦記載：「景公問于晏子曰：『治國何患？』
晏子對曰：『患夫社鼠。』公曰：『何謂也？』對曰：『夫社，束木而
塗之，鼠因往托焉。熏之則恐燒其木，灌之則恐敗其塗，此鼠所以不
可得殺者，以社故也。』」以鼠比喻奸佞重臣。落蒂詩的「大老鼠」
一樣喻指臺灣當代的統治階層──《晏子春秋》欲消滅社鼠，惟不敢
貿然以水相灌；落蒂〈大寒流〉裡的「鼠」卻「猖獗」得已自行咬破
「防水閘門」，從內部破壞臺灣，致令「大海逆擊倒灌」，恐怕會連累
同住寶島的人民「也來不及奔逃」！
　　據此審視，〈大寒流〉的結尾是相當悲觀的。落蒂所言的「大寒

流」，外有世界各地給臺灣的持續衝擊，內有人民的麻木苟且及統治者的貪殘腐敗。面對如斯困境，落蒂傷心人別有懷抱；他不能安然地混在「熱鬧的人群」中，唯有寫詩爭鳴，在風雨如晦的當下，盼能喚醒關注臺灣者的心。以《大寒流》為「時代之書」，看來不是毫無根據的。

楊朱歧路阮籍窮途：
落蒂新詩〈旋轉的頭顱〉詮釋

　　落蒂新詩〈旋轉的頭顱〉寫於二〇一五年，其時臺灣因將於二〇一六年初舉行「中華民國總統選舉」及「第九屆立法委員選舉」，各地拉票、造勢活動不斷，支持哪位候選人已成為無以迴避的熱門話題。關心天下事的落蒂亦以詩來表達己見，對吹襲臺灣政壇的「大寒流」有所感思：

　　　　昨夜走在一條小路上
　　　　用力企圖把一團黑影踩碎
　　　　竟然是可怕的移來移去的蛇
　　　　突然在前
　　　　又迅速在後
　　　　一下子在左
　　　　又一下子在右
　　　　內心有咚咚的井水聲
　　　　啊呀！那是多古老的一口井
　　　　也是一片黑
　　　　也泛動著飄忽的蛇影
　　　　什麼時候比此刻
　　　　還慘

向左也不是
向右也猶疑
一顆旋轉的頭顱
如陀螺嗡嗡響個不停
在內心淒厲的叫著
尖銳的叫著
只好抱著路旁的大石
嚎啕大哭起來

　　落蒂在路上思索時局，想到那結成一「團」、附在政壇的醜陋「黑影」，寡廉鮮恥，舞弊營私，製造分裂，不恤蒼生，他就心裡有氣，恨不得將它「踩碎」。這「一團黑影」，既含藍，亦含綠，又含橙，沆瀣無別，包括了各黨的活躍人物。落蒂認為，他們沒有原則，唯利是圖，立場隨時可變，承諾隨時可棄，就像「移來移去的蛇」，忽前忽後，忽左忽右，實在無法取信於人。

　　落蒂自問「內心」有如「古老的一口井」，波瀾不興，十分堅定，歷年投票意向明確；但那陣子，他的心也吹響「咚咚」之聲，難以平伏。與往時不同，此番的他遲遲未決定該把選票投給哪一黨的代表：是「向左」追求改變嗎？「不是」！是「向右」維持現狀？也「猶疑」。他的心中，似乎亦「泛動著飄忽的蛇影」。

　　選舉結果最少將影響臺灣四年，而「此刻」放眼看去，哪個候選人落蒂都不敢託付。寶島前景，莫非只能以「慘」字形容？焦慮、惶惑、鬱悶、痛苦，落蒂思緒紛紜的「頭顱」好像「陀螺」般「旋轉」了起來，激起心底「淒厲」、「尖銳」的喊叫，共鳴共振，迴盪出更多的愁，更多的惱，更多的憂。唯有一塊「路旁的大石」彷彿能繫穩打轉之舟，此際就成了落蒂「抱著」來「嚎啕大哭」的依靠。

　　以上詮釋，其實是約略「翻譯」出詩之意指，讓讀者易於把握，並體會落蒂憂國憂民之情。然而，〈旋轉的頭顱〉除卻能為《大寒流》「時代之書」的性質添一實證外，復可展示出落蒂巧妙融入典故的技藝，反映該詩集文質兼備的特色。

　　例如，全篇「旋轉」不知何定的情況，實近於《列子‧說符》的「楊朱歧路」，只是〈說符〉的主題在於「大道以多岐亡羊，學者以多方喪生」，與政治社會相涉較小[1]。但從〈說符〉的重要人物發想，配合〈旋轉的頭顱〉詩末那「嚎啕大哭」的表現，讀者便不難牽出《荀子‧王霸》的「楊朱『哭』歧路」：「楊朱哭衢涂，曰：『此夫過舉蹞步，而覺跌千里者夫！』哀哭之。」在此處，迷失於十字路口的圖景多少能跟臺灣選民難作抉擇疊合。更進一步，《荀子》借「楊朱哭歧路」申論：「此亦榮辱、安危、存亡之衢已，此其為可哀，甚於衢涂。」意思是政治舉措失誤遠比迷途可怕，這便和〈旋轉的頭顱〉擔憂政界「黑影」胡作非為盡合了。

　　再鑽深一點，「楊朱哭歧路」在曹魏末年進入阮籍（西元210-263年）的詩：「楊朱泣歧路，墨子悲染絲。」到唐代，杜甫則有「茫然阮籍途，更灑楊朱泣」之句，把楊、阮二人並置。原來據《晉書》記載，阮籍亦曾哀哭於道。他深知魏祚將終，抑鬱在心，「時率意獨駕，不由徑路，車跡所窮，輒慟哭而反」，從迷路聯繫到興亡之悲。

1　同收《大寒流》之中，落蒂的〈神祕通道〉和《列子‧說符》「楊朱歧路」深相契合，足見詩人對該典故非常熟悉。供讀者參考，〈神祕通道〉全文四節謂：「我發現一條神祕的通道／帶了一把手電筒／爬了進去／神啊，請讓我尋到通道出口／看看那邊是什麼樣的世界／／我發現一條神祕的通道／裡面一片漆黑／無止境的漆黑／我一直往裡爬往裡爬／神啊，請讓我趕快看到／那渴望很久的光／／我發現一條神祕的通道／越爬進去越想回頭／可當我往回爬時卻發現／通道有好多條／神啊，請告訴我哪一條／才是正確的出路／／我發現一條神祕的通道／既想爬進去又想爬出來／爬進與爬出之間／好多叉路讓我好生為難／神啊！你為何用如此神祕的／通道／困惑我在進退之間」。

從〈旋轉的頭顱〉翻出「阮籍哭窮途」一典，讀者不但能想見落蒂為社會前路而「嚎啕」的身影，亦可聽到詩人憂心臺灣「窮途」的弦外之音。

質言之，只從表層理解〈旋轉的頭顱〉，讀者亦可知詩人傷懷之大概。但若按落蒂安排之「楊朱歧路」、「楊朱哭歧路」和「阮籍哭窮途」拾級而上，層層進深，則詩作對十字路口選擇、治民者舉措失宜、寶島衰頹等方面之感慨必將是更深邃和富感染力的。〈旋轉的頭顱〉有激烈感情，也有含蓄筆法，甚耐咀嚼；置身「大寒流」而關切時局者，或亦可視之為「路旁的大石」，「抱著」來同聲一哭。

寒蟬鳴泣之時：
落蒂〈悲傷十四行〉略讀

　　落蒂的《大寒流》不只注視臺灣風雲，亦把眼光投向全世界。二〇一四年，敘利亞、伊拉克內戰未息，第二次利比亞內戰又山雨欲來，各處動盪不安。對應年份中的「十四」，落蒂在二〇一四年撰出了新詩〈悲傷十四行〉，以表達其對戰火復燃的憂心：

> 那蟬鳴給誰聽
> 而我耳內多年來早有蟬鳴
> 仔細再聽又似響自遠方森林
> 也似混雜市聲

　　首行的「蟬鳴」指寫詩，落蒂自問：無數關心世界的詩要「鳴給誰聽」呢？曲高和寡，應者寥寥，以詩介入現實的他頗有李商隱〈蟬〉「徒勞恨費聲」的無奈。落蒂自言「耳內多年來早有蟬鳴」，意思是不單自己所寫，許多詩篇，遠者像杜甫〈兵車行〉，近者像余光中（1928-2017）〈如果遠方有戰爭〉，實際早已鳴響不絕，偏偏地球上的野心家盡都充耳不聞──「五更疏欲斷，一樹碧無情」，這又是李商隱的感嘆了。

　　不僅如此，當落蒂「仔細再聽」，眾「蟬」原來並不齊心，某些鳴叫是「響自遠方森林」，是枕石漱流，莫問世間事的；另一支大隊

伍則是「混雜市聲」，滲入許多市場的考慮，追逐時髦，鑽營名利，無意於關顧受苦的眾生。這，豈不教落蒂氣餒？

> 從未有過的頹喪
> 觀看歷史的長河
> 或亂世或太平一路都走過
> 而今竟只能雙手合什
> 跪在佛祖大殿前

　　順承上文，落蒂頗覺灰心「頹喪」。他凝看利比亞的「歷史」，「長河」之上既有「亂世」波濤，也有「太平」時期的靜靜流淌，一路延展，總算是能夠「走過」高高低低。可是，二○一一年內戰以還，國家癱瘓，尤其是穆安瑪爾‧格達費（Muammar Gaddafi, 約1942-2011）死後的戰爭清洗、軍閥割據、外國集團趁火打劫等，幾乎要斷絕利比亞人的所有生機。二○一四年前半，利比亞各方衝突又起，下一輪內戰隨時爆發，而周邊國家亦伺機而動，令局勢益發難以收拾。在這特殊時空，詩人落蒂深嘆「蟬鳴」無用，「頹喪」之餘，亦「只能雙手合什／跪在佛祖大殿前」禱求，盼有他力之助，平息海外風雨。

> 驟雨的夜晚
> 遠方傳來多恐怖的災難消息
>
> 沒有人敢拍胸保證誰的人生可以無憂
> 沙漠能出現綠洲啊
> 不毛之地也能收割稻穀

　　從詩的第三、四節看，落蒂對超自然的神佛並未抱太大期望。基督宗教的《以賽亞書》（*Book of Isaiah*）說，神「必在曠野開道路，在沙漠開江河」，落蒂卻反用其意，指出在神明似乎缺席的當代，誰都不敢拍拍胸脯保證「無憂」——利比亞「沙漠能出現綠洲」、飽受蹂躪的「不毛之地也能收割稻穀」，這些神乎其神的想像，不過就是種種虛無的期盼吧了。

　　落蒂覺得，「驟雨的夜晚」畢竟要忽然掩至，人為「災難」的負面「消息」將插上黑色翅膀，從「遠方」飛來——對了，「遠方」，一似余光中所寫，「如果有戰爭煎一個民族，在遠方」。唯一不同的，是余光中的「如果」變成了今天的「事實」，煎熬著利比亞，也煎熬著落蒂的心。

　　果然，〈悲傷十四行〉不幸而言中，利比亞在二〇一四年中再度陷入內戰，且持續至二〇二〇年，期間因伊斯蘭國等外部勢力混水摸魚，使得情勢升溫，禍害更深更劇，難民屍填巨港，百姓骨暴沙礫。

　　落蒂曾在詩文裡諷責過發動戰爭的成吉思汗、拿破崙、墨索里尼、東條英機等人，而歷史俱往矣，今人並未吸取教訓，繼續為私利、為滿足野望而製造「災難」，不懂和平共存。人心如此，人事如此，落蒂怎能不感到「大寒流」直直吹襲內心呢？

　　但作為對時代負責的詩人，在〈悲傷十四行〉開頭就說「那蟬鳴給誰聽」的落蒂還是再一次握緊了他筆管，不作噤聲的「寒蟬」。《大寒流》各篇關懷現世的詩即是落蒂舉起之矛，或許無法一下子擊倒風車巨人，卻已為眾「蟬」做出一種示範。「煩君最相警」，讀者們感受這紙上之情，會願意為「大寒流」時代的苦難而揚聲、而挺身嗎？

追風箏的詩人：
落蒂〈絕然的那一刻〉略讀

　　落蒂愛看電影，且常把觀後感融進散文之中，如〈人類能掌握自己的命運嗎？〉、〈生命探原〉、〈我的祈禱詞〉、〈巴頓將軍〉、〈人性的怪胎〉等篇，均屬顯例。至於新詩，落蒂《大寒流》「失落的地平線」一輯或有從電影《消失的地平線》（ Lost Horizon ）獲得靈感之處，但普遍來說，他較少將觀影經驗直接寫進詩裡。出奇的是，其〈絕然的那一刻〉因與阿富汗亂局有關，頗能跟電影《追風箏的孩子》（ The Kite Runner ）配合析說。〈絕然的那一刻〉只有一節，首八行謂：

　　　　那時我以用心搜尋的目光
　　　　四周掃射而過
　　　　城市大街荒涼著
　　　　所謂豪宅可空無一人
　　　　連一隻狗一隻貓也沒有
　　　　只有走不動的花草樹木
　　　　留下來與土地共存亡
　　　　它的主人何處不可以為家

　　《追風箏的孩子》後半，主角阿米爾（Amir）從移居多年的美國

返回中東，並為著尋找侄兒而喬裝進入塔利班控制的家鄉：阿富汗喀布爾。緊張兮兮的他一路「以用心搜尋的目光」打量所見之人，「四周掃射」既可指他環視各處，又含雙關之義——塔利班的武裝部隊正「四周」巡邏，隨時準備「掃射」可疑分子。阿米爾看到昔日熱鬧的都城如今「荒涼著」，「城市大街」上觸目可見賣義肢的人、上吊的人，頹垣斷壁處處；而由於經常停電，居民都改用起柴油發電，生活品質大幅倒退。

在喀布爾，阿米爾特意回到幼年居住的「豪宅」。這「豪宅」曾舉辦各式派對，嘉賓眾多，晚間燈飾如星，煙火璀璨；但一九七九年蘇聯入侵時，阿米爾就隨父親搬離，好友哈山（Hassan）一度代為看守大宅，其後亦遭塔利班殺害。結果，繁華盡散，「豪宅」被棄置累年，變得「空無一人」，阿米爾甚至「連一隻狗一隻貓也沒有」碰到。不同於「主人何處不可以為家」，大宅庭院裡的「花草樹木」（以及喀布爾一帶的各種「樹木」）因為「走不動」、「留下來」，不得不「與土地共存亡」。從電影可見，它們不是凋零，就是被提防狙擊手的俄羅斯人砍掉，似乎象徵著整個阿富汗的生機在不息的戰火中同被斲喪……

需要提醒讀者的是，落蒂在寫作〈絕然的那一刻〉時還沒看過電影《追風箏的孩子》，上述種種冥契暗合，皆因電影取材於現實，而落蒂則通過新聞、書籍等了解到喀布爾的情況，是以他自己的「用心搜尋」、「四周掃射」能與阿米爾相合，而讀者或可按電影的場景來聯想落蒂所浮思之阿富汗。〈絕然的那一刻〉第九至十五行是落蒂對阿富汗的想法：

　　而悲傷而災難一直像天空的烏雲
　　四周掩映而來

菌子們正大力的繁殖著

是應該下場大雨，悲傷的大雨

至少雨後有可能出現彩虹

七彩的光，什麼紅橙黃綠藍靛紫的

總比一團黑雲來得迷人

　　蘇聯的侵犯是「悲傷」，塔利班的奪權是「災難」，兩者「一直像天空的烏雲」、四方八面「掩映而來」，令阿富汗承受了多年的苦楚。所謂「菌子們正大力的繁殖著」，是指蘇聯軍方曾以炭疽菌對付阿富汗游擊隊，及後塔利班亦著力於合成炭疽菌及鼠疫桿菌，發展生化武器。眼看塔利班的禍害將進一步擴大，落蒂盼望能「下場大雨」，來一場新的戰鬥，把塔利班驅逐下臺，雖然過程會「悲傷」，但「雨後有可能出現彩虹」，新政權或能為阿富汗帶來轉機。

　　在此處，落蒂所言「七彩的光」及「一團黑雲」又可藉《追風箏的孩子》稍加發揮。電影裡，「紅橙綠藍靛紫」的風箏曾出現在美國及蘇聯侵略前的喀布爾，而塔利班統治的阿富汗純然是色調陰沉，無論是公路、瓦礫堆或孤兒院，皆彷似被「黑雲」籠罩著，全無朝氣。〈絕然的那一刻〉和電影一致，以「彩色」代表自由、發展，對立的「黑雲」則隱指專制與落後——平心而論，多元的「彩色」也會引起各種問題，但落蒂認為，它「總比一團黑雲來得迷人」。

　　二〇〇一年，美國進軍阿富汗，那場計畫清滌哀愁的「大雨」終於到來；只是，「大雨」的「悲傷」有餘，雨後的「彩虹」難覓，塔利班與外國部隊皆為平民帶來深重「災難」，美國並非「光」，倒像籠罩中東上空的巨大「烏雲」——《追風箏的孩子》結局明亮，美國成為阿富汗人民的庇護所，現實卻不必然。與此同時，塔利班組織迄未覆滅，自殺式襲擊不斷，二〇一五年九月甚至發起反攻，奪占阿富汗

東北的昆都士；加之伊斯蘭國崛起，持續滲透阿富汗，地區局勢益加動盪。落蒂耳聞目睹，遂在〈絕然的那一刻〉後部寫道：

> 也可以把光芒當作神蹟
> 在無望中乞求希望
> 然教堂鎖著，鐘聲不響
> 佛號呢？佛號更聽不到一聲
> 一面搜尋荒蕪中的生機
> 一面自己在胸前畫十字
> 更或者自己念佛號

身處亂世，苦中作樂的人們幻想爆炸的「光芒」是「神蹟」，在「無望」之中給自己製造「希望」——是的，《追風箏的孩子》裡就有小朋友在裝甲車旁踢球，也有孤兒在瓦礫堆上玩耍。然而為中東憂心的落蒂呢？他無法平靜，卻又乏力濟助，嘗試向宗教祈求，但「教堂鎖著，鐘聲不響」、「佛號更聽不到一聲」，神靈瘖默，仍視萬物為芻狗；焦急的他勤翻新聞，晝夜「搜尋荒蕪中的生機」，渴望能獲得好消息，雖常感無效，仍猶不絕地「在胸前畫十字」、「念佛號」，不願中東人民繼續活在惡夢之中。

民胞物與，落蒂以大胸懷關顧遠方生靈，「用心搜尋的目光」不分界閾。讀《大寒流》，除卻欣賞詩作的技巧之外，更可仔細體會落蒂的悲憫心腸。本文開首提到的〈我的祈禱詞〉裡，落蒂就已說過：「新的一年，我深深的祈禱著，希望真有那麼一個萬能的神，賜福給人們，給人們善良的心，懂得愛自己也愛別人。懂得慈祥、寬恕。」到寫作〈絕然的那一刻〉時，「畫十字」、「念佛號」的他初心未改，並期望能夠感染讀者，共同以「善良的心」，消弭世間之苦。

幻影與鬼魅：
讀落蒂獨樹一幟的〈故事〉

　　就技藝及內容言，《大寒流》實屬落蒂代表之作，與收錄散文詩的《落蒂小品集》共同標示詩家文學造詣的高度。有別於詩人慣常的曉暢風格，《大寒流》所收〈故事〉一篇乍讀頗不易解，細究之下，其實乃繼續體現落蒂對社會現實的關注，其全詩云：

> 不斷上演的
> 讓人看得津津有味的
> 原來是即將發生在自己身上的故事
> 且主人竟從鏡子的背面
> 慢條斯理的走了出來
>
> 他慢慢的表演著
> 一杯乳白色的液體
> 竟在瞬間變成鮮紅
> 慢慢的拿出一張畫
> 畫中的枯樹
> 竟然長了新芽
>
> 畫中人出來了

對著破碎的群山和河流
哈哈大笑
且吟著
江山代有
才人出

有人不滿的上臺
刮去臺上主人的鬍子
脫掉他的手套
觀眾全都站了起來
想看清楚全部的騙局

臺上主人把十指伸出
變成無數的管子
迷湯就灌進了所有觀眾
大家都醉了
忘了此刻的代價

突然燈全熄了
觀眾從醉夢中清醒
一切都空白了
故事將會再重新
上演一次
且永遠不斷的
演下去

為了有效闡釋，必須將落蒂短文〈幻影〉拿來比讀：

他畫了好多線條，自言自語說他不是畢卡索，他是有計畫的在做人生地圖的繪本，要人們照著他指示的方向前進，照著他的經緯度起飛和降落，如此而已。他說他也不是梵谷，不是達芬奇，更不是米開朗基羅。他的作品不是羅丹的雕塑，更不是圓明園的十二獸首，那些只是富豪收藏競賽財富的工具。

他有他自己的路，不論指向哪裡，他的手勢就是一條路的誕生，他說南北就是南北，他說東西就是東西，沒得商量，斬釘截鐵。如果你不在他的手勢下行進，他就狠狠給你一鞭，痛徹心扉的一鞭，他要你永遠臣服在他的指揮下，叫你登山，你不敢下海，叫你渡河，你只能涉水。

沒有什麼是有興趣，更不能說沒興趣，所有到來的事情，都要微笑承受，被子彈打傷，不能哭喊，被刀割傷，包紮了事，臉上不能有不高興的表情，只能唱雄壯的進行曲，把舊習去除，把原來的服飾退盡，要讓一把火把陳舊燒毀，要在前方懸上一幅這一生的指標圖。

他站在高臺上演說，從此刻開始，所有人都沒有被迫害的妄想，所有人都不再有被追殺的可能，所有都要在手指頭上擠出幾滴鮮血，混合的自釀的血酒，每人喝一口以為誓，從此要一起邁向康莊。在他強力的指揮下，世界發生了不少從未發生過的事，城市爆炸了，死傷無數，機場也劫機衝撞各城市最高的大樓，死傷無數。他說那是他的人生地圖之一，沒有重大破壞就沒有重大建設。他繼續在高臺上演說著，他說他會讓世界各大洋掀起滔天巨浪。此刻，下面的人才恍然大悟，但已束手無策。

　　〈幻影〉中的「他」是位自尊自大的領袖，如〈故事〉「慢慢的拿出一張畫／畫中的枯樹／竟然長了新芽」一樣，「他」也在描畫「人生地圖的繪本」，並強調自己「指示的方向」是「新芽」，是「一條路的誕生」。〈故事〉裡，「主人」站在「臺上」，〈幻影〉的「他」也在「高臺」上演講；〈故事〉的表演是將「乳白色的液體」轉成「鮮紅」，〈幻影〉的「他」也要跟隨者「擠出幾滴鮮血」，造出「混合的自釀的血酒」。

　　這個「他」充滿權威，「叫你登山，你不敢下海，叫你渡河，你只能涉水」，〈故事〉的「主人」亦對著號令所及的「群山和河流／哈哈大笑」，為「江山代有／才人出」──忠誠者前仆後繼而感到沾沾自喜。確實，亦有人想過要推翻「主人」，走到臺上刮其鬍子、脫其手套，許多「觀眾」也都站直了腰，「想看清楚全部的騙局」，情況如〈幻影〉之中，有些人曾試過「不在他的手勢下行進」。但結果呢？〈幻影〉的「他」會「狠狠」地甩出「痛徹心扉的一鞭」，鎮壓異見，〈故事〉的「主人」亦「「把十指伸出／變成無數的管子」，以「迷湯」灌醉「所有觀眾」，消弭叛亂。「鞭」與「管子」二為一體，是「主人」與「他」共同的控制手段。

　　那麼，〈故事〉裡，既然「大家都醉了」，大家都變得一味服從了，眾人皆醉，何必獨醒呢？「迷湯」之外，「觀眾」可能還大口喝起〈幻影〉的「血酒」，讓自己更沉湎於受支配的奇異氛圍中。他們「忘了此刻的代價」，助長著「主人」變本加厲地倒行逆施，〈幻影〉的「他」甚至發出這樣的恐怖宣言：「沒有重大破壞就沒有重大建設。」聲言要「世界各大洋掀起滔天巨浪」；如是者，〈故事〉中醉得再深的追隨者也察覺「突然燈全熄了」，所有希望都被徹底關起。這剎那，他們難得地轉醒，〈幻影〉卻說「恍然大悟」的人都已「束手無策」，無以扭轉他們有份造成的局面了；因此，〈故事〉說「一切都

空白了」，追隨「主人」的人，他們的目標、付出的時間精力等一律
歸零，徒然費盡了所有，且最終一無所得，只養胖了邪惡領袖那顆妄
自尊大的心。

　　讀者不難從〈幻影〉看出「他」身上具有某些宗教、政治領袖的
影子，只是，落蒂的社會關注似並非聚焦於某位人物身上，不像〈小
雁塔〉般直接舉出東條英機、墨索里尼等來批評。在〈故事〉的首
節，落蒂寫道：「不斷上演的／讓人看得津津有味的／原來是即將發
生在自己身上的故事」。權力使人腐化，絕對的權力使人絕對的腐
化，原來一旦大權在握，任何人都可能「上演」那位「主人」或〈幻
影〉「他」的戲碼。無怪乎落蒂說「主人」是「從鏡子的背面」走出
來，人們若不作本質上的改變，實無法避免「故事將會再重新／上演
一次／且永遠不斷的／演下去」這一悲慘命運。寫詩至此，怎不令人
深刻反思？

　　值得留意的是，短文式的〈幻影〉為表現「他」那扭曲的心理，
可以寫「城市爆炸了，死傷無數，機場也劫機衝撞各城市最高的大
樓，死傷無數」，直接勾起讀者對恐怖襲擊的記憶；詩文本的〈故
事〉則非常含蓄，主要藉拼貼《聊齋志異》的著名片段來營造怪異氣
氛，需要讀者有足夠的文學訓練，方可看出。

　　例如〈故事〉提到「他慢慢的表演著／一杯乳白色的液體／竟在
瞬間變成鮮紅」，乃取自〈畫皮〉中乞人的法術：「乞人咯痰唾盈把，
舉向陳吻曰：『食之！』陳紅漲於面，有難色；既思道士之囑，遂強
唼焉。覺入喉中，硬如團絮，格格而下，停結胸間……哭極聲嘶，頓
欲嘔。覺鬲中結物，突奔而出，不及回首，已落腔中。驚而視之，乃
人心也。在腔中突突猶躍，熱氣騰蒸如煙然。」當中乳白色的痰涎即
轉化成鮮紅色的心臟。明乎這層聯繫，讀者便能了解落蒂何故寫〈故
事〉的「主人」在臺上「慢慢的拿出一張畫」來──除了對應〈幻

影〉「畫」代表「人生地圖的繪本」外，〈故事〉的那張畫實亦來自
〈畫皮〉：「躡跡而窗窺之，見一獰鬼，面翠色，齒巉巉如鋸。鋪人皮
於榻上，執彩筆而繪之；已而擲筆，舉皮，如振衣狀，披於身，遂化
為女子。」一張畫，正是鬼怪施法的焦點。

　　此外，〈故事〉謂「主人竟從鏡子的背面／慢調斯理的走了出
來」，多少能令人想起〈勞山道士〉：「三人移席，漸入月中。眾視三
人，坐月中飲，鬚眉畢見，如影之在鏡中。移時，月漸暗；門人燃燭
來，則道士獨坐而客杳矣。几上肴核尚存。壁上月，紙圓如鏡而
已。」而「慢慢的拿出一張畫／畫中的枯樹／竟然長了新芽」，則是
類似於〈種梨〉施法的道士：「把核於手，解肩上鑱，坎地深數寸，
納之而覆以土。向市人索湯沃灌。好事者於臨路店索得沸瀋，道士接
浸坎處。萬目攢視，見有勾萌出，漸大；俄成樹，枝葉扶疏；倏而
花，倏而實，碩大芳馥，纍纍滿樹。」他彷似令「新芽」無中生有，
其實不過障眼之術，偷取的是鄉人的水果，最後還弄壞了鄉人的車把
手──借助與《聊齋志異》或隱或顯的互聯，落蒂適度地加添了〈故
事〉的詭異色彩。

　　略加補充，落蒂大概不知道伊藤潤二（ITO Junji, 1963- ）有篇
作品名為〈黃金時段的幽靈〉（「ゴールデンタイムの幽霊」），內容講
述某對搞笑女藝人在「臺上」演出，其表演毫無亮點可言，令人只覺
無聊，但她們的身體卻能飄出靈體，去搔「觀眾」的癢，讓大家發笑，
情況恰如落蒂寫的：「臺上主人把十指伸出／變成無數的管子／迷湯
就灌進了所有觀眾／大家都醉了／忘了此刻的代價」。「代價」是甚
麼？原來被那對女藝人纏住，「觀眾」可能會發笑至死，兩眼一翻，
「一切都空白了」。令人害怕的是，那對女藝人因能惹「觀眾」發
笑，一舉成名，節目登上了黃金時段，將「永遠不斷的／演下
去」──與〈黃金時段的幽靈〉的聯繫應是出於落蒂的設計之外，但

〈故事〉與恐怖漫畫內容冥契暗合，亦堪可為詩文本瀰漫著怪異氣氛的佐證。

　　總結來說，落蒂〈故事〉能體現《大寒流》關注現實世界的宗旨，唯其寫法殊異於落蒂慣有的表述方式，曲折迂迴，須以〈幻影〉細加對照，通盤掌握詩人所思，方可意會其所指。〈故事〉又加上不易見諸落蒂詩章的奇詭味道，在其人多不勝數的篇什中實屬別樹一幟之作，給予讀者新鮮感之餘，也拓寬了詩家寫作的光譜。就為著有這種突破自身的創意，《大寒流》變得更耐咀嚼，這亦是我高度評價該集的原因之一。

文理自然，姿態橫生：
落蒂〈河流的方向〉及其文本聯繫

　　落蒂新詩常常蘊含與其他文學作品的聯繫，《大寒流》的表現亦甚為豐富。限於研究規畫，這裡只舉出〈河流的方向〉一篇略加析說，盼讀者嘗鼎一臠，日後展閱落蒂詩作時能更留意其深層脈絡。〈河流的方向〉云：

> 用心注意周遭的一切
> 車輛行人如何混亂交錯而過
> 訊息快速進入人們眼耳之中
> 謊言更干擾本已不平靜的心
> 不停地轉貼傳播
>
> 白天竟成黑夜，青色變成黃色
> 燃點到時自動點火
> 啊！我不止落寞而且是哀傷
> 且有無止盡煩憂
>
> 四壁古書竟然伸出溫暖的手
> 且暗示我親近它們躲進它們懷裡
> 多少人物朝代更替

只有靜靜的讀著他們留下的滄桑

我也是一條日夜奔騰的河流

就讓它自然流吧

該流向那裡

就流向

那裡

詩第一節，對「車輛行人如何混亂交錯而過」的感嘆並非落蒂所專有，琦君（潘希珍，1917-2006）在〈浮生半日閒〉裡也寫過：「做夢也不會想到，世界上將會出現驚心動魄的斑馬線、紅綠燈，爭先恐後、狂呼怒吼的摩托車」，慨言現代生活節奏急促，使人難以自由自主。〈浮生半日閒〉收錄於琦君一九七五年的《三更有夢書當枕》，到廿一世紀，落蒂所處的當代社會自然更「變本加厲」：「訊息」爆炸、「謊言」漫天，其勢頭隨網絡科技的進步而「不停地轉貼傳播」，不可抑止。琦君曾預感：「再多少年後，超音速的陸地行車，也許還嫌太慢。」是的，落蒂所見的光纖寬頻，確實比超音速還要「快速」。

第二節，落蒂順接上節的「謊言」，說「白天竟成黑夜，青色變成黃色」，這是脫胎自屈原（約西元前343-約前278年）的〈懷沙〉：「變白以為黑兮，倒上以為下。」當然，讀者還可能聯想到《史記·李斯列傳》中趙高（西元?-前207年）「指鹿為馬」的故事。在「謊言」蔽日的當下，落蒂常常「不止落寞」，更有「哀傷」和「無止盡煩憂」，這正正與屈原〈懷沙〉指責「世溷濁莫吾知，人心不可謂兮」相合。

第三節，暗暗與「世溷濁莫吾知，人心不可謂兮」相接，當世之人熱衷於膚淺的「訊息」、魅惑的「謊言」，這讓以詩為志業的落蒂有不得不瘖默的「哀傷」。既然當世眾人「不可謂」、難以溝通，落蒂就

轉向遙遠的曩昔；幸而，「四壁古書」確實對他「伸出溫暖的手」，讓他因「尚友古人」而得到慰藉。這一點，實際對應了陶淵明（約西元365-427年）的〈歸去來辭〉——陶氏看穿「世與我而相違」，乃決心息交絕遊，「樂琴書以消憂」。

閱讀「古書」，落蒂見證「多少人物朝代更替」，楚宮泯跡、漢闕成野、魏晉碑折、腐草螢散等「滄桑」往事令他頗有感悟。同時，落蒂也像上文提及的屈原那樣，從具體的歷史「人物」尋找安慰。屈原〈涉江〉有言：「接輿髡首兮，桑扈臝行。忠不必用兮，賢不必以。伍子逢殃兮，比干菹醢。與前世而皆然兮，吾又何怨乎今之人！」古代的忠賢之士多有與世相違的無奈，落蒂跟他們分享著一樣的「落寞」、「哀傷」、「煩惱」，這「落寞」、「哀傷」、「煩惱」就似乎能削去一大半。所以，他重新堅立，並喊出「我也是一條日夜奔騰的河流」，這與屈原〈涉江〉後文的「余將董道而不豫兮」直是完全契合了。

屈原的「余將董道而不豫兮」後面還有一句：「固將重昏而終身！」落蒂較之屈子似乎是開朗一點，他豁然地說，既是「一條」以詩為志業的、「日夜奔騰的河流」，那「就讓它自然流吧／該流向那裡／就流向／那裡」！他所強調的，不是與世相違而必然面對的「重昏」晦暗，而是擺脫世俗束縛後所獲得的心境自由，像吳均（西元469-520年）〈與宋元思書〉所說：「從流飄蕩，任意東西」[1]，自在無拘執，何必費神管那些充斥世間的「訊息」和「謊言」呢？

〈河流的方向〉在此收結，同時又回到其首節所曾相聯的琦君——落蒂之「從流飄蕩，任意東西」，豈不就是琦君〈浮生半日閒〉所喜悅的「心也閒閒地一無掛礙」嗎？豈不就是琦君所建議的：「何不任意搭上一班公車，從起點坐到終點，再換另一號車，從終點

1　吳均〈與宋元思書〉寫的是乘船遊富春江，適好落蒂在〈閒愁〉裡也說讀書而夢到富春山麓，這讓〈河流的方向〉由「四壁古書」連上吳均顯得更有跡可循。

坐到起點」嗎？

　　落蒂在詩的首節預藏〈浮生半日閒〉之伏筆，到終章暗作呼應，可謂巧妙。他的「自然流吧／該流向那裡／就流向／那裡」，其實不又正正符合蘇軾（1037-1101）之所言，寫作「如行雲流水，初無定質，但常行於所當行，常止於所不可不止」麼？讀得出落蒂詩背後的文化脈絡，則可知其作品不只「文理自然」，且是「姿態橫生」。

那人不畏阻隔，如瀑布傾注虛浮的夢：
讀落蒂《大寒流》的幾首詩

　　詩人傾聽世間哀樂，積儲胸中，再把它們化為新歌，落蒂在〈瀑布〉便如是說道：「我是一條／被懸崖切斷的河流／從百公尺垂直而下／面向迷濛虛無／日夜傾聽／人們的歡呼／和哭泣的水聲」。然而詩家為眾生代言，以妙韻細訴人們的心底衷曲，讀者限於對文藝的敏銳程度，卻不一定能夠產生共鳴，所謂陽春白雪，「國中屬而和者，不過數十人」，而「引商刻羽，雜以流徵」，則「國中屬而和者，不過數人」，往往有「其曲彌高，其和彌寡」的無奈。落蒂〈虛浮的夢〉如此慨嘆：

> 你的詩裡有一大片風景
> 遠山之外還有一朵朵浮雲
> 浮雲之外另有一串串你的夢
> 山腳下有一條溪流
> 流著千古以來詩人的心聲淚痕
> 每一代每一代的行人
> 都只有匆匆走過
> 對這些篇章
> 彷彿和看到那些風景

那些浮雲一樣
是你虛浮的
夢

　　第二人稱的「你」乃是落蒂夫子自道，其詩有以生活內容鋪展的
「一大片風景」，有以技巧點綴的「一朵朵浮雲」，還有以聯想開發的
「一串串」美「夢」，五色繽紛，精彩可期；而且內中「流著千古以
來詩人的心聲淚痕」，有著豐厚的傳統底蘊，含義不可謂不深邃。然
而在當今之世，「每一代每一代」、各種年齡的讀者皆如「行人」，忙
著於世途奔馳，縱使路經詩文本的寶山，也都會輕忽內裡的無盡藏，
以致僅「匆匆走過」，便與之擦肩而別。較好一點的，是會看山是山
地讀出詩裡的「風景」、「浮雲」，但均囿於表相，不能深入觀照。結
果是，在一般讀者心目中，「這些篇章」不過是作家「虛浮的／夢」，
最多能讓詩人聊以自慰，卻缺少實質的影響和意義。

　　放在《大寒流》的創作脈絡裡，落蒂這裡的「夢」值得細析。落
蒂自言：「任何時代都有他們那個時代的文學，在風雨如晦，雞鳴不
已的時代，叫我寫一些與當代無關，甚至置身事外的詩，我真的辦不
到。」明確表示《大寒流》有對現世時局的慮思；蕭蕭（蕭水順，
1947-）亦直接提到，落蒂「關懷國事的急切心情在七十後的心境依
然漣漪不斷」。而這些慮思和關懷悉被視作等閒「風景」與「浮雲」，
恰恰就像戰國後期宋玉撰成〈高唐賦〉、〈神女賦〉，抒寫憂國之情，
人們反倒以為是主淫之篇，只有少數知音如杜甫能齟出：「雲雨荒臺
豈夢思」，體察到「虛浮的／夢」其實一點都不「虛浮」。

　　「搖落深知宋玉悲」的杜甫與〈高唐賦〉、〈神女賦〉的作者彼此
相距近千年，杜甫能夠同鳴共感地「悵望千秋一灑淚」，卻無法改變
「蕭條異代不同時」的客觀事實，不足以給宋玉絲毫安慰。後世的知

音十分遙遠，目下的窘困揮之不去，落蒂〈那人〉即曾寫放棄撰作之
念，其文謂：

> 那人的腸胃
>
> 一直咕嚕咕嚕的告白
>
> 別說是久不聞肉香
>
> 就是一碗白米飯的滋味
>
> 已有好長一段時日未碰上了
>
> 腦子一直嘟嚷
>
> 為何仍留戀那一畝荒田
>
> 未收成已久的空空口袋
>
> 也掀起一陣風的訕笑
>
> 遠方也一直有一種聲音
>
> 說該是離開的時候了
>
> 早該揮揮手
>
> 告別這困居的田園
>
> 那人終於讓細小的影子
>
> 消失在
>
> 地平線上

　　寫詩似未為落蒂帶來「顯榮」的收穫，若果僅靠撰作過活，「腸
胃」確有「一直咕嚕咕嚕」之虞，更遑論賺取名利的「白米飯」與
「肉香」了——這點正好與落蒂名詩〈淒涼〉並讀，可憐珍而重之的
詩稿，有時還不夠「為冬日的生活點火」！所以，落蒂理性的「腦子
一直嘟嚷」，想勸他放棄「那一畝」文學的「荒田」，別再「留戀」徘
徊；在外界，旁人「風的訕笑」又直擊詩家「未收成已久的空空口

袋」，令落蒂不禁自問，耽愛詩藝是否為一種時間、精力的錯誤投資
呢？

　　落蒂還感覺「遠方」有一種呼喚，像〈歸去來辭〉的「聲音」：
「世與我而相違，復駕言兮焉求？」陶淵明「悟已往之不諫，知來者
之可追；實迷途其未遠，覺今是而昨非」，毅然辭掉彭澤令的差事；
落蒂也自云，或許「該是離開的時候了／早該揮揮手／告別」無所得
的詩園，息交絕遊去。那麼，到最後落蒂會做出何種選擇呢？

　　〈那人〉的結尾，「終於讓細小的影子／消失在／地平線上」可
有多重解釋：（一）詩人不得不向現實投降，轉身離去，停掉寫作的
筆，遠別「一畝荒田」和「困居的田園」，隱沒在其他耕耘詩園者的
視野之外；或相反，（二）衣帶漸寬，但詩人「終於」不悔，繼續在
往詩界「地平線」的無盡追求中勇敢前行，直至肉身「消失」世上，
之死靡它。如果援引「許由洗耳」的典故，則也可理解成：（三）落
蒂為避開「訕笑」的俗人，原已專心棲居詩的「田園」，恰似許由願
為逸民，不受世間權位所纏累，但偏偏許由還是被帝堯覓著，落蒂的
「田園」還是被「風的訕笑」吹擾；許由若再有進者，便應聽巢父所
言，隱於「高岸深谷，人道不通」之處，落蒂與之相似，「田園」既
不夠遠離現實利害，便走向極遙的「地平線」去，「隱汝形，藏汝
光」，徹底撇下對現世「口袋」的思慮，消融在詩藝的自足世界中。

　　這三種詮釋，後兩解當然較顯高尚，但按上下文說，還應以第一
解最具說服力。落蒂從事詩的撰作、評論數十年，真的要退下火線，
帶著「細小的影子／消失」麼？〈那人〉或許確有此意，但讀者不妨
只把它視作詩家的一時興感。落蒂老驥伏櫪的心懷，具見於〈阻隔〉
一篇：

　　　來看我的那些

> 昔日的同道
> 竟只為我的手顫抖
> 眼神呆滯而激辯
> 他們不知道我內心裡
> 那一團熊熊的怒火
> 只要一張口
> 即可焚毀
> 我暫居的茅屋
> 只好把自己囚禁

　　這首詩可有貌離而神合的兩重解釋，一是「怒火」指對社會的關注：落蒂曾提及自己的一位戀人，女方因他憂國憂民的「怒火」個性，怕他不得善終而與之分手，落蒂也為此多少壓抑著對政治、時局「那一團熊熊的怒火」，「囚禁」起心靈的一個部分。「昔日的同道」只見到落蒂雙手「顫抖」、「眼神呆滯」，卻不知他「內心」仍戰意旺盛，即使要「焚毀」自己「暫居的茅屋」，犧牲性命，他仍有「一張口」的魄力。《大寒流》也好，短文式的〈幻影〉、〈尋〉也好，都反映落蒂僅僅是一時「囚禁」起自身，卻隨時能越出柵欄，為社會現實揚聲吶喊，決不作寒蟬仗馬。

　　第二，「怒火」可指創作的熱情：詩界的「同道」認為落蒂年紀不小了，總難免「手顫抖」的機能退化，乃至有「眼神呆滯」的思維鈍眊；但落蒂卻自言寫詩之「火」尚存，一時的沉寂、「囚禁」實不過韜光養晦，休息只為了稍作調整，到再次「張口」，「暫居」的、侷促的「茅屋」將被「焚毀」，舊有的框架將被拆除，詩的境界又將拓寬許多。〈虛浮的夢〉說，落蒂的「詩裡有一大片風景」，而這片「風景」乃是日新又新的，四時不同，寫與讀的樂亦無窮。

　　之所以我說以上兩種詮釋是貌離神合、異曲同工，乃由於在落蒂理想的寫作中，社會的關懷與詩藝的精進本就是融為一體之事——事有湊巧，同樣是言及「茅屋」，杜甫的〈茅屋為秋風所破歌〉不正是憂國憂民的文學典範麼？落蒂焚燃「茅屋」的「怒火」既是為社會燒，也是為文藝燒。

　　如是者，反顧〈那人〉，對社會、對文藝有愛的詩家總不會一直「消失在／地平線上」，那最多只是一時的後退。如本文開首徵引的〈瀑布〉所言，落蒂早自知無名無利的創作者是「被懸崖切斷的河流」，要承受被生活思慮這「懸崖」攔腰截損的遭遇，他卻甘心「從百公尺垂直而下／面向迷濛虛無」，只為「日夜傾聽」那「人們的歡呼／和哭泣的水聲」，並以詩傳遞這種種哀樂的心弦——「腸胃」那「咕嚕咕嚕的告白」，斷不能「囚禁」詩人並不「虛浮」的「夢」。

詩界大寒流：
說落蒂的〈懷疑〉和〈憤怒〉

　　落蒂所言的「大寒流」見於滿目瘡痍的阿富汗、利比亞，也見於臺灣的政界，甚至詩壇。在〈懷疑〉、〈憤怒〉等作裡，落蒂聚焦於島上各類新詩文學比賽的評審怪象，首先是〈懷疑〉：

> 或許你是該抱著積極的懷疑
> 懷疑它怎麼會是一件完美的作品
> 懷疑作者只是一時興起的塗鴉
> 或者還要懷疑更多
> 更多人們不知道的機密
>
> 從上帝開始搖頭起
> 接著是評家搖頭
> 只有少數人冒險大力讚賞
> 而他們是帶著惺忪的睡眼
> 以及
> 不願公布真實姓名前來
>
> 或者作者該有一批欣賞者
> 在被人揭開面紗時

　　可以相擁痛哭

　　或者我不該懷疑

　　以免所有的因子

　　都絞在一起

　　常常文學獎得主公布時，落蒂會「抱著積極的懷疑」，再去審視那些奪標的詩章。他發現，許多勝選的篇什其實不過爾爾，僅僅是作者「一時興起的塗鴉」[1]，既無深思熟慮的規畫，也無精湛技巧、創新想法來支撐。落蒂腦內不禁「懷疑」：這首詩、那首詩，怎麼會讓評判點頭，獲譽為「一件完美的作品」呢？複讀三次、四次，落蒂依然覺得魁首之作不異「塗鴉」，他於是「要懷疑更多／更多人們不知道的機密」，「懷疑」起有所謂黑箱作業的情況來。

　　〈懷疑〉的第二節，「從上帝開始搖頭起」喻指獲獎詩存著本質上的缺陷，而「接著是評家搖頭」則是指沒擔任評判的眾多有識者也都對該作表示否定。至於「只有少數人冒險大力讚賞／而他們是帶著惺忪的睡眼」，說的是為數不多的捧場客礙於交情，不得不「讚」，可他們不是睜一隻眼，閉一隻眼，裝作沒看見缺點，就是根本沒讀過作品──最特別的是，某些捧場客「不願公布真實姓名」，是怕荒謬之「讚」影響別人對他品味的評價？是怕奉承之「讚」有損名節？背後原因頗耐玩味。

　　落蒂相信，要是那批口是心非的「欣賞者」（甚至包括評審們）卸下種種外圍的評價因子──如人情、財利等等，猶如「揭開面紗」的他們由於本身亦不喜歡獲勝之作，此前一直違己交病地「大力讚

1　在另詩〈生成〉裡，落蒂把這類篇章比喻為：「一座建築之生成／竟然不必依賴設計圖」。

賞」，至此忽然除掉各種束縛、枷鎖，可以坦露心聲，他們應該也會喜極而泣、「相擁痛哭」吧。

　　到詩末，當然，落蒂的位置不能輕易揪出所謂「黑箱作業」的證據，他因此控勒一下，表示「不該懷疑」，否則愈想愈多，把「所有的因子／都絞在一起」，心裡難免會憑空污名化一眾詩獎評審和「欣賞者」，這也非落蒂所願為——他所針對的，絕非任何個體。

　　說到底，他之所以要寫〈懷疑〉，要忍不住「搖頭」，乃是因擔心「塗鴉」成風，寖成掃蕩詩壇的「大寒流」，則真正有價值的藝術便會花果飄零。落蒂的〈憤怒〉和〈懷疑〉內容相聯，適宜合讀。〈憤怒〉說道：

> 憤怒像排山倒海而來的波紋
> 一層層一陣陣推湧而來
> 有一些不可知的力量
> 藏在中間
> 山巒在危急中傾斜
> 屋宇在嘩啦嘩啦聲中碎裂
> 人們奔越的樣貌
> 彷彿被毀古城情況再現
> 你不必懷疑那食人魚的力量
> 瞬間可以使一隻大象
> 祇剩骸骨
> 有一些聲音逐漸減弱
> 逐漸隱去
> 那時你將看到世界復原的狀態
> 有些歪斜有些變樣

有些不成曲子的歌曲

到處傳唱著

　　全詩隱喻較多，但索解不難：「有一些不可知的力量／藏在中間」，是指詩獎可能有的幕後操作，人情、財利等「力量」壓過了本應對詩文本的專注，左右了賽果；「山巒在危急中傾斜／屋宇在嘩啦嘩啦聲中碎裂」，則是說得獎之作進一步成為詩界指標，影響了寫詩者對美的判斷，造成錯亂，曾支撐詩人之筆的傳統美學遂轟然崩塌。得獎之篇、步武之作缺少美感，卻漸漸成為詩園地之主流，落蒂乃預言：「人們奔逃的樣貌／彷彿被毀古城情況再現」，意思是廣大讀者將離棄「詩」這座「城」，避之唯恐不及，詩的衰落也就不可挽回了。

　　這種說法會過於誇張嗎？落蒂認為不。〈憤怒〉後文續說：「你不必懷疑那食人魚的力量／瞬間可以使一隻大象／祇剩骸骨」。他以「食人魚」喻「塗鴉」而奪獎之詩，一旦放出來，很快就「立竿見影」，能把此前詩家辛苦經營的「大象」吞噬無餘。耳聞所及，不是已「有一些聲音逐漸減弱／逐漸隱去」嗎？是的，許多真正有才的詩人因詩獎的失常而灰心，已經不再活躍了。

　　情況若持續，則詩國必倒退，要回到「復原的狀態」，歷年進步煙消雲散，不，它甚至要變得「有些歪斜有些變樣」，惹人憎厭。落蒂害怕，「塗鴉」被當成「完美」、「塗鴉」而獲「大力讚賞」的風氣不止，詩界被「大寒流」長期籠罩，以後便只會「有些不成曲子的歌曲／到處傳唱著」──俗劣的流行，優雅的泯沒，認真於詩道的人，能夠不憂心嗎？

　　需加留意的是，落蒂對詩獎的「懷疑」和「憤怒」並不是出於酸葡萄心理。事實上，他在1984年刊出的散文〈致某詩人〉裡就已能豁達地看待得獎與否的問題，且曉得安慰其詩友。在同收《大寒流》的

〈孤寂的夜〉裡他吟道：「本來也可以如／那一隻水田角落的鷺鷥／隨便撿拾別人剩下的魚蝦／在一個小小的一方天地／平靜的吞食」，意思是他若肯跟從得獎者的「塗鴉」寫法，依樣畫葫蘆，便能輕易占據報紙一角，賺點稿費，利益不損反增──只是，他「本來也可以」卻始終不願為。歸根究柢，他介懷的不是詩獎的評審和得獎者，而是由之帶動的風氣。這一點，值得深思。

在黯黯然的時代生成詩：
讀楊子澗〈晉京謁巍闕〉、落蒂〈海邊老者〉及〈生成〉

　　楊子澗（楊孟煌，1953- ）的〈晉京謁巍闕——觀詩壇現象〉寫道：

　　　　京畿之宮闕巍巍然
　　　　三都兩京賦掩面棄走且羞赧
　　　　京城獨占八斗而天下才方共一石
　　　　各門派巨儒不足以形容祂的偉壯
　　　　瑰麗雄奇與翰林大學士之薈萃
　　　　難怪諸多的李白策馬自隴西入京城
　　　　趕赴一場場燕會以唱和

　　　　侷促於計程車後座的我，越發
　　　　顯得自己是猥瑣渺小無啥小路用的C咖
　　　　插天的豪宅華廈101是翰林們
　　　　播種的詩；深色玻璃幃幕的折射
　　　　是大學士們鉅著的震天價響和睥睨的光芒
　　　　每一道光，銳利如劍如刀
　　　　叫人不由得嚇到腿軟曲膝而膜拜

翰林們各自擁有諸多名號與官銜

每一位才高皆八斗近親以繁殖

詩社密如人行道旁花開燦爛的路樹

大學士們各據一方為版主

每篇詩文圖如繁星之耀眼成河

陸離光怪晦澀笑鬧亦足以榮光京師震懾天下

天下寒士莫不紛紛予以按讚或大心

鬧市中心大道旁之林蔭深處

日式優雅的庭園和原檜木屋的長廊

迴盪著翰林大學士們雜沓的腳步聲

來去如流水、詠嘆似雷鳴

各自發聲各彈各的調各過各的獨木橋

大珠小珠錯雜彈恍若流星落玉盤

啊！如亂耳之絲竹鬼神泣而天地驚

田園將蕪胡不歸？忽然驚覺末班車

已開走。黯黯然擲筆而長吁長歎……

　　其實只要詳細整理楊子澗此詩所用的典故，就能寫出一篇字數不少的論稿。簡略言之，詩首節涉及左思（約西元250-305年）〈三都賦〉、班固（西元32-92年）〈兩都賦〉[1]、張衡（西元78-139年）〈二京賦〉，《南史・謝靈運傳》讚歎曹植（西元192-232年）之語：「天下才

1　楊子澗在〈日暮——植梧滯洪池〉所寫的明代吳興妓梁小玉亦曾模仿班固而寫出〈兩都賦〉。

共一石，曹子建獨得八斗」，以及李白自言隴西李氏，欲赴京求用，寫下兩首〈贈張相鎬〉[2]；到第四節，「大珠小珠」一行增寫白居易（西元772-846年）〈琵琶行〉的「大珠小珠落玉盤」，「鬼神泣而天地驚」在《幼學瓊林・文事》為「驚神泣鬼」，原讚「詞賦之雄豪」，楊子澗皆以反語出之，「亂耳之絲竹」則直接翻轉劉禹錫（西元772-842年）〈陋室銘〉的「無絲竹之亂耳」，一同諷刺詩壇的「雷鳴」——「瓦釜雷鳴」出自《楚辭・卜居》，意指庸才當道；末節的「田園將蕪胡不歸」取自陶淵明〈歸去來辭〉，「擲筆而長吁」則彷彿王冑（西元558-613年）「擲筆起長嘆」、郝經（1223-1275）「吁嗟擲筆還撫膺」；至於篇中提及的「巨儒」、「翰林」[3]、「大學士」等，似也可令讀者有更多關於古代的聯想。

全篇的意旨，約為：某些現代詩團體以財力建起巍巍地盤[4]，資才庸劣的詩人掛著「版主」頭銜，與順己者互相吹噓、近親繁殖，自詡詩文「耀眼」，其實不過製造著「亂耳」的噪音，離李白「筆落驚風雨，詩成泣鬼神」[5]的造詣遠遠。杜甫〈茅屋為秋風所破歌〉嘗言：「安得廣廈千萬間，大庇天下寒士俱歡顏」，楊子澗筆下的富詩人

---

2 一般認為李白「天子呼來不上船」，但到安史之亂時，李白錯投永王幕府，受到牽連，為求戴罪立功，乃向張鎬（西元?-764）投詩，聲言「一生欲報主，百代思榮親」，望能隨之平叛。〈贈張相鎬（其二）〉開首即云：「本家隴西人」，與楊子澗詩盡合。

3 按李白天寶年間在長安，即供職於翰林院。

4 所謂「財力」，可能也是象徵，或指詩社領頭人呼朋引伴的「社交資本」（social capital）。

5 楊子澗此詩對李白事跡有四種不同的用法：（一）正用——李白向張鎬求職；（二）反用——杜甫〈寄李太白二十韻〉讚李氏「筆落驚風雨，詩成泣鬼神」，楊子澗筆下的當代詩人卻無此實力；（三）互聯——「翰林」與李白官職有關；（四）轉化——「擲筆而長吁長歎」除與王冑、郝經詩句相近外，亦實際上較易令人想到李白聞名的「停杯投箸不能食，拔劍四顧心茫然」，慨嘆當今詩壇，使認真的作家「行路難」。楊子澗化用古典的能力超卓，值得論者詳加研析。

卻純以「豪宅華廈」威懾眾人，視「天下寒士」為嘍囉，藉後者「莫不紛紛」對其詩「予以按讚或大心」來滿足一己虛榮。此一「陸離光怪」之現象令楊子澗深痛於詩的「田園將蕪」，但因無法力挽狂瀾，只好「黯黯然」走開，獨善其身。

關於詩壇，落蒂的〈海邊老者〉也寫過一些怪現象：

他看著數十年來培育的苗圃
長出一些奇奇怪怪的花木
開出一些醜陋的花蕊
長出一些怪異的果實
心中想著，這是我一直
夢寐以求的大植物園嗎

走到食品街
看到糞土的麵條
如垃圾的米飯
黑漆漆如油墨浸過的魚蝦
連忙到水溝邊狂吐

再走到細心經營的動物園
一隻隻獅不像獅，虎不像虎
怪嚇人的猿猴猩猩
各種從未見過的動物張牙舞爪
一時嚇得狂奔起來

老者自問：這是原先我要的嗎

坐在海邊凝視波浪

突然水龍捲升起

黑壓壓的水霧降下

老者頹然倒向海邊

被海浪衝著走

按落蒂曾創辦《詩友》季刊，主編《文學人》，在《創世紀》詩雜誌、《國語日報》、《臺灣時報》、泰國及印尼《世界日報》等撰寫新詩評析專欄，出版論著《中學新詩選讀──青青草原》、《兩棵詩樹──詩神的花園》、《詩的播種者》、《尋找詩花的路徑》、《六行寫天地》、《大家來讀詩》、《臺灣新詩人論》等多部，「數十年來」積極「培育」詩的「苗圃」。可在當前，詩的品味發展頗教落蒂吃驚，流行的竟都是「奇奇怪怪的花木」、「醜陋的花蕊」、「怪異的果實」，令他捫心自問，詩的寫作表面上是興旺了，蔚然茂盛，如同「大植物園」，但穢草惡木，腥臊並御，這難道是他「一直／夢寐以求」的嗎？

落蒂一首一首地瀏覽現下流行的詩，如帶著輕鬆心情去逛「食品街」；但叫他失望的是，他見到的只有「糞土的麵條」、「垃圾的米飯」、「黑漆漆如油墨浸過的魚蝦」，噁心骯髒，談不上半點營養，落蒂大倒胃口，只得跑到一邊「狂吐」。以審醜自豪的「糞土」、「垃圾」、死「魚」和死「蝦」生氣缺缺，那麼「細心經營的動物園」應該是另一種光景吧！不料「細心經營」原來僅僅是炫技，那詩的園地「一隻隻獅不像獅」，詩不似詩，只讓落蒂感到難以投入，心裡甚至覺得「怪嚇人的」。勉為其難地一篇一篇翻閱，持續累積不安的落蒂忽然有了怪詩「張牙舞爪」撲來的恐懼，要「狂奔起來」迴避，不能再讀下去了。

在詩的最後一節，落蒂再次自問：「這是原先我要的嗎？」他坐

在詩的「海邊」觀看新的「浪」潮，但覺「波」譎雲詭。偏偏後「浪」的力勁如「水龍捲升起」，影響愈發增大，像「黑壓壓的水霧」，能夠蓋過所有辛勤的「培育」——像楊子澗「擲筆而長吁長歎」，落蒂也在「黯黯然」的「水霧」下，「頹然」側倒，唏噓於「被海浪衝著走」，遭怪異的後「浪」淹沒，恐怕要消失於歷史之中。

慶幸的是落蒂在〈生成〉裡乘浪復出，重拾自信，詩裡說：

　　一座建築之生成
　　竟然不必依賴設計圖
　　它一點一滴由磚瓦碎石木片
　　慢慢堆疊而至數十層
　　顫危危的立在大地上
　　一片草原之繁殖
　　竟然不必規畫
　　它一畦一畦由各種植物蔓生
　　以致於雜亂的局面形成
　　一座森林之擴大
　　乃由於一棵樹一棵樹
　　逐漸的種植生長
　　以致於濃密到阻隔所有視線
　　我們便被圍困在裡面

　　而一切的一切
　　都是因此而
　　生成存在

　　詩國現下充斥著塗鴉亂寫的「建築」，「不必依賴設計圖」，卻能「堆疊」至連篇累牘的「數十層」；這種怪象更如「草原之繁殖」，竟「不必規畫」，自然而然就吸引了一眾無深度的寫手，彷彿「各種植物」湧現，「雜亂」地治絲益棼，亂上添亂。就這樣，詩國的壞細胞變成一整座持續「擴大」的「森林」，比〈海邊老者〉的「植物園」更教人望而生畏，「所有視線」、所有光明，都因「森林」的「濃密」而受「阻隔」，認真如落蒂的詩人，就有了「被圍困在裡面」的窘迫。

　　但客觀環境雖不理想，落蒂在詩的次節還是喊出了頑抗精神：「一切的一切／都是因此而／生成存在」！客觀環境的困頓，不也是刺激撰述者心靈、煥發傑作的催化劑嗎？司馬遷（西元前145-約前86年）〈報任少卿書〉云：「蓋西伯拘而演周易；仲尼阨而作春秋；屈原放逐，乃賦離騷；左丘失明，厥有國語；孫子臏腳，兵法修列；不韋遷蜀，世傳呂覽；韓非囚秦，說難孤憤；詩三百篇，大抵聖賢發憤之所為作也。」落蒂相信，在惡劣的處境中，「一切」還是能夠「生成」，就看詩家如何站得堅定，突破詩壇目前的困局了！

　　在〈晉京謁巍闕〉「擲筆」的楊子澗事實亦未停筆，他將推出詩集《生活在島嶼上》及《現代律絕》——前者表明屹立土地之上，不隨「波浪」飄蕩；後者接唐賢之妙筆，再啟新章——均是在混濁之世持守對藝術的追求，不屈於當代風氣之作。且看「一切的一切」，如何在詩家的銳筆下頑強「生成」，向不囿於一時一地的永恆而「存在」。

「小品」嚐詩藝，「手記」載神思：
落蒂《大寒流》的旅日諸作

　　落蒂常有紀遊之篇，一部厚厚的《詩的旅行》，顧名思義，即是以詩銘誌汗漫之遊。至《大寒流》，落蒂的旅遊詩可謂臻於圓熟，在思想上、技巧上均超越前作。其中，輯三「飛升與沉落」專收詩人以東瀛為題材之作，而「旅日手記」系列四首的觀點能予人啟發良多，值得細味。

　　在詩中，落蒂推崇的是「空」的境界，「旅日手記之一」的〈黑部立山雪牆〉記道：雪牆如「銀山拍天巨浪」般壯闊巍峨，「白」似乎「空空洞洞什麼也沒有」，卻能「延伸到無限／延伸到前後上下左右」；落蒂因而稱雪牆是造化「一支開天闢地的巨筆」的傑作，凝視它，就能感受到「宇宙的浩瀚」，心靈震撼不已[1]。

　　宇宙無限，人類渺小，生命只得須臾。〈前赤壁賦〉的客人曾以曹操（西元155-220年）為言：「方其破荊州，下江陵，順流而東也；舳艫千里，旌旗蔽空，釃酒臨江，橫槊賦詩，固一世之雄也。而今安在哉？」頗有視功業為虛妄之想。落蒂亦近似，「旅日手記之三」即〈兼六園〉謂：「我們不禁興起金澤城主／還有那些隨後修城的藩王／他們只留下沉默的林泉」；同系列「之四」〈松本城〉亦說：「多少代城主已代為塵土／然樹木仍伸展著它們的美姿／花朵謝了卻又再度展現

1　以佛教觀點看，這「宇宙的浩瀚」亦可解作「宇宙的奧秘」。「一切有為法，如夢幻泡影，如露亦如電」，「白」所寄寓的「空」即是萬有本質，落蒂乃是被這真諦所撼動。

艷容」。落蒂認為，兼六園仍在，只是藩主已杳然無蹤，其事業已雲散煙消；花木循環不息，烘托出松本城的古老與從容，它的故主卻早早埋在地下，無復生氣——這些，不都明示了一世功名之不足恃嗎？

所以落蒂認為，與其費盡心血於競爭角力，不如享受素淨自在的人生。「旅日手記之二」〈合掌村的天地〉裡寫，人們或許會認為簡樸的生活辛苦、無趣，甘於淡泊的落蒂卻從「一片烏黑」中看見「透出亮光」。例如，他很欣賞「山村田野間走過的阡陌」，覺得它們在心中交錯「織就一幅美麗的星圖」，能叫靈魂適暢；山村子民的飲食縱不豪華，卻一樣是可口的「美食」，且材料更健康，更天然，讓落蒂生起了「深深的羨慕」；而山村「茅草家屋」雖非華廈，但「斜斜的防雪屋頂」亦有如「古典懷舊的風景畫」，足以令落蒂悠然出神……

不過，落蒂也絕非毫不作為，只是他為而不爭，順任自然。「旅日手記之三」〈兼六園〉云：「五月初來訪／只剩殘櫻／如果六月或有曲水／在秋天將有紅葉歡迎賓客／若選擇冬天將有霜雪／更有那夢幻的鼓聲」。時機未熟，觸目或只有「殘櫻」，但何不稍待，各種美好必皆按時而來。兼六園名列「日本三大名園」之一，可它實際也「花了近兩百年／才深深吸引人們目光」——以兼六園為師，人們自可徜徉於時間長流之上，隨遇而安。

從上可見，落蒂的詩思無疑是富於啟發性的。至於詩的技巧，其「旅日小品六帖」體現得更為集中一點。略舉數端，首先是詩中有靈活的筆法，如〈岩手縣北上市公園〉寫「石頭在河流中奔跑／塔站到眼前來」，不寫「河水在石上流」、「眼前看見一座塔」，打破框框，拒絕呆板，頗為新鮮；〈富士吉田市新蒼山淺間公園〉寫「白色富士山／突然傲立在／一片吉野櫻之間」，而不寫「在吉野櫻的罅隙間看見富士山」，反客為主，以之道出乍見風景的驚喜，效果也更彰。

二是善用擬人手法，〈茨城國營常陸海濱公園〉的「草球／靜靜

沿著小路排隊」、〈北海道一瞥〉的「老天替人們犁開一行行／種雪的田地」，以及〈石川縣兼六園〉的花樹「微笑」等先勿論，〈富士吉田市新蒼山淺間公園〉的「藍色流雲／緩緩／不敢驚動／任何人」則不僅將雲人格化了，且亦融情入景，表現出落蒂瞥見富士山時之屏息靜氣，與柳永（約西元987-約1053年）聞名的「唯有長江水，無語東流」異曲同工。

　　三是以相近、相反的細節，設置能供讀者介入的空間。相近方面，〈京都東福寺〉中，眾多遊客和落蒂都欣賞眼前的「鵝黃／和／深綠」，流露出雅愛自然之情，而唯獨落蒂「看到有人／背著手／在白雲間漫步」，似乎覷見了「某高人雅士」的影跡，這就讓讀者多了關於隱逸者的聯想。相反方面，〈北海道一瞥〉寫下雪，冰冷的雪景卻點起人們「心中猛烈燃燒的火」，構成「極冷與極熱」的悖論，讓詩更有張力[2]。既相反又相近的，則是〈茨城國營常陸海濱公園〉所云：「一片藍色的海／或者／天空」，不說相對的「海」和「天」已成一色，卻用「或者」一詞暗示「海」、「天」之難以區分，巧妙留白，引人想像「海」之平、「天」之青，極耐咀嚼。

　　常說落蒂作品有「小」、「大」兩座高峰，「小」是《落蒂小品集》，「大」是《大寒流》。在旅遊詩這領域，《大寒流》的思想性、藝術性皆甚為可觀，而其輯二「武界傳奇」、輯四「失落的地平線」俱為紀遊之作，讀者不妨展開紙上之旅，細味其旨。另外，「武界傳奇」裡的散文詩〈金門戰史館〉、〈毋忘在莒的正午〉、〈古寧頭的傍晚〉、〈料羅灣的清晨〉及〈莒光樓的榮光〉等五篇，適宜與《落蒂小品集》合讀，「小」、「大」合璧，必可一新讀者眼目。

2　落蒂對雪的熱情亦見於散文〈雪蹤〉：「終於在峨眉山遇雪了，一片白茫茫，山隱約在雪中，金頂隱約在雪中……我們一行人太興奮了……我滑倒了，滾了一圈，全身滿是雪水。我大喊：『雪，我終於撲倒在你的懷裡了！』」

輯三
佛在靈山莫遠求

豈容華髮待流年：
讀落蒂《鯨魚說》初稿

　　唐朝柳宗元（西元773-819年）寫〈始得西山宴遊記〉，心情以「恆惴慄」始，以登上西山，「心凝形釋，與萬化冥合」，一霎時疑慮一空終。可是繼續展閱「永州八記」，柳氏的負面情緒依舊如影隨形，無以掃淨。他在〈鈷鉧潭西小丘記〉縱有「悠然而虛者與神謀，淵然而靜者與心謀」的放鬆，卻無法不痛惜起小丘之「棄是州」，終致窘困地聯想到自己遭貶的厄運，被「農夫漁父，過而陋之」，甚至「連歲不能售」[1]。〈至小丘西小石潭記〉裡，柳氏初聞潭水聲，「心樂之」；觀潭中游魚「似與遊者相樂」，更覺歡然；結果在潭邊坐下，發覺「四面竹樹環合，寂寥無人」，柳氏又頓感「淒神寒骨」，卒以「其境過清，不可久居」，乃黯然離去。據此回溯，「永州八記」第二篇〈鈷鉧潭記〉豁達地聲言「樂居夷而忘故土」，應該也只是柳宗元故作灑脫之語罷了。

　　蕭蕭為《大寒流》作序，曾稱：「在眾多前輩詭譎的詩風中，眾多前輩響亮的名聲裡，如何脫穎而出，未嘗不是落蒂的另一個心理壓力」[2]。本來應「從心所欲不逾矩」的七十五歲詩人落蒂，彷彿難忘

1　柳宗元永貞元年（西元805年）被貶為永州司馬，「永州八記」中，包括〈鈷鉧潭西小丘記〉在內的前四記均作於元和四年（西元809年），其時柳氏確已「連歲」不受朝廷重用，久困蠻荒。

2　蕭蕭（蕭水順）：〈歷經春和夏豔秋熟冬寂的《大寒流》〉，《大寒流》，落蒂（楊顯榮）著（臺北市：秀威資訊科技股份有限公司，2017年），頁5。

施展政治抱負的永州柳宗元，心中冉冉有了在詩國「稱斤論兩」的焦慮——是「身與名俱滅」，還是「不廢江河萬古流」？這是個問題。

落蒂自述《大寒流》因「憂國憂民」而作，其時他「面對紛亂世情，心中盼望有解世紛、濟蒼生、安黎民的人物出現」，非是「為一己之私，妄想在詩壇揚名立萬」[3]；到了這部詩集，落蒂壓縮大寒流，化為小迴溪，載動的多是個人靈思。第一輯「風鈴」收有〈心願〉謂：

> 妳不要問我為什麼一直站在那裡
>
> 踏是我多年的心願
>
> 在妳夜歸的路上
>
> 我是一動也不動
>
> 一盞照明用的
>
> 路燈

如所周知，鄭愁予（鄭文韜，1933-）〈野店〉有句云：「是誰傳下詩人這行業的／黃昏裡掛起一盞燈」，白靈（莊祖煌，1951-）早認出落蒂〈山中的一盞燈〉借用了有關象徵[4]。在〈心願〉裡，落蒂不憚重複，沿用「一盞照明用的／路燈」，心志堅定地揭櫫其寫詩的志業：「多年」來，他一直不可動搖地「站在」詩的路上，為置身黑暗、茫然「夜歸」的讀者指示心的方向。不過讀者（以「妳」代表）並不領情，倒是常質疑落蒂何故有此「選擇」。落蒂也不論理，只附上藏頭訊息：「妳踏在我一路」，期盼讀者試試翻開詩集，沿路細看，

3　落蒂：〈後記：一片冰心在玉壺〉，《大寒流》，頁255-256。

4　白靈（莊祖煌）：〈悠遊與抵抗——序落蒂詩集《風吹沙》〉，《風吹沙》，落蒂著（臺北市：釀出版，2016年），頁9-11。

自然能被詩人「多年的心願」打動[5]。

　　落蒂〈心願〉刻意書一「踏」字，明知「飛鴻踏雪泥」後，應該是「鴻飛那復計東西」，他卻偏想留下「指爪」，見證詩的刻痕。「獨品十四首」其四為〈抉擇〉，如是敘述：

> 想著已到攤牌時刻
> 不是找到光明
> 就是奔向更黑暗
> 終於奮力推開重壓
> 挺直身子站了起來
> 屋外也無風也無雨

　　所謂「攤牌時刻」，實即定評詩壇地位的時候。詩人已古稀，想著立言傳世、「找到光明」，可是現實「黑暗」，難以攻破。「獨品十四首」其七提到，詩的影響似乎進入「寒夜」，即使詩人寫出「夢中的一切」，由於缺乏認真的讀者，華章仍難以流傳、留存[6]。落蒂不禁追問：「誰會是誰永遠的記憶／在這樣的寒夜裡」。另一種「黑暗」蕭蕭早已言之，乃來自前輩的「重壓」或陰影——文學理論所謂「影響的焦慮」——即使有讀者，他們會認為我落蒂寫得比已有大名者好嗎[7]？即使「我」寫得比已有大名者好，「我」在這「寒夜」時代會有讀者嗎？是否注定，「我」只能「奔向更黑暗」？糾結著的疑問，常常使

5　落蒂在本集「獨品十四首」其十〈療傷〉中，亦肯定了自己詩作撫慰他人的效用，而且著眼當下，不求後世留名——只不過落蒂的這種達觀心懷並不持久，詳如後文。
6　落蒂盼望有詩的知己，此意亦見於同輯的〈撫慰〉、「獨品十四首」其三〈晚風〉等。
7　「獨品十四首」其九〈晃動的光〉，即寫落蒂遭受批評，自信動搖。

人卻步[8]。落蒂幾經掙扎，「終於奮力推開重壓」，嘗試舉筆再次挑戰[9]。當他「挺直身子站了起來」，繼續矗立如「一盞照明用的／路燈」時，其悲苦的情緒亦隨之轉化，彷若重尋「不在意，只有寫」的初心，冥冥之中，萬事自會水到渠成；詩人的心，遂覺得「屋外也無風也無雨」，放開懷抱，呼應了蘇軾的〈定風波・莫聽穿林打葉聲〉[10]。

　　然而落蒂的豁達類近於柳宗元的永州心旅，攀過一峰，又滑向斜坡，在「獨品十四首」其六，〈黑影〉很快便再將他覆蓋。在這首同屬六行的新詩裡，落蒂寫道：

　　　　殘餘也是一種美
　　　　夕陽的餘暉
　　　　總是令人特別珍惜
　　　　我把焚燒過的地方
　　　　掃一掃竟然
　　　　只留下一片巨大的黑影

　　首行起筆樂觀，視「殘餘」為另一種「美」，即使無法事事順遂圓滿，亦覺無甚所謂；但緊接二行寫到「特別珍惜」剩下的日子或「夕陽的餘暉」，詩人的矛盾心理即又竄起，放不下要把握剩餘時

8　其他無法逆料的外在因素亦使落蒂失望，突如其來的「黑暗」在「獨品十四首」其十三〈意外〉裡化為不可測的「土石流」，能「壓毀眼前的一切」，叫落蒂措手不及。

9　塑出個人風格，見「獨品十四首」其十一〈凝視〉；努力琢磨、提高詩藝，見其十二〈盼〉。

10　值得注意的是，「屋外也無風也無雨」在句式上固然較接近蘇軾的「也無風雨也無晴」，但落蒂只寫「無風」、「無雨」，並不意在「無晴」。風雨象徵逆境，晴象徵順境。也許，說落蒂貼近范仲淹（西元989-1052年）〈岳陽樓記〉中沉醉於「春和景明」的遷客騷人，更加合理。

機、在詩國占一席之地的念想，重蹈了柳宗元〈鈷鉧潭記〉聲言「忘故土」，其實卻難捨帝京長安的覆轍。落蒂著手整理詩稿，刮垢磨光，過程中剔除、「焚燒」眾多不合意的舊作，沒料到「掃一掃」餘燼，「只留下一片巨大的黑影」，真讓他有充分信心的篇什未得一見。落蒂曾有〈淒涼〉詩說：「打開自己珍藏的詩稿　發現只有無題詩三首／一首我拿起來　一口一口吃下／一首拿給妻　為冬日的生活點火／另一首，我想，只有寄給你」，與〈黑影〉同寫重溫舊稿，卻巧合地都點起一把燒燬的火。結果是，落蒂的心情又由故作瀟灑陷進淒苦，在駸駸相追的詩路上迎面撞著失望。「是固勞而無用」，柳宗元〈小石城山記〉如是嘆息。

　　這種高低跌宕的意緒在詩集第二輯「說不定主義」裡尚自蔓延，〈竹窗戶有書〉大度豁然，唸道：「老舊床舖桌椅／可以自由坐臥／粗茶淡飯尚可溫飽／／屋雖簡可迎風雨／室雖窄可納友朋」，彷彿「審容膝之易安」的陶淵明，樂夫天命復奚疑；接續的〈雨夜思友人〉立馬變調：「空山之中／只一盞孤燈／亮在我獨居的小屋／有誰來和我煮酒討論人生／／不論內心如何澎湃／此刻對往日的際遇／不免有時追悔有時嘆息」，真惆悵而獨悲。落蒂〈老來心境〉把這種起伏不定的心潮概括得最為具象：「那上下升降的電梯／以及奔馳的雲霄飛車也／正在我心中／像窗邊胡亂攀爬的紫藤／四處亂竄」，他也明瞭自己有顆難以靜定的心。

　　復以〈說不定主義〉為例，首節的「其實我也想／自己開／自己喜歡的／花　卻由不得／自己」，表示落蒂欲追求自身風格、不隨詩國浪潮，無奈下場是遭主流忽視，恐怕不得不改弦易轍。該作次節承續說：「我也不／願一直被／放送　正如也不願／一直被／閒置」，前半突兀的斷句使「願一直被」和「不」字隔離，意思全然相反，或許正道出獲傳唱、獲「放送」，才是詩人心底的願望；後半則直言不合

潮流時「被／閒置」的窘態，亟欲破圍。〈說不定主義〉的第三、四
節謂：

> 如果把
> 插頭拔掉
> 就如枯萎
> 垂頭的花
> 那麼
>
> 你問我何以在
> 白色植物開
> 紅花
> 何以在綠色植物開
> 白花
> 那要看氣候
> 土壤
> 而產生不同變化
> 有時是補品有時是
> 毒物

　　文本是電源，電器的運轉是詩作影響力的彰顯，「插頭」即為讀
者的閱讀和評論，發揮著至關重要的連結作用。假如「插頭拔掉」，
文本的「花」再燦爛，其命運也只能是「枯萎／垂頭」。由於知音難
尋，「插頭」猶如被「拔掉」，落蒂具個人風格的作品沒能得到重視和
理解，甚至被輕蔑者質問：「何以在／白色植物開／紅花」、「何以在
綠色植物開／白花」。落蒂歸納這種困境的原因為：「氣候」不對頭、

「土壤」不對頭，前者指詩壇的潮流，後者指讀者的接受能力[11]，明明寫出的詩是有益心靈的「補品」，由於外在的因素，它們都成了評論界和市場的「毒物」，被摒棄，得不到重視。落蒂在〈雜感數則〉第四首以畫為喻，說：「許多人在努力畫畫／畫中藏了許多話／在紛亂的人群中／畫飛了起來／人群並未瞧一眼／只有一個一個從畫上踩過／隔天清潔工來了／把它們通通掃進垃圾車裡」，「畫」便是詩，與草木鳥獸一歸於腐壞澌盡泯滅而已。

　　時代和讀者是詩家無法控制的，〈說不定主義〉的最後一節由是謂：「被晾在一旁／荒涼或／被多隻手搶／用　不是你／說了算」。那麼，應該看開一點、放下求成的執著麼？但「被晾在一旁」、「一直被／閒置」的感覺著實不佳，那麼，還是應該「由不得／自己」，盡力開別人喜歡的「花」？在〈東河舊橋〉，落蒂豪言：

　　　　站在馬武窟溪口
　　　　兩臂交疊向上
　　　　是引領東河鄉和成功鎮
　　　　幸福的方向嗎
　　　　停在橋端的一隻黑鳥
　　　　不斷昂首啼叫
　　　　那知那知
　　　　海岸線那邊拓寬的新橋
　　　　吸走了人群
　　　　但舊橋仍以獨特的結構和造型

---

11 氣候和土壤都對的話，或許就會像柳宗元〈鈷鉧潭西小丘記〉所寫：「以茲丘之勝，致之灃、鎬、鄠、杜，則貴遊之士爭買者，日增千金而愈不可得。」

向人們宣誓
自己存在的價值

　　這番是以「舊橋」自比，雖則合乎潮流的「新橋」把讀者都「吸
走」，落蒂仍堅持其詩作「獨特的結構和造型」，為人們「引領」著
「幸福的方向」，矢志不移，更不輕看「自己存在的價值」。轉到下首
詩〈晚景〉，落蒂卻來個一百八十度的轉變，否定曾經的肯定，自怨
自艾起來：

　　　　站在果樹下垂涎的老猴
　　　　仰頭呆望著纍纍的果子
　　　　嘆了一聲
　　　　啊！我已經爬不上去了
　　　　聲音撼動整棵果樹
　　　　果子竟紛紛落了下來
　　　　落下來的成堆果子
　　　　把老猴埋在果子底下
　　　　老猴沒有吃到任何一顆

　　曾高調為自己獨特存在價值而「宣誓」的落蒂，這時已不再是偉
岸的「舊橋」，倒變成「垂涎的老猴」，巴望著成熟的、高位詩人的豐
收，哀嘆「爬不上去」，隨後更控訴「沒有吃到任何一顆」果子，分
不到半絲榮耀或實利，既憂且氣。綰合〈東河舊橋〉與〈晚景〉，再
回到〈說不定主義〉所提出的兩難局面，在割捨與務得之間，我們可
以說落蒂本願作「特立」、「不與培塿為類」的西山，卻又為「過湘
江，緣染溪，斫榛莽，焚茅茷」的偏處一角、知者稀少而感到神

傷——矛盾的心情，總揮之不去，理還亂。

當然，以上分析的用意，並非為批評落蒂口說堅定、實際卻搖擺不專的心懷。一來，在逍遙恬淡與趨求不朽的兩極間徬徨徘徊，本就屬人之常情，「不慕榮利」、「忘懷得失」的陶淵明，猶偶爾流露「日月擲人去，有志不獲騁」的失望，落蒂能夠如此直面陳述，毫不掩飾，反倒讓讀者欣賞起其人的率真天然，也更易產生廣泛共鳴。二來，不同於《大寒流》向外關顧，這部詩集反照自身，落蒂那悲喜相逐的「柳宗元模式」上接「永州八記」，為失意文人的心靈造像，誠具有特別的文化意義，同時又是讀者探析落蒂為詩迷、為詩狂、為詩怨心理的重要材料，不容後來的研究者忽視。正因落蒂寫出了左右搖盪的心之鐘擺，本書的第一、二輯才有著格外重要的價值。缺少了它們，讀者將不能透過文本認識完整的、有血有肉的落蒂。

本詩集第三輯「鯨魚說」宣揚環保，與犧牲自然為代價的經濟發展相對立，順承著落蒂此前的〈海岸斷想〉、〈青草湖〉、〈天池〉等作，語淺情深，顯示出詩人一貫的關懷；第四輯「詩茶飛舞」寫遊歷所想，沿襲《詩的旅行》、《臺灣之美——詩寫臺灣》，乃至《大寒流》裡「武界傳奇」、「飛升與沉落」、「失落的地平線」等三輯，屬落蒂慣常寫作的題材，換了湯，藥性依然熟悉，自成體系之餘，亦自能吸引長久支持落蒂的書迷。

第五輯「愛之船」比較特別，之前落蒂寫及妻子的分行詩只有〈滿月圓〉、〈黑色奇萊〉、〈花的變奏曲〉等幾首，並不集中；到這部詩集，他才終於特闢一輯，藉分行詩歌詠其生命的另一半[12]。戈登・興格萊（Gordon B. Hinckley, 1910-2008）曾宣告：「婚姻最真實的意

---

12 至此，落蒂新詩在重視夫婦感情一項才更顯圓滿，見余境熹：〈明我長相憶：落蒂新詩的「重情」精神〉，《大寒流》，頁220-223。與妻子關係緊密、互敬互愛，也有助鞏固落蒂的正面形象。

義，是平等的夥伴關係，不是由一方支配另一方，而是在雙方的責任與目標上彼此給與鼓勵並支援。」從輯內各篇可見，落蒂的妻子一直與他相扶持。稍早的〈愛之船〉、〈紅樓夢〉、〈大津瀑布〉均寫於一九六八年，當時落蒂「人生遇逆風」，「因某事心情欠佳」；〈遠方──給靜帆〉寫於一九八一年，其時落蒂又「遇某些困境」，而幸好兩番受挫都有妻子「攜手渡過」，讓修訂版的〈大津瀑布〉響起「將來的人生／或明亮或晦暗／或平坦或荊棘／都是我們所共同擁有」的誓言，教讀者動容──落蒂把寫給妻子的好詩壓了數十年，到現在才公諸於眾，真是把美酒留得太後了。至於新作如〈盤旋──給靜帆〉、〈騰雲──給靜帆〉等，皆可視為妻子陪伴落蒂面對晚歲憂思之篇什，見證夫妻半世紀的深摯真情，值得細賞。

　　另外，集內〈宿和南寺〉、〈無言歌〉、〈觀景〉和〈境〉等，都有足供發揮的詮釋空間；登山尋覓這一意象在〈願〉、〈山路〉、〈遠方──給靜帆〉等篇中頻頻出現，但同中見異，也有值得討論的地方。綜合來說，落蒂的這部新書既有承前之作（主要為三、四輯），又增入了個人詩路心境和家庭摯愛相攜的集中書寫（主要為一、二、五輯），它在藝術上似未超越里程碑式的《大寒流》，新的內容也不見得易受志在廟堂的讀者青睞，但其題材方面的擴展，卻確實使落蒂詩作有了更廣泛的含容，有所開拓。老驥伏櫪，志在千里，經過這一站，落蒂的詩筆還要繼續揮舞，以遂其「不已」的「壯心」吧。柳宗元謂：「豈容華髮待流年？」

補記：落蒂因我撰〈鯨魚說〉無字詩，跟其一作同名，乃向我垂詢是否要以「鯨魚說」為這本最新詩集的標題。世間訛傳「52赫茲鯨魚」不為同類所知，乍聞之下，頗覺愴然；但亦因其曲高和寡，這頭巨鯨才被人們記住，載之冊籍。耽溺文學而未獲大名

者，不知能否以此慰己？難言喜歡鯨魚的柳宗元先生泉下有知，欸乃一聲，可能也真願意借「52赫茲鯨魚」自況吧[13]。

---

13 參考柳宗元〈設漁者對智伯〉、〈奔鯨沛〉。本文的論述對象為落蒂《鯨魚說》的初稿，該書在正式付梓時改動甚多，使人更覺眼前一亮。

佛在靈山莫遠求：
讀落蒂〈夜宿峨眉聞晚鐘〉、〈宿和南寺〉

　　我曾認為落蒂《鯨魚說》難與詩人里程碑式的《大寒流》比肩，但當時我讀的是《鯨魚說》初稿；到詩集正式出版，落蒂多作更動，剔抉磨光，可以說，該集在磅礡上雖不如《大寒流》，唯空靈則過之，足以和前作相拮抗，同為落蒂著作的豐碑。

　　《鯨魚說》的典範之作，當數〈夜宿峨眉聞晚鐘〉及組詩〈宿和南寺〉。〈夜宿峨眉聞晚鐘〉廣泛地與古典詩文互聯，拓寬了讀者的想像空間，其首節謂：「鐘聲在夢中迴響／張眼四望／房內寂然」，遙遙與〈楓橋夜泊〉愁眠之際、「夜半鐘聲到客船」的空寂和應；第二節：「鐘聲在室中迴盪／四處搜尋／四壁古書依牆而立」，寫唯有四壁及不入時的書籍為伴，也和羈旅殊鄉的周邦彥（1056-1121）單單「尚有練囊，露螢清夜照書卷」，在〈齊天樂・秋思〉裡孤寂無友、只可翻書相合。〈夜宿峨眉聞晚鐘〉接著謂：

　　　鐘聲在山谷間迴盪
　　　開窗外望
　　　屋外大雪

　　四野無聲

　　雪落

　　紛紛

　　「山谷間迴盪」的聲音除了多少讓人聯想到王維（約西元692-約761年）〈山居秋暝〉的「空山」，或〈鳥鳴澗〉鳥雀在「夜靜春山空」時啼響澗上之外，落蒂這兩節詩還主要復現了《世說新語》所云，王徽之（西元338-386年）「居山陰，夜大雪，眠覺，開室」，周圍是「四望皎然」的場景。想起隱逸朋友戴逵（約西元331-396年）的王徽之可以「乘興而行，興盡而返」，瀟灑地任情而為，落蒂卻留下「雪落／紛紛」的開放式結尾，是仍然困在「無聲」的「四野」之中，還是無視於眼前風雪，輕安自在？抑或，人與「鐘聲」、「大雪」已融為一體，在白茫茫的大地上物我相忘？這都盡交讀者聯想，詩人並不說破。

　　值得注意的是，落蒂此詩故意每節三行，維持一定的節奏，乃是要與規律響起的「晚鐘」對應，讓讀者更易投入詩作的「寂然」氛圍，此亦詩人匠心顯露處，值得細味。

　　〈夜宿峨眉聞晚鐘〉刊於二〇一五年十月號的《文訊》三六〇期，而對那些確實陷身「雪落／紛紛」的精神曠野者，落蒂登在二〇一二年秋季號《新原人》的〈宿和南寺〉也許早就指示明路。

　　如果與徐國能（1973-）散文〈第九味〉合讀，落蒂〈宿和南寺〉首章「尋道」言：「從凡塵中來／好認真尋訪道／把整個山寺左繞右看／就是找不著／它的蹤跡」，那些「凡塵」眾生本就如「最俗」的鹹味，只能理解「入口便覺」之事，故當要尋找高遠之「道」，他們總無從入手，找不著蹤跡。

　　到詩的第二章，落蒂這樣形容「迷濛」：「它是一架吸力十足的機

器／把天下所有有困惑的人／吸引前來」。徐國能〈第九味〉言「鹹到極致反而是苦」，落蒂則說人生的迷茫、「迷濛」能把人驅至此極致，令「有困惑」的俗人亦嘗試求道。然而落蒂接著說：「但是山寺只提供一些／暮鼓晨鐘／以及香煙繚繞／許多人還是困在／迷濛霧中」，宗教的「暮鼓晨鐘」、「香煙繚繞」頗為清苦，恰似徐國能所寫的「苦」味，至為清高，「要等眾味散盡方才知覺」，凡俗之人自然難去領悟，以致雖曾探索，而仍身處「迷濛霧中」，不得其解。

〈宿和南寺〉第三章「受惑」言：「名利是一把解剖刀／一刀一刀不帶痕跡的／削下一層層人肉／傷痕累累的人們／仍然爭先恐後／奔上那兩艘／人生船」。前面說過，「要等眾味散盡」，人方能覺知「苦」的高遠境界，偏偏落蒂見人們「從凡塵中來」、「把整個山寺左繞右看」之後，還是撇不下「凡塵」，痴心想「奔上」名和利這兩條「人生船」[1]；這樣的話，人們雖然有「迷濛」，心靈上「傷痕累累」，他們卻依然不捨紅塵，不肯任「眾味散盡」，那就自然無以像徐國能所述的苦味般，成為「如晚秋之菊，冬雪之梅」的「隱逸者」了。

林語堂（1895-1976）〈論趣〉亦提及「那兩艘／人生船」：「乾隆遊江南，有一天登高觀海，看見海上幾百條船舶，張帆往來，或往北，或往南，頗形熱鬧。乾隆問左右：『那幾百條船到哪裡去？』有一位扈從隨口答道：『我看見只有兩條船。』『怎樣說？』皇帝問。那位隨行的說：『老天爺，實在只有兩條船。一條叫名，一條叫利。』乾隆點首稱善。」

同篇文章中，林語堂亦舉例言「名心之難除」──某位大和尚面

1　落蒂散文〈人性的怪胎〉刊於1983年7月27日《自立晚報》副刊，裡面已言及「人生船」的典故：「我們往往感嘆人類只知追求名利如鎮海金山寺的老和尚說江中的船隻只有兩種──一種為名，一種為利」；其後，落蒂登在1984年6月22日《商工日報》副刊的〈我的困惑〉又說：「我也想起了鎮海金山寺的和尚，有人問他江中的船隻有多少種，他說：『只有兩種。』真的人都逃不過『名』、『利』的追逐嗎？」

壁坐禪十年，徒弟恭維他：「大師，像你做到這樣超凡入聖，一塵不染，全國中怕算你是第一人了。」大和尚聽後即忍不住微微一笑，對享負盛名一事頗為自豪。落蒂〈宿和南寺〉的第四章為「悟得」，其前半說：「許多人望著名山／期望靜靜歸隱／許多人吃齋唸佛／期望人生無病無災」，可是從林語堂〈論趣〉的例證可見，「吃齋唸佛」，乃至在「名山」中「歸隱」逾年，實在都不能保證人們「悟得」並擺脫侷促心靈的「人生船」呢。

落蒂不依托「名山」，不寄身「山寺」，在〈宿和南寺〉「悟得」的後半篇說：「只有我笨笨的沿著山路／一面走一面喝著／自備的白開水」。自言「笨笨」的他恰如「鳩巢計拙」的馬致遠（約1250-1324前）、「賢的是他，愚的是我，爭甚麼」的關漢卿（1234前-約1300），懷著不與人爭名逐利的心情，「沿」督為經，「一面」行「走」在世間，「一面」傾聽自己的內心，比「迷濛」之人清晰，比「受惑」之人坦然。

徐國能〈第九味〉說：「真正能入味之人，又不在乎吃了，像那些大和尚，一杯水也能喝出許多道理來。」落蒂沿山路「喝著／自備的白開水」，正示範出超乎眾味的淡然。唯其淡然，「四野無聲／雪落／紛紛」的孤寂不使人動搖，「削下一層層人肉」的名利不使人惑溺。「尋道」，其實不必「把整個山寺左繞右看」，落蒂說開水是「自備」的，這正是：佛在靈山莫遠求，靈山只在汝心頭。

也是禪關也是詩：
落蒂〈山中物語〉禪解

　　禪即悟，小乘之悟為「無我」，大乘之悟曰「空」。禪與古詩的密切聯繫，首先並主要表現在山水詩上。現代山水詩中，落蒂的〈山中物語〉堪稱禪修圖示，與廓庵〈十牛圖〉可比而觀之。

　　〈山中物語〉第一首「仰望心中的神」謂：

> 巍巍山岩上
> 霧靄縹緲中
> 立著一尊巨大的神靈
> 山腳下的凡夫俗子正在仰望
> 一輪明月慢慢升起
> 一群烏鴉悄悄飛過

　　所謂「天下名山僧占多」，佛家禪僧或接受參禪思想的詩人每每遁入深山野林、不受塵世干擾的地方去靜悟[1]。落蒂自比「凡夫俗子」，由於「仰望」一種超然的境界，乃踏上「巍巍山岩」，進入山中求悟。他意識恍惚如「霧靄縹緲」，理應是覓尋本性的旅程，他卻又以為是要尋找「一尊巨大的神靈」，即所謂靈山之佛。「佛在靈山莫遠

---

[1]　季羨林：〈作詩與參禪〉，《禪和文化與文學》（臺北市：臺灣商務印書館股份有限公司，2003年），頁15。

求，靈山只在汝心頭」──落蒂的目標既尚混淆不清，求悟的過程自
然也不很順利，當「一輪」智慧的「明月」徐徐「升起」，「一群」無
明的「烏鴉」亦「悄悄飛過」，遮蔽心性。落蒂動念，卻不知如何尋
索、向何處尋索、尋索甚麼。這便正如〈十牛圖〉的「尋牛」，牧童
全無頭緒，也不知「牛」是否真正需要覓得的終極對象。

〈山中物語〉其二「消失的雲豹」：

登山隊友沿著河谷小徑
搜尋心中早已規畫的藍圖
山谷間吹著刺骨冷風
前進只能讓開山刀奮勇開路

一連串疑問在心中醞釀
你有看到山村
你是否遇到避難小屋
你看到山阿中游動的靈魂
你找得到任何屏障

正砍劈前進路徑
突然從芒草箭竹間
奔出一隻久已絕跡
讓眾人驚呼的雲豹

廓庵〈十牛圖〉的「尋牛」，經落蒂稍加變換，成為覓豹，仍以
喻內在的佛性。所謂「登山隊友」，乃指禪門同修；他們所沿的「河
谷小徑」即佛典經籍，閱讀之後，眾人「心中」彷彿「規畫」出一份

列明修行步驟的「藍圖」。但僅僅藉著文字，落蒂無法得悟，只覺「山谷間吹著刺骨冷風」，心頭湧出大堆「疑問」：能否在經卷裡「遇到」心靈的「避難小屋」，或「找得到任何屏障」呢？欲要前進，落蒂自覺不惟需要禪師棒喝，更需要「開山刀奮勇開路」，以猛進精神求得突破。

〈十牛圖〉的第二幅為「見跡」，這時落蒂也「看到山村」、「看到山阿中游動的靈魂」，在利於參禪的深山中似乎就要把握到心靈的線索；他持續地「砍劈前進路徑」，終於像第三幅「見牛」的牧童看見牛尾般，看到「一隻久已絕跡」、長期被塵俗遮掩的「雲豹」（即本性），忽然自「芒草箭竹間」奔騰而出。在「眾人驚呼」聲裡，落蒂是否又能捉住比牛迅捷的豹尾呢？

落蒂〈山中物語〉第三首「巨艦在山中乘風破浪」：

> 到了一個很接近雲的地方
> 早已忘記星月的需要
> 只要有淡淡的微光
> 就能支持我們前進
> 而箭竹雖矮小芒草雖軟弱
> 卻讓我吃足了苦頭
> 一直如猛烈巨浪在前後湧動
> 而貪婪的隊員不知什麼叫膽怯
> 如巨艦破長風
> 把開山刀刺向無眼的深海
> 耳畔只有山風
> 其他或許只有野獸和猛禽在窺視

　　廓庵〈十牛圖〉的第四幅為「得牛」，牧童使出渾身解數，與牛爭持，方得把象徵本性的牛控定。落蒂亦然，他「早已忘記星月的需要」，專心致志地投入時間，只因雲豹眼睛一閃即過的、「淡淡的微光」而繼續探索；但調御心靈的過程豈是容易？落蒂心中的「箭竹」、「芒草」時時「如猛烈巨浪在前後湧動」，攪擾思緒，讓他和捕牛的牧童一樣「吃足了苦頭」。落蒂的同修則「不知什麼叫膽怯」，一味「貪婪」，彷若「巨艦破長風」般奮進，舉「開山刀」畫開「無垠」心海──但平常心是道、欲速則不達，同修並非捕得雲豹，倒是引來了一堆「野獸和猛禽在窺視」，愈參愈亂，情況急轉直下。

　　落蒂詩的第四則為「山脊上的狂草」，寫道：

　　　在一陣辛苦砍劈之後
　　　月已升上中天
　　　晚餐用過又是泡茶品酒
　　　感覺彷彿附近有小動物足音
　　　也有夜行動物跳躍的節拍
　　　火光晃動混合著隊員的歌聲
　　　清晨向山下回望
　　　竟是山脊上出現左衝右突
　　　一幅米芾的大狂草
　　　向山下揮灑而去

　　落蒂形容參禪為「一陣辛苦砍劈」，努力冥想一輪，卻發現「月已升上中天」，離己更遠。「月」的典故出自《楞嚴經》的「指月」[2]，以

2　《楞嚴經》卷二：「如人以手指月示人，彼人因指，當應看月。若復觀指以為月體，此人豈唯亡失月輪，亦亡其指。」

指譬教，以月喻法，意思是落蒂一心追求真理，真理偏因其太過用力而愈尋愈遠。同修們求而不得，精神都渙散下來，晚飯過後，既喝茶，又「品酒」，戒律鬆弛。明明「附近」還隱隱約約有「小動物足音」、「夜行動物跳躍的節拍」，尋豹悟道的希望猶在，同修們卻在眼前悅目的「火光晃動」中胡亂唱起歌來，把雲豹的餘音都蓋住了。第二天「清晨」，落蒂失望的同修全都退出參禪，下山而去，「山脊上」盡是他們急匆匆「左衝右突」撤走的痕跡。落蒂「回望」來時路，眾人半途而廢的腳蹤，不正像米芾的「大狂草」嗎？書法大家米芾的行草突破創新，「狂草」卻成就不彰，未能登頂，恰與同修放棄參悟相合。

〈山中物語〉第五章「在深山中療傷止痛」：

想起在山下人海中的衝撞
內心長久累積的不快
就恨不得把自己包裝成一座山間小屋
永遠在此靜定
你看我攀爬山岩的姿勢
就知道我不會漏接任何一次風雨
渾身臭汗污垢也勝過西裝革履
給我一支煙吧
讓心中的悒悶如煙霧飛散
好高興聽到你嘹亮的歌聲
我正在欣賞亮麗的山景呢
別人覺得猙獰凶惡的大山
卻以無比溫柔的擁抱
撫慰我受傷的心靈

在這關節上，落蒂要就跟隨眾人離去還是獨自留山求悟作一抉擇。幸好，他於捨離塵俗的意志甚堅，「想起在山下人海中的衝撞／內心長久累積的不快／就恨不得把自己包裝成一座山間小屋／永遠在此靜定」，幾無疑慮地選擇了留在深山之中。他「攀爬山岩」，向更荒寂的深林走去，儘管前面「風雨」滿途，他亦「不會漏接任何一次」挑戰，抵死不回頭，頗有傳聞中慧可（西元487-593年）「斷臂立雪」的心志。

沒多久，落蒂就爬得「渾身臭汗」，可他漸漸擺脫形體的掛礙，「心中的悃悶」隨想像中的「一支煙」變成「煙霧飛散」，早拋到九霄雲外。「別人」視為畏途、「覺得猙獰凶惡的大山」對落蒂來說，卻實在是最理想的修行場所——他「高興」地聽著山的「嘹亮的歌聲」，又舒心地「欣賞」著眼底「亮麗的山景」，性靈頓時倍覺光明。落蒂不用捕牛，不用覓豹，他所「擁抱」的乃是更超脫的整座大山，其「受傷的心靈」亦因之終於得到「撫慰」——像〈十牛圖〉的第五幅「牧牛」，曾衝突的，現在都已復歸平靜。

第六章詩「永遠可愛的月光」謂：

> 聽到你說你也不走了
> 要留下來聽山風吹奏的樂
> 那是多麼深奧的啟示啊
> 你看落葉上又有什麼在窸
> 山風天籟歜語各吹各的調
> 不同於人們的口號和拳頭
> 他寧願在此聽夜鳥怪啼
> 野獸嘶吼
> 也不願在山下聽心亂雜音

也不願看到笑裡藏刀

握手後的算計

彎月的天庭

照下多可愛的月光

古時如此現在如此

以後也是如此

　　與同修分道揚鑣後，在山間靜下心來的落蒂與真理愈走愈近，甚至可說是融為一體。落蒂把〈十牛圖〉第七幅「忘牛存人」的光體想像為「月」，對「月」言道：「聽到你說你也不走了」。如前所述，「月」指佛法，而詩行中的一個「也」字，則顯示出落蒂與禪悟的同步。在「月」的「可愛」光照裡，落蒂渾然忘掉外界的一切，連時間也拋諸腦後，故詩裡謂：「古時如此現在如此／以後也是如此」，消泯了變幻不居的時光。

　　落蒂這段詩也配合〈十牛圖〉的第六幅「騎牛歸家」。該畫中，牧童在牛背上吹笛，牛也昂首張嘴而和，並以舞蹈般的步伐走出節拍，漸漸達到了人牛相融、心性相契的境界；與之對應，落蒂在渾忘時間之前，也感到了「山風吹奏的樂」、「落葉」所喚起的心底的「窸」，以及其他「天籟獸語」全都揉合在一起，給人一種發自內心的圓融──他形容這「啟示」是「多麼深奧」，只因那領悟已非語言所能表達。如是者，落蒂自己也融進了天地萬物之中，進入了〈十牛圖〉第八幅的主題：「人牛俱忘」，達致圓滿的「無我」覺悟。這樣，便完結了嗎？

　　〈山中物語〉第七篇即「尋找心中的明燈」：

　　誰也不知誰選擇的人生

永遠能適應世界潮流

而站在山中突出的山石上

迎著不斷襲來的山風

正感覺如先賢們耳提面命

不要怕苦難洗刷

前日回到已很久沒使用的書房

滿牆盡是前人智慧

它們──向我招手呼告

啊！往昔不論寒風細雨

微明窗前我多麼親近它們

本想永遠依賴

靠它們行走江湖

天涯海角都能隨心所欲

但一切變化得太快

如同山中氣候瞬息萬變

讓許多登山客葬身深山

此刻我要上網搜尋

抑或到處尋訪

那心中的明燈

　　說實在的，落蒂在「永遠可愛的月光」的所謂圓融其實有缺。他畢竟難忘世間上「人們的口號和拳頭」、「握手後的算計」和「笑裡藏刀」等「心亂雜音」，以致他將自然界的「夜鳥怪啼」、「野獸嘶吼」與「山下」眾聲對立起來；出於同一原因，他在有所悟後，實不太願意重回俗世，進一步讓凡塵眾人都得了悟。直至「尋找心中的明燈」開首，落蒂仍在推搪：「誰也不知誰選擇的人生／永遠能適應世界潮

流」，意指禪是自己的「選擇」，而這卻不一定合於「世界潮流」、為人接受——既是這樣，就別浪費唇舌、冒那受辱的風險吧。

可是，「站在山中突出的山石上」，落蒂還是改變了主意。據《賢愚經》載，釋迦牟尼佛（Gautama Buddha, 約西元前480-約前400年）有見「眾生之類，塵垢所弊，樂著世樂，無有慧心」，本欲「遷逝無餘涅槃」，但經梵天（Brahma）長篇勸說後，終啟程往鹿野苑說法，開始傳播佛教。落蒂不敢自比佛陀，卻在「山風」中同樣「感覺如先賢們耳提面命」[3]，乃毅然以初轉法輪的佛為榜樣，決定回到「塵垢所弊，樂著世樂」的人群之間宣示所悟，「不要怕苦難洗刷」地承受挑戰[4]。

廓庵〈十牛圖〉本來只有八幅，第九、第十是後來續加，前者名「返本還源」，表現徹底拋開「我執」、「法執」後，自性能夠映照一切法相；後者為「入鄽垂手」，悟者到市廛接引他人。此二境界，是落蒂尚未達到而願意一探的地步。是故，「尋找心中的明燈」第七行起，落蒂「回到」因參禪而「很久沒使用的書房」，向「前人智慧」取經，希望一如「往昔」，從書籍裡找到迎應「寒風細雨」的啟示；然而一本本書雖向落蒂「招手呼告」，詩人卻洞察曾「親近」過的它們已無法「依賴」，因為世人的「一切變化得太快／如同山中氣候」，他這位「登山客」恐怕也會「葬身」於險惡人心這座「深山」之中[5]。既然靠「前人智慧」無法自在「行走江湖」、到「天涯海角」傳揚所

3　詩中的「先賢」，既可指勸說佛陀的梵天，亦可指佛陀所樹立的賢德典範。

4　值得補充的是，以上為落蒂「迎著不斷襲來的山風」時之所思，正對照〈山中物語〉第二章「消失的雲豹」，「吹著刺骨冷風」然後能悟出「前進只能讓開山刀奮勇開路」；亦呼應第五章「在深山中療傷止痛」所說：「就知道我不會漏接任何一次風雨」，必然挺身而往。

5　這裡呼應的，即是「握手後的算計」和「笑裡藏刀」等。

悟，落蒂亂投醫地問道：難道要「上網搜尋」，或是再「到處尋訪」，才能燃得亮「那心中的明燈」，遂其「垂手入鄽」的追求？

〈山中物語〉的最後一章「仍然在遠處的神」謂：

> 靜坐高山崖上的神靈
>
> 在我們繞了好幾個山頭之後
>
> 祂還是高立在
>
> 好幾個山頭之後
>
> 仍然是背後
>
> 一輪明月
>
> 兩旁
>
> 雲霧繚繞
>
> 我們再繞了好幾個山頭
>
> 祂還是依稀在前方
>
> 前方的山岩之上
>
> 再往前
>
> 祂還是等距離
>
> 遠遠的注視我們

其實明智的讀者看畢「尋找心中的明燈」後，應已能猜出落蒂一心不定，又再墜進了煩惱之中——他執著說法，拚命外索「前人智慧」、「網上」資訊，其實即回到「尋牛」的無明階段。前文提過：「佛在靈山莫遠求，靈山只在汝心頭」，落蒂想點亮心燈，卻偏忘了向內調御心性，結果再登參禪的「高山崖上」之後，「繞了好幾個山頭」、「再繞了好幾個山頭」、「再往前」，其自性反變成愈退愈遠、脫離自身的「神靈」。喻指真理的「月」呢？〈山中物語〉亦謂：「一輪

明月／兩旁／雲霧繚繞」，落蒂曾得著的覺悟，現在都復遭「雲霧」遮蔽了。

讀詩至此，我們可說落蒂〈山中物語〉與廓庵〈十牛圖〉頗相類似，皆寫修禪的各種階段、層次。但落蒂修至第七圖「忘牛存人」後，第八圖的「人牛俱忘」已見虧缺，第九、第十的「返本還源」、「垂手入鄽」更是未能抵達。謙遜的落蒂或許會自承慧根不足，可是他並未把自己寫成禪界的悟者，倒願意呈現迷悟之間的心路，其詩因而包含著更珍貴的、驚人的誠懇，教讀者動容——試問修行之人，有幾多能一悟到底，從不退轉？煩惱即菩提，菩提即煩惱，《六祖壇經》嘗言：「前念著境即煩惱，後念離境即菩提。」那些「繞了好幾個山頭」又回到原點的宗教經歷，不正是參禪者現實必履的心之路途嗎？

對立的解消：
落蒂〈登獨立山〉的修行之旅

　　落蒂〈登獨立山〉收於《鯨魚說》中，表面寫登山，實際是談對佛理的領悟。〈登獨立山〉一共十章，全都貫徹落蒂的新詩風格，用字造句並不艱深，易於理解。以下謹就其間佛理，稍作疏通，以利讀者更充分把握詩的旨趣。

　　第一章「登山步道」：

> 在鐘聲裡
> 面對蒼茫暮色
> 心中疑惑
> 我是何人
> 回望已不見的來時路
> 一個階梯一個階梯也悄悄不見

　　第二章「遠眺」：

> 雲霧遮去一半
> 遠看似有若無
> 山似波浪一層一層
> 心中的結就是解不開

　　真想撥開

　　那層層的霧

　　人在凡塵俗世，有時迷失了本來面目，亦不自知。落蒂有所悟的
機緣，在於聽見發聾振聵的「鐘聲」，及置身「蒼茫暮色」之中，促
成了反思──佛寺有晨敲鐘、暮擊鼓的規矩，合稱「暮鼓晨鐘」，落
蒂詩的「鐘聲」和「暮色」正象徵宗教哲思對心靈的呼召。

　　不學佛時，對於自我迷失倒還不甚在意；到接觸之後、徹悟之
前，「心中」反生出許多「疑惑」，急急想認清「我是何人」。回首前
塵，落蒂竟覺得「來時路」虛無縹緲，那些向榮譽、向成功邁進的
「階梯」，也都似乎再無足輕重，竟「悄悄不見」──落蒂騰空了心
懷，為之後深契佛法預留了位置。

　　落蒂心裡有了「我是何人」的大哉問，然而試著思索，答案卻殊
不易得。他形容：「雲霧遮去一半」，真相難以看清；「遠看似有若
無」，彷彿弄懂了甚麼，但又並無把握。如「山」的思緒雖然「似波
浪一層一層」推進，可說到底，「心中的結就是解不開」，「我是何
人」的困惑未釋。落蒂在心中呼喊：「真想撥開／那層層的霧」。

　　第三章「感動」：

　　最香最香的食物

　　來自不知名的善心人

　　野菜燃料炊具通通都有

　　彷彿黃山上

　　負重的挑夫

　　挑著滿滿一擔愛

第四章「遺忘」：

　　睡在名山勝境也是睡
　　睡在山中小廟也是睡
　　走在上上下下的登山步道
　　爬在忽高忽低的山崖階梯
　　數十寒暑艱辛人生
　　都在此刻悄悄遺忘

　　到了第三章，落蒂的思慮也許仍未放下，但他讓心靈暫時跳脫出來，以最純真的心感受事物。他從「善心人」背負上山的「野菜燃料炊具」等，感受到他們為人付出，不辭勞苦，猶如「挑著滿滿一擔愛」；所以，當他吃「不知名的善心人」送贈的「食物」時，他便覺著那是「最香最香的」。事實上，落蒂深所喜愛的並非「食物」本身，而是其內蘊的「善心」。

　　與「善心人」的相遇讓落蒂放鬆了下來，許多人世的利害也都一併卸除。少了分別心、比較心，他先是說出「睡在名山勝境也是睡／睡在山中小廟也是睡」，精神豁達爽朗，破除了心隨境轉的慣性。繼而，他臻於對自我的「遺忘」，頓悟「數十寒暑」拚搏爭逐的「艱辛人生」，無論是「忽高」抑或「忽低」，此際皆可「悄悄遺忘」，不亂於心──「上上下下的登山步道」竟走得輕安自在，踏在人生「山崖階梯」的步伐也愈益輕盈起來。

　　第五章「晨景」：

　　一幅抽象畫
　　悄悄向四方伸展

山谷間的晨霧中
東方乍現曙光
吹了整夜的山風
在樹葉間留下幾顆晶瑩淚珠

第六章「惑」：

我懷疑我是兩面人
時而在城裡工作
時而深入山中
山常忍不住笑我
我看到城中人奔向山裡
山中人卻奔向城中

第七章「對話」：

錯過了也就錯過
愛過了也就愛過
站在山頂聽風對話
確實有許多不該錯過他訴說著
確實有許多愛不該愛她訴說著
風轉向獨立山谷中的我呢喃著

　　煩惱即菩提，菩提即煩惱，〈登獨立山〉五至七章菩提和煩惱的
轉折關鍵仍然是「霧」。在第五章，一度遺忘自我的落蒂本來靈臺
「乍現曙光」，有望照破第二章已言及之「層層的霧」。可是佛理的

「山風」雖然吹徹良夜，「山谷間的晨霧」又悄悄滋長。所謂「在樹葉間留下幾顆晶瑩淚珠」，指的不是從佛理獲得清滌，反而是象徵心靈的暗處猶有「霧」的延續，困惑如露未晞。

由於「晨霧」障目，落蒂又再陷入迷思，生起愁惱。他在第六章喟然嘆道：「我懷疑我是兩面人」，說自己長期被「城裡」紅塵和「山中」清淨拉扯，幾乎分裂。這裡的「城」由第一章所言的「來時路」連接，指落蒂追逐身外名利的昔日，而與之對舉的「山」則喻指求法。第六章後文，落蒂彷彿是個旁觀者般，說看見城裡人嚮往山林，而山中人又戀慕城市；可實際上他也是徘徊在城、林兩端的一分子，尚未毅然棄絕俗世繁華——是以，代表大自然的「山」才會「常忍不住」取笑落蒂的心思無定。

如先前第四章所述，落蒂已體會過清淨之妙，到此刻想起城、林拉扯，一時是悔恨沒有把握機遇，在「城裡」獲取的名利不夠，一時又悔恨在「城裡」貪戀聲譽，以致違己交病，第八章遂說他的耳畔響起了兩種互相交戰的聲音：「確實有許多不該錯過」、「確實有許多愛不該愛」。落蒂本想灑脫地喊出「錯過了也就錯過／愛過了也就愛過」，但象徵煩惱的「風」卻不許他「遺忘」，始終對他「呢喃」，結果「不該錯過」、「不該愛」的迴響就不斷地累增著落蒂的負面情緒。

第八章「山霧」：

什麼也看不見
我在其中
整座山頓時
被一件超大的袈裟
罩了下來
緩緩地

　　第八章又是一重轉折，寫的是由煩惱轉出菩提。詩中說「什麼也看不見／我在其中」，實等如蘇軾名句「不識廬山真面目，只緣身在此山中」，意思是執著於「我」，便會受限於「山」，無法認清「我」（山）的本來面目，「整座山」（整個「我」）遂被罩在霧中。

　　不過，「罩了下來」讓人感覺是陷入迷惑，但它同時可以是悟的契機，恰若蘇軾雖云「不識」，實際卻已「識」了。與之相似，落蒂把矛盾的「頓時」和「緩緩地」放在一起：「整座山頓時／被一件超大的袈裟／罩了下來／緩緩地」，表示山霧雖忽然籠罩真如，但慢慢地這山霧又化作入悟的「袈裟」，讓落蒂更深地融入佛理，之後的第九和十章終解開「我是何人」的困惑。

　　第九章「空或者不空」：

　　　　此時你說腦袋空空
　　　　我說或者並不空吧
　　　　但都沒有關係
　　　　空也好
　　　　不空也罷
　　　　滿山都是煙嵐

　　蘇軾的「不識」裡有「識」，落蒂的「霧」裡有「袈裟」，這些都屬「不二法門」，超越了相對。其實早在第四章，落蒂已能理解「睡在名山勝境也是睡／睡在山中小廟也是睡」；那麼，「名山勝景」與「山中小廟」無別，「城裡」與「山中」又何必苦苦對立？直白點說，在名利場中打滾而生苦迷，苦迷卻又是促成人心向佛、求得解脫的催化劑，兩者並非對立。不是嗎？〈登獨立山〉第二章說：「心中的結就是解不開」，但要是當初心中無「結」，落蒂又怎會想到要去「解」呢？

　　再看眼前之「霧」，落蒂的心境已有所不同。他調和了內心的種種對立，從「我是何人」、「我是兩面人」的分裂裡走出來。他開心調皮地唱道：「此時你說腦袋空空／我說或者並不空吧／但都沒有關係」；他兩手一攤，「城」也罷，「林」也罷，「空」或「有」也罷，全都無須執著——過去已過去，未來尚未來，不如把握當下呼吸的一刻，真切地活著。這時，飄滿獨立山的「煙嵐」仍是先前代表迷惑的「霧」，只是已破除空有的落蒂不再心隨境轉，而是能舒坦自在地走在濃霧之中，不再因其困惱。

　　第十章「露珠」：

　　　　從睡夢中醒來
　　　　走出帳篷
　　　　靜寂中一顆晨露
　　　　在葉片上閃閃發亮
　　　　輕輕搖動樹幹
　　　　露珠迅速落下滑入我口中

　　同樣地，再覷見第五章的「晶瑩淚珠」——「露珠」時，落蒂也不再生起煩惱了。他自謂已「從睡夢中醒來」，以前執於對立的種種，現在彷如一夢。「晨露」仍在帳篷外「閃閃發亮」，逗人注意，落蒂此番卻不必滴下眼淚，而是可搖一搖樹幹，讓露水滑入口中，細味其清冽。

　　蔡志忠（1948-）以漫畫演繹佛家故事，其中一則或可引為落蒂此一舉動的參考：某人遇到進退兩難之局，唯有攀住懸崖邊的藤蔓，不上不下；但就在此堪虞之際，他看見懸崖上有美味之蜜，便伸手取來享用，大感甘甜，並渾忘一切煩惱。這則故事寓意是：人間煩惱無

處不在，使「我」的精神分散割裂；但徹悟的「我」活在當下，不管外境，隨時可感到喜樂[1]。〈登獨立山〉走到第十章的落蒂也一樣，「霧」未散，「露」未晞，但他輕安自在，已無罣礙。

以上嘗試爬梳落蒂〈登獨立山〉的詩思，但佛理精微，實非言語所能窮盡，讀者或由闡發，或由心悟，皆可另做補充。落蒂從「獨立山」發現「我」之精神「獨立」、無羈，這裡的雙關也值得細細品味。

---

1 特別的是，在佛典中，同一故事原先的重點完全不同——「蜜」本象徵人耽於今生逸樂，以致未能藉由修行得到解脫。

魚腹中的舊書：
落蒂〈觀景〉試析

　　落蒂《鯨魚說》是新作，同時又蘊含不少舊文學的養分，例如〈雜感數則〉第三章：「那個炎熱的夏午／在時空藝術中心／遇到幾位人士在泡茶閒聊／他們表示不知西元幾年／更不知米價多少／尤聽不到電視臺上／名嘴天南地北胡說／啊！臺北街頭／竟然還有世外淨土」，巧妙地化用陶淵明〈桃花源記〉，第四行即「不知有漢，無論魏晉」的轉寫，而詩結尾的「世外淨土」，當然也可比附於陶氏筆下的世外桃源了。層次更豐富的是〈觀景〉，第一節云：

> 登高一山還有一山更高
> 在群山萬壑中就你最高最顯眼
> 再加上日出的光芒
> 如同登上奧運領世界錦標
> 仰首
> 都是你燦然的光芒

　　藉著第二行的提示，落蒂此處所寫的「你」，乃是指在〈詠懷古跡五首‧其三〉寫過「群山萬壑赴荊門」的杜甫。杜甫的文學地位，以「最高最顯眼」、「領世界錦標」等來形容，一點也不為過。韓愈便曾說：「李杜文章在，光焰萬丈長。」視李白、杜甫為唐詩的雙峰，

而落蒂「仰首／都是你燦然的光芒」，正正也與韓愈「光焰萬丈長」
的讚譽相合。

　　略作補充，落蒂詩「再加上日出的光芒」一句，或是出自杜甫的
〈古柏行〉：「雲來氣接巫峽長，月出寒通雪山白」。〈古柏行〉的「月
出」或作「日出」，寫的正是「山」上「日出」，雪色映出無比「光
芒」。

　　杜甫著名的〈望嶽〉詩云：「岱宗夫如何，齊魯青未了。造化鍾
神秀，陰陽割昏曉。蕩胸生層雲，決眥入歸鳥。會當凌絕頂，一覽眾
山小。」落蒂在〈觀景〉的第二節加以轉化：

　　　低頭看著山下的微弱身軀
　　　竟蹲在暗影的角落
　　　突然
　　　晴空霹靂

　　頭兩行，寫的便是代入杜甫的視角，從「最顯眼」的詩壇高峰下
望，只覺其他眾山都不過是「微弱身軀」、「蹲在暗影的角落」，若垤
若穴──「凌絕頂」之後，果然「一覽眾山」都覺小。可是，「晴空
霹靂」──出自杜甫〈熱三首〉其一的「雷霆空霹靂，雲雨竟虛
無」──落蒂「突然」意識到一件事情，即自己實際也屬於「山下」
的一分子，被包括在難與杜甫比併的「微弱」群體中。

　　　高也是他的高
　　　矮也是你自己的矮
　　　亮當然是他自己的亮
　　　無光也是你自己的無光

　　到這裡，詩中的「你」反過來指落蒂自己，「他」則是高高在上、有所區隔的杜甫，亦可指由杜甫一人借代的所有詩壇巨擘。落蒂有與杜甫們「高」、「矮」、「亮」、「無光」的比較，心中頗不是滋味，這與蘇軾〈前赤壁賦〉中「客」與曹操對比的情況十分類似──「客」羨慕曹操「舳艫千里，旌旗蔽空，釃酒臨江，橫槊賦詩」，自己卻僅僅「駕一葉之扁舟」，與蘇軾「舉匏樽以相屬」，哀嘆起自己的事業無成。

　　那時候，蘇軾也以「觀景」撫慰客人，借水與月為喻，令「客喜而笑」。落蒂呢？在《鯨魚說》的〈心願〉、〈抉擇〉、〈東河舊橋〉等篇裡，他也讓自己想得豁達；而更重要的是，他仍有挑戰詩界更強者的精力，向「高」、「亮」的「最顯眼」處進發，「光芒」尚未可量。

仰望・山霧・等：
落蒂《鯨魚說》請來的詩人

　　梁實秋在〈書〉裡提倡「尚友古人」，如此說道：「古聖先賢，成群的名世的作家，一年四季的排起隊來立在書架上面等候你來點喚，呼之即來揮之即去。行吟澤畔的屈大夫，一邀就到；飯顆山頭的李白杜甫也會連袂而來；想看外國戲，環球劇院的拿手好戲都隨時承接堂會；亞里士多德可以把他逍遙廊下的講詞對你重述一遍。這真是讀書樂。」落蒂不薄古人，同時熱愛今賢，其〈詩人，請坐〉裡提起眾多當代詩家，說坐在書桌前「邀商禽和夢蝶……日日有約，年年有會」，「還有張默……也常是我書桌上的貴客」。

　　所謂沉浸醲郁，含英咀華，落蒂既手不停披於百家之編，到自己下筆時，自然能把日常的養分轉化出來，例如列入「讀史四首」的〈仰望〉，就是脫胎自商禽（羅顯烆，1930-2010）〈長頸鹿〉的：「那個年輕的獄卒發覺囚犯們每次體格檢查時身長的逐月增加都是在脖子之後」。〈仰望〉謂：

　　　　啊！我因不斷的升高
　　　　升高仰望的脖子
　　　　脊椎關節因而格格叫痛
　　　　並且斷裂

　　落蒂對歷史素來倍有感興，這在他「發思古之幽情」的旅遊詩篇、《落蒂小品集》、《山澗的水聲》等均有所呈現。他在〈夜遊圓明園〉、〈圓明新園〉、〈夏末讀史〉等篇憶述過清末時列強對中國的入侵，曾唏噓不已，乃至垂淚。如果說商禽的囚犯延頸以盼，是渴望獲得自由，那麼「讀史」的落蒂則應該是「仰望」華夏復興、盛世再臨，可惜史書上的記載只令他「格格叫痛」，希望「斷裂」──當留意的是，「格格」和「斷裂」均為雙關語，前者除了擬聲，兼指書本上填寫文字的每個「格」子，而後者則對應落蒂在〈夏末讀史〉裡說的，因史事太過沉重而不得不把書暫時拋下，讓閱讀中途「斷裂」。此外，順著「脊椎關節」的「斷裂」，讀者亦可稍探落蒂深意：中華民族的復振，需要挺起脊樑、不畏艱辛的繼承者。

　　由此觀之，落蒂的〈仰望〉在文字上化用商禽的〈長頸鹿〉，唯其背後卻是別有懷抱。同時，〈仰望〉尚有第二層之義。「讀史四首」的〈螳螂舞月〉延續著落蒂〈億載金城〉的思想，如此寫道：「那夜竟在一樹枝上／看到一隻螳螂／對著月亮／張牙舞爪」，實際是以「螳螂」喻指阿道夫・希特勒（Adolf Hitler, 1889-1945）、東條英機等妄圖千秋事業之狂徒，縱然奮其螳臂，亦擋不住如「月」的歷史車輪，失敗告終──這其中傳遞的，乃是落蒂對和平的切盼。所以，落蒂對民族復興的設想亦絕非霸權主義，其〈仰望〉所引頸以待者，實是國家的和平崛起，為構建人類命運共同體作出新的、更大的貢獻。

　　把落蒂深富禪意的〈登獨立山〉第八章「山霧」單獨取出來，諳熟新詩的讀者當能認出周夢蝶（周起述，1921-2014）的身影。周夢蝶的〈四月〉謂：「誰是智者？能以袈裟封火山底岩漿。」而「山霧」亦云：

　　什麼也看不見

> 我在其中
> 整座山頓時
> 被一件超大的袈裟
> 罩了下來
> 緩緩地

　　周夢蝶的〈四月〉寫的是抑制個人欲望，雖然詩開頭高喊：「沒有比脫軌底美麗更懾人的了！」他卻不願被情慾擾亂心神，以致一直「辨不清方向底紅綠」，故而有了藉象徵佛法的「袈裟」封住慾念「火山」的奇想。

　　回視落蒂，其〈登獨立山〉倒未言及慾情之罣礙，而是直探「我是何人」（第一章）的大哉問，為此而「心中的結就是解不開」（第二章）；他以純樸之心感受事物（第三章），漸漸進入忘我之境（第四章），但當障目的晨霧來時，他便又陷入迷思，生起煩惱，喟然說「我懷疑我是兩面人」（第五、六章），且耳畔響起「確實有許多不該錯過」、「確實有許多愛不該愛」（第七章），恐怕會被動搖；第八章的「山霧」則是轉折，下開第九章的破除空有、第十章的當下即是。

　　這裡只聚焦於第八章，落蒂所謂「什麼也看不見／我在其中」，實猶如蘇軾〈題西林壁〉的「不識廬山真面目，只緣身在此山中」，執著於「我」，即受限於「山」，自然無法認清「我」（山）的本來面目，「整座山」（整個「我」）都被罩在霧中。但菩提即煩惱，煩惱即菩提，「罩了下來」的是惑，同時亦可是悟的契機，恰似蘇軾雖云「不識」，實際卻已「識」了。與之相合，落蒂用的便是「頓時」和「緩緩地」的矛盾語法——「整座山頓時／被一件超大的袈裟／罩了下來／緩緩地」，表示山霧雖忽然籠罩真如，但慢慢地這山霧又化作入悟的「袈裟」，讓落蒂更深融入佛理，終解開「我是何人」的困惑。

　　應該說，落蒂〈登獨立山〉「山霧」一章裡的「袈裟」雖在動態上近於周夢蝶〈四月〉，兩者均用於「封」或「罩」住大山，然而究其意蘊，落蒂之詩與周夢蝶實是大異其趣。落蒂攜著周夢蝶同「登」詩國之「山」，唯於孤峰頂上，他與周夢蝶皆是「獨立」的。

　　落蒂另有三行短詩〈等〉，轉化的是張默的功力：

　　　　他站在鏡前
　　　　嘴裡碎念著
　　　　看你什麼時候出來換我進去

　　張默在〈文房四寶小詠・筆〉裡曾說：「我確確身懷另一種絕活／可讓被簡化的方塊字，還魂」，其旨趣實與俄國形式主義如出一轍。俄國形式主義的領軍人物維克托・什克洛夫斯基（Viktor Shklovsky, 1893-1984）重視以文字「喚回人對生活的感受」，要達致「使人感受到事物，使石頭成其為石頭」，此即張默所言之「方塊字，還魂」；什克洛夫斯基要「使事物擺脫知覺的機械性」，張默也拒斥「被簡化」的接收模式；具體手段方面，什克洛夫斯基提出了著名的「奇異化」（或譯「陌生化」）理論，而張默的「絕活」也在於此[1]。

　　張默身懷「奇異化」的絕活，例如寫平常不過的刷牙，他反從器具入手，以〈牙刷〉道出：「每天，定時與口腔對話／與隔夜的吐沫對話」；寫慣常擺著、被動掀頁的日曆，張默別出心裁，反客為主謂：「從早到晚，在客廳一隅／它始終一個樣，靜靜蹲著／直到翌晨，它才伸腿，飛出小小的一撇」（〈日曆〉）。因此，日常人們視為沒

1　維克托・什克洛夫斯基（Viktor Shklovsky）：〈作為手法的藝術〉（"Art as Device"），方珊譯，張惠軍校，《俄國形式主義文論選》，什克洛夫斯基等著（北京市：生活・讀書・新知三聯書店，1989年），頁6-7。

有意識的事物，在張默詩中都一一「還魂」，如〈椅子〉是卓犖坦蕩的君子，「不懂得卑躬屈膝／也不在乎／自己，是否一直空著」，〈餐桌〉則是好打扮、重儀表的角色，「經常，油頭粉面／擺出四四方方的架式」──各類事物在張默筆底都極富生命力，能夠更新愛詩人的閱讀感受。

　　回到落蒂的〈等〉，照鏡當然也是平常之事，作家卻嘗試改變內外關係，讓本人「進去」，倒映「出來」，賦予無意識的鏡像生命力，這可說與張默顛覆主客的〈牙刷〉、〈日曆〉等想法相類。然而，隱地（柯青華，1939-）在精彩的〈靜物說話〉裡寫道：「我看著牆上的一幅畫／畫說　換你掛上來／讓我到外面　四處走走」，別開生面，直接由畫提出換位要求，似乎更貼合一般理解的主客對調。

　　這就需要聯繫到落蒂的詩題，細說「等」字具有的三重意思：第一，從最表層看，「等」是指鏡外人「他」在此世活得勞累，想要遁入鏡內，「等」待鏡中人代替他應付各種煩心的瑣務；第二，刁鑽一點，「站在鏡前」的「他」其實是指浮於全身鏡面的倒映，「他」受到框架限制，不很自由，當跟隨鏡外人「嘴裡碎念」時，其實亦苦「等」一個後者抽身、自己「進去」現實世界的機會。於是乎第三，鏡裡鏡外的兩股心思便「等」同了起來，真人和鏡像完全疊合──反過來，就更確定詩中的「他」可以兼指鏡內、鏡外之人了。是以，落蒂雖並未將詩寫為「他站在鏡裡／嘴巴碎念著／看你什麼時候進來換我出去」，其詩卻已包括了鏡內人採取主動的含義，如隱地的「畫」、張默的「日曆」、「牙刷」，給讀者提供了足夠豐富的品味角度[2]。

　　落蒂在〈詩人，請坐〉裡還提及余光中、洛夫（莫運端，1928-

2　落蒂所挑之「鏡」與隱地所擇之「畫」情況不同，畫中人大抵不是觀畫者，但鏡子裡外的人則通常相「等」。兩位詩人都巧妙運用所選素材，根據各別的特質，達到了主客交換的效果。

2018）、瘂弦（王慶麟，1932-）等名家，有意的朋友不妨按圖索驥，
在深入閱讀落蒂新詩之時，試著找出文本與文本間的相連血脈，並洞
察基因的繼承和變化。讀者啊，請坐！

燈光和腳印：
落蒂〈讀史〉、〈回首〉中的情

　　落蒂新詩集《鯨魚說》收有〈讀史〉一首，以「燈」比喻歷史偉人的貢獻，其內容可與中西哲人的言論互相發明，也可藉《鯨魚說》的其他篇章如〈回首〉作出補充。〈讀史〉全文謂：

> 歷史的長長山洞中
> 總有幾盞燈閃爍著
> 如果沒有那些巨大的人物
> 沒有那些偉人的光
> 我們將看見一條
> 長長的黑影

　　伯特蘭‧羅素（Bertrand Russell, 1872-1970）在〈西方文明〉（"Western Civilisation"）曾言，歷史上取得巨大進步的時代，其實均得力於一小撮極出類拔萃人物的建樹，故要是約翰尼斯‧克卜勒（Johannes Kepler, 1571-1630）、伽利略‧伽利萊（Galileo Galilei, 1564-1642）和艾薩克‧牛頓（Isaac Newton, 1643-1727）不幸死於童稚之時，則現代的西方世界可能仍與十六世紀差別不大。在羅素的言說裡，「巨大的人物」便是克卜勒、牛頓等人。

　　在中國，宋代以前即有「天不生仲尼，萬古如長夜」的說法，盛

稱孔子（孔丘，西元前551-前479年）發放「偉人的光」，讓「歷史的長長山洞」不復只是「長長的黑影」。明代劉宗周（1578-1645）〈重刻王陽明先生傳習錄序〉則說：「良知之教，如日中天。昔人謂：『天不生仲尼，萬古如長夜。』然使三千年而後，不復生先生，又誰與取日虞淵，洗光咸池乎？」認為王守仁（1472-1529）彰明了「致良知」之道，猶如使日光復出，可與孔子相比。羅素的「偉人」推動科學，中式的「偉人」昭明義理，範疇雖不同，卻一樣「閃爍著」奪目的光芒。

這種光芒有益於後世之人，香港著名填詞家黃霑（黃湛森，1941-2004）遺作〈Blessing〉有一段說：「投身山野間　教小小子　認識星星　微笑執小手　說光晶晶　完全精英的眼睛　人間　全賴有好英雄　豁出種種英勇　為人類造了美境」，那些「光晶晶」的星，亦即落蒂詩裡「閃爍」著的「燈」，而「精英」和「好英雄」便是「巨大的人物」及「偉人」，他們以「英勇」驅除「黑影」，後世之人方才得享受當下幸福的「美境」。

作為對照，落蒂《詩的旅行》提及不少歷史上「巨大的人物」，如〈億載金城〉謂：「數十寒暑的人們／竟想讓金城億載／所以秦皇漢武開疆拓土有理／所以成吉思汗鐵蹄到處有理／所以東條英機　希特勒　拿破崙／他們都是民族英雄」。當然，落蒂在此是以反諷的口吻敘述，表面上肯定「秦皇漢武」等人的「英雄」事跡，實際上卻是批評他們為一己尊榮而殺人如麻、不恤蒼生，到頭來豈止沒有樹起「億載」不墜之業，更無端葬送了難以計數的生靈。同樣地，落蒂散文集《山澗的水聲》亦回顧烏干達獨裁者伊迪・阿敏（Idi Amin, 約1925-2003）、納粹德國希特勒以及日本東條英機等人的暴行，〈我的祈禱詞〉如是說：「我真心的祈禱著，祈禱著世界上可以誕生各種天才，但千萬不要誕生『戰爭天才』。」歷世歷代的侵略者和暴君儘管聲名甚顯，卻絕對是被落蒂剔除在外，不歸入其所讚歎的「巨大的人

物」之列的。

在《鯨魚說》一集，落蒂另外於〈回望〉裡說：

> 從現代回望古代
> 一眼望穿的河谷
> 人類腳印落處
> 一顆顆錯落的鵝卵石
> 散置在涓涓的細流中

古代之事隱於杳無人煙的河谷中，不注意看時，彷彿「一眼」便能「望穿」，別無餘味。但落蒂細視谷地，想像文明發源處留著昔日的「人類腳印」，雖然歷史之河已淘洗盡許多曾經存在的名字，前人的貢獻卻還是如「一顆顆錯落的鵝卵石」般，細碎地留了下來，像是控制用火、播種糧食、馴養動物等，他們的技能、智慧依然「散置在涓涓的細流中」，滋潤著現代的人們。這樣看來，無論是歷史上有名有姓的孔子、王守仁、克卜勒、牛頓，抑或是無法清楚標識的古遠人物，落蒂都視之為「山洞」中的擎「燈」者，投以敬仰、感恩的目光。

從落蒂的詩文，讀者可認識其人對歷史之情。今日的文明是許多前人努力的成果，有志之士，則理當弘毅地為未來埋下良好的種子。稍稍宕開一筆，落蒂的〈讀史〉提到「幾盞燈」，鄭愁予〈野店〉則曾說：「是誰傳下這詩人的行業／黃昏裡掛起一盞燈」，以「燈」象徵詩文；那麼，讀者如果把落蒂的「歷史」換作專門的「文學史」來理解，是否又能說得通呢？

宗教呼召：
落蒂後《鯨魚說》的「隨想曲」

　　落蒂出版《大寒流》時，蕭蕭於序言裡說：「在眾多前輩詭譎的詩風中，眾多前輩響亮的名聲裡，如何脫穎而出，未嘗不是落蒂的另一個心理壓力」，其後落蒂也在《鯨魚說》中一再表現求名與灑脫的掙扎。以原型編派[1]，落蒂前期各部詩集（不包括《煙雲》）主寫邀遊，縱有現世憤激，也在大自然的無盡藏裡稀釋淡化，耳得目遇，心靈坦蕩，其時最接近天真率性的「嬰孩」；到了《大寒流》，忽然有在詩壇「稱斤論兩」之說，於是落蒂彷彿被推上戰場，成為「鬥士」；「鬥士」與落蒂的本質並不咬合，於是《鯨魚說》的他成為「流浪者」，給讀者看見另覓道路的徬徨與超越。

　　後《鯨魚說》時代，落蒂能否成為「魔法師」，尚待觀察。但其近作顯然擺脫了「鬥士」的不安，走上了另一條道路，這種轉向的印跡宣告著「流浪者」姿態的暫時收束，開啟了全新的可能。以載於《秋水詩刊》第一八四期的「隨想曲」系列其五至其八為例，〈隨想曲之五〉謂：「好大的潭面夢影叢叢／都在等待／一個和平的季節／等待一朵花開在臉上／等待茶泡好酒沾來／烤肉香陣陣／方圓數百里和暖薰風／有時一個笑話便有一陣爆笑／炸開／音樂輕輕飄著／在水面也在船四周／或許是江南的鷓鴣／也在夢中鳴叫／一行白鷺從山邊

1　Carol S. Pearson, *The Hero Within: Six Archetypes We Live By*, 3rd ed. (New York: HarperOne, 2013).

飛過／雲朵飄著玄機處處的禪」。

　　落蒂表示，詩界之「名」猶如「潭面夢影」，水月鏡花，本不應硬索強求。想通了的他至是回歸「和平的季節」，恢復「一朵花開在臉上」的笑容，心底飄漾「和暖薰風」，連外境也隨之而轉，聽「笑話」便咧嘴「爆笑」，不必以為是含沙射影；而詩的「音樂」繼續「輕輕」而奏，四周物各安其所，「雲在青天水在瓶」的禪思，在詩行間變成水圍船舶、鳥鳴鳥飛，以「雲朵飄著玄機處處的禪」作結，確也方便讀者一同參悟。

　　緊接著的〈隨想曲之六〉則是揉合佛道二家：「從歡聚中歸來／便見一輯一輯影帶／美如是星宿的光輝／在黯澹的夜閃著迷人的亮光／有些人世間的塵音雜念／早在山區的湖泊間釋放／那是一種無為無不為的片刻／某種意識的排除，更摒棄異樣的氣味／煩悶不在、恐懼不再／一種叫做詩的花叢悄悄生長／並且開放像古代穿唐裝的美人／眼神射落心空中的黑蝙蝠／靜定到像一種神蹟／從來一直不解的五蘊皆空／竟然如度一切苦厄到來／那本來被譏為迷信的意念／竟如一陣清晨的樂音／在屋簷懸掛的風信旗上響著」。

　　前半首的道家意味甚濃，如《老子》所言：「為學日益，為道日損。損之又損，以至於無為。無為而無不為。」落蒂若陷於在詩壇「稱斤論兩」、與人角力的泥沼之中，專務競勝，則其離開創作初衷反而愈遠。幸好，他讓身心皆回歸自然，在「山區的湖泊」前摒卻種種「塵音雜念」，「排除」掉鬥爭的「意識」，從較量短長的「煩悶」、「恐懼」中「釋放」出來，不僅感到重拾真我、消弭「異樣」，甚至體悟到《老子》「道常無為而無不為」的真理──「詩的花叢」在心靈純淨的時刻自然會「悄悄生長」，不必強求。通過與道冥合，落蒂重踏上自己喜愛的詩道，不至受比拚的念頭迷惑而有所偏離。

　　〈隨想曲之六〉的後半，落蒂以道家之悟催動佛法修行。他自言

本來不諳佛理，「一直不解」何謂「五蘊皆空」，但對「無為」的掌握讓他得以「靜定」細參。忽然間，他像經歷「神蹟」，因頓悟爭競虛無而深契於《心經》「度一切苦厄」的舒釋之境中。詩的結尾，落蒂不忘評論道：「那本來被譏為迷信的意念／竟如一陣清晨的樂音／在屋簷懸掛的風信旗上響著」，明示佛理對他安頓身心確有實效。當然，善於聯想的讀者還能從「風信旗」認出《六祖壇經》「不是風動，不是幡動，仁者心動」的典故──若識自本心，外界的「稱斤論兩」便不足搖撼落蒂了。

接下來，〈隨想曲之七〉寫的是世俗閒言的反撲：「茫然是我們對焦的鏡頭／空更是我們捕抓的意象／零亂的坐或臥，三或五人成群／汙濁的空氣，沒有秩序的訴說／瞄準的是或有或無飄忽的遠方旗幟／拿出命相學的古書冊再三翻閱／已經完全燒毀的時光／沒留下任何灰燼的無悔青春／最先變奏的是下沉的聲調／落差豈只是巍峨的山頂／和千丈懸崖瀑布／有一種無可奈何的情緒／靜坐如一座不動的寺廟／無論清晨或黃昏／白天或黑夜／電線上坐著一整排麻雀／譏笑吵鬧不停」。

詩中「飄忽的遠方旗幟」乃喻指文學史上的地位，落蒂寫作大半生，對能否傳名後世卻感到「茫然」，甚至自謂多年辛勤，最終只「捕抓」了「空」。既然這樣，已白白「燒毀的時光」不是太多了嗎？整段「青春」，又如何談得上是「無悔」呢？眼見與成名詩家有著彷如「巍峨山頂」和「千丈瀑布」的「落差」，落蒂不禁生起「無可奈何的情緒」，連素日熱愛歌詩的聲帶也變得「下沉」瘖啞。運用在〈隨想曲之六〉的領悟，落蒂原想「靜坐如一座不動的寺廟」，像法海鎮壓白娘子般，以佛法遏止求名之望；只可惜，評頭品足的旁人恰似是電線上的「一整排麻雀」，不管晨曦黃昏、白晝黑夜，他們始終聒噪不休，時時「譏笑」著落蒂，激盪起後者內心的「吵鬧」聲，

令落蒂難以維持心靈的清淨[2]。

轉入〈隨想曲之八〉，落蒂另取基督宗教為援，再次與心魔對抗：「啊！我夢中的月光／那樣柔和無塵透明的白／在那樣的境界中我找到／那失落的羔羊／所有的辯難都在其間消失／緊握我的筆緩緩的以太極拳方式／輕輕一推一挪／即把心中的黑霧撥向光外的世界／一切賤我辱我損我禽獸般的啄我／都隨一種湧動的月光而去／不再躊躇不前／讓原訂計畫的建築仍依著藍圖／逐步將該除的草該犁的田／都在今夜完成／千古一夕的孤獨月光」。

篇中的「羔羊」象徵耶穌基督（Jesus Christ），落蒂雖曾一度「失落」了祂，但到在文壇遭遇低潮時，他卻重新「找到」了祂，並在「羔羊」的「柔和」、「無塵」、「透明」裡，得到身心的安歇，以致能夠渾然忘卻「所有的辯難」、「一切賤我辱我損我」的譏嘲，以及「禽獸般啄我」的攻擊——〈隨想曲之七〉的「麻雀」絮叨在基督的光裡儼如「消失」[3]。

值得留意的是，落蒂曾認真閱讀耶穌基督後期聖徒教會的經典《摩爾門經》（*The Book of Mormon*），並嘗手抄《尼腓一書》（*First Book of Nephi*）。〈隨想曲之八〉意象繁多，其中除「羔羊」見於《尼腓一書》外，「夢」、「黑霧」等亦莫不與該經卷有關。具體言之，《尼

2　落蒂未必有心引用下述兩個典故：「三或五人成群」、「燒毀的時光」、「沒留下任何灰燼的無悔的青春」與香港電影《三五成群》相應，後者敘述的是極為殘忍的「秀茂坪童黨燒屍案」；「電線上坐著一整排麻雀／譏笑吵鬧不停」暗合日本電影《惡之教典》（*Lesson of the Evil*），片中主角把電線上的鳥雀殺死，給觀眾留下深刻印象。〈隨想曲之七〉內蘊負面情緒，思潮湧動，與《三五成群》、《惡之教典》的聯繫，頗耐尋味。

3　留意落蒂在〈隨想曲之八〉寫「禽獸」時特用一「啄」字，這是順承〈隨想曲之七〉的「麻雀」無疑。另外，「麻雀」為「飛鳥」，參考《路加福音》（*Gospel of Luke*）八章，實可喻指魔鬼，與後文將提及的「黑霧」相同。

腓一書》八章所載李海（Lehi）的「夢」中，許多想要摘生命樹果子吃的人因被「黑霧」障目而迷失——落蒂說的「把心中的黑霧撥向光外的世界」，實指排除使人不專注的、來自魔鬼的迷惑，重拾內裡之平安。

此外，李海的「夢」中，不少吃下生命樹果子的人因受到居於廣廈的傢伙嘲笑，耐不住被「賤」、被「辱」，竟然就轉身離開了生命樹。面對「黑霧」、嘲諷，李海曾在「夢」裡看見一根象徵神話語、通向生命樹的鐵桿，唯有那些按「原訂計畫」、緊握著鐵桿的人能夠「找到」並待在樹下，不致誤入歧途甚或溺斃在河中。是以，落蒂說要「讓原訂計畫的建築仍依著藍圖」，不離神的話而前行，就不必畏怕風言風語。特別的是，落蒂將「原訂計畫」和「建築」相聯，這是因為據李海的「夢」，嘲笑者身處的廣廈乃是浮於空中的，象徵他們狂妄、驕傲，不跟從神的「藍圖」。

綜合以上，〈隨想曲之八〉的落蒂乃是以基督為助力，安慰、安定被「麻雀」日夜「譏笑」、「吵鬧」不停的內心。內心既得安穩，落蒂遂「不再躊躇不前」，可以專情地料理自己的詩園。就詩藝而言，「該除的草」可指需刪削的文辭，「該犁的田」可指應經營的題材；就心態來說，「該除的草」又可指剷刈爭強鬥勝的妄念，而「該犁的田」則指順著初心、沿著一己的詩道寫出作品。

落蒂自言，這些「都在今夜完成」，「夜」是指暮年；詩末一輪「孤獨月光」並不淒涼，落蒂倒是可喜有屬於自己的寂寥時空，認清本來面目，可以不管外間紛紜——如「麻雀」之類，專力在所至愛的詩之上。

總的來說，落蒂自《大寒流》開始有了「稱斤論兩」的焦慮，到《鯨魚說》這種無奈更為明顯，而發表於《鯨魚說》出版後的一系列「隨想曲」作品，則透露其人借重宗教力量以平伏心潮，嘗試消除因

身後名有無而引起的不安。復以原型編派，呼喊神靈之助可以是「孤兒」狀態的表現；對宗教深思，則為「流浪者」之昇華；而身體力行扶持他人的，便屬「殉道者」之列。落蒂穿梭於不同信仰體系，這三型當積累更多經驗，再加上其此前的「嬰孩」、「鬥士」履歷，或許能讓他兌變成圓融的「魔法師」──老驥伏櫪，詩心未已，其新作著實讓人期待。

輯四
誰家鸚鵡語紅樓

旋轉了起來：
落蒂〈木棉花〉的新義

　　落蒂的〈木棉花〉是一九八〇年代之作，發表於《風燈詩刊》，曾在一九八三年「落蒂作品討論會」中獲得多位詩家讚賞，其後收入一九九四年出版的《春之彌陀寺——落蒂詩集》。〈木棉花〉全文謂：

> 整個城市
>
> 彷彿一夜之間
>
> 長滿了木棉花
>
> 這些木棉花
>
> 彷彿一夜之間
>
> 落盡了所有的葉子
>
> 這些葉子
>
> 彷彿一夜之間
>
> 開滿了花
>
> 這些花
>
> 彷彿一夜之間
>
> 到處飄零
>
> 這個世界
>
> 彷彿一夜之間
>
> 旋轉了起來

　　在「落蒂作品討論會」上，張默頗欣賞此詩的節奏，稱許落蒂「以『彷彿』二字寫作引字，貫穿全詩，使其活潑而自然的流動」；另一詩友「石頭」對篇末的「旋轉」情有獨鍾，認為它有種「旋轉、醉態、舞蹈」的動感。喬林（周瑞麟，1943- ）則從大處著眼，稱〈木棉花〉「用的是表現主義的手法，在凝定的視野中，將現實形象化，冷靜中透露著澎湃的情思」，唯渡也（陳啟佑，1953- ）批評〈木棉花〉「後三句動機不明」。發言眾人，無論是主觀、客觀，亦皆各陳己見，使〈木棉花〉綻放出更多品讀的可能。

　　三十寒暑，物換星移，木棉花正不知幾度開落。在二〇一八年初重讀落蒂此詩，又是否可以有不一樣的觀後感？

　　我弟弟說：「木棉花」是紅色的，「葉子」是綠色的。綠色的民進黨上臺後，蔡英文（1956- ）和賴清德（1959-）卻一改口風，表示「親中」，換上紅色，「落盡了所有的葉子」，「長滿了木棉花」，支持者紛紛跌破眼鏡。《聯合報》二〇一七年六月六日就有題為〈蔡英文隨賴清德親中　史上最狂髮夾彎〉的報導，詳列蔡英文此前嘲諷馬英九（1950- ）的言論，如「馬政府親中，卻和人民疏遠」、「馬英九不但親中甚至連兩蔣念茲在茲的中華民國都快守不住了」等，對所謂「親中」傾向深惡痛絕，批評不已。可是，在朝的民進黨不復是在野的民進黨，「這個世界／彷彿一夜之間／旋轉了起來」——屁股決定嘴巴，蔡英文也不得不「開滿了花」。不過，原來的支持者會同意嗎？這些掉落的「葉子」既轉成了「花」，結局應該是「飄零」，不再獲得選民拾掇，甚至要被踐踏了。

　　我的祖父說：「木棉」又稱「英雄樹」，象徵農民起義的領導人李自成（1606-1645）。李自成攻進北京，「整個城市／彷彿一夜之間／長滿了木棉花」，英雄大旗招展。可惜團隊中的劉宗敏（?-1645）等人漸漸不遵法度，在利益面前「落盡了所有」遮掩的「葉子」，大掠1

民財，甚至還強占了遼東總兵吳三桂（1612-1678）的愛妾陳圓圓
（1624-1681?）！劉宗敏等人，抖落了解放百姓的「葉子」，隨從私
慾行事，自然是「一夜之間／開滿了花」，心滿意足，怒放心花；只
是囂張沒有落魄的久，「這些花／彷彿一夜之間」，就又「到處飄零」
了，快樂留也留不住，只因吳三桂「衝冠一怒為紅顏」，為奪回陳圓
圓，甘願投降滿清，引狼入室，合擊北京——乾坤挪移，「這個世界
／彷彿一夜之間／旋轉了起來」！

　　我的另一半說：香港金鐘有紅棉路，紅棉路上有婚姻註冊處，木
棉花開象徵成婚了。「整個城市／彷彿一夜之間／長滿了木棉花」，說
的是最近很多朋友都說要結婚，似乎全城女生都要出嫁了；出嫁的
「木棉花」，有了丈夫，自成天地，就不顧舊日友朋，「落盡了所有的
葉子」，頭也不回地撇下閨蜜了；然後「這些葉子／彷彿一夜之間／
開滿了花」，說的是被撇下的閨蜜不甘寂寞，也趕上結婚的浪潮，不
理好醜，總之要找個男人去嫁算了；不幸所托非人，一夜恩情後，就
因了解而分開，「這些花／彷彿一夜之間／到處飄零」了。現代男女
的閃離閃合，真亂，從前堅固的家庭紐帶，已經鬆脫了；令人慨嘆，
「這個世界／彷彿一夜之間／旋轉了起來」了。

　　我說：「木棉花」是廣州市花。中國改革開放，經濟向榮，才幾
十年時間，便取得了歐洲花費幾百年才有的發展成果，故說廣州「一
夜之間／長滿了」鮮艷燦爛的花朵，「落盡了所有」黯淡無光的「葉
子」。「這些葉子／彷彿一夜之間／開滿了花」，指的是當初如「葉
子」般素樸無華的小百姓，現在也搖身一變，紅火火紅，擁有非常富
裕的物質生活。「飄零」的意思正面，既可指廣州人將財富投資在本
地，如春泥護花，代代相傳；亦可解作飄散四方，向外發展，日漸產
生改變世界的影響力，以致全球的經濟格局，隨時「旋轉了起來」。

　　補充一下，木棉花作為廣州市花，始於一九八二年，而張默等人

的「落蒂作品討論會」正於一九八三年進行。

　　詩是自足的「世界」，因其多義性，而「旋轉了起來」。花落，花開。

舉頭望明月，低頭思故鄉：
落蒂詩的情色書寫

　　落蒂有次拿我開玩笑，說我「心癢癢的」，其實他也有「心癢癢」的時候。他的詩「重情」，但也不「輕色」，「若萬里長江，何能不千里一曲」，偶爾間有情色之筆，寫自己的癢癢，令讀者心亦癢癢。

　　落蒂一輯「北埔記行」可為代表，第一首〈柿餅〉云：

> 不要看我年老色衰
>
> 想當年
>
> 我還在枝頭上
>
> 色澤鮮艷
>
> 眾人皆想一親芳澤
>
> 如今你
>
> 不妨嚐一口看看
>
> 是否
>
> 滋味不同

　　題目是以味饗客的柿餅，內文卻是以色事人的「姊妍」——女郎上了年紀，所謂「年老色衰」，但她回顧來時路，原來也曾經艷壓群芳，醒目如花枝招展，讓裙下之臣亟欲親其「芳澤」。網上的不文笑話說：某次警方掃黃，抄了一家色情店，由於小姐太多，警察只好請

她們排成一列，逐個記錄；這時一位老婆婆走過，好奇地問：「你們在排隊等甚麼？」小姐心裡本就很煩，隨口對老人說：「我們等免費派的棒棒糖。」老婆婆貪小便宜，竟然也跟著排隊。警察一直做記錄，到看到隊列中的婆婆，大吃一驚，忙問：「老婆婆，怎麼你也⋯⋯」婆婆說：「我雖然老，還是能夠用舔的。」落蒂的〈柿餅〉近之，老年妓女向過路人兜攬生意，請他們「不妨嚐一口」，看看她舔的功夫「是否／滋味不同」。

略作補充，日本著名大齡女娼橫濱瑪麗（YOKOHAMA Mary, 1921-2005）與落蒂筆下的老妓相反，前者為等待一去不返的美國愛人，雖仍接客性交，但總拒絕接吻，認為接吻這一愛情舉動必須留給戀慕之人，絕不輕易讓嫖客「嚐一口看看」。

「北埔記行」的第二首是〈椪柑〉：

> 滿街黃澄澄的椪柑
> 一路排到街尾
> 吸引
> 成千上萬人潮
> 成千上萬的少女
> 也都帶著
> 椪柑
> 擠到人潮裡
> 滿街的椪柑遂
> 此起彼落
> 跳動起來

這次輪到寫妙齡少女，她們從街頭列隊到街尾，情形與前引的網

上笑話何其相似！落蒂寫，這些做皮肉生意的女子擁有年輕的本錢，黃澄澄的亮麗肌膚十分「吸引」，能讓萬頭攢動，爭睹風采。這邊廂，「成千上萬人潮」慕少艾之色而來訪；那邊廂，「成千上萬的少女」也帶著憧憬，前來拜師，預備入行，希望成為新一代紅牌，享受眾人簇擁的虛榮。以「成千上萬」來形容，這固然是落蒂的誇張之筆，但眼前少女們乳房像「椪柑」，在人潮裡「此起彼落／跳動起來」，又真的是波濤洶湧，遮天蔽日，令人目不暇給，數而不勝數，應該也是實情。

尹光（呂明光，1949- ）粵語名曲裡有一段說：「啲女喺我面前彈吓彈吓　咿嘩鬼叫　波濤洶湧　幾爽呀」，勉強譯作書面語，大概是「那班女的在我面前跳啊跳啊　咿嘩狂叫　波濤洶湧　真爽啊」，拿來與〈椪柑〉聯讀，也不是沒有可比較的空間的。

〈擂茶〉是「北埔記行」的第三首，其內文謂：

　　用力以堅定的棍棒
　　去磨你彷彿峽谷的
　　鼠蹊
　　汗水由額頭滴下
　　千年來人們精製的
　　玉露瓊漿
　　你飲後
　　遂甜甜入睡
　　我說還要一杯

尹光〈數波波〉裡唱：「有啲波佢用枝棒一鋤　吼正個窿至慢慢鋤」，書面語約為「有些球他用根棒一敲　覷準小洞才慢慢敲」，說的

雖是打高爾夫球，但已足以讓聽眾聯想到性交。無獨有偶，形容擂茶的落蒂也寫下「用力以堅定的棍棒」來「磨」，只是將尹光的「小洞」變作「鼠蹊」，同樣是把人帶到男女合歡的想像之中，加以「汗水由額頭滴下」，那則是男女在床上揮汗淋漓的寫照了。

〈擂茶〉後半，「精製的／玉露瓊漿」自是指茶，但結合上文的性事聯想，「『精』製的」，也可能是男性高潮時射出的濃稠體液，由女方吞下；後者「飲後／遂甜甜入睡」，但精力旺盛的男子卻說「還要一杯」，即再戰一回合，其做好做滿的幹勁叫人害怕。當然，翻手為雲，覆手為雨，略嫌吞服體液骯髒，可以將「精……一杯」看成日語，意思是「竭盡全力」去做。竭盡全力去做後，女方「甜甜入睡」，體力較佳的男子卻還有餘興，這理解也是合理的。

相比起〈擂茶〉，落蒂另外寫過一首〈阿里山森林小火車〉，對男女共做愛做的事描繪得更為細緻：

　　妳一直靜靜的躺在那裡
　　挺立的高峰讓人高不可攀
　　我從山底下
　　輕輕柔柔的迂迴前進
　　輕輕的旋轉
　　輕輕的以蝸牛的紋路前進
　　妳也輕輕哼著蟲鳴鳥叫
　　輕輕哼著山澗水流
　　我仍慢慢的輕柔前進
　　一陣痙攣
　　火車停在峰頂
　　仍在慢慢吐氣

仍未熄火

妳報我以

祝山

好美好美的

日出

　　女生躺臥著，乳峰挺立，男子藉口「高不可攀」，於是轉從下路進擊，攻向「山底下」即〈擂茶〉所述的「鼠蹊」部位，幸而還能「輕輕柔柔」，細加呵護，以「迂迴」、「旋轉」、「蝸牛的紋路」慢慢拓寬路徑；女子頗為享受，忍不住「輕輕哼著蟲鳴鳥叫」，輕啼動人，「哼著山澗水流」，分泌漸漸增多。男方依然採取「慢慢」的節奏，二人深相契合，終於「一陣痙攣」，男的達到高潮，如「火車」頭的陽具帶動整個人「峰頂」般的快感體驗。如同〈擂茶〉的男子，〈阿里山森林小火車〉的男士一樣尚可再駕一程，他調整呼吸，「慢慢吐氣／仍未熄火」，只是女子已被「日」而「出」，扶起嬌無力，似乎難以再承受「火車」的駛進駛出了。

　　回到「北埔記行」，落蒂寫的第四首是〈洗衣婦〉：

你儘管用力

死命的搓揉

並且把我翻過來

再三捶打

那種痛

是我亮麗的明天

　　單看動作，可以是寫洗衣服；兼看題目，寫的乃是洗衣婦床上的

狂野。「用力」於下方、「搓揉」其上方、「捶打」到深處，不言自明，皆與性事有關，再加上「痛」的渴求，洗衣婦大概是喜歡痛愛的被虐待狂，「翻過來」覆過去，任人擺布，愈墮落，愈快樂，愈疼痛，愈「亮麗」而容光煥發。傳聞香港有女歌手獻身老闆，供後者逞其獸慾，在不道德的交易過後，女歌手則換來輝煌星途，名成利就，得到所謂「亮麗的明天」，似乎也可為落蒂的〈洗衣婦〉作注。

洗衣婦即「浣女」，可以年輕貌美，如《美女與野獸》（ *Beauty and the Beast* ）的貝兒（Belle），但落蒂〈洗衣婦〉的主角，應該已「年老色衰」，跟〈柿餅〉的主角一樣。何以得知？請看「北埔行記」第五首〈古厝〉：

> 一群詩人
> 對著老婦人的皮膚
> 研究了起來
> 「這是一面百年古牆
> 花窗也是前清作品」
> 「頭髮有些風化
> 眼睛更是一潭濁水」
> 一群搖頭而過的帥哥正以奇異的眼光
> 頻頻回頭看我們

這「一群詩人」不知都有誰在，但他們肯定皆興高采烈地「對著老婦人的皮膚／研究了起來」，對洗衣老婆婆評頭品足——這個挖苦說她是「一面百年古牆」，老朽不堪，連衣服的「花窗」紋飾「也是前清作品」，毫不時髦；另一個故作客觀地說她的「頭髮有些風化／眼睛更是一潭濁水」，老態畢現，髮枯眼濁，一點都不水靈靈。老婦

如「古厝」，只有「風化」（weathering）的衰頹，難使人有「風化」
（sexual）的遐想。

這時保持沉默的落蒂卻注意到：「一群搖頭而過的帥哥正以奇異
的眼光／頻頻回頭看我們」，意思是：年輕帥哥覺得一群詩人對老洗
衣婦這麼興致勃勃，十分古怪；或者，螳螂捕蟬，黃雀在後，詩人們
覺得老婦人跟不上時代，年輕帥弟一樣覺得詩人不合時宜──推己及
人，落蒂想想，就不要跟著批評老婦人這、老婦人那了。

「北埔記行」第六首〈龍柱〉這樣寫道：

> 這廟前的龍柱
> 龍頭向上有什麼關係
> 只要妳在上面
> 牠仍然可以
> 昂首
> 吐信

如果給「一群搖頭而過的帥哥正以奇異的眼光／頻頻回頭看我
們」這兩句話第三種解釋，可能是：帥哥們有特別癖好，喜歡老年女
子，覺得不懂欣賞老洗衣婦的一群詩人不可理喻。不是嗎？〈龍柱〉
寫老洗衣婦爬到帥哥上面，帥哥的「龍柱」就亢奮，「龍頭向上」，
「昂首」挺舉，甚至「吐信」、發射。謝金燕（1974- ）〈嗶嗶嗶〉就
曾唱過，只要老母性感，也會很多人call──愛情啊，從來不分年齡。

作為參考，伊藤潤二的漫畫〈鬼木宅〉（「木造の怪」）寫妙齡女
子對木製「古厝」產生特殊情感，不能自拔地跟建築物做愛──換個
性別，便會是對老洗衣婦抬起「龍柱」的「搖頭」帥哥了。

問題是，大柱帥哥跟老洗衣婦的戀情能夠長久嗎？《詩的旅行》

裡，落蒂模擬了一場自己與帥弟弟的對談，寫下了〈天長地久橋〉：

> 風一直在耳邊詢問
> 你和她
> 真的會
> 天長地久
> 傻瓜　你沒看到橋下的溪水
> 兩岸的山石
> 可以做證
> 那也不一定
> 土石流流走山石
> 溪水強將溪流改道
> 就算如此你沒看到
> 我從她的腳跟
> 向上匍伏
> 停在她的腹部
> 她扭腰上下起伏
> 婉轉鶯啼
> 我向前尋找尋找千年

　　頭四行是落蒂的疑問：「欸，風聲傳聞，帥哥『你』和老婦『她』似乎不能『天長地久』呢！」接著五至七行是帥弟弟回應：「傻的嗎？我愛她，不枯的『溪水』、堅固的『山石』都能作證，此心不渝。」第八至十行落蒂嘗試反駁：「事情可說不定，山石會因土石流『流走』，溪流也會因溪水而『改道』，戀愛的感覺真能永不消逝嗎？」最後七行，帥弟弟堅定地答：「不，你沒看過，我與她纏綿萬

分，從『腳跟』親起，向上吻到『腹部』，她也『扭腰』和我配合，發出嬌滴滴的『鶯啼』，逗引我，向她年齡的上游回溯，愈『尋找』，愈愛她多出的『千年』，這份愛，怎會有終結呢？」

「向前尋找尋找千年」一語，讓我想起英國偵探小說天后阿嘉莎・克莉絲蒂（Agatha Christie, 1890-1976）曾說的：「對女人來說，考古學家是最好的丈夫。因為妻子愈老，他愈愛她。」落蒂筆下的年輕帥哥，確實也有考古學家的特質。

落蒂「北埔記行」的第七亦即最後一首為〈小店〉：

> 老板守著小店
> 我笑他不會有發展
> 他指著我的詩攤
> 說
> 彼此　　彼此

誇張點的解讀，男性老板守身如玉，不願打開隱秘的店門招呼客人，既然如此，落蒂就肯定他「不會有發展」，難以在「椪柑」、「柿餅」、「洗衣婦」的激烈競爭中突圍而出；但老板指著落蒂的詩攤，回嗆一句：「彼此　彼此」，指落蒂的詩不也艱澀難懂，讓人無法進入嗎？他真不知道，落蒂的詩「儘量在奇異的思索中，用共相共感的方式去表達，以便取得與讀者溝通的橋樑」，根本不難理解。「守著」對詩舊有觀念的人，似乎無法享受曉暢而富啟發的新詩藝術。

另一種解讀——這家「小店」不知是賣「椪柑」、「柿餅」還是提供「洗衣婦」的，總之因店面不大，徒然「守著」，落蒂覺得它也難有甚麼「發展」；老板卻笑笑，回指落蒂的詩攤說：「彼此　彼此」。豐潤的「椪柑」、滋味的「柿餅」、成熟的「洗衣婦」，各有所好，但

總得有識貨的主顧，才能「賣」得出去；新詩的市場不大，仍然需要有心人推廣，擴充讀詩的人口，否則其命運跟「小店」將無不同。落蒂寫「食色性也」之事，或許亦用心良苦，有給讀者刺激的用意在，與正經八兒地寫詩評異曲同工，希望以「下里巴人」之姿，吸引千人對詩的應和。

最後解釋一下我所定的題目：舉頭望明月，低頭思故鄉。「明月」象徵女性、生殖，男人的共同「故鄉」則是子宮。大概是黃霑說的：男人打從離開子宮後，一輩子都在想再進入那兒。落蒂在出遊時碰上年齡不同的女性，想到與性相關的事情，譜出情色書寫的一系列作品，當然算是望「明月」，而後思「故鄉」之舉啊。他，心癢癢的。

誰家鸚鵡語紅樓：
吹響落蒂的〈笛聲〉

　　前說落蒂「北埔記行」及〈阿里山森林小火車〉等作蘊含情色意味，屬詩人「若萬里長江，何能不千里一曲」的表現；至《大寒流》一集，則〈笛聲〉也是萬綠叢中一點紅，以嫖妓為詩的主題，涉足於性的描寫。以下先引錄〈笛聲〉原詩及稍作分析，最後將述明落蒂的心腸與立意：

　　　　這樣一步一階向上爬
　　　　能否到達所謂天國
　　　　實在懷疑那些令人迷惑的指示
　　　　如同原則上昇的黑煙
　　　　更像紅燈區的迷魂香
　　　　伸出五指竟然不見
　　　　莫非世界已經黑暗
　　　　所有零亂聲音都響起
　　　　所有野蠻的叫囂都激昂
　　　　所有杜撰的情節都演得生動
　　　　所有他們要推倒的都已躺平
　　　　把一切玩在手裡
　　　　把原有的都已拆解

　　夜色中怎又傳來
　　消失的按摩女笛聲
　　如此淒涼

　　在同一個住宅單位中只有一名妓女賣淫，香港稱為「一樓一鳳」，臺灣喚作「一巢一鳳」。〈笛聲〉開頭，客人便「一步一階向上爬」，拾級而上，登樓往訪「鳳姐」，渴望一嘗「油壓」、「漫遊」、「冰火五重天」等性愛招數，以此「到達」歡愉的秘境、性的「天國」。樓梯間的牆面上貼著「令人迷惑的指示」，挑逗慾火——這裡雖然不是「紅燈區」，卻有一樣的「迷魂香」，令人理智隕落。

　　到登門，入室，纏抱在床上，關了燈，「伸出五指竟然不見」，客人和妓女乃摸黑做愛；播起音樂，「所有零亂聲音都響起」，一來讓妓女分散精神，不必專注在自己正被凌辱的事實，一來也讓男客分心，不必凝注於生殖器的感官上，有助固守精關，延長享樂時間。

　　床戰正酣，「所有野蠻的叫囂都激昂」，男的拋出征服的語言，女的喊出呻吟的呼聲，似乎要把背景音樂覆蓋了。他們又玩起角色扮演的遊戲，客人飾警察？教師？強姦犯？妓女飾犯人？學生？受害者？哎，「所有杜撰的情節都演得生動」，妓女曲意奉承，客人樂在其中，幾乎不想抽身。

　　接下來，「所有他們要推倒的都已躺平／把一切玩在手裡」兩句，指的是男客掌握性事的主導，能將意志強加於妓女身上。所謂「推倒」，實是ACG術語，意思是男的把女子推倒在床上，預備插入女子陰戶——以皮肉營生的妓女，此時只能「躺平」，承受男子的侵略。「把原有的都已拆解」一句，可能指妓女把靈魂解離，行屍走肉地做愛；也可能指男客不停變換姿勢，動作狂猛，好像要「拆解」妓女的軀體一般。

讀至此，需要補充一下落蒂的意見。〈金瓶梅序〉有言，讀《金瓶梅》而「生憐憫心者，菩薩也；生畏懼心者，君子也；生歡喜心者，小人也；生傚法心者，乃禽獸耳」。落蒂何嘗贊成男客對妓女的欺凌？〈笛聲〉開頭就以「能否」、「實在懷疑」這樣的字眼，來質疑嫖妓是否能給人帶來真正的快樂；所謂「原則上昇的黑煙」，也暗斥精神的「黑煙」瀰漫，遮蔽住人們可貴的「原則」。

到了詩的結尾三行，落蒂以充滿憐憫的筆墨寫下：「夜色中怎又傳來／消失的按摩女笛聲／如此淒涼」，用夜色襯托女子的孤苦「淒涼」之餘，參考〈車行筆記〉的首節：「生命的列車出發／緩緩的從黑漆漆的洞口開出／以哇哇大哭的笛聲／向世界宣告我來了」，可知「笛聲」指人們嬰兒時的純潔天真狀態，唯不幸的是女子成了賣皮肉的「按摩女」，其精神已被客人侵蝕，「笛聲」亦無奈「消失」──落蒂菩薩心腸的同情之意，可謂透於紙背。

《大寒流》裡，落蒂復有一首〈現世十四行〉，批評現代人「看不見即將籠罩的陰影／拚命窮追淫欲」，說他們「外表完好而內在空虛」，恐怕「當所有人都脫掉華服」，便「只剩軀體空空的展示」，其反對情慾橫流的社會現象，立場甚為明晰。同樣地，〈笛聲〉雖以性為題材，卻與之前的「北埔記行」、〈阿里山森林小火車〉不同，更添上一層對放縱慾念的反思，針砭時弊。濁者見之以為淫，期望清者，能夠閱之以成聖，同分享詩人的憐憫之心。

白而往，黑而來：
落蒂〈鷺鷥〉的「誤讀」

　　常人寫論，怕被說是誤讀；我則開宗明義，先說自己刻意「誤讀」。所幸到現在，欣賞「誤讀」的聲音多。對於不同的意見，我一概不管。因為在我心中，他們都不明白「誤讀」的宗旨，是實實在在地誤讀了我。但既然我高舉「誤讀」旗號，被人誤讀，倒又應感激吾道不孤。如此，就更覺得許多事不用去辯了。說到底，我們的文學史，今天獲視為正統的，其實包含了多少「誤讀」在裡面？

　　落蒂也有被「誤讀」的經驗。鷺鷥羽毛潔白，素來是純潔的象徵，所思無邪。但別有用心，評論者也可自〈鷺鷥〉讀出情慾訊息，給落蒂的鷺鷥塗上另一種顏色：

　　　　縮起一隻腳
　　　　田野中的一隻
　　　　鷺鷥

　　　　垂下頭
　　　　立在蒼茫中的一隻
　　　　鷺鷥

　　　　伸長脖子

　　欲啄食月光的一隻
　　鷺鷥

　　漸行
　　漸
　　遠

　　一隻白色的驚嘆號！

　　鷺鷥本來頗為自潔，素行正直，一次卻忽然鬼鬼祟祟，躡手躡腳，「縮起一隻腳」到「田野中」覓野食偷歡去；但這隻鷺鷥已老，「垂下頭」一語雙關，當牠俯首看時，就發現自己那話兒已經不給力了，呈「垂下」之姿，不勃不發，自然一種「蒼茫」之感，湧上心頭。心有餘而力不足，風欲狂而樹已靜。以打野食的年齡來說，鷺鷥是大了一點。

　　鷺鷥在「蒼茫」中呆呆而「立」，力不足，但畢竟心有餘。在看見豐潤的月亮升起時，牠興致復燃，拚力「伸長」軀體，「欲」要「啄食月光」，總要嘗鼎一臠。這種行徑，認同者可能說是一種堅挺不拔的壯舉；不屑者，卻認為鷺鷥「漸行／漸／遠」，距昔日高潔純真的形象愈來愈遠了。

　　「一隻白色的驚嘆號！」正因鷺鷥舉止不常，大異眾人所望，圍觀者禁不住發出「驚嘆」：通體「白色」的鷺鷥，多少年循規蹈矩，何以一夕之間，就變成色色的呢！要去相信，你說容易嗎？

　　圖象化地讀，「驚嘆號」也可說是一隻用後的避孕套，一點「白色」的精液從套子中滴出，這畫面接續鷺鷥「啄月」的舉動，寫的是牠獸慾得逞了——當然，理智的你，應該要說這樣解讀太過離譜。是

啊。但人世間的誤讀誤釋，總亦這般超出常情，而局中局外之人，不知何故又竟都紛紛信了的。哎！

彌陀寺外談柏拉圖的愛：
落蒂、林柏維新詩「誤讀」

　　此篇以「誤讀」為主，加上引號的「誤讀」是指刻意讀出作者意圖以外的詮釋可能；篇中亦提到「正讀」，「正讀」指較符合主流見解的析說。落蒂〈那夜的水聲〉收於《春之彌陀寺》，全詩如下：

　　　夏雨過後
　　　夜晚彌陀寺
　　　早已閉上山門
　　　水銀燈靜靜
　　　照著廣場上的石桌
　　　以及
　　　空空的石椅

　　　我們是唯一的訪客
　　　被那八掌溪的水聲
　　　吸引前來
　　　我們相依站在
　　　欄杆旁
　　　溪畔偶有幾點火光
　　　是誰在雨後的靜夜
　　　還讓它為生活而明滅

是那水聲
讓我們靜靜相依偎
讓我們感到心中
也有生命的細流在潺潺
二十年了　無波的歲月
誰也不敢想像

誰也不敢想像
做為一個詩人
竟寫不出一首詩
是那水聲
又再撥動了生命的琴弦
是那水聲
一遍一遍在我心中洶湧

月光淡淡照在
夏雨過後的彌陀寺
照在八掌溪的水波上
耀動的水波
彷彿千萬首詩億萬首詩

　　我對此詩的「正讀」見於另文，以下純為「誤讀」。詩裡寫，一對情人在「夏雨」過後，一度想闖進「早已閉上山門」的彌陀寺，不果，只得在寺外無人占用、「空空」的石桌、石椅上展開久別重逢後的激烈交流。廣場「空空」，環視四面無人，那對男女確認他們「是唯一的訪客」，乃愈加大膽起來。

　　二人是被慾情高漲的「水聲／吸引前來」的，在「欄杆旁」把持不住，輕輕的「相依」已滿足不了他們內心的呼求。偏偏這時，他們還能看見「溪畔偶有幾點火光」，竟仍有不寐之人，彷彿在窺望。男的有點小生氣，開口埋怨道：「是誰在雨後的靜夜／還讓它為生活而明滅」？怪責起在溪畔挑燈的人。

　　那「火光」不知是否仍兀自「明滅」，男女二人聽著八掌溪的「水聲」，「靜靜相依偎」得愈來愈近，「心中」那「生命的細流」也在「潺潺」地發出共鳴。是啊，這一對曾經私訂終身、卻不得不各行各路的戀人已經分開「二十年了」，一直過著沒有與對方身體接觸的、「無波的歲月」，真是「誰也不敢想像」[1]。

　　男的自喻為「一個詩人」，他都不能想像如何在這些年順利活下來，而不至於為愛窒息。沒有那女的，他歷年只空空提起筆，卻一直「寫不出一首詩」——意思是只舉，不洩露感情。現如今，愛人相逢，慾情的「水聲／又再撥動了生命的琴弦」；是啊，這熟悉的「水聲」，多年來其實曾「一遍一遍」在男方的「心中洶湧」。他都不知想像過多少次了。

　　終於，管他有無旁人窺伺，男的化身淡淡「月光」，壓在女子那應和著八掌溪的「水波」之上，一整夜「耀動」著，忽前忽後，體貼溫柔，甜蜜美滿，高潮來時，如在子宮裡寫就了「千萬首詩億萬首詩」——男女都心滿意足，淋漓盡歡。

　　落蒂〈那夜的水聲〉有「夏雨」，林柏維的〈柏拉圖〉見「春

---

[1] 哈金（金雪飛，1956- ）的《等待》（*Waiting*）中，男女主角之前一直無法成婚，但也不過被阻隔了十八年，比起〈那夜的水聲〉之「二十年」，略輸兩年。《等待》的男女主角順利結褵後，反鬧出種種不和，喪失了愛的力量，這亦與〈那夜的水聲〉兩情久長的「我們」不同。歷經漫長歲月而能不變心的，或可舉《神鵰俠侶》楊過、小龍女為例，但楊、龍的分離也只十六年。〈那夜的水聲〉中，男女分開「二十年」而仍然不減熱愛，這真是「誰也不敢想像」的。

天」，兩者皆選擇了適宜戀愛的季節。分庭抗禮，〈那夜的水聲〉寫
「月光淡淡」，〈柏拉圖〉也召喚來一片「月光」；〈那夜的水聲〉依傍
「八掌溪」，〈柏拉圖〉則請動了「河水」。某種平行的關係，隱隱伏
於兩個詩文本之下。此外，落蒂的初戀情人「星子」[2]也會於〈柏拉
圖〉中串場，詳見本篇注3。林柏維的〈柏拉圖〉如後：

> 啄木鳥叫醒春天
> 在窗臺清唱風的故事
> 眼眸徐徐掃視清亮容顏
>
> 我們讓月光讀取惠特曼
> 用雨聲辯證三種尼采形變
> 請河水載來卡繆和左拉
>
> 幾多晚風吹拂心靈饗宴
> 不可承載的輕堆疊幾本書
> 聆聽的星子都忘記眨眼
>
> 羅密歐還知吻別茱麗葉
> 妳那好冷的小手
> 不曾在我手中溫暖

「正讀」的話，詩的首節寫有「清亮容顏」的女子出場，那時是

2　關於「星子」和落蒂的戀情，詳見落蒂：《山澗的水聲》（臺北市：文史哲出版社，
　2008年）。

愛意綿綿的「春天」，輕「風」吹拂，格外動情，男方久乏滋潤的生命由是復甦，一段戀情就此開展。

第二、三節，許多個夜「我們」一同廣泛閱讀，「惠特曼」、「尼采」、「卡繆」、「左拉」，還有米蘭・昆德拉（Milan Kundera, 1929-　）的《生命中不能承受之輕》（*The Unbearable Lightness of Being*）等，「心靈饗宴」叫「我們」迷醉，「忘記眨眼」除了形容在旁「聆聽的星子」，亦是「我們」深潛書海的寫照。

然而，「我們」的活動只限在「讀取」、「辯證」，純粹是心靈的、知性的。男子不免唏噓：在莎士比亞筆下，羅密歐（Romeo）尚且懂得與茱麗葉（Juliet）「吻別」，「我」卻不曾有機會碰一下身邊的情人。「妳那好冷的小手／不曾在我手中溫暖」——整段關係，完全就是「柏拉圖式的愛情」（Platonic love），靈慾之間，有著太過明顯的傾側。

但〈柏拉圖〉也可「誤讀」，首節「叫醒春天」的不是女子，而是同樣有「（啄木）鳥」的男生。他歌聲悅耳，眼波流轉，一副「清亮容顏」與「我」相似，令「我」一見鍾情。

次節，「我們」閱讀華特・惠特曼（Walt Whitman, 1819-1892）恣縱的色情詩，邊默誦〈自我之歌〉（"Song of Myself"）邊用手自我撫慰。然後是弗里德里希・尼采（Friedrich Nietzsche, 1844-1900）的「精神三變」：第一變是馱負道德的「駱駝」，第二變是破壞傳統的「獅子」，象徵「我們」終於脫出社會的規範，肉體上有了進一步接觸；最後，第三變是具創造性的「嬰兒」，「我們」亂摸亂試，化生出許多不同的姿勢，「雨聲」之中，徹夜不用眠。

另一個夜晚，「我們」又「請河水載來卡繆和左拉」。阿爾貝・卡繆（Albert Camus, 1913-1960）最著名的《異鄉人》（*The Stranger*）中，主角不管倫理拘束，在葬禮隔天就尋歡而去，跟人性交；埃米

爾‧左拉（Émile Zola, 1840-1902）的《娜娜》（*Nana*）則是寫主角日漸墮落，陷溺在情慾之中，無法自拔。這裡寫的是，「我們」繼續不理世人目光，維持著不被世人接受的禁斷之戀。

可是藉激蕩「河水」而「載來」的歡愉，必也將隨水飄遠。被「清亮容顏」吸引的「我」一直只是迷戀另一男子的外表，「幾多」纏綿肉慾之夜過去後，「我」事實並沒有、也不需享用甚麼「心靈饗宴」──「我」其實是個情場老手，每次得占對方肉體、感到厭倦之後，便會自行離去。每段關係於「我」而言都是很「輕」的，但這些「不可承載的輕」卻已經足夠「堆疊幾本書」。無他，經年累月，「我」已令許多美男子落入阱中；說出來，「聆聽的星子」都要為之吃驚，「忘記眨眼」[3]。

某次歡合之後，「我」悄然穿回衣服，默默離開，消失在床伴的視野之中。「羅密歐還知吻別茱麗葉」，「我」卻不辭而別。說到底，另一男子僅僅是「我」的洩慾對象，是女性化、等待被進入的「妳」；而雄性的「我」只要占有，不會安慰，就任由「妳那好冷的小手」得不到一絲關顧的「溫暖」。

用同志情慾來解〈柏拉圖〉，原因是「柏拉圖式的愛情」本就與同性戀脫不了關係。〈柏拉圖〉刊登於《掌門詩學刊》第七十七期，同時收錄的還有〈假面〉，後者自然亦令我想到三島由紀夫（MISHIMA Yukio, 1925-1970）的同志小說《假面的告白》（*Confessions of a Mask*）。

3　另一詮解是：「心靈饗宴」只是假象，杯盤狼藉才是真相。由於缺乏靈性共鳴，抱在床上的那人竟予「我」無盡空虛之感，猶如「不可承載的輕」。這段時間，「我們」不過是在「堆疊幾本」情慾的「書」，靈魂的交流則缺缺，難怪聽見兩人如何相處的「星子」也瞠目，「忘記眨眼」。必須注意：無論是正文或此處之「誤讀」，「星子」皆不解作星星，而是實指落蒂的初戀情人「星子」──在「誤讀」之眼裡，雅愛文藝的「星子」是〈柏拉圖〉中喜歡翻書的「我」的朋友，她有時會聽到「我」談起風流事，而被那過於大膽的內容嚇倒。

　　三島由紀夫在《薩德侯爵夫人》（*Madame de Sade*）有段名言：
「你們看見玫瑰，就說美麗，看見蛇，就說噁心。你們不知道，這個
世界，玫瑰和蛇本是親密的朋友，到了夜晚，它們互相轉化，蛇面頰
鮮紅，玫瑰鱗片閃閃。」[4]上述的「誤讀」，約略能讓人窺見落蒂和林
柏維詩隨時轉化的可能。鮮紅的蛇，鱗閃的花，或許。

4　三島由紀夫（MISHIMA Yukio）：《薩德侯爵夫人》（*Madame de Sade*），陳德文譯
　　（上海市：上海譯文出版社，2010年），頁64。

輯五
斷章取出新義

讀星樓上多明星：
落蒂詩寫《偶像夢幻祭》

　　近日我花很多時間在《偶像夢幻祭》（*Ensemble Stars*）這款遊戲上，詩也不推敲，評也不寫，沒有廢寢忘餐，但幾乎記不起金錢的其他用途，只知快樂地燒鑽，在排名賽上與廣大年輕男女爭一日之長短，不亦樂乎，不知其所窮，不知老之將至。沒想到，詩評家落蒂一樣熱愛《偶像夢幻祭》，還曾仔細研究遊戲的劇情、人物設定，據之寫詩數首，付梓出版。筆者既與落蒂志趣相投，忻忻吾道不孤，乃向大家「傳教」，說說新詩中的手遊天地。

　　臺灣版《偶像夢幻祭》目前共計有三十一名學生偶像登場，而落蒂似乎對「流星隊」成員情有獨鍾，〈斜雨敲窗〉、〈一隻翠鳥〉分別寫「流星隊」的南雲鐵虎（NAGUMO Tetora）和高峯翠（TAKAMINE Midori）。〈斜雨敲窗〉謂：

　　　　在斜雨中
　　　　走過車水馬龍的
　　　　馬路，回憶
　　　　便在一家意大利餐廳
　　　　慢慢的開展了

　　　　懊惱、悔恨，不得不
　　　　妥協……

終究是留下千瘡百孔

並且充滿了謎樣的

讓人一直不解

故事，中斷又接續

一千個日子的談心

一千個日子的併肩

終究無法走出

這斜雨敲窗的人生

　　南雲鐵虎是隊裡的「流星BLACK」，然而事實上他並不想成為「流星隊」的一員。他仰慕空手道部的大將鬼龍紅郎（KIRYU Kuro），只因未能通過審核，才無法加入紅郎所屬的偶像團隊「紅月」，在守澤千秋（MORISAWA Chiaki）的強拉下，暫時棲身「流星隊」內。鐵虎起初以為被稱作「正義伙伴」的「流星隊」能幫助自己向成為「男人中的男人」這一目標前進，不料隊長守澤千秋似乎只沉迷「扮演英雄」，團隊活動有時甚至是不斷在看特攝節目，令坐不住的鐵虎備感浪費時間。

　　終於，一個下雨天，無法忍受呆呆收看特攝片的南雲鐵虎連隊服也來不及更換，就傷心地從團隊中跑了出來，穿過「車水馬龍」的「馬路」，在「斜雨」中「開展」其「回憶」──因守澤千秋力邀而「不得不」入隊的「妥協」，在「流星隊」虛耗光陰的「懊惱」，實力不足以致無法躋身「紅月」的「悔恨」等，千頭萬緒，一霎時全都湧上腦袋，留下「千瘡百孔」的痛。在遇到故意來淋雨的「流星BLUE」深海奏汰（SHINKAI Kanata）時，鐵虎也不掩飾地說出自己「謎樣」的、「一直不解」的疑惑：究竟是不是應該換一個組合呢？

在南雲鐵虎心中，他害怕著：特攝片的「故事」一集接一集，「中斷又接續」，無休亦無止，而有限的生命正流逝，壯志禁不住磨蝕。彼此志趣不同，這三年高中生活，「一千個日子」虛應故事的「談心」，「一千個日子」貌合神離的「併肩」，不但不能使自己真正融入守澤千秋他們當中，甚至會令自己抑鬱更甚，「終究無法走出」，一如當日「斜雨敲窗」的暗淡「人生」。噢！特攝片的「故事」一集接一集，「中斷又接續」，無休亦無止，而有限的生命正流逝，壯志禁不住磨蝕……

另外，落蒂〈一隻翠鳥〉也是以「流星隊」的隊員為描摹對象的詩作。這次的主角，一樣是被三年級熱情學長守澤千秋強行拉入團伙的學生。落蒂這樣寫道：

一隻翠鳥
在窗外歌唱
我把窗戶打開
窗外
一片寂寂

一隻翠鳥
在空中歌唱
我望向天空
空中
一片漠漠

一隻翠鳥
在夢中歌唱

　　我把頭埋入被中

　　埋入

　　更深的夢中

　　一年級的高峯翠是「流星隊」裡的「流星GREEN」，不但身材高大，顏值也非常出眾，前途無可限量。但是，高峯翠卻有著膽小怕事的性格，對很多事情都提不起勁，連修讀「偶像科」，也只因以為這門學科功課較少而已。「流星隊」，或者說守澤千秋熱血張揚的風格，實在與高峯翠的個性差距極大。

　　依據高峯翠的這種特質發揮，落蒂把這名一年級生喚作「翠鳥」，寫他獨個兒「在窗外歌唱」、「在空中歌唱」，進行練習，但當一有人「把窗戶打開」、「望向天空」注視他，他就害羞地閉起嘴巴，裝作沒事發生，留下「窗外／一片寂寂」、「空中／一片漠漠」。

　　那麼，高峯翠的粉絲怎麼辦？許多時候，他們都只能「把頭埋入被中／埋入／更深的夢中」，才能重溫高峯翠像是在「海賊祭」中的精彩、活躍表現，聆聽這「一隻翠鳥／在夢中歌唱」。但現實應該是，高峯翠逃避守澤千秋帶頭的「流星隊」、籃球部活動，躲在家裡睡大覺，只「在夢中歌唱」，而「把頭埋入被中／埋入／更深的夢中」吧！

　　但落蒂對「流星隊」還是熱愛的。我猜想，他對守澤千秋這一組合的將來還是抱有信心的——無論是南雲鐵虎還是高峯翠，終久都會懂得欣賞千秋的魅力，並且在隊中大大成長起來的。從何見得？落蒂也有一顆熱愛特攝片的心嘛，且看他寫的〈飄〉：

　　傷心，排開

　　羞恥，排開

　　阻擋的東西，排開

　　我的眼睛只有

　　望向你，心中的一○一

　　心中的神山

　　一定要登臨，我說

　　駕著無形的鐵戰車

　　企圖衝破所有的鐵蒺藜

　　衝破沒有牆的牆

　　進入非門的門

　　準備了你喜歡的義大利麵

　　你喜愛的雪白玫瑰

　　愛喝的卡布奇諾

　　滿心歡喜十足信心

　　全速前進衝刺

　　一陣西北來的冷風

　　把我高高抬起重重摔下

　　在那無形的門前

　　化成粉末隨風

　　飄散

　　最後五行寫英雄犧牲而不悔的精神，而前面各行，無論從節奏、從內容看，都是徹頭徹尾的特攝劇主題曲風格，與守澤千秋「流星隊」的隊歌如〈全力疾走！〉等，若合符契。特別要注意的是，〈飄〉開頭的「傷心，排開／羞恥，排開」，實可當作對南雲鐵虎、高峯翠困境的答覆呢。

　　至於主線故事，落蒂一樣有所關注。夢之咲學院由學生會掌權，

但會長天祥院英智（TENSHOUIN Eichi）因病長期缺席，其組合「fine」也停止活動，故副會長蓮巳敬人（HASUMI Keito）及其領導的「紅月」暫時占據舞臺上最顯耀的位置。主角團隊「Trickstar」由冰鷹北斗（HIDAKA Hokuto）發起，成員包括明星昴流（AKEHOSHI Subaru）、遊木真（YUUKI Makoto）和衣更真緒（ISARA Mao），目標是掀起革命，打倒學生會，而「紅月」也自然成為「Trickstar」的頭號敵人。落蒂的〈牆〉，便是具象地寫出明星昴流對學生會的觀感：

> 一堵牆
> 高高的
> 厚厚的
> 立在那裡
> 你卻說這裡什麼也沒有
>
> 我急急的想攀越
> 一次又一次的徘徊尋找
> 在如此冷而暗的冬夜
> 在如此透明而虛無的牆前
> 焦急的哭泣

　　昴流本來只是跟著冰鷹北斗而說要反抗學生會，心裡對後者並無惡感，甚至認為「紅月」也是能為觀眾帶來歡笑的偶像，值得欣賞和肯定。可是，當他觀看官方的夢幻祭比賽，發現學生會每次都刻意安排地位較高的組合優先上場，藉此抑制其他新晉團體時，昴流對學生會就有了從心而發的敵意。

　　那次夢幻祭上，當「紅月」的演出結束後，全場觀眾幾乎都立即

離開禮堂，緊接著登場的「Ra*bits」還沒開始表演，禮堂就只空曠地剩下明星昴流等數人。「Ra*bits」的可愛孩子紫之創（SHINO Hajime）是昴流好友，由於家境不好，平日勤力地做著校內兼職，替人洗衣服，幹雜活，以之支持團隊活動，沒想到艱辛練習，到頭來知音全無，他和「Ra*bits」各成員即使盡力表演到最後一刻，優美的歌聲還是無法傳遞給眾人。想到這點，昴流感到連呼吸都十分困難，為紫之創他們難過到極點。

學生會就是「一堵牆」，樹起「高高的」權威，憑藉「厚厚的」實力，「立在那裡」，擋住後起者的發展生機。觀眾們只是負責「看學生會表演，給學生會投票」，連笑聲都是虛假的。學生會「卻說這裡什麼」問題「也沒有」，一切是為了秩序，為了維護統治者的尊嚴，理所當然，自然而然。

到特訓完畢的冰鷹北斗和遊木真急急跑來看留在會場的明星昴流時，他們驚訝地發現，平日嬉皮笑臉、樂天好動的昴流竟然情緒低落、慟哭不已。他發出要擊敗學生會、改革校園的宣言，「急急的想攀越」那堵高牆；一邊說，一邊又因「一次又一次的」原地「徘徊尋找」，仍深知未可輕易擊倒「紅月」，而禁不住「在如此冷而暗的冬夜／在如此透明而虛無」的權威壓力下，「焦急的哭泣」……

經過連番激戰，「Trickstar」與學生會的爭衡以前者獲勝告終，夢之咲學院揭開新的一頁。難得的是，天祥院英智、蓮巳敬人等皆能放下身段，與「Trickstar」學弟一笑泯恩仇。當蓮巳敬人預備畢業而加緊栽培「Trickstar」的衣更真緒時，故事中發生一段小插曲，落蒂以〈夢中深井〉精妙複寫：

　　啊！就是那一口夢中
　　深井，我把天窗悄悄打開

讓星光垂下來
沿著長滿青苔的
井壁考古

井壁微微震動
產生稀有聲波
星光企盼成為吊桶
夜夜下來撫觸
井水，企盼
譜成樂音

在井中徘徊的星光
輕輕在水面打著
節拍
在深深的夜裡
在只有星光知道
深井微波的
小宇宙

作曲天才、「Knights」的隊長月永雷歐（TSUKINAGA Leo）在靈感爆發之時彷彿進入了結界，穿越「長滿青苔」的日常，向「夢中」的「深井」持續挖掘，往思維的幽深處「考古」，創發出自稱能令沃夫岡・阿瑪迪斯・莫札特（Wolfgang Amadeus Mozart, 1756-1791）和路德維希・范・貝多芬（Ludwig van Beethoven, 1770-1827）都感詫異的神作。

雷歐在半夢半醒的時刻，隨手將寫好的稿子四處亂撒，幸好蓮巳

敬人和衣更真緒替他重新收拾，並找到由瀨名泉（SENA Izumi）弄醒的雷歐。接下來，完成作品的雷歐自問不懂為歌曲命名，於是瀨名泉替他把曲名定為〈Close Encounter〉，意即「與外太空生物的接觸」。此一歌名，自然是與雷歐在出神狀態中「把天窗悄悄打開／讓星光垂下來」，探索「小宇宙」的經歷密切相關。確實，雷歐也盛讚瀨名泉還原了他旋律中與地外文明相遇的情緒。

順帶一提，落蒂詩中的「井」字，不妨理解為樂譜上的升號「#」，借代美妙的樂章——描摹月永雷歐在音樂裡「深」潛、「徘徊」、「撫觸」，只「微微震動」，即「譜成樂音」，「產生稀有聲波」且奪人心魂，正是落蒂本詩的主旨。

以上，皆是「誤讀」嗎？

引用臺服《偶像夢幻祭》的譯文，月永雷歐曾有一番高論：「自從巴別塔的建造被神中止之後，語言就變成了徹底的壞東西……蘋果引發了人與神的分離，語言傳達真偽莫辨的歧義。語言可以帶來分歧，促進紛爭，唯獨不能帶來理解！」由語言文字構成的詩文本，大概也難免紛紜的詮釋。

只不過我還是頗為肯定，我對落蒂序文〈詩筆豈曾干氣象〉的幾句話並未了解錯誤：「我希望我的思索，我的探險，也成為讀者的思索，讀者的探險……這些年的心情，都在詩集中說了，有些部分則期待讀者的『想像』補足。」詩是夢想的翅膀，展開時，何嘗不能飛到另一個星際？

更上讀星一層樓：
落蒂的兩次動心經驗

　　前述落蒂新詩與手遊《偶像夢幻祭》在劇情、人設方面相合，我所引的詩例，即〈斜雨敲窗〉、〈一隻翠鳥〉、〈飄〉、〈牆〉及〈夢中深井〉，全部取自落蒂詩集《一朵潔白的山茶花》輯一。

　　《一朵潔白的山茶花》輯一與詩集同名，第一首收錄的，亦叫〈一朵潔白的山茶花〉，落蒂自述其創作來源謂：「最近我遇到一位令我動心的人，於是聯想到多年前，在某深山小河邊，遇到一朵潔白的山茶花，瞬間滿腦子都是如潔白出塵的意象，一首詩，立刻下筆完成」。令落蒂動心的人，以及多年前遇見的深山「山茶花」，分別是誰呢？這應該都是可考證的。

　　先引〈一朵潔白的山茶花〉全詩如下，希望在感動的氛圍裡說詩：

　　　一朵潔白的山茶花
　　　開在
　　　山邊小溪旁
　　　靜靜
　　　吐露芬芳

　　　一朵潔白的山茶花
　　　不知時間正在悄悄挪移

只有幽幽表露

心情

對著月光

一朵潔白的山茶花

動也不動

仍然默立岸邊

對著潺潺溪流

側耳傾聽

一朵潔白的山茶花

不知道那潺潺的溪水

是錐心的痛

竟讓他孤獨奔流入海

滿腦子是那忘不了的白

一朵潔白的山茶花

不是只有對你無情

她靜靜開在那裡

只是開在那裡

單純的開在那裡

　　仍以《偶像夢幻祭》思考的話，這首詩是寫隸屬「Ra*bits」的好孩子紫之創無疑。紫之創出生於貧困的家庭，與同讀夢之咲學院的世家子弟姬宮桃李（HIMEMIYA Tori）、朱櫻司（SUOU Tsukasa）、天祥院英智等相比，猶如「開在／山邊小溪旁」，顯得格外樸素，是所謂

的「貧窮偶像」。他溫柔內向，不善言辭，「靜靜」的，卻常存一顆感恩的心，樂於奉獻，不說明星昴流，即使是長年侍奉姬宮家、特別重視社會等級的伏見弓弦（FUSHIMI Yuzuru），也很快就被紫之創打動，由衷地欣賞起這位性情「潔白」的一年級學弟，可見紫之創雖不張揚高調，卻已「靜靜／吐露芬芳」，沁人心脾。

打開遊戲劇情，會發現紫之創一些隱藏的設定，其一為「不知時間正在悄悄挪移」，例如在「特訓：凹凸的組對練習」中，他一直以為時間還沒到，以致等他的姬宮桃李忍不住要直接到教室找他；在「午後莊園」的情節裡，他又因為領工具走了彎路，讓轉校生等了他足足十分鐘；到了「彩光！閃爍的星夜祭」，由於打工時間延長，紫之創得匆忙跑去與大伙會合，可還是遲了抵達，令瀨名泉頗不耐煩。另外，紫之創歌聲動人，但舞蹈能力稍遜，正努力提升靈活度，克服演出時「動也不動」的問題。這兩點，皆可與落蒂詩的二、三節對應。

然而，我更認為落蒂詩的二、三、四節乃寫紫之創所屬團隊「Ra*bits」在官方夢幻祭落敗之事。在上一篇論述裡我曾提過，由於學生會安排讓人氣高的組合先登臺，當副會長蓮巳敬人作隊長的「紅月」表演完畢後，觀眾便如潮水般退場；但是，連戰鬥機會都沒有的紫之創和「Ra*bits」眾同伴還是盡全力表演直到最後，「不知時間正在悄悄挪移」，在只剩兩名支持者的大禮堂裡「幽幽表露／心情／對著月光」。演出結束後，強忍傷感的紫之創終於無法壓抑情緒，在冷冷清清的舞臺上「動也不動／仍然默立岸邊」，接著便如傾出「潺潺溪流」般哭成淚人，和同伴，和支持者互相「側耳傾聽」彼此的哭聲，令人極感難過。這次「錐心的痛」，沒料到大大刺激起明星昴流挑戰學生會之心，「竟讓」平日大大咧咧嘻嘻哈哈的「他」感到「孤獨」，自覺要「奔流入海」，與「Trickstar」的其他夥伴凝聚力量，推翻現行秩序——日後連場激戰，實際都發端於昴流親見紫之創落敗，

「滿腦子是那忘不了的」、禮堂的空「白」。

　　整體而言，紫之創喜歡打理花卉，照顧花草，其性格外形又與白茶花的花語——純真、可愛、無邪——相符合，落蒂把他比作「一朵潔白的山茶花」，可謂允當之至。不過，憐愛紫之創的落蒂大概和我一樣，課金連抽多次，還是抽不到紫之創的五星藍屬性卡牌，故詩的末段，落蒂亦絮絮埋怨：「一朵潔白的山茶花／不是只有對你無情／她靜靜開在那裡／只是開在那裡／單純的開在那裡」，終歸沒能收入我的卡組「這裡」啊！

　　（加油吧，落蒂！終有一次，山茶花會「落蒂」，掉入你的掌中！）

　　咳，落蒂在〈一朵潔白的山茶花〉最後一節，忽然把男性的紫之創喚作「她」，完全可解。因為紫之創的外形、性格都像個小女孩，即使他本人不很喜歡，轉校生還是有時覺得他像妹妹，而《偶像夢幻祭》的玩家更暱稱他為「創妹」。從漢字望文生義，「紫之創」一名可能也來自《源氏物語》（ *The Tale of Genji* ）的著名女性角色「紫之上」，但分享《偶像夢幻祭》與日本古典小說的深層聯繫，恐怕會嚇壞讀者，就不贅述了。

　　但〈一朵潔白的山茶花〉與源靜香（MINAMOTO Shizuka）的關係呢？嗯，就是《哆啦A夢》（ *Doraemon* ）的女主角，你又想過嗎？

　　「山邊小溪」，衍義為「源」；「靜靜／吐露芬芳」，意即「靜香」。靜香頭腦好、能力高，但婚後放棄事業，選擇作全職主婦，過著「不知時間正在悄悄挪移」的生活，只有偶爾「幽幽表露／心情／對著月光」，沒能反抗平庸；一再在大長篇中保衛地球的她，常遭野比大雄（NOBI Nobita）偷窺洗澡，卻從不懂得反抗，只會尖叫一下，「動也不動／仍然默立岸邊」，顯得柔弱且無力；靜香的裙底春光，頗涉兒童色情這一「錐心之痛」的議題，據說網上搜圖的狂熱鐵

粉不少，「滿腦子是那忘不了的白」，無意中，純真的她成為了眾人情慾的對象。

研究源靜香為甚麼一定要嫁給野比大雄的中川右介（NAKAGAWA Yusuke, 1960-　）曾說，靜香這一角色充滿了「矛盾與苦惱」，即使現實有人能像她一樣生活，也「沒有人想要這樣的生活」。靜香是屈從於男性社會想像的「一朵潔白的山茶花」，她只「靜靜開在那裡／只是開在那裡／單純的開在那裡」……

你有想過這個嗎？

沒有，因為你只想到你自己。

那麼，請對號入座 —— 落蒂說「最近我遇到一位令我動心的人」，按時間軸判斷，這是紫之創；「聯想到多年前，在某深山小河邊，遇到一朵潔白的山茶花」，這位，便是源靜香。對嗎？

已到讀星最上層：
落蒂寫學生會領袖和拼五星卡

　　在落蒂新詩之中，夢之咲學院學生會的兩大巨頭：會長天祥院英智和副會長蓮巳敬人都成為描寫對象，前者落蒂側重於角色的情節作用，而後者落蒂則嘗試進一步探索其心靈──落蒂的《偶像夢幻祭》書寫，確有著多種多樣的風貌。

　　首先，落蒂〈有情詩〉寫的是天祥院英智在主線故事中的登場和影響：

　　　　一陣驟雨到來
　　　　淋醒了千年沉睡
　　　　內心深處悄悄長出
　　　　一棵樹苗

　　　　而離去時
　　　　恰似一陣雪寒
　　　　把正在成長的樹苗
　　　　凍僵

　　　　那一片一片乾枯的葉子
　　　　沾著深深長嘆的泣血

並渲染成
一首一首
詩

　　由於一直在養病，英智在故事前期並不活躍，第一次出場已是蓮
巳敬人帶領的「紅月」敗於明星昴流等人組成的「Trickstar」之後。
奇蹟一般，「Trickstar」在「S1」比賽中戰勝「紅月」，首次動搖了學
生會在學院內的權威，彷彿「一場驟雨／淋醒了千年沉睡」，讓學生
看見了改變的希望，連英智也因為看見敬人驚慌的樣子而感到十分有
趣，在賽場外的花園露臺表揚起「Trickstar」對學院滯悶情況帶來的
震撼，甚至說自己能因而做個久違的好夢。在他「內心深處」，可謂
正「悄悄長出／一棵樹苗」，他對「Trickstar」這一潛在對手確實是充
滿期待的。

　　可是，英智仍有心考驗「Trickstar」的眾位學弟，「離去時／恰似
一陣雪寒」，要「把正在成長的樹苗／凍僵」，扼殺「Trickstar」的生
機。在花園露臺時，冰鷹北斗已為與英智碰頭而感到不寒而慄。第二
天早上，英智就把北斗他們叫到學生會去，提出解散「Trickstar」，讓
昴流與北斗加入他的組合「fine」，讓衣更真緒成為「紅月」的一分
子，另外安排遊木真到「Knights」繼續發展。面對威迫利誘，
「Trickstar」一度四分五裂，只剩下明星昴流獨力支撐。

　　然而其實，英智只是偽裝得如此陰險。他深知自己掌權的夢之咲
學院欠缺生氣，在日本盛大的「SS」比賽中更從未奪魁；這次遇見了
創造奇蹟的「Trickstar」，他便因勢利導，故意布局，目的是要把明
星、北斗他們逼進絕境，從而激發他們的潛力。由衷愛著夢之咲學院
的英智甚至讓出他在「SS」中的必然參賽權，交由校內各組合公平競
爭，讓「Trickstar」能有進一步展現自己的舞臺──這位為表演事業

而曾在舞臺上「泣血」的偶像，常常為著學院學生的未來「深深長嘆」，不但他自身的風采「渲染成／一首一首」醉人的「詩」，連「Trickstar」也因與他交手，而更深地認識自我，煥發出更耀眼的、「詩」的光彩。當英智終於在賽場上因體力不支而宣布棄權，走下皇帝的寶座時，夢之咲學院也正式迎來新的時代，「渲染」出更多、「一首」又「一首」的青春之「詩」。

　　天祥院英智這一為更遠大目標而刻意扮演奸角的強者，令我不由得想起《新機動戰記鋼彈W》（New Mobile Report Gundam W）的特列斯・克休里納達（Treize Khushrenada），或《火影忍者》（Naruto）裡的宇智波鼬（UCHIHA Itachi）。至於落蒂詩裡，「一片一片乾枯的葉子」固可代指生命力持續衰減的英智，但如一併考慮在臺版《偶像夢幻祭》尚未登場的青葉紡（AOBA Tsumugi）的話，詮釋可能又有不同。青「葉」紡與英智「泣血」的劇情大有關聯，唯他仍未在臺服登場，這裡就先不透露劇情。不過由此可見，熟稔《偶像夢幻祭》人物的落蒂應該不只流連臺服，可能還兼玩日服、陸服，確是手遊達人。

　　落蒂的〈日日春〉雖然直接令人想到遊戲角色日日樹涉（HIBIKI Wataru），但其實更與學生會副會長蓮巳敬人有關：

> 你說寂寞其實
>
> 你並不而是一座開滿
>
> 各色花朵競妍的花園
>
> 在你頻頻呼喊孤寂時
>
> 我悄悄的走近你身邊
>
> 像一朵不起眼的日日春
>
> 旺盛的開放不怕
>
> 那鮮紅的牡丹

冷艷逼人的梅花

以及野火燎原的木棉

只孤單的開在路旁

任你不小心的踩踏

身體痛楚而內心愉悅

一整夜痛苦的趴伏

明晨又將再起

奮勇地遙望你

不帶一絲企盼你的回望

默默在路旁開放

　　細心留意，不難發現天祥院英智經常形容自己孤單、「寂寞」。無他，因為能理解其病痛苦楚的人實在不多，而且英智的皇帝氣場太強，也令許多人不敢直視——不說一年級的仙石忍（SENGOKU Shinobu）怕得要躲著他，連恆常以學長自居的仁兔成鳴（NITO Nazuna），也自承在英智面前會感到誠惶誠恐，大家都有意無意地戒備著實力超卓的學生會元首。

　　唯有蓮巳敬人，試圖為青梅竹馬的英智分擔。敬人心中，英智是親手打造和管理學院秩序的偉大人物，其能力和心志遠非常人可比，敬人甚至曾向轉校生介紹英智說：「以後你會有機會見到他的。之後就站在遠遠的地方瞻仰他的光芒，然後匍匐臣服在他的腳下吧。毋庸置疑，見到他本人，你就知道我說的一點也不誇張。」敬人並表示要誓死追隨英智。與之配合，落蒂詩裡寫蓮巳敬人反駁憂鬱「寂寞」的英智：「你說寂寞其實／你並不而是一座開滿／各色花朵競妍的花園」，敬人對英智的才華，是打從心底地欣賞的。

　　在英智「頻頻呼喊孤寂時」，敬人「悄悄的走近」他「身邊」，成

為貫徹英智意識的右手，甘願放棄思考，「像一朵不起眼的日日春」，替後者肩負起學院的大小事務。他帶領主打傳統藝術的組合「紅月」，在英智缺席時「旺盛的開放」，以平實但功底深厚的表演壓制其他各式團隊——「鮮紅的牡丹」（象徵「Ra*bits」）、「冷艷逼人的梅花」（象徵「UNDEAD」）、「野火燎原的木棉」（象徵「Trickstar」），力圖堅守英智的、學生會的權威。

正因如此，蓮巳敬人不自覺地在英智面前變得卑微，雖然嘴裡經常會訓誡不顧身子的英智，甚至說英智沒能力處理日常事務，但其出發點都是為免英智操勞，寧願獨自承受所有壓力，「孤單的開在路旁」，有時還要抵受英智「不小心的踩踏」，為後者異想天開的計畫耗神費心，可即使「身體痛楚」，多勞多累，他仍「內心愉悅」，慶幸能輔助英智。習焉不察地，他建立起一種與英智的下上級關係，如同屬「紅月」的鬼龍紅郎便說他總是對學生會會長唯唯諾諾，事事服從。

蓮巳敬人經常在學生會工作至晚間，「一整夜痛苦的趴伏」，但「明晨又將再起」，繼續努力，「奮勇地遙望」大腦英智；他「不帶一絲企盼」英智會「回望」，只知付出，「默默在路旁開放」。對這一狀況最為不滿的，竟然就是英智。英智自責吞食了敬人的夢想，剝奪了敬人的光輝，在心中一直期盼著敬人能夠和自己全力相爭，不要甘於做學院的No.2。他希望敬人能做自己平等的朋友，而不要像現在這樣處處忍讓。為此，英智下達了若「紅月」在「喧嘩祭」中敗於「fine」就要解散的指令，逼敬人與自己盡情一戰；平安夜，當蓮巳敬人千方百計阻止英智插手學生會瑣事時，英智也千方百計調動眾人，布置好學生會室，為敬人準備聖誕派對。事實上，英智不但「回望」敬人，還非常重視與這位總角之交的微妙友誼。哎，話說回來，「日日春」的花語，不就是「堅貞」，以及「愉快的回憶」嗎？

「絕憐高處多風雨，莫到瓊樓最上層」，英智和敬人，都辛苦

了。但回到三次元空間，落蒂和我這些務求抽到、拚到五星卡還要圓滿突破的玩家，不也是欲登「最上層」去，而需承受課金和比賽的「風雨」嗎？

我喜歡麥浚龍（麥允然，1984- ）唱的〈顛倒夢想〉，林夕（梁偉文，1961- ）作詞，其中一節寫道：「隨著美夢隨地搶搶搶　最後揭開寶箱　渴望與得到的不一樣　最初不過　不過眼角太痕癢　原為了解決那痕癢　而最終抓破了眼角　換來盲目夢想　原為了搔癢　延續了手癢　心癢」，用來形容最初只是「搔癢」式玩玩而已到後來「手癢心癢」欲罷不能一定要課金抽卡但有時「揭開寶箱」又得不到「渴望」的卡的我，真是貼切非常。

落蒂呢？他那首〈甜蜜的苦澀〉也有點像黃偉文（1969- ）寫給麥浚龍唱的〈我的失戀女王〉，但其實並非愛情詩，而是記錄一次聽朋友訴苦。那位朋友入坑《偶像夢幻祭》頗深，偏偏總抽不到想要的卡：

> 下著小雨的午後
> 我們相偕走到
> 斜對面的咖啡館
> 說著千百年也說不完的心事
>
> 你小嘴微張吮著咖啡的
> 苦澀，並且訴說多年來
> 辛酸的人生
> 然而，你並不想結束這坎坷
>
> 我一杯再一杯的喝著咖啡

　　如同一杯再一杯的喝苦酒
　　整個下午
　　吶吶的不知該說些什麼

　　雨一直下著
　　陪你走在雨中
　　你仍不斷喃喃訴說
　　是你心甘情願走在苦澀之中

　　落蒂的這位手遊朋友已經不是第一次抱怨了，重重複複，所以說是「千百年也說不完的心事」。某個「下著小雨的午後」，心情像天氣，朋友又和落蒂「相偕」到「咖啡館」聚聚——對啊，正好《偶像夢幻祭》在舉辦名為「執事！咖啡UNDEAD」的活動。

　　首先是朋友發炮：「多年來／辛酸的人生」，無論玩哪種線上遊戲，課金抽卡，從來不中本命啊！從來不中本命啊！我這可憐的「非洲大酋長」！（只是他仍「小嘴微張吮著咖啡的／苦澀」，蠢蠢欲動，又想再來一次十連抽，他，「並不想結束這坎坷」。）

　　到落蒂嗆聲：「我一杯再一杯的喝著咖啡／如同一杯再一杯的喝苦酒」，哎，我已經花了「整個下午」打演唱會排名，但還是被壓在很後段的位置，分數也沒增加多少，如何能拿排五的大神晃牙（OGAMAI Koga）？連積五的羽風薰（HAKAZE Kaoru）都可能領不到啊！噢，我真「吶吶的不知該說些什麼」。

　　抱怨得差不多了，朋友和落蒂暫別。雨還「一直下著」，像抽卡的心思剪不斷。當落蒂陪朋友「走在雨中」，發現一身原來都早已沾濕，朋友乃依舊「不斷喃喃訴說」：唉，沒辦法啊，「是你心甘情願走在苦澀之中」，繼續課金、繼續抽吧，說不定下次……

　　那位朋友大概是不想落蒂退坑棄game吧，要是那樣，他將多麼寂寞啊，連當「非洲大酋長」都沒有伴兒了。在此祝願落蒂詩人鴻運當頭，歐氣十足，想要哪張五星卡都能囊括，屆時啊，「不畏浮雲遮望眼，自緣身在最高層」，迎著金風的讀星樓上，就更加爽了。

星外飛星樓外樓：
落蒂的遊戲感受

　　落蒂不但複寫《偶像夢幻祭》的角色經歷、情節發展，如〈甜蜜的苦澀〉所示，他更會表達玩遊戲時的感受，讓人看到詩界長者在與新世代手遊搏鬥時的愛恨交纏。

　　「心情兩首」的〈古典玫瑰〉便寫出落蒂閱讀日日樹涉劇情後的感觸：

　　　　一朵潔白的玫瑰
　　　　靜靜立在我的咖啡桌上
　　　　每一片花瓣
　　　　都閃亮著一顆
　　　　昨夜遺留的露珠
　　　　咖啡煙霧冉冉上升
　　　　玫瑰花瓣上的露珠
　　　　悄悄滴下
　　　　落在我的咖啡杯中
　　　　我端起喝了一口
　　　　黯然飲下那無盡的苦澀

　　在遊戲裡，「玫瑰」可說是「三奇人」之一、表演部部長日日樹

涉的代表——他在主線故事第88話登場時，就向冰鷹北斗遞出紅玫瑰，高喊「讓世界開滿愛之花吧！歌頌薔薇色的人生吧！」先聲奪人；第二次出場的120話，他又化簡為繁地，交給北斗一朵拆開來會變成信封的玫瑰；在「特訓！凹凸的組對練習」一章，他用玫瑰花鋪滿了整間舞蹈室；在「彩光！閃爍的星夜祭」，他解釋各色玫瑰的花語，並將粉紅色玫瑰送給仁兔成鳴；在「劍戟！月光浪漫的歌劇」開頭，他則是變出玫瑰來吸引轉校生停下腳步……玫瑰就像是日日樹涉不可分離的影子，承載著他呈獻給觀眾的「愛與驚喜」。

　　為日日樹涉貼上「華麗」甚至「穠艷」的標籤其實不難，落蒂卻在閱讀「對決！華麗怪盜VS偵探團」的劇情後，別有所感，選擇以素色的「白玫瑰」形容這位「奇人」。原來，該部分情節暗示，日日樹涉是被撿回來的孩子。他為了報恩，為了讓大家開心，於是不斷地學習，不斷地磨練，從唱歌、跳舞、魔術表演，乃至模仿別人的聲音等，鍛鍊出來五花八門的技藝，而眾人也對他報以熱烈的歡呼和掌聲，為日日樹涉的天才所震撼。可是，貪婪又殘酷的觀眾有著容易厭倦的天性，當看慣一種技藝後，又會提出更多更苛刻的要求，若沒有更美更精湛的演出，他們便會開始抱怨沒趣、無聊，離棄表演者。為此而感到恐懼的日日樹涉唯有持續成長，一旦某種技藝不再能吸引觀眾了，他就拋出下一波驚喜，反覆提升，不斷向著更高的地方進發，難得的是，這般辛苦的他竟也為能夠「度過玫瑰色的人生」而感到滿足。直到某次，他一如既往地呈獻新學來的技藝，明明是美妙得無以復加，明明是誰都不能與之比肩，但觀眾偏偏開心不起來，批評說「太高尚了，無法理解」。當對小學弟真白友也（MASHIRO Tomoya）回憶起這一幕時，總是活力無窮、笑容誇張的日日樹涉終於也禁不住落下淚水。

　　這一滴淚，深深的打動了坐在「咖啡桌」前細讀劇情的落蒂。

「冉冉上升」的咖啡煙霧，對應著不斷挑戰新的藝術高度，最終失去引力，飛向寂寞、沒有溫暖之處的日日樹涉。但「咖啡煙霧」沒有遮蔽落蒂雙眼，他清楚看見日日樹涉這朵精緻的玫瑰花，原來「每一片花瓣／都閃亮著一顆／昨夜遺留的露珠」，那過往的經歷，確實使日日樹涉心中淌淚。當淚珠如「露珠／悄悄滴下」，滑進咖啡杯，落蒂便「端起喝了一口／黯然飲下那無盡的苦澀」，與憂傷的「奇人」同體共悲——作為一名多年來持續精進詩藝，卻難免陽春白雪曲高和寡的寂寥作家，落蒂當然能深切體會日日樹涉心頭的苦楚。

　　落蒂稱日日樹涉為「潔白的玫瑰」，這「白」字也有深意。日日樹涉把自己的情感隱密收藏，唯有在真白友也跟前偶爾流露。日日樹涉曾稱友也一如其姓，是張「白」紙，可以賦予無限可能，雖然嘴裡總說友也沒有值得欣賞的才華，又經常欺負友也，但心裡其實非常疼他，在「推理舞臺」期間更變裝出席了友也的每場演出，緊張地在近處守望小學弟。當友也在激烈的舞臺對決後仍留下來練習時，日日樹涉甚至忍不住說出與自己平日言談違和感極大的溫心說話，著友也注意休息，表露了真情實感。擅於偽裝的日日樹涉只有與真「白」友也一起，才可恢復純真「潔白」——在「Lost Legend」的特別情節裡，亦唯獨友也才能拔出封印日日樹涉的魔法玫瑰——落蒂對日日樹涉的「潔白」是喜愛的，間接也就肯定了友也的感染力。無獨有偶，仁兔成鳴也注意到日日樹涉展露出的真實笑容，深深稱許這是友也才能發現的寶物，意見與落蒂相一致。

　　臉書上現有「偶像夢幻祭」的應用程式專頁，也有「偶像夢幻祭★樂元素AllStars社團」的群組。玩家加入社團群組後，可以隨時發貼文，但如果內容引起他人負面情緒，就很容易上「靠北ES」版被炮轟。

　　如何才能引起其他玩家的負面情緒呢？重重複複地發遊戲常見的

bug，例如海選時偶像沒有完全入框，會使人失笑；抽到五星卡或演唱會掉四星卡，截圖上傳，會因炫耀傷人心；曬校園比賽或演唱會排名，一味求認同，會換來無視；無的放矢地批評臺灣玩家英文不好，會被狠狠地糾正……順帶一提，「誤讀」──如在書本上看見「北斗星」就拍下來說想起冰鷹北斗，把向日葵看成遊戲角色葵日向（AOI Hinata）等，都會令人覺得好煩，然後上「靠北版」。

　　但上述這些，似乎都沒有把偶像小哥哥「據為己有」來得嚴重！舉例來說，發貼的時候把大受歡迎的朔間零（SAKUMA Rei）喊作「我的朔間零」、「我的老零」、「我的零」等，總之是加上「我的」二字，就必然會刺激到其他粉絲的神經，招來火辣辣的痛斥。

　　嗜玩《偶像夢幻祭》的落蒂在〈絕情書〉裡，就坦承自己也有一次加上「我的」在社團發文，對喜愛的偶像表達敬慕之情，結果上了「靠北版」，被嘴炮得心靈快破碎的經歷：

> 與你談愛是在這張
> 小小的書桌上
> 伴著一盞昏黃的小燈
>
> 室外雷雨交加
> 一道閃光
> 破窗而入
> 正巧照在我寫給你的
> 情書上
>
> 雷聲接著在遠處
> 隱隱作響

彷彿妳正以嘲弄的口吻
讀著我寫給你的
一張一張
血跡斑斑的信

只有雨天
才會有你
藉雷電
傳回來的
一點點
訊息

小燈昏黃，難怪分辨不清社團內的禁忌——慣於抒情的落蒂竟然直接貼文向「我的」偶像「談愛」！大概兩分鐘，他的貼就被投到「靠北版」，雷雨交加，炮聲隆隆，其他粉絲帶著怨恨的雙眼發出「閃光」，直接照射在落蒂寫給遊戲角色的「情書」上，像捕逃犯，無所遁形，接下來就在原貼下給他一頓猛烈不留情面的批評。

落蒂是詩壇前輩，但卻是臉書新人，何曾見過這種新世代的網絡現象？他大約想先迴避一下，可電腦不斷發出聲響，提示臉書又有新的留言，彷彿「雷聲」自「遠處」隱隱傳來，哎，別的玩家還是「以嘲弄的口吻」，諷刺謾罵，促落蒂撤掉文章。落蒂也好想從善如流，偏偏他還不懂按哪個鍵可以刪文，不一會兒，他那封給偶像的「情書」就變得「血跡斑斑」滿身是傷了。

明白這一情況，我們才真正讀得懂了：〈絕情書〉的第二人稱有「你」、「妳」兩種不同寫法，人字旁的「你」是指小哥哥偶像，女字旁的「妳」則是眾多女粉絲。為了「你」，「妳」們變得不很冷靜，但

這是可以理解的——我也愛得很狂熱，誰都不要在我跟前說「我的友也」、「我的小友也」……（笑）

因為友也是我的……（遭打）

話題轉回來，最後落蒂是如何得到安慰的呢？〈絕情書〉裡寫：「只有雨天／才會有你／藉雷電／傳回來的／一點點／訊息」——原來落蒂再次打開臉書，不是收到檢舉訊息，而是發現自己喜歡的朔間零真的會出五星卡，在「招募！梅雨之華」裡可以抽得到！棒棒棒！這「一點點／訊息」，就令落蒂把玩家批評的事拋到爪哇國，拋到九霄雲外，一心只注目「雨天」撐傘的老零。

確實，網上的留言總易煙消雲散，而唯有遊戲是快樂的。落蒂寫〈絕情書〉，應該也不過自嘲一時糊塗錯發文吧！在心深處，他仍非常樂意伴著一盞小燈，在小小書桌前，捧著手機，與《偶像夢幻祭》的眾多角色談愛。

正因有了上「靠北版」的經驗，落蒂開始嘗試以委婉的筆法表現對明星們的敬愛，整輯「一朵潔白的山茶花」（包括〈一朵潔白的山茶花〉、〈一隻翠鳥〉、〈夢中深井〉、〈斜雨敲窗〉、〈甜蜜的苦澀〉、〈絕情書〉、〈古典玫瑰〉、〈牆〉、〈有情詩〉和〈飄〉，共十首），便是他寫給偶像的「情書」。

斷章取出新義：
落蒂《大寒流》的「截」讀

　　近年「截句」風潮在大陸、臺灣詩壇興起，因白靈的推廣，更向東南亞蔓延，《緬華截句選》、《新華截句選》、《馬華截句選》、《越華截句選》、《菲華截句選》等五冊在二〇一八年底一併推出，令「截句」勢頭方興未已。無論是否認同和參與截句詩的書寫，從原詩截出數行以作宣傳鮮少受到反對，各種詩集的封底更常常如此招徠讀者。如果一名編輯亂截落蒂《大寒流》的詩行[1]，或讀者雙目掠過書頁時隨便挑出幾行來讀，不完整的詩，又能否產出完整的詩意？

　　答案是完全肯定的，試看：

> 來載你的應是藍寶堅尼
> 抑或是超流線型的轎跑車
> 然而遠遠馳騁來的
> 竟是一輛老舊自行車

　　這四行取自落蒂〈殘火〉，同樣的情節出現在周星馳（1962- ）、張家輝（1964- ）主演的《千王之王》之中。林熙蕾（1975- ）飾演

1　這不奇怪——諾貝爾文學獎得主喬賽・薩拉馬戈（José Saramago, 1922-2010）的《里斯本圍城史》（*The History of the Siege of Lisbon*）裡，就因校對者將「是」改為「不」，令整段葡萄牙史有了翻天覆地的改變。

的「初戀」是專業老千「法拉利」的手下，受命帶周星馳所演的黃師虎去見法拉利。初戀本坐在開篷「跑車」中，與黃師虎一輪調情後，便邀後者上車，黃師虎卻回以：「你這車怎麼上，還不如上我的車吧！」結果他駕駛的，乃是一輛「自行車」，令初戀無奈極了。

另一例為：

> 屋宇在嘩啦嘩啦聲中碎裂
> 人們奔逃的樣貌
> 彷彿被毀古城情況再現
> 你不必懷疑那食人魚的力量
> 瞬間可以使一隻大象
> 祇賸骸骨

這六行錄自落蒂〈憤怒〉，與《海賊王》（One Piece）情節完全吻合。「百獸海賊團」的傑克（Jack）率領部屬前往駄在「一隻大象」背上的佐烏島，要向純毛族問出雷藏（Raizo）下落。純毛族聲稱不知雷藏是誰，傑克於是展開攻擊，令有千年歷史的「古城」慘遭破壞，「屋宇在嘩啦嘩啦聲中碎裂」、惶急的「人們奔逃」，全國「被毀」。鐵面罩下的傑克會露出魚類的利齒，似乎屬魚人族，對應落蒂詩中的「食人魚」——傑克的戰鬥力驚人，誰都「不必懷疑」其武力能「瞬間」使象背上的佐烏「祇賸骸骨」，甚至能殺死負著佐烏的象主（Zunesha）。

第三例：

> 看著即將下沉的
> 紅紅落日

　　　想起早年已忘卻的誓言

　　　遂撿起一支斷竹當劍

　　　左右不斷揮舞砍殺無辜的菅芒草

　　五行取自落蒂的〈遁〉，能與金庸（查良鏞，1924-2018）〈越女劍〉合讀。「紅紅落日」指都城淪陷的吳國，「即將下沉」覆滅。晚上范蠡與難得重逢的西施互訴衷情，劍法無敵的阿青卻原來一直喜歡著范蠡，認為後者是「忘卻」了和自己相愛的「誓言」，於是「撿起一支斷竹當劍／左右不斷揮舞砍殺無辜的菅芒草」，把守護范蠡、西施的二千名衛兵都擊倒，欲取情敵性命。小說原文謂：「驀地裡宮門外響起了一陣吆喝聲，跟著嗆啷郎、嗆啷朗響聲不絕，那是兵刃落地之聲。這聲音從宮門外直響進來，便如一條極長的長蛇，飛快的游來，長廊上也響起了兵刃落地的聲音。一千名甲士和一千名劍士阻擋不了阿青。」意料之外的是，阿青最後竟懾於西施的美貌，以致殺氣全消，只扭轉纖腰，發一聲清嘯，便破窗而出，「遁」去不見。

　　最後舉出第四例：

　　　我發現一條神祕的通道

　　　帶了一把手電筒

　　　爬了進去

　　　神啊，請讓我尋到通道出口

　　　看看那邊是什麼樣的世界

　　這數行摘自落蒂〈神祕通道〉，在少兒讀物《勾魂山谷》裡可找到相同情節。《勾魂山谷》載，黃朝文來到彌爾村，在周家宅子「發現了一條神祕的通道」，於是「帶了一把手電筒」，隨不懷好意的周老

先生「爬了進去」。走到一半，「手電筒」的電力就快耗盡，但黃朝文發覺在地下通道中沒有憋悶之感，偶爾還有風吹來，知道必然存著「通道出口」，於是懇切期盼能「尋到」終點，並「看看那邊是什麼樣的世界」，希望能破解彌爾村的巫蠱奇術，追查出幾名同學著魔的原因。

　　恃才傲物的弟弟說，我以上的這種解讀並不新奇，因為他讀過不少論文，其實都是截出原詩幾行，就胡謅出各種推斷的。我無法專注閱讀，除非勉為其難當評審或講評人，才會細讀論稿，不知弟弟的說法然否。但這裡我先胡謅結論謂：落蒂的詩（截取版）與流行文化的電影、動漫，通俗作品的武俠小說、少兒讀物緊密相聯，有著後四者的基因。落蒂的詩，非常青春，青春非常。至於「截句」，除了作為創作之法，似乎也可反客為主，由讀者的向度「截」起，不問行數，另覓詩的新義。

四月是你的謊言：
落蒂新詩再「截」讀

　　經由上次「截」讀，我們發現落蒂諸作常可勾起人們對次文化的聯想，要是熱愛動漫的朋友翻閱其詩，應該會有似曾相識、交感共鳴的樂趣。這裡「截」出落蒂〈琴聲二帖〉之一的三行：

　　　　靜靜的午夜
　　　　我慌亂的心跳
　　　　起伏在黑白鍵上

　　在動畫《四月是你的謊言》（*Your Lie in April*）裡，男主角有馬公生（ARIMA Kōsei）是彈奏鋼琴的天才，但自從母親死後，他一投入演奏，就會「失去聽覺」。後來，有馬公生受宮園薰（MIYAZONO Kawori）推動，再次練習彈琴，但在無法聽見的「靜靜的午夜」，有馬公生的「心跳」應是「慌亂的」，與鋼琴的「黑白鍵」一同「起伏」。

　　當然，這種「起伏」緊張的反應也不專屬於有馬公生一人。有馬公生的對手，如相座武士（AIZA Takeshi）、井川繪見（IGAWA Emi）等在演奏時光彩四溢，表演看似渾然天成、毫不費勁，其實一個個都張皇「慌亂」不已，有著不足為外人道的、對公開演奏的愛與怕。

　　截出落蒂〈琴聲二帖〉之二：

　　我忍不住，猛力
　　伏在琴鍵上
　　鋼琴發出一聲
　　鏘然的哀鳴

　　是的，有馬公生不經意地放大了已逝母親的嚴厲，他不能理解她的愛，以致母親成了自己巨大的壓力來源，一想起回憶中那位惡待自己的母親時，他就會「忍不住，猛力／伏在琴鍵上」，停止正在進行的演奏。那「鋼琴發出一聲／鏘然的哀鳴」後，全場觀眾都嚇了一跳，而聽不見的有馬公生也當場呆住。

　　「截」出落蒂〈心緒軌跡〉第五章：

　　也許一切都還沒開始
　　也許已經結束了
　　在掀開琴鍵時
　　欲彈又止

　　有馬公生本來決定不再演奏，但因無法推卻宮園薰的伴奏邀請，他只得硬著頭皮上場。只是，有馬公生心裡非常清楚：「也許一切都還沒開始／也許已經結束了」，打從一開始，他就知道自己沒可能完成任務，故此「在掀開琴鍵時／欲彈又止」。果然，有馬公生在為宮園薰伴奏中途「止」住了琴聲……

　　再「截」〈琴聲二帖〉之一：

　　今夜
　　我實在分不清

　　紛紛落下的
　　是花瓣
　　或是琴聲
　　或是妳的淚

　　有馬公生愛上了宮園薰，但因以為宮園薰喜歡的是渡亮太（WATARI Ryōta）而不敢表白。一次，宮園薰要有馬公生做亮太的替身陪她去購物，購物後她說忘記拿書包，又和公生返回學校；到「夜」晚，她坐上公生的自行車後座，與他一同離開。

　　有馬公生不知道宮園薰藏著的秘密，他隱然曉得在後座的薰是伏在他的背上流「淚」，但那「紛紛落下的」僅止是「淚」嗎？「是花瓣／或是琴聲」？有馬公生沒有問宮園薰，只是心裡的憂慮一直也放不下來。按：仔細看過動畫的人應該知道，飄落的櫻花「花瓣」就是象徵宮園薰的。

　　接著，「截」〈琴聲二帖〉之二：

　　琴聲在室內迴盪
　　花瓣滿室紛飛

　　宮園薰陪著有馬公生在學校練琴時，以及有馬公生藉宮園薰幫助而解開對母親的心結時，隨著公生的「琴聲在室內迴盪」，動畫上均有櫻花「花瓣滿室紛飛」的畫面。最後，有馬公生來到鋼琴比賽決賽，宮園薰也以特別的方式兌現了和他再次合奏的承諾，「花瓣」化為細雪「滿室紛飛」，到「琴聲」終了，餘音「迴盪」，兩片「花瓣」落在地上……

　　「截」出〈心緒軌跡〉第五章二行：

　　當然不能詳細告訴你

　　近日心情的所有轉折

　　與動畫標題相關，宮園薰一直編織著各種「謊言」，她「不能詳細告訴」有馬公生她自己「近日心情的所有轉折」。要到故事結尾，有馬公生才從宮園薰的信中得悉她一路以來的「心緒軌跡」。看過動畫（或甚至看過網上分析）的觀眾當然知道這些「轉折」指的是甚麼；若讀者還未看過《四月是你的謊言》，請抽點時間來欣賞這套催淚之作——這裡不擬劇透，因為我也「不能詳細告訴你」動畫中「所有」含蓄而富深度的「轉折」呢。

　　總之，在「截」出的落蒂詩行裡，讀者不難發現與《四月是你的謊言》相疊合的地方。那些冥契暗合的細節讓詩與動畫有了跨界別的聯想空間，這對動畫的粉絲來說當是饒富興味的，同時也有助於新詩開拓更多詮釋的可能。

大航海時代的歌者：
落蒂、劉正偉新詩「誤讀」

　　日本光榮（Koei）公司在一九九九年推出單機遊戲《大航海時代 IV PORTO ESTADO》（*Daikoukai Jidai IV: Porto Estado*），至今逾二十載，經典不衰，為數代玩家留下了珍貴的回憶。新詩人中，以《大航海時代IV》為題材的也不少，如落蒂便寫過〈命定〉：

　　　　不要再迷糊了　孩子
　　　　彷彿從雲隙間傳來的話語
　　　　清晰得可以讓即將死去的腦門開竅
　　　　清晰得可以讓整個城市將黑死病趕走
　　　　你的臉面將從陰暗逐漸
　　　　透出光明粉紅
　　　　無所謂成功或失敗
　　　　本來人類不論誰
　　　　富裕或貧窮
　　　　權力大或卑微渺小
　　　　都將在最後通通走進墳地
　　　　你的眼睛透出什麼訊息
　　　　信或不信都隨你
　　　　只是你嘴角

似乎比那山崩土石流還倔強

直接把我想再反駁的心意

狠狠的擊了回去

此刻你的顏面又由粉紅轉黑

回復原來狀態

　　落蒂寫的是《大航海時代Ⅳ》主角之一：蒂雅・瓦曼・恰斯卡（Tiaru Waman Chaska）。蒂雅本在身分認同方面有「迷糊」，她是印加帝國王裔，卻想獲得西班牙公民權，因此一直替征服者辦事。然而，祖先的傳統、同伴的啟發都「彷彿從雲際間傳來的話語」，加上蒂雅眼見西班牙人欺壓原住民，她那「即將死去的腦門」漸漸「開竅」，使命也愈益「清晰」。為此，她離開美洲發展地盤，憑著祖先、同伴「話語」的驅使，不僅勢力值直線上升，甚至在地中海爆發疫症時找出治療方法，「讓整個城市將黑死病趕走」，拯救了受「黑死病」蹂躪的伊斯坦堡和雅典，並因而獲得了地中海霸者之證的線索。

　　在海外日益成長的蒂雅慢慢從「陰暗」走出，「臉面」恢復神采，「透出光明粉紅」。她一路遇見非洲、印度洋各地「成功或失敗」、「富裕或貧窮」、「權力大或卑微渺小」的眾生，沿途鋤強扶弱，解放人民；但在回到美洲大陸並預備和西班牙殖民者「埃斯康特軍」決裂時，蒂雅的白人情郎捕捉到她「眼睛透出」的叛變「訊息」，因而前來勸說她，說她所碰過的一切對手都跟「埃斯康特軍」不同，無論誰得罪後者，下場都是「走進墳地」──「信或不信都隨你」。

　　然而，蒂雅雖感謝情郎的關心，可她念及土地和民族的尊嚴，反抗的意志「比那山崩土石流還倔強」，「嘴角」微微顫動，就「直接」把愛人「想再反駁的心意／狠狠的擊了回去」。情郎留意到，「此刻」蒂雅的「顏面又由粉紅轉黑」，其膚色彷若轉深，離白人更遠，象徵

她不再有身分認同的困惱，全然地「回復原來狀態」，以原住民的姿勢抵抗驕橫的西班牙侵略者──印加的「孩子」，已經不「迷糊」了。

　　在我分享《大航海時代IV》的截圖時，劉正偉（1967-）來留言說他從前亦喜歡玩，並準確歸納出遊戲中「冒險，貿易，尋寶，砲戰」等四大元素。我稍作聯想，直覺認為他那首〈給我遠方的姑娘〉應與各主要城市的酒館女侍有關；但再加思索，發現該詩其實跟另位主角佐伯杏太郎（SAIKI Kyotaro）相涉：

> 一句輕聲道別
> 影子，就越拉越長了
> 像遠方朦朧的山頭
> 依然，記得妳的眸似星子
> 髮似流雲，唇似野火
> 膚似初雪，頰似蘋果
> 眉，卻深深深鎖
>
> 深鎖腦海中的還有，嚶嚶
> 柔情似水的呢呢細語
> 像整夜滴滴答答不寐的雨滴
>
> 給我遠方的姑娘
> 衾枕被褥就要乾了
> 快快回到我的臂彎
> 草要綠了，花要開了
> 春天，就要來了

　　佐伯杏太郎一家被壞人殺死，憑著超凡魄力，他才得以崛起成耀眼新星。在東南亞，他遇見來自歐洲的「遠方的姑娘」塞西莉亞・德・梅卡德（Cecilia de Mercado）。塞西莉亞年僅十三四歲，她的父親因掌握了霸者之證的線索而遭西班牙群雄追緝，其母親亦無端失去消息，故此需委託杏太郎幫忙尋找家人。幾經遭折，杏太郎在美洲及地中海兩地奔波，並擊潰西班牙的龐大艦隊，終於讓塞西莉亞一家團聚。

　　杏太郎把塞西莉亞送還給她父母時，才說出「一句輕聲道別」，小姑娘的「影子，就越拉越長」，彷彿「遠方」的「山頭」，愈顯「朦朧」，眼看就要消失在杏太郎的視野和人生之中。回首前塵，杏太郎仍牢牢「記得」初見塞西莉亞時對方「眸似的星子」，他愛她「髮似流雲，唇似野火」，愛她白人的「膚似初雪」，以及那稚齡時獨有的「頰似蘋果」。一路走來，她常常是「眉」間「深深深鎖」，需要杏太郎的安慰；沒料到，最終「深鎖」解開，即是二人分離的時刻——剎那間，杏太郎「腦海」閃過段段塞西莉亞「嚶嚶／柔情似水的呢呢細語」，像大洋上「整夜滴滴答答不寐的雨滴」，這麼動人、悅耳，但若果空成回憶，則必將帶給杏太郎無數個「不寐」失眠之夜。

　　為免遺憾，杏太郎忙喊出一聲：「塞西莉亞！」要留住心愛的「遠方的姑娘」。塞西莉亞也即時轉頭，拔足奔跑，「快快回到」杏太郎的「臂彎」，並流出激動的淚水。塞西莉亞常常有些小憂鬱，但杏太郎承諾：「草要綠了，花要開了／春天，就要來了」，婚後二人將分享無淚的、「乾」的「衾枕被褥」，同度美滿的人生……

　　落蒂比劉正偉年長廿三歲，劉正偉比我大十八年，我受吸引幾個世代的《大航海時代IV》影響，亦寫過一首〈鷗之戀〉，裡面提及各種地中海物產，似乎能讓人誤以為我知識豐富，其實都是得自遊戲的啟蒙，順手抄抄而已。野人獻曝，把〈鷗之戀〉張貼如後，騙些篇

幅，有心人或可試試詮釋：

往西　曠洋溢溢著龍涎　直布羅陀豎起柱子
指南　萊姆酒發情不敢往駝峰上豪放
向東　肉桂樹航自遠方嵐嶼　肌膚浸抹微鹹水色
朝北　藏紅花含苞　待一場粗糙的採擷
日出前　怎敢　怎敢幻想寧息

而橄欖油香飄拂　愛琴海碧藍了畫框
雅典如水晶球剔騰　一絲雕塑　透視不掛的昂然
咖啡使骨瓷連杯柄都液態　誰管犀角與象牙
貼近些　砂糖膩脣　衣袖嗅到小麥
痴迷是魚腥　或乾乳酪的滋味

偕餐廳侍應製造些玻璃工藝　思忖中
便撒滿精鹽　鞣酸類被禁止那麼
斜披桌布　就能搖晃成奔舟
馬賽港的良砲舔兩顆嫩葡萄就醉
甲冑失掉重量　銀光浪蕊暗湧　退潮　又漲

在二〇二〇年尾重提《大航海時代IV》並未過時，據聞光榮公司將開發該遊戲的HD版，攻略PC Steam及Nintendo Switch等平臺，二〇二一還將推出「大航海時代系列」的最新作，熱潮再起，指日可待。詩人們，左手掌舵，右手握筆，縱橫在七大海域放歌吧！

輯六

推窗一笑讀君詩

新詩裡的蜀漢名將：
岩上、落蒂、楊子澗、謝振宗、林柏維、靈歌「誤讀」

一　猊興羽振：岩上〈獅子〉「誤讀」

　　岩上（嚴振興，1938-2020）的詩〈獅子〉甚富巧思，喬林在二〇一二年四月的專欄裡已行「正讀」，參考稱便。此番「誤讀」，乃將〈獅子〉繫連到名將關羽（約西元160-220年）身上，唯非依據正史，而是以小說《三國演義》為言。岩上的〈獅子〉寫道：

> 從大草原到鐵欄
> 從叢林到石牆
> 我已失去了故國和家園
>
> 人間的存活
> 就是關來關去的遊戲
> 加上你看我，我看你
> 愛看熱鬧的舞臺
>
> 我的悲劇較單純
> 但很耐看

一批人潮看過
又一批人潮來

人類嘛
關起來
就沒什麼可看

　　詩頭兩行以「大草原」、「鐵欄」、「叢林」和「石牆」概括關羽的
一生，起初他置身浩浩無垠的「大草原」，自由來往，不受拘束，如
《三國演義》第一回所示，過著不朝天子、不交官府、「逃難江湖，
五六年矣」的生活。接而，在偶然機會下，關羽遇見劉備，義結金
蘭，「不求同年同月同日生，但願同年同月同日死」，兄弟情誼像「鐵
欄」牢固；即使關羽一度被曹操所俘，在得悉劉備下落後，關羽即辭
別曹氏，千里走單騎，重歸劉備陣營，這亦可見劉關羈絆如「鐵欄」
之堅。

　　赤壁之戰後，劉備據有荊州之地；劉備入川，諸葛亮受命率軍往
援，關羽於是總督荊州。荊州為兵家必爭之地，東鄰孫吳、北望曹
魏，遵循的是「叢林」法則，弱肉強食，以故關羽不得不厲兵秣馬、
整軍經武，守住戰略要地，並圖謀擴張。建安二十四年（西元219年），
關羽北討曹操，進攻襄樊，奈何曹仁死守不撤，關羽在樊城撞到「石
牆」，爾後竟在孫吳突襲後方、曹魏援軍掩至的情況下兵敗身死。復
興「故國」、重振漢室的願望毀於一旦，荊州「家園」也被孫權橫奪，
〈獅子〉裡寫，末路的關羽有「失去了故國和家園」的唱嘆。

　　回首一生，關羽形容自己在「人間的存活／就是關來關去的遊
戲」，此處的「關」是名詞，即關公之姓，用以借指其自身。《三國演
義》寫他斬華雄、刺顏良、誅文醜，全部是「去」去就「來」的事，

渾然不費功夫，儼如「遊戲」，更不用提遊刃有餘的「過五關斬六將」了。手起刀落，乾脆利索，這便是關羽「存活」的鮮亮標誌。是以在「舞臺」之上，藝人飾演戰將交鋒，打得有來有往，容易悚目；但為了顯示關羽的超凡絕倫，「你看我，我看你」，只要他一睜眼睛，通常一擊便能取敵性命，而觀眾都「愛看」，覺得「熱鬧」，認為這才配得上關公的神威。

　　然而，廣受愛戴的英雄關羽仍逃不開以「悲劇」收場的命運。〈獅子〉裡說這齣悲劇「較單純」，內容是「一批人潮看過／又一批人潮來」，對應的是關羽在樊城鏖戰的事跡。先來的「一批人潮」指救援曹仁的于禁、龐德，他們聲勢浩大，卻被關羽「水淹七軍」，一舉成擒，龐德不屈被戮，于禁則乞命投降。但之後，「又一批人潮」殺至，孫吳方面的呂蒙使計偷襲關羽後方，策反了傅士仁、糜芳等人，令關羽軍心極受動搖，曹操亦再派徐晃領五萬銳卒殺奔樊城；撤退途中，關羽連遇吳將，蔣欽、韓當、周泰、丁奉、徐盛、朱然、潘璋等如「潮」湧至，最後關公所乘赤兔馬被敵兵絆倒，關公被俘，和其子關平一道遭孫權殺害。

　　關羽身死，《三國演義》的讀者聽眾大都難過莫名，類似於蘇軾《東坡志林》所記：聞蜀漢敗，則「顰蹙有出涕者」也。可同時，關公殞於王事的片段卻「很耐看」，此因其人忠義無匹，在諸葛瑾勸降時喊出「玉可碎而不可改其白，竹可焚而不可毀其節」；面對趾高氣揚的孫權，關羽仍厲聲罵道：「碧眼小兒，紫髯鼠輩！吾與劉皇叔桃園結義，誓扶漢室，豈與汝叛漢之賊為伍耶！我今誤中奸計，有死而已，何必多言！」其部下趙累、王甫、周倉皆義無反顧，以死相隨，壯烈成仁，實在教人感動不已。

　　據《三國演義》後文，關羽死而成神，屢屢顯靈。那些有心謀害關公、肉體凡軀的「人類」一個接一個遭到惡報，如呂蒙在慶功宴上

「七竅流血而死」，曹操為「口開目動，鬚髮皆張」的關羽首級「驚倒」，「每夜合眼便見關公」，以致風疾加劇，一命嗚呼，而潘璋則是在關公顯聖時嚇得「神魂驚散」，輕易就被關興斬殺，死後且屍骨無存。可以說，呂蒙計智過人，曹操亂世梟雄，潘璋也以勇力見稱，但當「關（公）起來」——靈魂復甦的關羽略顯威能，他們「就沒什麼可看」的了。

事有湊巧，現代人從文獻資料及關羽的性格著手，推測關公屬「獅子座」；其真實性雖尚待驗證，卻不妨用為談佐，讓愛讀〈獅子〉的博雅君子產生更多接通古今的聯想[1]。

二　詩境擴張：落蒂〈飛來句偶拾〉「誤讀」

落蒂〈飛來句偶拾〉收在《詩的旅行》中，靈感源於千禧年歲末詩人在張家界旅行，「面對奇峰異石，乃有詩句不斷飛來」。張家界本得名自西漢名臣張良（約西元前250-前186年），但若細加「誤讀」，落蒂詩的其中幾章卻與蜀漢「五虎上將」的張飛（西元?-221年）較有關係。例如〈飛來句偶拾〉首章：

> 孩提時的泥塑
> 竟在此落了腳
> 並且結晶成岩　凝固成石

1　岩上另有〈星的位置〉一詩：「我總想知道／自己的宿命星在甚麼位置／有否閃爍燦然的光輝／／因此每晚仰望天空／希冀找尋熟悉的臉龐／但是回答我的／都是陌生的眼光／／直到有一天／我從流浪的路途回來／把一切的願望都丟棄／只剩一顆乾癟的頭顱／沒入深邃的古井／突然發現在那靜謐且清冷的水底／一顆孤獨的明星／輕輕地呼喚我的名字」。2020年8月1日，在「獅子」關羽離逝的一千八百年後，岩上辭世，結束人生的「路途」，亦在獅子座的星雲下。

> 甚至生長成樹
> 個個不甘寂寞
> 競相伸向天空
> 以奇異的姿勢
> 向日月
> 爭取光華

　　此詩掀起序幕，對應的是劉備稱帝。據《三國演義》第八十一回，劉備一邊動員軍隊，預備伐吳，為關羽報仇；一邊派使者往閬中，「遷張飛為車騎將軍，領司隸校尉，西鄉侯，兼閬中牧」。其時張飛聞知義兄關羽被東吳殺害，正旦夕號泣，甚至血濕衣襟，但得悉劉備紹繼漢統後，亦「受爵望北拜」，並且「設酒款待來使」。

　　劉備「孩提時」曾與玩伴提起「為天子」之事，那時不過如同「泥塑」，當不得真，沒想到他成年後轉戰徐、荊等州，「竟在此落了腳」，於進入蜀地後得償所望，且「結晶成岩　凝固成石」，獲得了堅穩鞏固、無可動搖的至尊之位。「生長成樹」指的是劉備幼時，其家東南有大桑樹，高五丈餘，形似車蓋，而稱帝後的劉氏確實能樹立起天子車蓋，威風八面。

　　當此之時，凡侍衛之臣、忠節之士，「個個」皆「不甘寂寞」，欲以「奇」謀「奇」能、「奇異的姿勢」，「競相伸向天空」，在明如「日月」的皇帝劉備跟前展現自己、「爭取」大放「光華」。《三國演義》八十回載：「兩川軍民，無不欣躍。」張飛與劉備識於微時，結義桃園，以後追隨劉氏多年，此刻應該也是頗感鼓舞的。

　　然而朝中眾臣跟劉備意欲用力的方向並不一致，後者亟欲征討東吳，而趙雲、諸葛亮等皆勸劉備「先滅魏而後伐吳」。張飛聽聞此事後，怒不可遏，竟立即趕往成都，面見劉備。〈飛來句偶拾〉第六章

寫道：

> 有人仰天長嘆
> 嘆當年忘了刻上階梯
> 以致讓人加上纜車
> 徘徊峰與峰之間
> 遲遲
> 不肯離去

　　張飛在成都教場演武廳見著劉備，拜伏於地，抱足痛哭後，真性情的他就開口責怪起義兄：「陛下今日為君，早忘了桃園之誓！二兄之讎，如何不報？」〈飛來句偶拾〉形容張飛「仰天長嘆」，「嘆當年」桃園結義時「忘了刻上階梯」，以致劉備不能循「不求同年同月同日生，但願同年同月同日死」之誓，拾級而上，制定下步計畫，還反過來被眾臣「加上」了束縛之「纜」、耽於皇帝顯榮之「車」，乃至「徘徊」不前，停在蜀地險峻自固的「峰與峰之間」，而「遲遲／不肯離去」，不願出發東征。

　　劉備初時礙於「多官諫阻」而「未敢輕舉」，此番受義弟張飛催促，手足之情激起復仇之思，終於下定主意，以「虎威將軍趙雲為後應，兼督糧草；黃權、程畿為參謀；馬良、陳震掌理文書；黃忠為前部先鋒；馮習、張南為副將；傅彤、張翼為中軍護尉；趙融、廖淳為合後。川將數百員，并五谿番將等，共兵七十五萬」，擇定七月丙寅日出師攻吳。〈飛來句偶拾〉第四章形容：

> 佇立點將臺前
> 山霧縹緲的奇峰間

　　　　眾將手持各式武器

　　　　一副出征的架勢

　　　　彷彿現代詩人苦苦吟哦

　　劉備在「點將臺」上，「點將臺」在蜀地「山霧縹緲的奇峰間」；「眾將手持各式武器」，如黃忠張弓搭箭，傅彤挺鎗，五谿蠻將沙摩柯揮舞鐵蒺藜骨朵，「出征的架勢」極具震撼力。但「山霧縹緲」畢竟予人前途難測的不祥之感，劉備就「彷彿現代詩人苦苦吟哦」般，仔細考慮，反覆思量，然後慎重地提醒被憤怒遮蔽雙眼的張飛說：「朕素知卿酒後暴怒，鞭撻健兒，而復令在左右：此取禍之道也。今後務宜寬容，不可如前。」

　　只可惜，張飛聽了劉備的話後，拜辭而去，並未將叮嚀放在心上。他返抵閬中，即下令於三日之內造好三軍所需的白旗白甲，以掛孝出征；部下范彊、張達直言時間過緊，必須放寬，張飛則怒將二人縛於樹上，痛加鞭笞，並警告如違限期，就要殺他們示眾。〈飛來句偶拾〉第三章謂：

　　　　那座雕像多麼突兀

　　　　阻止了我的視線

　　　　以及沉思

　　　　以及對奇山異水

　　　　突發的

　　　　奇想

　　詩中的「突兀」解作高聳，指的是張飛在心中豎起了關羽的偉岸「雕像」，對義兄景仰不已。世間多稱張飛魯莽，但其實他粗中有

細，過往曾用計逮住嚴顏，更嘗智取瓦口隘，大破魏將張部。問題是
關羽慘死，張飛承受的刺激太大，連「視線／以及沉思」都被「阻
止」了；他的情緒全然失控，才會提出製作白旗白甲等不合理的要
求，使得部下離心，自貽禍患。

　　張飛在成都時曾對劉備說：「臣捨此軀與二兄報讎！若不能報
時，臣寧死不見陛下也！」他對跨出蜀地「奇山」、遠征東吳「異
水」有著許多「突發的／奇想」，奈何受了鞭刑的范疆、張達為求保
命，夜裡就將刀刃逼向張飛，張飛的大計便硬生生遭到「阻止」。〈飛
來句偶拾〉第七章說：

> 終於，雨還是不停的下
> 終於，背起空空的行囊
> 終於，把山水拋在後面
> 終於，讓兩行淚凝結成冰
> 終於知道
> 世界奇景　　以此
> 為界

　　初更時分，范疆、張達趁張飛酒醉，各藏短刀，密入帳中，詐言
有機密重事稟報，乘機刺殺張飛。張飛腹部中刀，大叫一聲，登時斃
命。〈飛來句偶拾〉寫的便是張飛腦海閃過的訊息：終於淚「雨」還
是在思念中下個「不停」，終於遠征的「行囊」還是沒收拾好，終於
荊州的「山水」還是要「拋在後面」，一切悲歡皆成空。突然，為義
兄而流的「兩行淚」終於要「凝結成冰」，得以止住，但生命同時也
到了盡頭，東征西討的「世界奇景」剎那消失，萬人敵的傳奇竟「以
此／為界」，再無下一個轟轟烈烈的章節……

伐吳未克身先死，秋草長遺闃地愁。落蒂在〈郵輪捲起滾滾浪花〉中曾經提及「張飛和他的廟宇」，亦描寫過「張飛站在江邊／怒目而視」的一幕；當葛洲壩完成後，張飛的廟預計就要「沉入江底」，落蒂因而在詩裡「請張飛搬家」。這一搬，就搬到了張家界的〈飛來句偶拾〉中——張家界有了另位張姓名人的身影，而「飛來句」，亦是來自張飛故事的詩句。

三　馬瘖哀超：楊子澗〈昔我往矣〉「誤讀」

楊子澗〈昔我往矣〉寫於二〇二〇年五月九日，在臉書張貼時配有老房子照片，作者原意應是借建築物之頹敗，含蓄地抒發個人鬱結，深沉蘊積，詩味醲郁。刻意「誤讀」，該篇卻可與叱吒一時的三國名將馬超（西元176-222年）互聯。楊子澗〈昔我往矣〉原文謂：

> 自人生的戰場上歸來
> 日之將暮，情怯鄉關
>
> 竹篾屋牆土已剝落
> 爬滿蕨類和攀藤的滄桑
> 屋瓦，斑駁的苔蘚層疊而塌陷
> 承受不住歲月巨大的重量
>
> 野菜不斷枯榮，歷經了
> 多少個秋冬和風霜
> 幾次的焦灼與新穎
> 在跋涉過霜雪的春初

你以一片花開，迎我
滿身的傷痕和結痂

是歸來了，和自己
征戰，滿帶孤寂和遺憾
薄暮拉長了清癯的身影
落日，斷垣以及殘壁
扁平的嘆息聲……

　　章武二年（西元222年），馬超戎馬一生終告結束，要「自人生的戰場上歸來」，永遠休息；「日之將暮」既寫黃昏逐漸暗淡之景，也暗示生命將盡[2]。「情怯鄉關」的馬超腦海裡仍記掛家鄉涼州，閉目後，孤魂應該會飛返故地吧，可他又有近鄉「情怯」之思。

　　為何對故鄉「情怯」呢？這是因為馬超英勇善戰，可涼州卻是從他手上丟掉的。〈昔我往矣〉把當初馬氏虎踞的西北地盤喻為「竹篾屋」，「牆土已剝落」，顯得衰敗，現在只「爬滿」了象徵曹魏勢力延伸開來的「蕨類」，亦「爬滿」了馬超如「攀藤」般滋長的「滄桑」。

　　據《三國演義》所編故事，曹操使詐殺害了馬超之父，馬超於是統率西涼大軍，攻陷潼關，一路東進，要向曹操復仇。只是不久，馬超就中了離間之計，跟結成同盟的韓遂發生內鬨，以致被曹軍打敗。兩年後，馬超倚仗羌兵，攻取隴西州郡，頗有復振之望，但不旋踵即在楊阜等人及夏侯淵夾擊之下，倉皇逃走。連番敗績，猶如「苔蘚層疊」，「斑駁」地塗污了馬超威名；涼州的「屋瓦」已「塌陷」，馬超也由一度逼得曹操割鬚棄袍的人生巔峰「塌陷」下來。早在十七歲

2　千年之後，馬致遠寫的「眼前紅日又西斜，疾似下坡車」，意思與之相近。

時，馬超就在戰場上大顯身手，刺王方，擒李蒙，殺退張濟，偏偏美好「歲月」不再復返了，憶念及此，「巨大的重量」讓他有「承受不住」之感。

馬超在涼州一敗而投奔西羌，再敗，只得往漢中依靠五斗米道的張魯，其身世如同「野菜」，「不斷枯榮」，縱「歷經」許多「風霜」，卻只不過虛度了幾個「秋冬」，事業有退無進。在漢中，馬超有著「幾次的焦灼與新穎」——《三國志》注引《典略》說他「幾次」向張氏借兵，「欲北取涼州」，奈何總無法奪回西北一城一地，其內心「焦灼」可知；《三國演義》裡，張魯操刀傷錦的下屬大都忌才，陰有加害馬超之心，馬超遂主動領兵入蜀迎戰劉備，既暫離是非之地，亦可藉軍功贏取張魯信任，其想法「新穎」可見。沒料到，張魯聽信讒言，處處掣肘馬超，出師在外的馬超更為前途之難測而憂心。

幸好與之交戰的劉備素愛馬超之才，趁著張、馬有隙，特派李恢往說馬超歸降。李恢清晰指出，馬超已是「四海難容，一身無主」，若果再敗於疆場，則「何面目見天下之人」，完全切中了馬超因「斑駁的苔蘚層疊而塌陷」的心理。馬超也自承：「超無路可行。」在李恢道明劉備招納之意後，馬超順水推船，立即殺死張魯所派監軍，隨李恢同登葭萌關。《三國演義》載，劉備親自接入馬超，待以上賓之禮，馬超乃頓首謝曰：「今遇明主，如撥雲霧而見青天！」確實，自敗於曹操之後，馬超一路「跋涉」過「霜雪」橫飛的艱難處境，禮賢下士的劉備「以一片花開」，來「迎」接馬氏「滿身的傷痕和結痂」，自然讓後者有了再逢溫暖「春初」的感覺。自此，馬超甘心為劉備所用，並為攻略成都作出了貢獻。

劉備進位漢中王後，馬超與關羽、張飛等同列「五虎大將」之中，頗受重視。不過整體來說，他只負責威懾西羌之人，已很少參與大規模的前陣戰鬥，活躍不再，從「征戰」生涯「歸來」的他，難

免是「滿帶孤寂」的。同時，他也「遺憾」，涼州故土終究無法親手收回。

劉備稱帝的第二年，馬超就突然染疾，〈昔我往矣〉想像他偉岸的虎軀消瘦成「清癯的身影」，「薄暮」之中，生氣漸銷。馬超臨終，遙望「落日」，那除了烘托自身的衰頹之外，也代表西涼的方向——想故園剩一片「斷垣以及殘壁」，壯志難酬，深仇未報，馬超不由得發出「扁平的嘆息聲」。

《三國志》上說，馬超死前曾向劉備（漢昭烈帝，西元161-223年，221-223年在位）上疏：「臣門宗二百餘口，為孟德所誅略盡，惟有從弟岱，當為微宗血食之繼，深託陛下，餘無復言。」說的是他家族二百多人慘遭曹操殺戮，只剩堂弟一名，需要託付劉備。「是歸來了，和自己」，孑然一身，馬超「孤寂」之情，可謂溢於言表。一句「餘無復言」，其餘的就沒有甚麼要說了，也切合〈昔我往矣〉結尾那「扁平的嘆息聲」，其中蘊含無限唏噓。

馬超字孟起，其臨歿之聲「扁平」，和「超」、「起」恰成對比，英雄魂斷前的無奈與黯然隱示其中，令人同興一「嘆」。楊子澗在詩篇後附錄《詩經》中〈采薇〉的首節和末段，如今讀來，竟也是馬超與曹魏為敵，卒致有家難歸、悵憾以終的概括。詩云：

> 采薇采薇，薇亦作止；曰歸曰歸，歲亦莫止。
> 靡室靡家，玁狁之故；不遑啟居，玁狁之故。
>
> 昔我往矣，楊柳依依；今我來思，雨雪霏霏。
> 行道遲遲，載渴載飢；我心傷悲，莫知我哀。

四　忠魂勇魄：謝振宗〈無法馴養的風〉、〈謙卦（地山謙）〉「誤讀」

謝振宗（1956-）〈無法馴養的風〉暗嵌蕭蕭千禧年前出版的五部詩集之名，包括《舉目》、《悲涼》、《雲邊書》、《毫末天地》和《緣無緣》，為蕭蕭上述著作匯成一集、重新付梓而喝采。試行「誤讀」，該篇乃與蜀漢名將黃忠（西元?-220年）相繫。黃忠被小說《三國演義》塑造成老將軍，〈無法馴養的風〉如此描摹他的心理：

> 舉目看盡悲涼與滄桑
> 感覺雲邊展讀詩書
> 皆無法掌控天地如何廣袤千里
> 或明察秋毫怎樣細微
>
> 這時，只能在盈虛間
> 設法圓滿這段無緣亦有緣
> 無法馴養無法追趕
> 快閃疾如雷電的旋風

老將軍黃忠受命攻略漢中時，曾經以巧計奪取天蕩山，連魏將張郃亦評價他「謀勇兼備」，不敢輕視。然而，黃忠又是小說裡最易衝動行事之人，如《三國演義》第七十回短短篇幅內，他便連續中了諸葛亮兩次「激將法」——但凡聽見別人議論其年紀老邁，他就意有不平，必須到戰場上一顯身手，證明自己絲毫不遜色於「年八十，尚食斗米，肉十斤，諸侯畏其勇」的戰國名將廉頗。

因此，黃忠雖不乏智謀，但「雲邊展讀詩書」式的儒雅、淡定卻

和他扯不到一塊。戰場的「天地」瞬息萬變、「廣袤千里」，黃忠「感覺」單單藉由論議，必然「無法掌控」；唯有通過行動，用「明察秋毫」的箭法命中「細微」目標，才能產生實質影響。《三國演義》第五十三回提到「黃忠有百步穿楊之能」、「百發百中」，他的弓弦在拉滿的「盈」和鬆手的「虛」之間，常能「圓滿」地完成任務，之前箭射鄧賢、夏侯尚等，便為明證。

關羽被孫權殺害後，黃忠憶起了他和關羽的「無緣亦有緣」。尚未歸附劉備之前，黃忠為長沙太守韓玄部將，曾跟關羽連鬥三日，戰有二百回合，令關羽讚歎其人「全無破綻」、「名不虛傳」，頗有不打不相識之感。可是，劉備進爵漢中王，把黃忠列入為「五虎上將」時，關羽卻怒氣沖沖，表示「大丈夫終不與老卒為伍」，兀自輕視黃忠——關、黃二人「有緣」或「無緣」，似乎一時亦難以說清。

但無論如何，黃忠懷著「吾今為關公報讎」的心志參與了東征。殊不料，劉備因關羽之子關興、張飛之子張苞屢立大功，脫口說出「昔日從朕諸將，皆老邁無用矣」，讓黃忠氣得逕赴夷陵大營，也就是戰場的最前線。黃忠謂：「吾自長沙跟天子到今，多負勤勞。今雖七旬有餘，食肉十斤，臂開二石之弓，能乘千里之馬，未足為老。昨日主上言吾等老邁無用，故來此與東吳交鋒，看吾斬將，老也不老！」馮習等人勸他「且休輕進」，黃忠也執意不聽——他就是「無法馴養無法追趕」的「旋風」，急急要像當年砍倒夏侯淵般，「快閃疾如雷電」，再在疆場上展露鋒芒。

《三國演義》八十三回，黃忠斬殺吳將史蹟、擊退潘璋，關興勸他速回主營，但黃忠不聽；翌日黃忠又上馬出陣，關興、張苞和吳班都說要助陣，黃忠亦不從，把「無法馴養無法追趕」表現得淋漓盡致。只不過，東吳這番設了埋伏，周泰、韓當、潘璋、凌統圍著黃忠廝殺，馬忠又放暗箭，以致黃忠肩窩受創，險些兒摔落馬下。謝振宗

〈謙卦（地山謙）〉寫道：

> 春筍如山形從地底冒出
> 水自低窪處往上潛行
>
> 我們賴以維生的命脈
> 竟在手掌握拳鬆放時
> 驚覺四季因節氣牽扯不斷
> 遺留下多采多姿的風土民情
>
> 金黃稻穗低頭沉思
> 飽滿成熟的形象可是秋季裡
> 令人喝采學習的典範
>
> 訴說柔順處世
> 分不清季風漂泊的方位

就在黃忠萬分危急之際，蜀漢的救援部隊適時趕至，領軍的正是關興、張苞。兩位少年人雖然青澀得像「春筍」，其氣勢卻「如山形從地底冒出」，又如「水自低窪處往上潛行」，逆襲成功，把追擊的吳兵打得潰散後退。

之後，關興、張苞護送黃忠回劉備御營，盼望老將軍能夠痊癒。奈何，黃忠「年老血衰，箭瘡痛裂，病甚沉重」，他「賴以維生的命脈」因一刻輕敵，「竟在手掌握拳鬆放時」斷掉，眼看是回天乏術了。

人生「四季」，黃忠已踏進最後的階段。病榻上的他回顧為漢室盡忠的經歷，慶幸「因節氣牽扯不斷」──「節」指節操，「氣」指浩然

之氣，他一路建功立業，在雒城、天蕩山、定軍山等地，總算是「遺留下多采多姿」的英勇事跡，像「風土民情」，能久久令人懷緬。

　　滿有自信的黃忠就是戰場上的「金黃稻穗」，閃耀著「成熟」的光芒。箭瘡沉重時的他一度「低頭沉思」，其「飽滿成熟的形象可是秋季裡／令人喝采學習的典範」嗎？他大可不必懷疑，在征戰頻繁的「秋季」[3]裡，其老當益壯早已是為將者的楷模。

　　黃忠在御營熬到當夜，遂「不省人事」，溘然長逝。《三國演義》有詩謂：「臨亡頭似雪，猶自顯英雄」，充分肯定了黃忠的豪氣。同詩也說黃忠「重披金鎖甲，雙挽鐵胎弓」，以堅硬的戎裝兵器象徵其人絕不「柔順處世」，絕不左搖右擺，「分不清季風漂泊的方位」。直來直往，是老黃忠堅持無悔的英雄本色。

　　謝振宗〈土地與文學〉這樣寫道：「也許，山巔水涯處／耆老口說流傳許久的掌故／皆可書寫成璀璨詩篇／記載曾經遺留的跫音／於節氣輪轉中／尚能感受到季節更遞過程中／隱藏無窮生命力」。謝氏在蜀地的「山巔」、荊州的「水涯」，一遍遍聽年似黃忠的「耆老」說起三國「掌故」；他遂以「璀璨詩篇」，把黃忠「遺留的跫音」、迴腸動魄的「節氣」細心「記載」下來。讀者披閱詩文，當能夠「感受」黃忠「更遞」至人生冬季──晚年之時，仍「隱藏」著「無窮生命力」，叫人讚歎不已。

3　征戰與「秋季」關係極密，如歐陽修（1007-1072）在〈秋聲賦〉中說：「夫秋，刑官也，於時為陰；又兵象也，於行為金。是謂天地之義氣，常以肅殺而為心。天之於物，春生秋實。故其在樂也，商聲主西方之音，夷則為七月之律。商，傷也；物既老而悲傷。夷，戮也；物過盛而當殺。」正因如此，歐陽修形容秋聲「觸於物也，鏦鏦錚錚，金鐵皆鳴；又如赴敵之兵，銜枚疾走，不聞號令，但聞人馬之行聲」。

五　風吹雲散：林柏維〈天空有雲〉「誤讀」

　　林柏維（1958-）自述，其〈天空有雲〉「很簡單」，內容可以「雨過天青」四字概括。大抵上，詩的首節寫驟雨之來，次節言天色復明，第三節以飛鳥烘托白晝晴空，第四節藉星光點綴入夜天幕，第五節則謂浮雲又聚，晦明變化，莫可一定。這便恰如人間悲歡，周流不居，林柏維補充說：「生活就是如此啊！沒有天天過年的。」而通過「誤讀」之眼，〈天空有雲〉的「雲」可指三國名將趙雲（西元?-229年），牽出與劉禪（蜀漢後主，西元207-271年，西元223-263年在位）、諸葛亮（西元181-234年）更多離離合合的詮釋。〈天空有雲〉全詩謂：

　　　　天空有雲，懸著哀傷
　　　　太沉重，紛紛落下淚來

　　　　碧空如海，雲來翻滾
　　　　雜念，一波一波逐浪而去

　　　　長空飛鳥，揹負自由
　　　　翱翔，放任自在的拋物線

　　　　夜空星辰，點亮燭光
　　　　熠熠，都在窺視我的心事

　　　　天空有雲，舉步徘徊
　　　　風一吹，不想抹去呀！

　　《三國演義》第九十七回，諸葛亮正與眾將計議再次北伐，忽然「天空」出現異象，一陣大風自東北角上起，把庭前松樹吹斷。諸葛亮占課後喟嘆：「此風主損一大將！」果然不久，趙雲之子趙統、趙廣就來求見，報告父親病歿之事。出師在即，國之棟樑卻不幸先折，整件事「太沉重」，豈但趙統、趙廣「拜哭」，諸葛亮「跌足而哭」，在場眾將亦「無不揮淚」，為「雲」的消息深感「哀傷」，「紛紛落下淚來」。

　　諸葛亮吩咐趙雲二子入成都向後主劉禪報喪，劉禪聞訊，回憶起趙雲幾番相救之事，也「放聲大哭」。想當年，趙雲於當陽長坂坡單騎救主，連殺曹操帳下戰將五十餘員，突出重圍，才保得劉禪之命。那時趙雲力戰甚艱，而襁褓中的劉禪徒見蔚藍之天，「碧空如海」，在趙雲懷抱中不異搖籃「翻滾」，舒舒服服，「雜念」竟「一波一波逐浪而去」，以致止住了啼哭，悠悠然在奔馳的戰馬上睡著了覺。

　　可以說，趙雲就是劉禪印象中的「飛鳥」，帶著他「翱翔」。趙雲「揹負」幼主，縱橫戰場，順利擺脫曹操的百萬軍士，令劉禪免於被擄，得還「自由」。反倒是父親劉備見劉禪無恙後，怪責兒子差點連累了趙雲，竟「放任自在的拋物線」，將幼兒「擲之於地」。趙雲急忙將落地的劉禪抱起，細加呵護。劉禪長大後，仍難忘趙雲的恩情。

　　趙雲辭世，諸葛亮想到自己亦已步入晚年，若「今歲不戰，明年不征」，時不我待，恐溘然長逝，則興復漢室之事便無從得成。所以他立即上〈後出師表〉，請劉禪下詔出兵。「夜空星辰，點亮燭光／熠熠，都在窺視我的心事」，這是《三國演義》諸葛亮臨終前以祈禳之法延命的情景[4]——進〈後出師表〉時的諸葛亮已預示「出師未捷身

4　《三國演義》第一百零三回：「是夜銀河耿耿……地上分布七盞大燈，外布四十九盞小燈，內安本命燈一盞」，諸葛亮的「心事」是「誓討國賊。不意將星欲墜，陽壽將終……伏望天慈，俯垂鑒聽，曲延臣算，使得上報君恩，下救民命，克復舊物，永延漢祀」。

先死」的可能，但他決意「鞠躬盡瘁，死而後已」，毅然承擔起北伐的重責。

固然，出師途中，乍見「天空有雲」，諸葛亮就想起要是趙雲未亡，良將猶在，則大軍「舉步」必更順心，無須「徘徊」猶豫。趙雲的戰鬥力是蜀漢陣營特別倚重的，那陣預告他離世的「風一吹」，諸葛亮便心知不妙；到確認趙雲死訊後，諸葛亮慟哭稱：「國家損一棟樑，去吾一臂也！」趙雲的存在，是諸葛亮最「不想抹去」的。

考之正史，趙雲的地位並不像小說形容之高，沈伯俊（1946-2018）論之已詳，例如稗官言劉禪聞趙雲之喪，「即下詔追贈大將軍，諡順平侯」，史籍卻明言追諡是多年以後之事；又，翻看一九九四年電視劇《三國演義》、二〇一〇年《三國》，二作敘及趙雲之死時，劇組為渲染後主的昏君形象，皆沒安排劉禪動情痛哭。由是觀之，「誤讀」中的林柏維〈天空有雲〉，當是本小說版的《三國演義》而發無疑。

六　詮釋延伸：靈歌〈慣於造反〉「誤讀」

靈歌（林智敏，1951- ）〈慣於造反〉收於詩集《破碎的完整》中，以「誤讀」聯想，該篇與蜀漢大將魏延（西元?-234年）關係頗多。《三國演義》裡，魏延為蜀漢政權貢獻半生，建樹良多，然而他卻未能入列「五虎上將」，不少讀者都為之叫屈。靈歌〈慣於造反〉全文兩節是：

陽光下攤開自己的皺紋對焦

總是顫抖模糊

總是站在逆光處

　　讓別人的相機
　　剪下自己黑暗的影子

　　相對於順從排隊的你們
　　發現自己長滿反骨

　　詩的首節說，魏延在「陽光下」檢視自己。諸葛亮死於五丈原時，魏延已活到長滿「皺紋」的年紀，這些「皺紋」一條條都烙印著他為劉備、劉禪父子效忠的歲月痕跡，「攤開」來仔細「對焦」，從攻奪長沙、入川，到鎮守漢中、南征北戰，其汗馬功勞委實不少。

　　可是，《三國演義》裡，關羽、張飛早就追隨劉備，屢有戰功，「萬人敵」形象深入人心；趙雲於百萬軍中保護劉禪，黃忠於定軍山擊殺夏侯淵，而馬超更曾獨當一面與曹操鏖戰；相比之下，魏延的疆場勳績就顯得很「模糊」了。此外，魏延前期入川作戰的事跡多與黃忠重疊，除了光芒被後者分去大半外，過程中他也常做黃忠的陪襯，以致有損威風。例如，在和冷苞、鄧賢對決時，魏延座騎就「忽失前蹄，雙足跪地」，把他「掀將下來」，若非黃忠來救，恐要命喪當場——這種說書人為了突出黃忠英姿而硬編派給魏延的危機，想起來亦讓魏延尷尬至「顫抖」。

　　由於威名遜於關、張等人，當劉備進位漢中王、選定「五虎上將」時，魏延就被排除在外，「站在逆光處」，沒能得到這亮麗的稱號。關、張等人相繼歿後，魏延在諸葛亮北伐時頗受重用，偏偏諸葛亮身死，遺命竟是由魏延政敵楊儀領軍撤退。魏延又一次「站在」黯淡的「逆光處」，且要受小官楊儀節制，實在無法咽下這口氣。

　　據《三國演義》，「總是顫抖模糊／總是站在逆光處」的魏延把心一橫，燒斷棧道，引兵攔住後撤漢軍，並上表向劉禪誣告楊儀謀叛。

劉禪和吳太后徵詢臣下意見時，蔣琬即答道：「魏延平日恃功務高，人皆下之。儀獨不假借，延心懷恨。今見儀總兵，心中不服，故燒棧道，斷其歸路，又誣奏而圖陷害。」董允亦奏曰：「魏延自恃功高，常有不平之心，口出怨言。向所以不即反者，懼丞相耳。今丞相新亡，乘機為亂，勢所必然。」異口同聲地指控魏延必是「造反」。

　　王夫之（1619-1692）《讀通鑑論》曾經分析此事，其說未全然符合史書記載，卻十分適宜拿來解釋《三國演義》的情節。王夫之寫道：「延權亞於公，而雄猜難馭；琬未嘗與軍旅之任，而威望不隆。延先入而挾孱主，琬固不能與爭，延居然持蜀於掌腕矣。」其潛臺詞是：魏延權位僅次於諸葛亮，而威望不高的蔣琬為諸葛亮指定的接班人，要順利掌握大政，蔣琬就必須除掉魏延。從這角度看，《三國演義》的蔣琬實乃「相機」而行，借魏延不服楊儀領導之事進行抹「黑」；〈慣於造反〉寫魏延慨嘆被蔣琬算計，即謂：「讓別人的相機／剪下自己黑暗的影子」。

　　無可奈何，魏延被落實了「反賊」之名，手下士卒亦開始逃跑，但他仍蔑視「順從排隊」、跟隨楊儀還軍的眾人。〈慣於造反〉結尾提到「長滿反骨」，這是魏延的重要標籤。原來魏延當初降附劉備時，諸葛亮就曾指「魏延腦後有反骨，久後必反」，此刻朝中吳太后又再提起：「嘗聞先帝有言，孔明識魏延腦後有反骨」——魏延臣事劉氏已二十餘年，盡忠職守，理應絕無「反」心，但到窮途末路，他「發現」自己原來並不堅定，腦海裡竟浮現出投奔曹魏的計畫。

　　《三國演義》接著寫，馬超的堂弟馬岱假意親附魏延，並讓後者打消了叛逃敵國的念頭；魏延率兵殺向楊儀時，馬岱則按照諸葛亮遺計，突將魏延斬首。魏延的「反骨」一露，立即就頭身分離，如同詩之戛然而止。

　　那麼，魏延命終之際會為自己抱屈嗎？不知道。只知後世讀者，

確有不少人替魏延惋惜。他們支持魏延的「子午谷奇謀」[5]，認為它一「反」諸葛亮過於謹慎、「順從排隊」式的北伐藍圖，頗有成功之望。但「子午谷奇謀」也是歷史懸案了，倒是據《三國志》記載，魏延化防守為「反」擊的漢中布防實實在在地於延熙七年（244年）興勢之戰中拱衛了蜀漢江山[6]——「慣於造反」的魏延，功勞實不可抹殺。

5　《三國志‧蜀書‧魏延傳》謂：「延每隨亮出，輒欲請兵萬人，與亮異道會於潼關，如韓信故事，亮制而不許。延常謂亮為怯，嘆恨己才用之不盡。」注引《魏略》補充：「夏侯楙為安西將軍，鎮長安，亮於南鄭與群下計議，延曰：『聞夏侯楙少，主婿也，怯而無謀。今假延精兵五千，負糧五千，直從褒中出，循秦嶺而東，當子午而北，不過十日可到長安。楙聞延奄至，必乘船逃走。長安中惟有御史、京兆太守耳，橫門邸閣與散民之穀足周食也。比東方相合聚，尚二十許日，而公從斜谷來，必足以達。如此，則一舉而咸陽以西可定矣。』諸葛亮對此未加採納，而是決意「安從坦道」，先行平定隴右，再設法攻取長安，欲以「順從排隊」的方式遂其還於舊都的心願。

6　《三國志‧蜀書‧姜維傳》：「初，先主留魏延鎮漢中，皆實兵諸圍以禦外敵。敵若來攻，使不得入。及興勢之役，王平捍拒曹爽，皆承此制。」

范文閱讀：
落蒂〈憤怒〉的中國西南戰史

　　落蒂在中國西南汗漫遊，寫下〈麗江〉、〈香格里拉〉、〈喀那斯湖〉、〈在茶馬古道上做夢〉、〈屬都湖〉、〈麗江大水車〉、〈玉龍雪山〉等傑作，或表現對自然的讚歎，或流露對人文的反思，用字遣詞平易曉暢，所蘊含的情思卻彌深殊廣，頗耐讀者咀嚼。

　　入境觀風，到歸來之後，意猶未盡的落蒂乃開始鑽研中國西南邊疆歷史，選取其中的震撼片段，譜成詩章。〈憤怒〉發表於二〇一七年二月出版的《華文現代詩》第十二期，即是其有關的成果之一：

　　　　憤怒像排山倒海而來的波紋
　　　　一層層一陣陣推湧而來
　　　　有一些不可知的力量
　　　　藏在中間
　　　　山巒在危急中傾斜
　　　　屋宇在嘩啦嘩啦聲中碎裂
　　　　人們奔越的樣貌
　　　　彷彿被毀古城情況再現
　　　　你不必懷疑那吃人魚的力量
　　　　瞬間可以使一隻大象
　　　　祇剩骸骨
　　　　有一些聲音逐漸減弱

逐漸隱去
那時你將看到世界復原的狀態
有些歪斜有些變樣
有些不成曲子的歌曲
到處傳唱著

　　東晉穆帝永和四年（西元348年），林邑國王范文（Phạm Văn, 西元?-349年）懷著對交州刺史拒絕割讓橫山以南地區的仇恨，領兵突襲九真郡。九真郡多山，東臨大海，「憤怒」的范文大軍卻有「排山倒海而來」的架勢，展開「波紋」式的進攻，「一層層一陣陣推湧而來」。

　　范文教人畏懼。他原本是日南郡西卷縣夷帥的家奴，一次在山中牧牛，在溪澗裡抓到兩條鯉魚，鯉魚竟化而為鐵，及後鑄成寶刀。范文就向一塊大石祝禱：「若斫石破者，文當王此國。」結果刀過處，石頭轟然瓦解。從「鯉魚變化」到「石嶂破者」，范文很肯定「是有神靈」保庇，而這亦是落蒂詩中說的：「有一些不可知的力量／藏在中間」。

　　目下，范文繼續進軍，九真郡危在旦夕，山搖地陷，民宅坍塌，「山巒在危急中傾斜／屋宇在嘩啦嘩啦聲中碎裂」，百姓都拖男帶女，倉皇逃生。落蒂在此用上「奔越」一詞，這可指人們企圖往東北撤入中國南方的「越」地如晉興、合浦、始安等郡，或甚至把眼光投向更為遙遠的廣州地區，寧願跋山涉水，也莫坐以待斃。畢竟，大家都害怕「被毀古城情況再現」——去年，范文攻陷中國自西漢時期建置的日南郡，屠殺五六千人，鏟平了西卷縣城，並以太守夏侯覽（西元?-347年）屍骸祭天，令人聞之悚然。現在住在九真郡的人，不少就是當時從日南郡避難而來的。這次，又輪到九真郡了。

　　事實上，「奔越」一詞亦暗示了當時的九真居民無論怎麼「奔」命，都沒法子跳出范文塗滿鮮血的手掌心——林邑亦屬古代「越」的範圍，為古越裳氏國，為秦開百越之象郡，「奔」，就能逃離「越」嗎？林邑國王范文是好對付的嗎？「你不必懷疑」：范文這尾「吃人」的「魚」，從前騙得林邑國王范逸（Phạm Dật, 西元?-336年）信任，便將范逸諸子擠出中央；到奪得范逸王位後，又心狠手辣地下毒害死諸王子，安坐大國，連范逸的姬妾都一併接收。他這個從「鯉魚變化」起意上爬的小小家奴，轉眼「瞬間」，竟然把以「象」為代表的整個林邑國都吞下，令第一王朝的范逸家族「祇剩骸骨」。其手段如此，九真郡眾人又豈可抱僥倖之想呢？

　　戰事熾烈，容我稍緩一下，補充以「象」代指林邑國的幾個原因：（一）林邑是「象林之邑」的省稱，本是秦漢象郡象林縣地；（二）林邑素以馴象作戰，直到中國南朝時期，仍有著宗愨（西元?-465年）迎擊林邑王戰象軍團的記載；（三）林邑進貢中國，常以馴象為禮，如《舊唐書》卷四、《冊府元龜》卷九七〇及九七一，就有唐高宗永徽四年（西元653年）至唐玄宗開元二十三年（西元735年）林邑八次貢象的記錄；（四）與林邑貢象對應，唐朝文人亦著有〈越人獻馴象賦〉，如杜泄之作，以「辭林邑望國門」為韻，標示了「越」、「林邑」、「象」的密切關聯。

　　大戰過後，金鐵之聲終於「逐漸減弱」，人民的哭喊聲也隨首身分離、軀幹被刺穿的一刻戛然止息，「逐漸隱去」。殘虐不仁的范文席捲九真，兵鋒所臨，致使地方殘破，十室九空，人不一二存，《晉書》明載：「害士庶十八九」。人們彷彿能「看到世界復原的狀態」，整個九真郡一片荒蕪，一片混沌，雞鳴靜絕，了無人聲……

　　啊不，還是依稀有人聲的，只是「有些歪斜」、「有些變樣」。作為征服者的異民族盤桓在九真的土地上，思考如何讓兵燹後的廢墟

「復原」到日常的生活。他們嘴裡唸的漢語「有些歪斜」，又「到處傳唱著」漢人聽了會覺得「不成曲子的歌曲」──這正是：夷歌數處起漁樵。

　　落蒂讀史至此，應該是感慨繫之，甚至禁不住對殘暴國王范文的怒火，才把詩題寫作「憤怒」吧。

道蹤詩裡尋：
落蒂新詩裡的黃大仙兄弟

　　若果不熟道教典故，詮解臺灣詩人落蒂的〈彷彿〉，肯定費煞思量而猶徒呼負負：

　　彷彿
　　你的一隻手
　　斜斜的伸向天河
　　北北西的方向
　　然後，輕輕翻轉
　　然後，風起雲湧

　　我們也不知道
　　該不該養一群綿羊
　　讓牠們繁殖成
　　一片白色的山坡
　　或一畝棉花田

　　彷彿
　　天河斜斜的指向你
　　東南東

　　或者，西北西
　　我們的羊群列隊成
　　一片亂石

　　成一片亂石的羊群
　　奔成一條小小的河流
　　斜斜的指向天河
　　北北西的方向

　　黃初平（約西元328-約386年）本是玉皇大帝宮前金龜，見人世乾旱，於是「一隻手／斜斜的伸向天河」取水，噴灑下界，不料此舉觸怒玉帝，遂被貶凡間，誕生在浙江金華。

　　黃初平十五歲時在山中牧羊，遇到神仙廣成子，立即跟隨後者到金華「北北西」方向的赤松山修煉。道山鍾靈毓秀，黃初平潛心學道，數十年後，「輕輕翻轉」，得道成仙，赤松山上的道「風」法「雲」，也因而仙氣更「湧」。

　　初平的兄長黃初起入山尋找弟弟，得見其弟，先問「當年所牧的羊，都在哪裡？」幾十年了，那些羊有沒有「繁殖成／一片白色的山坡／或一畝棉花田」？回應哥哥此問，黃初平先請他在山的「東南東」找找。初起在「東南東」沒找著羊，正想往「西北西」，只聽初平大喊一聲，四周的「亂石」竟化成「羊群」，「列隊」而前──這一「叱石成羊」的奇聞，也成為黃初平大仙最傳奇的事蹟。

　　十九世紀末，玉帝差遣黃大仙到中國「東南東」地區播教，黃大仙遂在廣東番禺顯靈，淨化世人，滋養心靈，「彷彿」又一次以「天河」澆灌凡間，吸引了極多信徒，並很快對更「東南東」的香港產生影響。時至今日，香港的黃大仙祠依然香火鼎盛，大仙廟內「列隊」

石製「羊群」，向參訪者宣揚黃初平的神通之力。

黃大仙信仰流行「東南東」後，其勢復指向逆流「北北西」的「天河」，帶著「一片亂石的羊群／奔成一條小小的河流」，回注黃初平出生地浙江金華。終於，浙江省人民政府在一九九六年批准興建黃大仙祖宮，道教因而大振。

不諳宗教，是難以讀通落蒂〈彷彿〉的。

至於兄長黃初起，自與初平重遇山中之後，乃拋棄家室，隨弟弟修行，亦得道成仙。落蒂新作《大寒流》收有〈那人〉一首，即書寫黃初起的此一經歷：

> 那人的腸胃
> 一直咕嚕咕嚕的告白
> 別說是久不聞肉香
> 就是一碗白米飯的滋味
> 已有好長一段時日未碰上了
> 腦子一直嘟噥
> 為何仍留戀那一畝荒田
> 未收成已久的空空口袋
> 也掀起一陣風的訕笑
> 遠方也一直有一種聲音
> 說該是離開的時候了
> 早該揮揮手
> 告別這困居的田園
> 那人終於讓細小的影子
> 消失在
> 地平線上

　　弟弟的聲音在「遠方」呼喚數十年，「一直」不斷，哥哥遂終於「揮揮手／告別這困居的田園」，在「該是離開的時候」決然隱入山中，「消失在／地平線上」，離開凡人的視野。最後兄弟二人俱得道，黃初起成為「大皇君」，初平為「小皇君」，難為兄，難為弟。

　　黃初起兄弟出身寒微，「少家貧，炊糖不繼」，這與落蒂〈那人〉前半形容初起的「久不聞肉香／就是一碗白米飯的滋味／已有好長一段時日未碰上了」契合，亦和「一畝荒田／未收成已久的空空口袋」此一處境彼此呼應。黃初起重遇初平，不忘問羊，應該也與家計困難有關──落蒂詩對黃初起的想像，應該說亦有一定的文獻基礎。

　　當然，道教文獻似未直接說明黃初起離家修行時的經濟情況，故落蒂在〈那人〉的描述，仍應視為詩人巧用聯想、以意創造的成果。同為聯想，我則從〈那人〉想到道教五斗米道創始者張道陵（西元34-156年）的故事：「陵家素貧，欲治生。營田牧畜，非己所長，乃不就。聞蜀人多純厚，易可教化，且多名山。乃與弟子入蜀，住鵠鳴山。」這一聯繫未必與〈那人〉盡相應合，聊為談佐而已。

　　愈諳宗教，愈能讀出落蒂〈那人〉的趣味。

毫無章法的詩句？
落蒂〈在遠遠的地方看你〉的內在線索

　　落蒂〈在遠遠的地方看你〉也是一九八〇年代的作品，初刊《風燈詩刊》，現在收入《春之彌陀寺——落蒂詩集》。落蒂大概對這首和〈木棉花〉特別喜愛，所以指定這兩篇邀我試析。〈在遠遠的地方看你〉全文如下：

　　　　在遠遠的地方看你，月像
　　　　旋落的大地，山在遠退，
　　　　水在消逝，一枝孤零零的
　　　　梧桐，就立在
　　　　印滿往事的海崖上

　　　　想著那該是多淒美的故事
　　　　你就立在河的那岸
　　　　有人溺斃了，眾人喧騰
　　　　你仍遠遠的立在
　　　　屬於我小小的方寸的土地上，冷冷地

　　　　你立在那裡，冷冷的拿著雕刀
　　　　冷冷的雕著我誠摯的心

一刀一血痕，而流下的
竟是毫無章法的
詩句

在遠遠的地方看你，你就
像月，像星，像河的那岸
虛無縹緲的影像

乍看之下，這首詩的情節並不複雜：「我」戀慕「你」，「你」卻
不為所動，僅僅「冷冷地」站「立」；即使「我」在情海快將「溺
斃」，痛苦萬分，「眾人」也幫忙著「喧騰」，試圖引起「你」的注
意，「你」也仍忍心旁觀，彷彿拿起「雕刀」雕傷「我」的心，留下
一道道「血痕」，一道道創傷。詩開首的「月像／旋落的大地，山在
遠退，／水在消逝」云云，想像離奇，一來象徵「我」在痛愛中天旋
地轉的感受，二來也切合「毫無章法的／詩句」之說，表出「我」因
無法企及的愛情而方寸大亂；最後的「像月，像星，像河的那岸／虛
無縹緲的影像」，月指變幻不定的局面，星指隱約微小的希望，「河的
那岸」則用《詩經·秦風·蒹葭》的典故，「所謂伊人，在水一方」，
最終可望不可即，餘恨綿綿，餘恨綿綿。

餘恨綿綿，這自然令人想到「天長地久有時盡，此恨綿綿無絕
期」的唐玄宗（李隆基，西元685-762年，西元712-756年在位）與楊
貴妃（楊太真，西元719-756年）。檢視新詩的裡層，玄宗、楊妃的愛
情故事也正是詮釋〈在遠遠的地方看你〉的內在線索。

白居易〈長恨歌〉寫楊貴妃身死馬嵬坡後，玄宗朝朝暮暮想她不
已，「行宮見月」，也流露「傷心」神色；當自四川返駕長安時，「天
旋地轉迴龍馭」，重新來到貴妃「旋落的大地」，更是與大臣「相顧盡

霑衣」，不勝其悲。「山在遠退，／水在消逝」，那「蜀江水碧蜀山青」的流離歲月已經漸遠，回到京師，成為太上皇的玄宗卻快樂不起來，空對「秋雨梧桐葉落時」，失去愛人，也失去權力，唯有「孤零零」守著「梧桐」──哎不，他仍可寄期望與「立在」遠方「海崖上」、處身「海上仙山」的楊妃相見，在仙境與之重溫甜蜜「往事」。

只是，文學的想像是美好的，現實卻從無「臨邛道士鴻都客，能以精誠致魂魄」。白居易〈長恨歌〉筆下「淒美的故事」並未發生，唐玄宗可憐地「溺斃」在愛情裡，任由「眾人」──寫〈長恨歌〉的白居易、寫《長生殿》的洪昇（1645-1704）──如何「喧騰」，玄宗都無法與貴妃重逢，反倒是白樸（1226-約1306）的《梧桐雨》較合事實：玄宗獨自一人，在被限制自由的禁宮之中，在「小小的方寸的土地上」，默默承受「冷冷」的雨、「冷冷」的永恆訣別。與楊妃的「故事」，以悲劇收場。

儘管唐玄宗懷著「誠摯的心」，期盼夢會楊妃，但「悠悠生死別經年」，楊妃始終「魂魄不曾來入夢」。她，彷彿「立在」遙遠的「海崖」，以冰冷的「雕刀」刻入玄宗心臟，使他淌血不止。〈長恨歌〉寫玄宗、楊妃曾訂期「七月七日」乞巧節時再聚，背後的典故自然是牛郎、織女的一年一相逢。《詩經·小雅·大東》有言：「雖則七襄，不成服章。」「古詩十九首」裡也提到：「終日不成章，泣涕零如雨。」說的都是織女因太過思念牛郎，即使坐在織布機前，亦無心紡織。落蒂則翻新典故，寫「不成章」的變為代表牛郎的唐玄宗：「流下的／竟是毫無章法的／詩句」，脈絡連貫地，以玄宗的視角，寫盡懷念愛人的痛苦。

落蒂詩的最後，呼應首節：前面是「月像」，末尾是「像月」，周而復始，暗示「行宮見月傷心色」的綿綿無絕；「像星」，取自〈長恨歌〉的「耿耿星河欲曙天」，寫唐玄宗孤獨無伴，苦守到天亮，對應

首段「一枝孤零零的／梧桐」；「像河的那岸」，則是遙接首節「海崖」，可憐唐玄宗「忽聞海上有仙山」，但仙山畢竟在「虛無縹緲間」。往事全都抓不住了，唯有「虛無縹緲的影像」，是逾千年也抹不乾的「血痕」啊！

天寶談遺事，停觴一嘆中！

推窗一笑讀君詩：
翻檢落蒂的〈傷痕〉

　　落蒂的〈傷痕〉語涉「推窗」、「山風」、花的「飄墜」，實在頗有唐朝詩僧皎然（西元730-799年）〈答黎士曹黎生前適越後之楚〉的況味。但落蒂並不重複前代名家，而是別出心裁，啟發新思。細閱之下，〈傷痕〉與十五世紀的波希米亞有著更多的聯繫：

　　　　你猛然推窗

　　　　臨風飛舞的窗簾

　　　　搖動我紛亂的思緒

　　　　從你來的路上

　　　　望過去

　　　　紛紛落下的是

　　　　我年輕孤獨的

　　　　影子

　　　　花開了又紛紛

　　　　飄墜

　　　　誰也沒有去理會

　　　　祇有山風

　　　　似一條鞭子

　　　　年年抽痛我不癒的傷痕

宗教改革家揚・胡斯（Jan Hus, 約1369-1415）在康士坦斯大公會議中被判為異端，並遭羅馬教廷處以火刑。這激起了波希米亞地方貴族與民眾的強烈抗議，教廷卻選擇以硬碰硬，對波希米亞頒下「禁行聖事」的處罰。四年後，經波希米亞國王溫塞斯拉斯四世（Wenceslaus IV of Bohemia, 1361-1419）斡旋，教廷終撤銷禁令，但支持胡斯的布拉格市議會卻由天主教主導的新市議會取代，部分胡斯信徒更被逮捕。憤怒的民眾於是聚集在新市政廳前示威，豈料廳內有人向民眾投擲石頭，示威者怒不可遏，即鼓勇衝進建築物，將新市長及市議員從窗口扔向樓下，是為「布拉格第一次拋窗事件」（First Defenestration of Prague）。

現在回看落蒂的〈傷痕〉，配合「拋窗事件」，其開首的「你猛然推窗」和「臨風飛舞的窗簾」便有了著落，實指示威者開窗把市長、市議員擲出窗戶。第四行「你來的路上」指群眾聚集的市政廳前廣場，布拉格市長和市議員就朝那兒「紛紛落下」——考慮到他們獲任為市領導人的時間不長，倏興倏滅，正好像「花開了又紛紛／飄墜」。

問題來了，誰是詩中的「我」？

初讀的時候，我認為「我」指波希米亞的國王溫塞斯拉斯四世。溫塞斯拉斯四世被貴族厭惡，是所謂帶著「孤獨的／影子」的國王。他一心調和胡斯派與天主教的支持者，可現在的發展證明，他徒勞無功，事與願違。布拉格的暴亂「搖動」了他「紛亂的思緒」，使正出獵在外的他感到「山風／似一條鞭子」，持續「抽痛」他心中「不癒的傷痕」。據《天主教百科全書》（The Catholic Encyclopedia: An International Work of Reference on the Constitution, Doctrine, Discipline, and History of the Catholic Church）所載，溫塞斯拉斯四世在收到「拋窗事件」的消息後，深受刺激，以致中風身亡，適可以印證上述的解

讀。國王與〈傷痕〉較不對應之處，在於「拋窗事件」時他已五十八歲，難言「年輕」，而且他於同年死去，與新詩末行接續、綿延的「年年」也有差別，因此溫塞斯拉斯四世只可算是〈傷痕〉中「我」的後備人選。

另一「我」的人選是捷克英雄揚‧傑式卡（Jan Žižka, 約1360-1424）。在「猛然推窗」的暴動事件後，胡斯派繼續進攻天主教教堂，神聖羅馬帝國唯有動員軍隊平亂，持續十五年的「胡斯戰爭」即由此展開。在這人人存「紛亂的思緒」之際，傑式卡獲推舉為起義軍領袖，他並於一四二○年維科山戰役擊退帝國軍。可是，一四二一年進攻拉比城堡時，獨眼的傑式卡因中流箭，僅存的一目亦失去視力，從「年輕」時期就伴隨自己的「孤獨的／影子」，至此「紛紛落下」，那段進軍的「路」，成為他最後「望過去」的所見。儘管傑式卡仍妥善地指揮了戰鬥，並於翌年的交戰中再次挫敗帝國大軍，但勝利的果實猶如「花開了又紛紛／飄墜」，胡斯派於此時分裂成溫和的聖杯派和激進的塔博爾派並爆發內戰。似乎，「誰也沒有去理會」獲得喘息機會的強敵——獨立「山風」中，在戰場上蓋世無敵的傑式卡偶爾也會唏噓，感覺「山風／似一條鞭子／年年抽痛」雙目失明的他那「不癒的傷痕」。

傑式卡或溫塞斯拉斯四世的經歷大抵能對應落蒂的〈傷痕〉，但是，落蒂這首詩似乎更能讓讀者換個位置，不必固著於帝王、名將，而可代入其他歷史上名不經傳的小角色，重新思索「拋窗事件」。試作類比，中國大陸進行「土地改革」後，大地主「周扒皮」被整的故事逗得眾人歡笑，但換個角度，「周扒皮」原型周春富（?-1947或1948）的曾外孫卻會對這些污衊家族的虛構材料感到憤怒[1]。「拋窗事

1　孟令騫：《半夜雞不叫：揭開地主周扒皮的真實面目》（臺北市：秀威資訊科技股份有限公司，2011年）。

件」引致十五年的胡斯戰爭，何等轟轟烈烈。但當時被扔出窗戶，死在示威者長矛尖上的市長、市議員，難道就沒有敬愛他們的家人？如果〈傷痕〉的「我」是市長、議員的兒子，目睹父親淒慘的「飄墜」，何嘗不會留下精神創傷，被回憶的「鞭子／年年抽痛」那「不癒的傷痕」呢？對於被害的市長、市議員，以及他們的家人，讀史者一向「誰也沒有去理會」；重視情義的落蒂卻關顧及此，「理會」了，以親屬「我」的視角，指控「猛然推窗」所造成的遺憾，令讀者對傳統上的「反派」一掬同情之淚，對「拋窗事件」產生新的感想。

　　本篇題目出自陳仁德（1952-　）〈人日和斗全兄韻〉：「醉聽歌管過春時，面壁無端憶故知。忽有音塵來晉外，推窗一笑讀君詩。」笑讀君詩畢，我也要推一推電腦視窗，看看山嶺上布拉格的朋友。

鯨吞天下：
落蒂〈無言歌〉的個人史與世界史

　　落蒂詩集命名為《鯨魚說》，大嘴一張，彷如有千言萬語，傾胃囊而出；偏偏詩集內又有一首〈無言歌〉，從題目看，似乎要將聲音稍稍封住。落蒂說是「無言」，愛詩人卻讀出「有意」。以下就對〈無言歌〉來個「正讀」與「誤讀」，讓大家一同深入落蒂「鯨魚」之腹，看看裡面寬廣的世界：

　　　走著走著不知

　　　天涯或海角

　　　那份萬言書已在風中飄飛

　　　那登高一呼眾聲應和的日子

　　　也被海浪捲走

　　　海灘何處飄來落葉片片

　　　正如我凌亂的腳印處處

　　　就躲在昔日自己挖的戰壕中

　　　痴痴地望著

　　　遠方

　　　望著枕戈待旦

　　　海鷗飛處

　　　彷彿寫著千萬首無言歌

　　落蒂自一九六二年開始發表創作，文學生涯甚長，到一九八〇年加入風燈詩社，翌年即出版詩評《中學新詩選讀》及情詩集《煙雲》，接著在一九八二年又將散文集《愛之夢》付梓，至今計有包括九部詩集在內的二十多本著作。可惜時不我與，數十年來文學的影響漸次縮小，落蒂「走著走著」，一支筆縱然寫盡了「天涯或海角」的種種題材，纍纍的「萬言書」卻彷如沒有重量，「在風中飄飛」，被大眾遺忘。

　　想當年，落蒂的《煙雲》印至三版，勢頭頗勁，中間卻停頓十三載，至一九九四年才重新推出《春之彌陀寺》。《春之彌陀寺》封底，落蒂預告將繼續有散文集《山澗的水聲》、評論集《讀星樓談詩》、《落蒂詩論集》等面世，疊浪連波，先聲奪人，可見於該年獲邀參加第十五屆世界詩人大會的落蒂確曾想掀起「登高一呼眾聲應和」的風潮。然而，文學書暢銷的「日子」已經消逝，落蒂「登高」狂呼，側耳去聽，卻只聞「眾聲」齊瘖。市場的「海浪」，浸浸把美好的時光「捲走」。

　　無可如何，現實的「海灘」充滿了「落葉片片」的蕭瑟，落蒂為文學的前途憂心，手足無措，徘徊躑步，竟踩出「凌亂的腳印處處」；停下來，他又不願另起山頭，遂只「躲在昔日自己挖的戰壕中」，守著詩與散文的志業，一味「痴痴地望著」，冀盼在時間的「遠方」，文學的日出能夠再次來臨、曙光復現。

　　「枕戈待旦」的落蒂乍見「海鷗」振翅高飛，後者「彷彿寫著千萬首無言歌」。「無言歌」既是「無言」，留給讀者的想像空間就頗為廣闊：可以是象徵落蒂心中響起了「無語問蒼天」的慨嘆，可以指他面對壞時勢而有「書空咄咄」的感觸，也可以是樂觀地看，隱喻文學不滅，隨時準備再去騰踔。

　　進行「誤讀」，生於一九四四年、畢業自高雄師範學院英文系的

落蒂，其詩作令我想起一九四四年由高雄港出航的士兵史尼育唔（漢名李光輝，日本名中村輝夫，1919-1979），後者是著名的日本二戰殘留兵。阿美族的他「走著走著不知╱天涯或海角」，遠離臺灣，來到了荷屬東印度群島，即今之印尼，參與戰鬥。由於無法擊退如「落葉片片」忽然「飄來」的登陸美軍，史尼育唔唯有隨所屬部隊退入叢林，可是踏著「凌亂的腳印」，他卻不幸與同儕失散。以後，縱然日本天皇無條件投降的「那份萬言書已在風中飄飛」，日軍「那登高一呼眾聲應和的日子」已被盟軍如「海浪」的攻勢「捲走」無餘，史尼育唔仍不知人間何世地隻身「躲在昔日自己挖的戰壕中」，一「躲」三十一年，只一直「痴痴地望著」，渴盼「遠方」的日本援軍來到，再與敵人決一死戰。「枕戈待旦」的史尼育唔遠眺「海灘」，見「海鷗飛處」，乃幻想是日本的海軍與空戰部隊抵達，心中不禁「寫著千萬首」激動的、「無言」的戰「歌」……

　　我在〈生平南與北，心事轉蹉跎：張堃《赴約》的殘留日本兵〉一文曾提過橫井莊一（YOKOI Shoichi, 1915-1997）的故事，而其人之經歷，實亦可置放在落蒂〈無言歌〉裡再作發揮。橫井莊一「走著走著不知╱天涯或海角」，來到關島駐防，但一九四四年八月美軍奪回該島，橫井遂與同僚十一人藏匿起來，拒不投降，無奈處境過於險惡，其戰友日後相繼死亡，只剩橫井獨活於世。他不知道天皇投降「那份萬言書已在風中飄飛」，不知道軍部「登高一呼眾聲應和的日子」已遭原子彈掀起的「海浪捲走」，二十八年來，常常趁外面無人，才閃閃縮縮地走出寄身的洞穴，到「海灘」上察看有沒有日方援軍的蹤影——沒有，只有頹唐的「落葉片片」，和他自己「凌亂的腳印處處」。但日復一日，橫井莊一仍抱著天皇所賜的步槍，「躲在昔日自己挖的戰壕」裡「枕戈待旦」，期待「痴痴」的雙眼終能看到「遠方」馳援的部隊——「海鷗」善「飛」，能否翼載「千萬首無言歌」，

返回日本本島，召喚為大東亞共榮而戰的勇士？

　　還有一位小野田寬郎（ONODA Hiroo, 1922-2014），他「走著走著不知／天涯或海角」，駐守在菲律賓的盧邦島。由於團長命令小野田絕不可投降，在美軍占領盧邦島後，小野田即竄入叢林，負隅頑抗。隨後，「那份萬言書已在風中飄飛」，美軍在盧邦島空投關於天皇宣告投降的傳單，表明日軍「登高一呼眾聲應和的日子」已「被海浪捲走」，接獲消息的小野田卻判斷那是美軍的誘餌，堅持不放下武器屈服。

　　時日過去，小野田在「海灘」甚至拾獲「飄來」的「落葉片片」——包括來自日本的報章和家書，但他仍固執地否認事實，反倒妄想日本四島雖淪入敵手，軍方卻還在滿洲抵禦盟軍，而五十年代的韓戰乃日軍打響的反擊，六十年代參與越戰的美國軍機亦被他看成是日方新機種，頻繁升降，正為重奪太平洋諸島而作部署；至於日本經濟高度增長的消息，則更是讓小野田堅信日本既富且強，絕對不可能被盟軍擊敗。如是者，勸降用的「落葉片片」，竟反過來加劇了小野田腦中「凌亂的腳印處處」，使他建構出奇詭的、難以置信的世界圖景。

　　終於，小野田寬郎仍「躲在昔日自己挖的戰壕中」，伴隨著地雷、炸藥與步槍，「枕戈待旦」，亦常常跑上山頭向旭日敬禮，「痴痴地望著／遠方」。遙視「海鷗飛處／彷彿寫著千萬首無言歌」，小野田堅執的心情，恐怕也不是文字可以述盡的，唯有「無言」。

　　將鏡頭移到南美洲——「走著走著不知／天涯或海角」——二十世紀初，猶太裔德國科學家弗里茨・哈伯（Fritz Haber, 1868-1934）研究出可大量產生氨氣的辦法，人工肥料的製造由是獲得了極具突破性的發展，哈伯也因此獲得一九一九年的諾貝爾化學獎。有人歡喜有人愁，當記載「哈伯法」的「萬言書」隨風「飄飛」到全球各地，靠出口蘊含豐富氨氣的鳥糞而致富的智利，其「登高一呼眾聲應和的日

子」便彷如「被海浪捲走」，走到了盡頭。失意的智利權貴踏在「海
灘」之上，看見頹敗的「落葉片片」，心中只有如「腳印處處」的「凌
亂」思緒。數十載前的一八七九年，智利還因搶奪鳥糞資源而與秘魯
及玻利維亞聯軍作戰，至一八八三年方簽訂終戰條約；如今勝者智利
的紅利大削，權貴們不捨地「躲在昔日自己挖的戰壕中」，唯「痴痴
地望著／遠方」，寄望前路會有轉機，「枕戈」尚可「待旦」。「海鷗」
成群「飛」著，墜下無數鳥糞，從前是如天上掉落金粒，現在呢？權
貴們的心中，恐怕只「寫著千萬首無言歌」，欲語都還休了。

　　落蒂的〈無言歌〉說是「無言」，卻像「鯨魚」的巨腹，可以蘊
含廣大的釋義空間。新聞界充斥著「誤讀」，人民也會「誤讀」統治
者資訊以進行抗爭，而讀詩的人呢？「誤讀」並不取消「正讀」，卻
能更新思維，讓「千萬首」的「無言歌」，下自成蹊，四時興焉，創
發持續延伸的宇宙。

斗折蛇行，明滅可見：
落蒂〈遙遠的燈光〉的多重解讀

落蒂的詩能給人多重想像，其〈遙遠的燈光〉便是一例：

孤寂的走著
遙遠的燈光就在那裡
走得精疲力竭卻還似遠忽近
有時竟不辨東西南北
似乎在眼前一抓
卻又溜後一步或者
溜到後面
回頭又似在前
就那麼一小步而已

曾經自以為航行中的發現者
就為這麼一小點光明
弄得魂不守舍
然心意已決還是向前
只要垂落一小小的螢光
我就得到永恆的照耀

　　第一解，詩中的「燈光」指文學，類近於鄭愁予〈野店〉中「燈」的象徵。落蒂寫自己在文學路上「孤寂的走著」，尋索繆斯，搜腸刮肚，但靈感縹緲，「似遠忽似」，落蒂「有時」也「不辨東西南北」，只能順手「在眼前一抓」，到「精疲力竭」，它還是忽「前」忽「後」，難以十足十地把握。

　　所以，一旦與繆斯女神迎面相遇，有所突破，落蒂便滿心歡喜，覺得自己像詩海「航行」中的「發現者」，因抓住「一小點光明」，甚至能「弄得魂不守舍」。這種動人的「發現」固然不是恆有，但落蒂雖常常受著靈感不至的煎熬，但他「心意已決還是向前」，希望能有一首詩、一行詩傳於後世──「只要垂落一小小的螢光」，他便沐浴在「永恆的照耀」中。

　　第二解，我把詩的敘述者看成思慕孔子的儒家信徒。孔子離開魯國，周遊天下，卻未能得君行道，一直是「孤寂的走著」，「走得精疲力竭」，《史記》記載他自言：「謂似喪家之狗，然哉！然哉！」〈遙遠的燈光〉那位儒家信徒也一樣，雖曾晉謁君王，細陳其說，但「就那麼一小步而已」，始終他未能躋身廟堂，所懷之道沒有得到賞識。

　　然而，這位儒者並沒有為未臻顯達而憂愁，他凝視的「遙遠的燈光」實非仕途，而是聖人孔子之「道」。「似遠忽近」、「不辨東西南北」、「在眼前一抓／卻又溜後一步或者／溜到後面／回頭又似在前」等句皆有著雙關意義──在《論語・子罕》中，顏回（西元前521-前481年）就曾這樣讚歎孔子：「瞻之在前，忽焉在後。」

　　是以，〈遙遠的燈光〉懷才未遇的敘述者一直努力鑽研儒家典籍，修養德性，在求道的「航行」中不時能有獨到的「發現」，收獲心靈的「一小點光明」，並為那得著而陶醉，而「魂不守舍」，感到滿足。他今生「心意已決」，即使困窮終生，他也「還是向前」，「只要」自身的德行能為後世「垂落一小小的螢光」，他便會像孔門先賢一樣，

「得到永恆的照耀」——這，實際就是儒家「立德不朽」的信念。

第三解，我想到古希臘的數學家希帕索斯（Hippasus, 約西元前530-約前450年）。畢達哥拉斯（Pythagoras, 約西元前570-前495年）所創的學派只承認「有理數」的存在，希帕索斯卻走向另一條「孤寂」之路，在數學海洋的「航行」中「發現」了「無理數」。「無理數」無限且不循環的特質正讓尋索之人有把握不住、「走得精疲力竭卻還似遠忽近／有時竟不辨東西南北／似乎在眼前一抓／卻又溜後一步或者／溜到後面／回頭又似在前／就那麼一小步而已」之感。

希帕索斯的「發現」為探究數學帶來了「一小點光明」，卻也因此觸怒了畢達哥拉斯學派，以致他受到後者的攻擊。希帕索斯活在敵對者的威脅之下，一度也「弄得」惶惶然「魂不守舍」，可他「心意已決還是向前」。他不畏犧牲，堅持主張，深信對「無理數」的「發現」這一「小小的螢光」能夠「垂落」後世，讓他「得到永恆的照耀」——與「航行」雙關，希帕索斯在傳說中就是被敵對者扔進海中致死的。

以上舉出〈遙遠的燈光〉的三種解釋，而「燈光」依然明明滅滅，閃耀出各種可能。詩在無限的詮解中獲得「永恆的照耀」，而詩的讀者啊，請無畏「孤寂」，繼續「航行」，繼續「發現」。

輯七
再邀星子共飲

星散的初戀：
落蒂〈流雲的夢幻〉略讀

　　落蒂〈流雲的夢幻〉收於其首部新詩集《煙雲》之中，據作者所述，乃是紀念初戀的篇章。落蒂在《煙雲》的說明，以及在日後出版的散文集裡，均曾細緻地記錄過那段關係的點滴，有意的讀者不難按圖索驥，觸摸詩人的青澀心事[1]。這裡只闡述文本脈絡，茲先錄〈流雲的夢幻〉全文如下：

> 那年夏季
> 偶然瞥見一朵流雲
> 無端的飄過南方的小鎮
> 妳便悄然的哭泣了
> 我說親親，妳不是不喜歡哀傷麼
>
> 常常同妳訴說異地的風霜
> 而今夏本擬化成夏天的漂鳥
> 停住在妳長滿藤蘿的窗口
> 可是，親親
> 妳竟也學會了漂泊

1　落蒂《山澗的水聲》收有〈晴時多雲偶陣雨〉一文，內中述說了〈流雲的夢幻〉的寫作背景。

此刻心已麻木，而麻木的不是擁有妳的記憶
晨霧瀰漫的湖繞著我一圈又一圈
我們日夜等待的果子落了一個又一個
親親，為甚麼天際老是飄過帶淚的雲朵

全詩以詩人「我」和初戀情人「妳」的分合為主軸，首節摘取了「妳」的一件往事：看見「流雲」飄走，勾起離別之思，竟禁不住「悄然」哭泣。「我」知道後，心裡是多想去安慰她，即時以溫和的反問——「妳不是不喜歡哀傷麼」勸她釋懷。可是，事實上「我」和「妳」只保持書信往還，並非真在身邊，「我」的開解注定是落空了的。

何以得知「我」和「妳」並非身處同一空間？詩第二節說：「常常同妳訴說異地的風霜」，即標明「我」正身處「異地」，和「妳」各在一方；「我」只能盼望時間一點點流逝，到了「今夏」，能夠「化成夏天的漂鳥」重回「妳」的身旁。另一邊廂，「我」亦猜想：「妳」藉著來遠眺「我」的「窗口」，此際應該也「長滿」象徵渴望愛戀的「藤蘿」了吧！要是妾有心、郎有意，這次的分隔結束後，戀人的關係或許可更趨堅穩呢。

但可惜，詩的第二節尾行揭示：「妳竟也學會了漂泊」。「我」所日夕思慕的「妳」並沒有留在原地，而是消失在「我」無法企及的他方。「我」終於歸來，「妳」卻早就把一段情緣剪斷、撇捨。正因如此，承受失戀痛楚的「我」心如死灰，「心已麻木」；偏偏，那些「擁有妳」的往日「記憶」仍依然生鮮活潑、毫不「麻木」，時不時就在「我」的心底泛波，激起無窮悔恨、無窮遺憾。「妳」也許有了新的開始，「我」卻還停在昨日。

詩倒數第三行謂：「晨霧瀰漫的湖繞著我一圈又一圈」，這「一圈

又一圈」的「霧」當是喻指纏擾著「我」、令「我」滿懷愁傷的回憶。深入點看，此句實以狄奧多・施篤姆（Theodor Storm, 1817-1888）著名的小說〈茵夢湖〉（"Immensee"）為本。〈茵夢湖〉的男主角走在湖邊，乍見水面有朵睡蓮，心裡遂湧起想望，要近前去看它。他在湖邊兜了些圈子，確認花的位置後，就進到水去；然而用力划了一會，他和睡蓮的距離絲毫未見減少。夜霧罩下，那朵花反似乎愈顯遙遠了。不願放棄的男主角被湖水的魅影環繞，幾番掙扎，到再次返回岸上時，那觸不到的睡蓮依然開在煙波迷濛間，不可迫視，更不可取之為偶。

不難看出，〈茵夢湖〉乃以湖中睡蓮象徵情人，男主角縱想走近她，最終還是困在「一圈又一圈」的「霧」裡，唏噓退場，痛失所愛——這便與落蒂〈流雲的夢幻〉完全一致。值得注意的是，〈茵夢湖〉和〈流雲的夢幻〉皆選擇了愛情之花盛綻的「夏」季為背景，對照起和戀人分睽的事實時，形成的反差莫大，自然平添出更多錯愕[2]。

就這樣，〈流雲的夢幻〉中，男主角「我」尚未能走出失戀的精神困境，他喃喃自語，「日夜等待的果子落了一個又一個」——原先的設想是瓜熟蒂落，必有豐收的愛情，沒料到現實之中，果子的開落只訴說時間的往而不返[3]，非但沒有祝福「我」和「妳」成為眷屬，反倒一再以凋零萎靡提醒「我」：舊情永遠埋在昨日了。愁懷難遣，含淚問蒼天的「我」只能嘆息：「為甚麼天際老是飄過帶淚的雲朵」，變幻的「流雲」猶如失根的愛，徒然惹得詩人傷心。

2　落蒂與〈茵夢湖〉互聯之作，在《煙雲》裡尚有〈在遠遠的地方看你〉、〈妳的微笑〉等篇。

3　〈流雲的夢幻〉裡的「藤蘿」和「果子」，在落蒂另詩〈空白的印象〉裡有所轉化：「我輕輕地抖落數朵紫藤花，／有誰去注意它幾度花開花謝，／而那印象很空白，且令我難忘。」紫藤花象徵渴望愛情，而花開花謝意同「果子落了一個又一個」，標示時間往而不返。

可以說，首節「妳」瞥見過的「流雲」在詩的收束處又再出現，前後呼應，兩段文字因之嶺斷「雲」連，而女方「哭泣」、「哀傷」的情緒也過渡到「我」的身上。其間變化，正切合「流雲」那種「流」的特性，自然而富深意。

略作補充，落蒂〈流雲的夢幻〉屢屢以「親親」來呼喚愛人，客觀上與羅智成（1955-）的「寶寶」、楊寒（劉益州，1977-）的「念念」、「毛毛」等有著異曲同工之效——藉由疊字調整節奏感之餘，亦為詩篇注入更濃厚的親昵感，帶引讀者進入戀愛情境。

再邀星子共飲：
落蒂〈北極星〉、〈獨飲〉略讀

落蒂〈北極星〉收於《煙雲》之中，亦屬詩人緬懷初戀之作：

那夜偶一仰首
便見那燦然的光芒
便見一座雕像
塑立在心靈的殿堂

是誰，深夜裡到那兩泓古井來汲水
是誰，輕輕地撥弄著生命的琴絲
哦！我微微的震撼

夜夜，我會將向北的窗戶打開
讓妳姍姍進來
讓那不勒斯的夢境
與夜港的笛聲同時遠逝

詩的首節不難解讀：「北極星」象徵愛人，落蒂「偶一仰首」，與她眼神接觸，便即時覺著有「燦然的光芒」湧進生命之中，一見鍾情，無法自拔。這「光芒」容易與神祇、聖人產生互聯，而「仰首」

的「仰」、「殿堂」的莊嚴等，俱可見落蒂對這名情人由愛生敬，無限傾慕。

詩的次節，落蒂本對愛情不很注意，兩眼如「兩泓古井」不起微瀾，內心的「琴絲」（諧音「情思」）也不曾奏響。可是初戀情人出現，他的眼睛就離不開她，連「深夜」也為她睜著，時時像被「汲水」般蕩漾不已；那「生命的琴絲」，也被愛人「輕輕地撥弄」，難以平伏，難以安靜。在此處，落蒂雖選用了「輕輕」、「微微」等有助於營造浪漫氣氛之詞，但壓抑不住的「震撼」，還是在「哦！」的呼號中洩露無餘。

詩的第三節，落蒂與情人並不是身處同一空間，但這亦無妨。落蒂說：「夜夜，我會將向北的窗戶打開」，讓象徵愛人的「北極星」能「跚跚進來」，與之互相感應。這樣的話，即使是遙遠的「那不勒斯的夢境」，也可與近在目前的「夜港的笛聲」共鳴，「同時遠逝」，一起航進美滿的黑甜鄉。

應當指出的是，落蒂的〈北極星〉和宋人周邦彥的〈蝶戀花·早行〉有著「互文」。周邦彥詞謂：

> 月皎驚烏棲不定。更漏將殘，轆轤牽金井。喚起兩眸清炯炯。淚花落枕紅棉冷。　　執手霜風吹鬢影。去意徊徨，別語愁難聽。樓上闌干橫斗柄。露寒人遠難相應。

略一比照，可知周邦彥的「轆轤牽金井」、「喚起兩眸清炯炯」演化成了落蒂的「到那兩泓古井來汲水」，而〈蝶戀花·早行〉下闋的「斗柄」即是「北極星」。所不同的，是周邦彥詞在「月皎」的光華下拋出「驚烏」這一負面意象，結尾又生發「人遠難相應」的慨嘆，而落蒂則是以第一節的「燦然的光芒」烘托出猶如「雕像」般完美的

情人[1]，並在詩的收結處寫出雖然「人遠」，仍能與對方心靈感應——與周邦彥詞同中有異，這使得落蒂的〈北極星〉更堪玩味。

作為參考，落蒂的〈獨飲〉也頗多唐宋詩詞的養分：

> 舉杯
> 飲下一團霧
> 飲下夜色
> （蟲聲四起，似一首古老的歌）
> 而後有依稀的人影
> 欲說還休，欲說還休
>
> 明月還是昔日的明月
> 說什麼千里共嬋娟
> 妳怎會同我走如此荒涼的山路呢
> 我伏案拒絕觀看
> 你乘坐賓士的昂然
>
> 山風寒冷
> 猛關窗，仰首飲盡
> 一杯人世滄桑

詩中的飲者自是落蒂，他酣醉之時，耳際忽聞「蟲聲四起，似一首古老的歌」，於是聯想翩翩，把許多唐、宋人之作牽了進來，或與之共鳴，或與之爭辯。

1　落蒂在〈懷星輯〉第四節「那瞥之間」曾作補充：「在那一瞥之間／維納斯高貴的雕像／深深的塑在我的心靈裡」。

　　共鳴方面，「舉杯」、「明月」、「人影」的配搭，來自李白名篇〈月下獨酌〉——落蒂與情人分開，和李白同樣孤寂；「而後有依稀的人影」則近似元稹（西元779-831年）〈鶯鶯傳〉裡的「拂牆花影動，疑是玉人來」，對所愛念念不忘，亟盼她出現在眼前。可惜，理想很豐滿，現實太骨感，已經和戀人分手的落蒂只能吟唱辛棄疾的「欲說還休，欲說還休」，如鯁在喉，卻不能一吐。

　　爭辯方面，落蒂所拒絕的乃是豁達的蘇軾。蘇軾在〈水調歌頭‧丙辰中秋〉懷念弟弟，雖則骨肉分離，仍指望「千里共嬋娟」，能夠共賞一輪明月。有異於〈北極星〉的樂觀，曾經和情人心靈契合的落蒂在〈獨飲〉裡埋怨道：「說什麼千里共嬋娟」呢？他所愛的女子已跟別人「乘坐賓士」揚長而去了，絕不會再隨貧窮的自己走那「荒涼的山路」，即使「明月還是昔日的明月」，女方的心境卻有了莫大的轉變。「我」本將心托明月，奈何就是跨不過物質的鴻溝。

　　另外，蘇軾在〈定風波‧三月七日〉寫過：「竹杖芒鞋輕勝馬，誰怕？一蓑煙雨任平生。」可留意的是，落蒂把「馬」轉成了現代的「賓士」。不同於蘇軾，落蒂對撐著「竹杖」走「荒涼的山路」而能「輕勝馬」並無信心。在「料峭春風吹酒醒」後，蘇軾能豁然地唱出「歸去，也無風雨也無晴」，落蒂則只覺「山風寒冷」，不願「酒醒」。難過的他為了麻醉自己，只好繼續「仰首飲盡」一杯接一杯的「人世滄桑」，唏噓無極。

　　從上可知，落蒂〈獨飲〉含藏著多種與唐宋名家的「互文」。「似一首古老的歌」是牽出古代篇章的開端，而其發軔，則由「蟲聲」引起，最終以「猛關窗」收束。這一開一闔，乃是取自周邦彥的〈齊天樂‧秋思〉。在詞中，周邦彥先是提到「鳴蛩勸織」，以蟋蟀單調的叫聲催化自身孤獨無伴的寂寥之感；隨後，為免愁上加愁，周邦彥只好把「雲窗靜掩」，隔絕蟲鳴。身處異代，落蒂的〈獨飲〉因「蟲聲」

而格外傷心，唯有「猛關窗」不聽亂音，以此止住在想到古人篇什時倍增的愁情，這與周邦彥的詞可謂若合符契。

應該說，落蒂的〈北極星〉和〈獨飲〉有著兩種閱讀層次，即使愛詩人沒能讀出其中蘊含的典故，亦無礙感受落蒂面對初戀離合時的情懷；但若然能夠出入於古今文本，則更可展開與詩人的多端對話，深深體會落蒂與前代名家合奏的「琴絲」。

域外觀星：
落蒂《煙雲》的西洋文學連結

　　撰寫《煙雲》的落蒂如〈夏夜斷想〉所述，曾過著一種「醉在月光與古典之間」的生活，意思是沉浸在聆聽音樂和「展卷」的喜悅之中。那時落蒂的閱讀對象不分中外，如〈野渡〉一篇就同時提及李賀（西元790-816年）與威廉・華滋華斯（William Wordsworth, 1770-1850）。

　　我在淺析〈流雲的夢幻〉時指出該詩與施篤姆的小說〈茵夢湖〉互聯，後者最著名的一幕為：象徵愛情的睡蓮開在夏夜的濛濛湖上，男主角想要游過去把握住它，但不管如何努力，他和花朵的距離仍未縮短，最終他只得返回岸邊，遙看那朵迷離、孤伶之花[1]。

　　細檢《煙雲》，可發見〈茵夢湖〉的這一幕還影響了落蒂〈妳的微笑〉等篇。〈妳的微笑〉寫道：「凝視著夜色朦朧的湖上／驀然，一朵羞蓮悄然開放／那麼清香，恍如一股和風／吹開我久閉的心房」。根據散文詩〈頌星組曲〉，初戀情人「明亮的眸子滋潤了」落蒂「荒蕪已久的心園」，〈北極星〉亦說當年的傾慕對象「輕輕地撥弄著」詩

1　〈流雲的夢幻〉與〈茵夢湖〉「互文」已見另篇，茲不贅述。但附帶一提，〈茵夢湖〉入水求花而不獲、只能保持對睡蓮的遙視，這一情節容易令華文讀者想起《詩經》的〈蒹葭〉。落蒂《煙雲》裡與〈蒹葭〉互聯的例子也不少，較明顯的，如有〈在遠遠的地方看你〉：「想著那該是多淒美的故事／你就立在河的那岸」、「在遠遠的地方看你，你就／像月，像星，像河的那岸／虛無縹緲的影像」。按：〈在遠遠的地方看你〉的寫作背景，可參見落蒂散文〈側影〉。

人「心靈的琴絲」──這些皆與〈妳的微笑〉「久閉的心房」被「吹開」相合。由此可知，落蒂在〈妳的微笑〉實以「羞蓮」象徵所愛，跟〈茵夢湖〉如出一轍；而〈妳的微笑〉藉「夜色朦朧的湖」托出「羞蓮」，這一環境也與〈茵夢湖〉完全一致。

只不過，落蒂並未全然將施篤姆小說的傷感情調埋進詩中，到〈妳的微笑〉結尾，他朗然唱出：「只要那麼短暫的開放／親親，我的一切不幸都要融解在妳的笑裡」，明示遠觀「羞蓮」綻放，便已能令他心滿意足。當留意的是，〈茵夢湖〉男主角到垂暮之時，腦內仍翻湧著潔白睡蓮的影像，而落蒂在回憶散文〈乍見星光〉裡也記道：「那微笑一直到二十年後的今天，還那麼清晰」，表示忘不了所愛對象的一個淺笑，這則又與〈茵夢湖〉相同[2]。

落蒂另詩〈默戀的心曲〉有言：「憑窗，看夜色朦朧的湖上，／不見秀蓮開放，／不聞蓮花清香。」既移用了〈茵夢湖〉的環境，也以「蓮」來象徵愛情[3]。由於愛情缺席──「不見」、「不聞」，落蒂在〈默戀的心曲〉遂長嘆「拂不去心裡的惆悵」。

特別的是，〈默戀的心曲〉並不局限於與〈茵夢湖〉互聯，其結尾「默默地我馱負著感情的十字架」借用《聖經》（*Holy Bible*）意象，自不待言，而中後段「只有遠處閃爍的燈火擾亂我們的心思，／我們是如此的默然相對」則是來自史考特·費茲傑羅（F. Scott Fitzgerald, 1896-1940）的《大亨小傳》（*The Great Gatsby*）。《大亨小傳》女主角在嫁給富有的丈夫之前，曾經和男主角傑·蓋茨比（Jay Gatsby）墜入愛河，蓋茨比對她終生難忘。發跡之後，蓋茨比就在長

---

2 落蒂日後另寫下〈一朵潔白的山茶花〉，所書對象雖云與蓮花有異，其思路卻仍能遙接〈茵夢湖〉裡淨白的花朵。

3 如果撤除「夜色朦朧」這一〈茵夢湖〉的背景，「蓮」在古典漢語文學裡亦多因諧音「戀」而和愛情相關，可參考漢樂府的〈江南〉等。

島西卵村買下豪宅，在那兒可遠眺海灣對面東卵村的女主角家。據小說敘述，蓋茨比常凝望女主角住宅外的綠燈遐想，雖則只能「默然相對」，但他那被「擾亂」的「心思」卻激動萬分，雙臂甚至不時朝那又小又遠的「閃爍的燈火」伸開並顫抖。

　　和初戀情人分手後，落蒂其實不知道對方有沒有新戀情。但在〈獨飲〉裡，他想像摯愛另擇了富裕的配偶，從此有了「乘坐賓士的昂然」；在〈午夜哭泣〉裡，落蒂也曾夢見情敵「很魁俊」、「擅長划情感的花舟」[4]——這些形象都跟《大亨小傳》女主角的丈夫契合。沿此推想，〈默戀的心曲〉所寫「只有遠處閃爍的燈火擾亂我們的心思，／我們是如此的默然相對」，乃是複製《大亨小傳》的情節，落蒂代入了蓋茨比的角色，仍難忘當年的愛人，卸不下「感情的十字架」，堅執地要凝望「閃爍的燈火」，與她「默然相對」。

　　復舉一例，落蒂〈懷星輯——給最美麗的星子〉共計六章，最後一則「長長的睫毛」全文說：

　　　　自從那生命的小站碰巧遇了妳

　　　　妳長長的睫毛

　　　　便密密地圍住我整個記憶

　　　　有次妳將它輕輕一動

　　　　我幾乎被甩出了月臺

　　　　呵！請別再有稍微的閃動

　　　　火車正急速的往夢鄉衝呢！

　　落蒂的初戀情人確有著迷人的長睫毛，而何以這首詩要把二人的

4　〈午夜哭泣〉因夢而作，事見落蒂散文〈側影〉。

「巧遇」設定在火車站呢[5]？答案是：它以列夫‧托爾斯泰（Leo Tolstoy, 1828-1910）的長篇小說《安娜‧卡列尼娜》（*Anna Karenina*）為參照文本。小說中，日後與安娜‧卡列尼娜（Anna Karenina）熱戀的年輕軍官最初就是在火車站和她偶遇的；他回頭看她時，首先便是從女方「密密」的睫毛開始注視。

接下來，年輕軍官和安娜互生情愫，火車站就此成為他們「生命」轉折的開端。稍加放縱，那軍官便「幾乎被甩出了月臺」——偏離母親為他安排的上流社會道路。但深愛安娜的他仍滿不在乎，情感的「火車」不願剎停，「正急速的往夢鄉衝」——為追求夢中女神，他甘冒名譽受損的風險。

借用《安娜‧卡列尼娜》的情節，落蒂寫出了自己年輕時的熱切、激動、義無反顧。當然，細心的讀者必定記得，托爾斯泰最終給了安娜和年輕軍官一個不幸的結局，而落蒂所寫的「甩出了月臺」，以及「急速」前「衝」的火車等等，均容易讓人想起安娜和愛郎的永遠分離——在抒發熱戀情懷的背後，落蒂似乎亦不忘暗示，他自己和初戀情人恰如安娜與軍官，到底未能修成正果，注定在「小站」相逢，卻無法一起前往下個目的地。

綜上可見，落蒂的《煙雲》蘊藏眾多西洋文學的因子，讀者除能從文本表層欣賞詞句之美、情感之真外，亦能深入詩作編織的「互文」之網，含英咀華，且觸碰落蒂深刻敏感的靈魂。

5　據落蒂散文〈乍見星光〉，他和所愛初識於臺南師範的一場藝文活動上，可知火車站的「巧遇」純出想像。

星的互映：
落蒂〈如你在雨中〉略讀

　　落蒂在收於《鯨魚說》的〈詩人，請坐〉裡自述悠然讀書，起首便提到余光中：「坐在書桌前邀請光中來坐坐／閒聊他的掌上雨和白玉苦瓜」。談到新詩創作，落蒂亦不諱言頗受余光中影響。《煙雲》裡的〈如你在雨中〉，即是參照余氏〈等你，在雨中〉，而融進個人愛情標記的作品：

　　　　如你在雨中，應該撐傘
　　　　應該傘起一把晴天
　　　　雨中如夢，如夢般美麗
　　　　怎不讓所有眼波
　　　　凝固在你小小的傘下
　　　　怎不讓蕈類植物
　　　　在雨中虛幻的輕舞

　　　　如你在雨中，應該輕輕的挪移
　　　　應該豎立妳婉約的風姿
　　　　只有蹣跚的步履
　　　　走過小徑，只有一步一個音符
　　　　在小木橋上

如妳在雨中，應該微甩你的秀髮

應該閃動妳長長的睫毛

讓它們像雨絲，像一張張密密的網

網住甜甜的記憶

網住所有易逝的一切

縱使什麼都短暫

在雨中，只有短暫的凝視

剎那即永恆

　　落蒂三節詩的第二、第三行均採「應該……／應該……」的範式，這是改自余光中〈等你，在雨中〉的「這隻手應該採蓮，在吳宮／這隻手應該／搖一柄桂槳，在木蘭舟中」，以規律的字詞重複增強節奏感，和諧悅耳，頗合詩的浪漫情調。

　　〈如你在雨中〉第三節寫落蒂與所愛分開：「縱使什麼都短暫／在雨中，只有短暫的凝視／剎那即永恆」，最尾的「剎那即永恆」顯是呼應余光中的「永恆，剎那，剎那，永恆……等你，在剎那，在永恆」。據〈等你，在雨中〉，余光中待與情人相會，「在時間之外」，意指約定的時點已過，但他傾心女方，故仍如「在時間之內」般留在原地，沒有走開──「永恆」的佇候因內心甜蜜，只如「剎那」，唯「剎那」的等待亦因渴想情人、心內焦急而彷彿「永恆」。落蒂移用余光中的「剎那」、「永恆」，同時也渡送了與之相聯的「在時間之外／在時間之內」等字面意思──和所愛的情緣已盡，落蒂卻仍像當初一樣，未嘗停止思慕──那「短暫的凝視」，催生出超越時空的想念。

　　至於和〈等你，在雨中〉相契最深的段落，則應為〈如你在雨中〉的第二節無疑。落蒂寫情人在雨中「應該豎立妳婉約的風姿／只有蹣跚的步履／走過小徑，只有一步一個音符／在小木橋上」，句句

均與余光中詩相應。「應該豎立妳婉約的風姿」對照〈等你，在雨中〉的「像一首小令／從一則愛情的典故裡你走來」——宋人「小令」的主題圍繞「愛情」，風格即以「婉約」為宗。「只有蹣跚的步履」一句，「蹣跚」指蹁躚綽約[1]，乃師法余光中「步雨後的紅蓮，翩翩，你走來」之意。最後的「走過小徑，只有一步一個音符／在小木橋上」，寫所愛美妙的腳步如「音符」般有韻、輕靈、迷人，實脫胎自〈等你，在雨中〉的結尾：「從姜白石的詞裡，有韻地，你走來」。

從上可見，落蒂仿效了余光中「應該……應該……」的句式及寫情人行步的筆法，而「剎那即永恆」則接連「在時間之外／在時間之內」的表層意思，處處有牽繫，又處處有變化，既可說是致敬前行詩人之作，亦自有獨立的精神，「豎立」起了屬於自身的「婉約的風姿」。

略作補充，〈如你在雨中〉不僅可與余光中詩共構「互聯網」，亦可和《煙雲》的其他篇章組成「內聯網」。較簡單的，是落蒂寫所愛的人有可「閃動」的「長長的睫毛」，這一形象亦見於〈懷星輯〉的第六則：「自從那生命的小站碰巧遇了妳／妳長長的睫毛／便密密地圍住我整個記憶」。較複雜的，如「怎不讓所有眼波／凝固在你小小的傘下／怎不讓蕨類植物／在雨中虛幻的輕舞」一段，落蒂傾慕的對象能吸引旁人「眼波」，不難理解，而「蕨類植物」究何所指？讀者固可放任想像，別創詮釋，但參考落蒂〈山城之春〉的說法：「蕨類的舞步，就是那麼俗氣的」，「蕨類」竟是與「俗氣」掛鉤。然則，〈如你在雨中〉「蕨類植物」淡成「虛幻的輕舞」，實際是以「蕨類」比喻其他女子，在當時落蒂的眼裡，只要一跟脫俗的所愛比較，她們就盡都淡出視野，不再能引起他的注意。

1　見〈述書賦〉：「婆娑蹣跚，綽約文質。」

　　從「簞類」延伸，〈如你在雨中〉尚多有可賞之處，例如由「傘」而「簞」，意象藉外形的相似連結，頗富巧思；「傘」為名詞，而「應該傘起一把晴天」則活用作動詞，新鮮之餘，亦令畫面更顯形象。有心的讀者，當可繼續咀嚼，更深地沉浸在〈如你在雨中〉的詩境裡。

輯八
時光旅人

One Night in Anping：
奏唱落蒂〈安平追想曲〉

　　落蒂「用心走過臺灣多個鄉鎮，細心欣賞各處名勝古蹟」，有時振臂高呼：「福爾摩沙，臺灣真美！」有時則以新詩記錄所見、所想，漸漸積成《臺灣之美——詩寫臺灣》一書。遊臺南，落蒂曾撰〈安平追想曲〉，其全文謂：

　　　大榕樹　落下幾片葉子
　　　老人　發出幾聲
　　　嘆息
　　　少女　仍撐著
　　　傘
　　　等待　等待　等待
　　　莫非老歌翻版
　　　有人說
　　　那是等待　等待大陸回航
　　　船隻　千年來等待的
　　　歸人　妳黯然　我也
　　　黯然走向古砲
　　　彷彿　有連天砲火
　　　轟然而來

　　這首詩的「老人」居於臺灣，他仰睹「大榕樹」，就憶念起對海的家鄉——「榕城」福州。眼前榕樹「落下幾片葉子」，「老人」想到落葉尚可歸根，自己卻羈客異地，恐怕將永埋於此，心中更加悲傷。

　　「老人」長長地「嘆息」，他設想當年愛人尚在對岸「等待」自己。由於在青壯時代二人便已分離，在「老人」腦海中，其所愛還是「少女」模樣。詩中說女子「仍撐著／傘」，以閩南語發想，「傘」與「散」諧音，暗指女方對離別一事念念不忘；以客家文化看，則「傘」象徵子嗣[1]，「仍撐著／傘」寓意「少女」一直操持家務、照顧「老人」當年赴臺時留下的骨肉。不過，讀者也可按落蒂其他詩文推想，像〈如你在雨中〉有云：「應該撐傘／應該傘起一把晴天／雨中如夢，如夢般美麗」，〈安平追想曲〉或是純粹以「撐著傘」來烘托「少女」的美態。

　　落蒂此詩較需讀者思索的是所謂「老歌翻版」——此處的「老歌」，實際指陳昇（陳志昇，1958- ）作詞的〈北京一夜〉。〈北京一夜〉於一九九二年發表，距今近三十載，和〈安平追想曲〉的寫作時間亦隔十年。

　　在〈北京一夜〉裡，「老情人」和落蒂筆下持傘的「少女」相仿，乃是手執親自縫製的「繡花鞋」。落蒂詩中，「等待」一詞六番出現，強調「少女」天際識歸舟的痴苦，而陳昇〈北京一夜〉也寫女子一直守候情郎，甚至死後仍難忘情：「人說地安門裡面　有位老婦人猶在癡癡等　面容安詳的老人　依舊等著　那出征的歸人」[2]。

　　然而，〈北京一夜〉等待的是往北方作戰的愛郎，落蒂〈安平追

1　一方面，「傘」字包含五個「人」字；另一方面，「油紙傘」的「油紙」諧音「有子」。

2　當留意的是，〈北京一夜〉以「人說」傳言老情人之事，而〈安平追想曲〉亦以「有人說」交代女子等待情人。

想曲〉卻是寫女子「等待大陸回航／船隻」，盼望「老人」從臺灣歸返福州。後者之所以能觸發落蒂想起〈北京一夜〉，乃由於「少女」的守候被形容為跨越「千年」，這與陳昇的歌詞——「我已等待了千年　為何良人不回來」如出一轍。

〈北京一夜〉的「良人」沒回去，〈安平追想曲〉的「歸人」也不見蹤影。前者涉及某場邊疆戰爭，千年過去，「良人」的鬼魂仍會在寒風刮起之時，「站在城門外　穿著腐鏽的鐵衣」，以一襲「鐵衣」銘誌當年戎馬事。落蒂置身的安平沒有「鐵衣」，他於是「黯然走向古砲」，在鐵砲之旁遙想令「老人」和「少女」永遠分離的「連天砲火」。

十七世紀，鄭成功（1624-1662）攻陷熱蘭遮城，結束了荷蘭人對臺灣的統治，熱蘭遮城不久亦更名為「安平」。落蒂一首〈安平追想曲〉，便是以鄭成功攻臺一役為背景。

是的，落蒂詩裡的「老人」其實為當年跟隨鄭成功航向寶島的將士之一。「老人」肉身已朽，「發出幾聲／嘆息」的乃是他被困島上之魂。這一處境，又和〈北京一夜〉中魂魄被隔在城門之外、無法與所愛重逢的「良人」相合。

時光旅人：
讀落蒂〈勝興老火車站〉、〈淡水老街〉

　　承接前文，我嘗指落蒂的〈安平追想曲〉與陳昇〈北京一夜〉相似，二作皆邀來肉身已朽之人的靈魂，一同為戰爭造成的愛侶分離而興嘆。在《臺灣之美——詩寫臺灣》中，落蒂把以前時空之人請進詩裡的篇章，尚有遊苗栗後所寫的〈勝興老火車站〉等。〈勝興老火車站〉全文謂：

> （哦！老山線不是停駛了嗎？）
> 然而一大清早薄霧中
> 有一列火車進站
> 挑山產的老人
> 上學的學生
> 帶著小孩的婦人
> 隱約在薄霧中出現
>
> 隱約在薄霧中
> 老人在徘徊回憶
> 年輕人做筆記
> （什麼原名十六分驛
> 什麼始建於民前五年

什麼日式建築工栓式工法）
總之薄霧中也看不仔細
兒童在鐵支路上跳來跳去
滿滿一嘴零食

隱約仍在薄霧中
山與山之間彷彿一座游泳池
老人來此泅泳　回憶式
年輕人來此泅泳　研究式
小孩來此泅泳　　沒有招式
薄霧中仍有一列火車
緩緩離去
載走了挑山產的老人
載走了帶小孩的婦人
載走了上學的學生
（我彷彿看見我年輕的影子）

哦！老山線不是停駛了嗎？
老站長微笑的拍了我一下肩膀
什麼也沒有說

　　舊山線在一九九八年停用，而落蒂此詩發表於二〇〇四年（該線
日後於二〇一〇年復駛）。詩中第一及三節寫到的「挑山產的老人」、
「上學的學生」和「帶著小孩的婦人」均由火車載來，亦由火車載
走，他們皆是來自以前的時空，屬於落蒂的想像——讀者從首節「薄
霧」、「隱約」的氛圍，以及非現實的「有一列火車進站」等形容

中，應已可猜出大概。

至於現實人物，則有第二節和第三節前半提及的「老人」、「年輕人」和「兒童」（第三節作「小孩」）。他們遊覽已成景點的勝興老火車站，「兒童」因並無歷史興感，置身哪兒其實都沒甚分別，總是「沒有招式」地吃吃玩玩，「在鐵支路上跳來跳去」，塞得「滿滿一嘴零食」；「年輕人」也不熟悉勝興車站的前塵舊事，他們過來，僅是以「研究」心態掌握客觀資料，故此所做「筆記」多是旁觀式的車站「原名」、「始建」年代、「建築工法」等等。當然，由智入情，這班「年輕人」雖則此時「看不仔細」，但日後亦或能對老車站產生更深體悟。

至於落蒂，他把當時六十歲的自己歸類為「老人」。他說，在苗栗薄霧縹緲的「山與山之間」，勝興車站彷似一座洋溢著水氣的「游泳池」，而他「洇泳」其內時，處處都勾起「回憶」。是的，那些「在薄霧中出現」的「挑山產的老人」、「上學的學生」、「帶著小孩的婦人」等，實際上都是落蒂數十年前在同類老車站見過的光影——因遊覽而想起了昔日，落蒂在心中喟嘆：「我彷彿看見我年輕的影子」。

神來之筆是全詩最後一節，與開首以括號包覆、屬於內心所想的「哦！老山線不是停駛了嗎」有異，末段同一番話跳出了括弧，乃表示落蒂將感覺脫口道出。道出之後，他的情感有沒有人來共鳴呢？〈勝興老火車站〉安排了一位同樣稱「老」的「站長」，他「微笑」著「拍」了「拍」落蒂的「肩膀」，縱使「什麼也沒有說」，但無聲勝有聲，他已然默契地分享著與落蒂相同的「回憶」——整首詩以此作結，實頗添含蓄之妙。

若說〈勝興老火車站〉主要是緬懷昔日時光，落蒂的另首詩〈淡水老街〉則進一步思考時間流逝的不可逆。淡水老街自是北臺灣的著名景點，街上「阿婆鐵蛋」、「阿給魚丸湯」和「阿媽的酸梅湯」等店

鋪也廣為人知，生意紅火，而落蒂在熱鬧裡提煉出的詩卻頗為深沉：

看見一個小孩
正在阿媽酸梅湯攤前
流著和數十年時光一樣長
一樣長的口水
一隻神秘的手將你我
小時的身影郵遞前來
此刻心中是
阿婆鐵蛋伴著
長長的冰淇淋
長長的街道
還有擁擠的人群
人群中很多是以前流鼻涕
和建築物一樣蒼老的小孩
而時光是一個不停的馬拉松跑者
不知從什麼時候什麼地方跑來
又跑往何處去
掉在老街上的那些足印
正紛紛從腦中閃過
吃著阿給魚丸湯的老臉
正被一群年輕的笑聲淹沒
而淡水河的落日
紅紅的掛在出海口
誰也擋不住它的沉落

這首詩的筆法特別，落蒂不像〈勝興老火車站〉那樣將「老人／

老人」、「學生／年輕人」、「小孩／兒童」作昔日、今日的對舉，而是
消融界線，把不同的生命時段聯綴在老街所遇的人物身上。例如，
「阿媽酸梅湯攤前」的人明明只是個「小孩」，落蒂卻說那孩子「流
著和數十年時光一樣長／一樣長的口水」，預示了「小孩」倏忽暮垂
的他朝；而「擁擠的人群」裡有很多長者，他們「和建築物一樣蒼
老」，落蒂卻又能幻見他們在「小孩」時期「流鼻涕」的模樣，體現
出變故斯須的一生。

　　在這裡，落蒂的奇思不但更新了讀者的感覺，且很好地托出了時
間「神秘」的主題：人們似乎能在身上感受到時光的威力，卻始終不
知它從「什麼地方跑來／又跑往何處去」，無法掌握得住大化遷流。唯
一知道的，是比「長長的冰淇淋／長長的街道」更連綿的時間將淘洗
一代又一代人，吃著魚丸湯的「老臉」會被「年輕的笑聲淹沒」，而
「年輕的笑聲」又會被後來的世代抹消。一切更易，就如「淡水河的
落日」，無論誰人都「擋不住它的沉落」，無法挽留，無法叫時間逆行。

　　落蒂此詩發表於二〇〇九年，前後的歲月我都不時到臺灣行旅，
至今猶記得和朋友吃「長長的冰淇淋」，並恰巧遇上了燦爛「落日」
的片段。轉瞬又十年，再讀落蒂〈淡水老街〉，朋友已經不聯絡了，
逝水年華之慨頓生。但老街本身，甚至人類的歷史，哪個又能逃得過
時光而免於「沉落」呢？落蒂一首富於哲思的傑作，使人感悟良多。

鳶飛夢土：
落蒂〈滿月圓〉略讀

　　落蒂因前往滿月圓森林遊樂區，而譜出〈滿月圓〉一作。表層解讀，該詩寫的是落蒂在遊樂區遇見一位疲乏的公司職員，那人本正緩步離開，但後來又折返，並循溪聲走進森林。看深一層，這名職員也應是跟〈勝興老火車站〉「挑山產的老人」一樣的幻見式人物，實際並不在場，而是出於落蒂虛構，用以象徵久為俗事纏累的心靈；那職員去而復返，藏跡山林，正屬吳均〈與宋元思書〉「鳶飛戾天者，望峰息心；經綸世務者，窺谷忘反」的表現，這也可折射落蒂喜綠樹、厭紅塵的詩思。〈滿月圓〉全文如下：

　　　　從楓翠橋走入

　　　　滿山的鳥聲

　　　　滿園的水聲

　　　　都以一條小小的步道

　　　　緩緩送來

　　　　此時

　　　　我看到一位

　　　　帶著昨晚的疲憊

　　　　滿身都市的灰塵

　　　　公司盈餘報表

　　股市漲跌指數的人

　　緩步

　　從小徑的卵石間

　　踩踏而出

　　溪澗的小亭裡

　　妻煮的咖啡香

　　混合著處女瀑布的氤氳

　　飄盪在剛才走過

　　曲折再三的臺階上

　　四周的一切

　　正在綠色的海中泅泳

　　那位走出去的人

　　又走了回來

　　和我們一起

　　循著溪聲

　　走進密密的林中

　　略作引申，我倒是想起鄭愁予著名的〈山鬼〉。〈山鬼〉寫「霧」，乃謂：「山中有一女　日間在一商業會議擔任秘書／晚間便是鬼　著一襲白紗衣遊行在小徑上」。鄭愁予在此處以「女」喻「霧」，而具有人類職場性質的「擔任秘書」顯然並非實指。回到落蒂筆下，要處理「公司盈餘報表」、留意「股市漲跌指數」的職員，形象也與「在一商業會議擔任秘書」的女士相似。然則，落蒂詩裡的這「人」，是否亦如〈山鬼〉一般，乃是喻指某種自然界事物呢？

　　答案是很有可能，落蒂提及的「人」實際為「鳥」。此「鳥」和在晨間飄進商業區的「霧」一樣，曾於「昨晚」飛至「都市」，結果

受了驚嚇、沾了一身「灰塵」。可留意的是，落蒂並不說公司職員手執「報表」和「指數」，而是說他「滿身」是「報表」和「指數」。其實，一張張疊著的「報表」是比喻包覆鳥兒軀幹的羽翼，而高低波動的「股市漲跌指數」乃暗寓鳥兒的上下翻飛。此外，落蒂寫那公司職員「緩步」而行，這跟一般人理解的、匆促的上班族頗有不同；聯繫到後文「從小徑的卵石間／踩踏而出」，更讓人覺得是在描寫鳥兒於卵石路上小步跳躍。

順此閱讀，則公司職員去而復歸一事將更易理解。飛進「都市」的鳥兒帶回一身「疲憊」，在「氤氳」的「處女瀑布」召喚下，牠重新投入「綠色的海」即森林之中，深深地「泅泳」其間，不想再赴那溷濁的鬧市了。特別的是，落蒂並不是一來即寫「瀑布」，而是以「妻煮的咖啡香」引入。「咖啡」冒煙對應、同化「瀑布的氤氳」，其氣味的「飄盪」對應、延伸出「曲折再三的臺階」，「綠色的海」則是對應、形容「四周」林木倒映在「咖啡」液態的表面上──由此可見，「咖啡」實際上象徵自然。「妻煮的咖啡香」導引了鳥兒歸來，如此看，則落蒂〈滿月圓〉的「妻」可能也不單指妻子，而更是隱喻著「大地之母」了。

至此我們可得結論：〈滿月圓〉與鄭愁予的〈山鬼〉相仿，同樣以「人」喻指自然之物。熟悉〈山鬼〉的讀者當記得鄭氏於詩末寫道：「一夕的恩愛不就正是那遊行的霧與不動的岩石」，直接揭露「女」的身分；反過來，落蒂則是於詩的開頭預作暗示，啼出了「滿山的鳥聲」。本文開首曾言及吳均〈與宋元思書〉的「鳶飛戾天者」，「鳶」本來就是一種「鳥」──落蒂以「鳥」的離林入林表現「鳶天戾天者，望峰息心；經綸世務者，窺谷忘反」，可謂大有深意。

落蒂在〈詩人，請坐〉裡寫自己悠閒讀書，其中提到「也會邀請愁予前來說說他的夢土上」。他的〈滿月圓〉呼應著鄭愁予〈山鬼〉

的筆法，浮想聯翩，或許也能視作一番「夢土上」的神遊。「循著」
詩的「溪聲」，讀者自可「走進」文本交織的、「密密的林中」。

輯九
回望，中國現代文學

回望，中國現代文學：
落蒂詩新讀

　　落蒂生於臺灣嘉義，為中國文藝協會理事，曾出版個人詩集《煙雲》、《春之彌陀寺》、《落蒂短詩選》、《詩的旅行》、《一朵潔白的山茶花》、《臺灣之美──詩寫臺灣》、《風吹沙》，以及合著詩集《風、鹽、回望》等多部。

　　對中國現代文學名家，落蒂頗多關注，表現在詩文當中，較顯著的，如〈花溪〉就直接呼喚以長篇小說《家》、《春》、《秋》聞名的巴金（李堯棠，1904-2005）：「巴金頭微仰嘴微張／站在紀念館前／看著紅色的花／和白色的花／開在同一樹枝上／我拿著我的詩集對巴金說／如果風吹來　是否／你的小說筆法／也會出現在我的詩上」，期望向巴金取經，使詩與小說相融，兩種「筆法」如紅、白色的花「開在同一樹枝上」。

　　在〈咸亨酒店〉一詩，落蒂則借用魯迅（周樟壽，1881-1936）小說〈孔乙己〉的細節，開首寫道：「喝著喝著喝到微茫時／歪斜著頭瞄了一下店小二／嘿！你可不能用那種眼光看人／我又不是孔乙己／給不起酒錢」。〈孔乙己〉是由店小二的視角進行觀察的，落蒂詩言及「店小二……用那種眼光看人」，實際有其所本；孔乙己常在咸亨酒店賒帳，到小說結尾還欠著掌櫃十九個錢，這也是落蒂詩中說「孔乙己／給不起酒錢」的原因。但同中有異，魯迅的孔乙己科場失意，窮困潦倒，是站著喝酒、吃茴香豆的，落蒂詩的敘述主體則雖比上不

足，卻因見這個「履歷表滿天飛」的時代裡，「師大師院畢業生／都流浪去了」，甚至出現了「博士還拜託市長／找大樓管理員」的工作來做這樣的怪事，他便覺得「當年拒絕聯考」、「形同不參加科舉」的自己生活仍不算糟糕，於是慷慨地喚店小二：「來　來　來一起坐下／和孔乙己喝吧」，坐著飲酒，還頻頻叫喊「再來一盤豆子」、「再來一碗」、「再來再來一碗酒／一盤茴香豆」，頗為豪氣，與〈孔乙己〉兩相對照，予人更多的聯想空間。

藏得較深的，當推〈牛說──北港牛墟所見〉和〈山中的一盞燈〉。臧克家（1905-2004）有名的〈老馬〉可謂家喻戶曉：「總得叫大車裝個夠，／它橫豎不說一句話，／背上的壓力往肉裡扣，／它把頭沉重地垂下！／／這刻不知道下刻的命，／它有淚只往心裡咽，／眼前飄來一道鞭影，／它抬起頭望望前面。」落蒂的〈牛說〉即借鏡「大車裝個夠」、「背上的壓力往肉裡扣」、「飄來一道鞭影」等，奪胎換骨，寫北港一頭老牛，被「主人」拉到牛墟上「表演絕技」：「拖著三輛連在一起的牛車／輪子還用木卡死呢／上面且坐滿了人」。老牛嘗試著「奮力一拉」，但因腿力不支，竟然當場跪倒，暴躁的主人馬上「生氣」地給牠一頓「重重的鞭子」，「頻如雨下」，鞭影飄過，打得老牛「眼前一片模糊」。忽然，「啪」的一聲，主人覷準牛身上的釘痕來抽，往肉裡扣，令那牛「痛澈心肺」、「痛斷肝腸」，一發力竟真的拉動了三輛大車。呼應臧克家寫馬頭的「垂下」和「抬起」，落蒂亦捕捉老牛的跪地與掙起──老牛也「想奮力狂奔」，逃離主人，可那「架在脖子上的／一生一世的控制」卻總無法擺脫，牠，確實和「這刻不知道下刻的命」、「有淚只往心裡咽」的老馬命運相同，無奈地，又得隨主人的意願「望望前面」。人們常認為臧克家以馬喻人，說〈老馬〉實際是寫低下階層遭到地主富戶的壓迫勞役，那麼，讀者也不妨視落蒂〈牛說〉是為新時代的被剝削者代言，控訴掌握經濟資

源者對勞動者的苛暴。

　　落蒂〈山中的一盞燈〉，白靈認為是與詩人鄭愁予的〈野店〉相聯，卻亦同時抵抗著〈野店〉中詩可指引迷途者、遊子的含義，強烈地質疑甚至完全否定詩在現今世代的導正功能。白靈之說，可謂精闢透澈，獨具隻眼。若以其他現代文學名家的作品切入，則落蒂此詩，似乎與冰心（謝婉瑩，1900-1999）散文亦可相配對，茲先引〈山中一盞燈〉全詩如後，以便細閱：

> 在濃霧中
> 在黃昏六七點時
> 是誰
> 總會在半山腰
> 掛上一盞燈
> 就是這一盞燈
> 讓迷失的遊子知道
> 位於山中的家
> 沒有把他遺忘
>
> 但是
> 有著這麼茂密森林的山谷
> 一盞燈
> 就能讓所有遊子回家嗎
> 山谷間
> 仍然再次升起一陣濃霧
>
> 那一盞燈

又在黃昏時亮起

而山路仍然寂寞

沒有人回到

這山中彎彎曲曲的小路

更沒有人回到

家

　　冰心在中華人民共和國建立後的一九五七年寫下〈小橘燈〉一文，回憶國民黨統治大陸時的一件往事：木匠王春林常替山下醫學院的學生送信，後來學生們被當做共產黨員抓走，王春林也一併失蹤。王春林的女兒才八、九歲，獨自照料患病吐血的母親，在要給醫院致電時，遇上了正在等候朋友的冰心。冰心結識小女孩後，因所等的朋友遲遲未歸，望著窗外「濃霧」裡迷茫的山景，就起意探望王春林生病的太太，買了橘子，沿石板路走到「半山腰」的山窩裡去。在「黃昏六七點時」，冰心待要離開，小女孩即敏捷地拿過穿著麻線的大針，把掏出橘瓣的小橘碗穿起來，像小筐似的，先用一根小竹棍挑著，再從窗臺上拿一截短短的蠟頭放到中間點亮，製成「小橘燈」，讓冰心可以拿著看路，末了還彷彿安慰冰心說：「不久，我爸爸一定會回來的。那時我媽媽就會好了……我們大家也都好了！」「在濃霧中／在黃昏六七點時」，王春林的女兒會「在半山腰／掛上一盞燈」，寄望她失蹤的父親「知道／位於山中的家／沒有把他遺忘」，這一情景，與落蒂之詩是完全吻合的。

　　白靈說落蒂〈山中的一盞燈〉有抵抗意味，確實這詩也在抵抗冰心。原來，冰心為〈小橘燈〉留下了一個光明樂觀的結尾：「從那時起，每逢春節，我就想起那盞小橘燈。十二年過去了，那小姑娘的爸爸一定早回來了。她媽媽也一定好了吧？因為我們『大家』都『好』

了！」落蒂卻質疑：「有著這麼茂密森林的山谷／一盞燈／就能讓所有遊子回家嗎」？他認為儘管「一盞燈」堅定地「又在黃昏時亮起」，唯「山路仍然寂寞」，沒有響起歸人的跫音，「沒有人回到／這山中彎彎曲曲的」、不平坦的小石板路，「更沒有人回到／家」，相當悲觀。

之所以沒人「回到／家」，是因為國民黨已把王春林及一眾醫學院生處決了嗎？也許是的，但落蒂卻有其他想法。他抵抗冰心所云新政權成立後即「『大家』都『好』了」的宣傳，認為人民政府創建之後，「山谷間／仍然再次升起一陣濃霧」，陰霾籠罩，揮之不去——即使王春林、醫學院生能殘存性命於國共內戰的風波，他們又能倖免於接踵而來的政治運動，以至倖免於〈小橘燈〉寫後不久就要來臨的「三年大饑荒」嗎？「一盞燈」，顯得多麼微小、脆弱、無力。事實上，中國夢的圓滿，仍須靠代代的領導與人民一同不懈追求。

以上寫出回望中國現代文學名家的落蒂如何取材、轉化前代作者的新詩、散文和小說，然不過隨意舉例，掛一漏萬。有意繼續探究者，不妨找找落蒂詩中何其芳、丁西林（丁燮林，1893-1974）、曹禺（萬家寶，1910-1996）的痕跡。我搧起風聲，撒下鹽味，待有閒者回望而已。

花生‧童話‧逍遙遊：
落蒂〈傑作〉略讀

　　落蒂〈傑作〉一詩暫未編列進專集之中，只見於詩人臉書，首次貼文日期為二○一七年十二月六日，到二○二○年底再度分享，屬落蒂「珍藏的詩稿」之一，適宜「一口一口吃下」，細品其中佳味：

> 仰首讀大師信手拈來
>
> 燦亮
>
> 日月星辰
>
> 觀看年輕車手迅捷英姿
>
> 腦中飛過流雲
>
> 奔過逝水
>
> 昔日帶著一群十歲小童
>
> 已在江湖風浪中奔逐成
>
> 滿面風霜
>
> 我坐下休憩的路旁山石
>
> 輕輕訴說
>
> 我還是我

　　那邊廂，文學大師隨手便鋪展出「燦亮」的閃耀星空，令萬人「仰望」；耍酷的年輕車手亦雄姿英發，以「迅捷」的速度感俘擄無

數粉絲，威風有加。這邊廂，落蒂則只默默耕耘，不求聞達，站在沒有鎂光燈的所在，一心為栽培學子而貢獻己力──「昔日帶著一群十歲小童」和《論語》的「冠者五六人，童子六七人，浴乎沂，風乎舞雩，詠而歸」可比類而觀，指的正是落蒂任教民雄高中、北港高中的經歷。

光陰如「流雲」，如「逝水」，幾度春秋代謝之後，往日的學生都已步入中年，且「已在江湖風浪中奔逐」多時；所幸的是，他們以「滿面風霜」為代價，大抵亦換來了相應的成就。已經退休（「休憩」）的落蒂欣喜地視學生為自己的「傑作」，一句「我還是我」，肯定了青春歲月的投入與付出，肯定了當初的選擇，無悔於心。

綰合來看，全詩很容易令人聯想到許地山（許贊堃，1893-1941）著名的〈落花生〉：「這小小的豆不像那好看的蘋果、桃子、石榴，把它們底果實懸在枝上，鮮紅嫩綠的顏色，令人一望而發生羨慕的心。」落蒂的教師身分不似「大師」和「年輕車手」般耀眼，與之相比，恰如花生不及蘋果、石榴等惹人艷羨。但許地山的散文充分肯定花生的價值和意義，借父親的口說出：「所以你們要像花生，因為它是有用的，不是偉大、好看的東西。」謹守崗位、誨人不倦的落蒂正正是花生般的、低調卻「有用」的典型──許地山筆名「落華生」，「落蒂」與之不僅形似，更似乎有著特別的因緣。

撇開「傑作」這一標題，落蒂此詩又可另做兩種詮釋。

其一是純然的「誤讀」，只因最近讀伊塔羅‧卡爾維諾（Italo Calvino, 1923-1985）所編《義大利童話》（*Italian Folktales*），當中〈十二頭牛〉（"The Twelve Oxen"）寫女巫被燒死後，主角十二位變成牲畜的兄長都恢復人身，結局圓滿，但整個故事的敘述者忽然插入一段怨懟的話，馬箭飛（1964- ）譯謂：「他們全都被封為親王，而我還跟以前一樣是一個窮困潦倒的人。」與此類似，〈三個城堡〉

（"The Three Castles"）講畢牧羊小子迎娶公主、成為國王的奇遇後，敘事者的散場詩為：「所有的人都心滿意足、高高興興，／我卻一無所得，只是個局外人。」那麼，〈傑作〉末行的「我還是我」可以是句怨言麼？「大師」才高，「年輕車手」俊逸，連當初的「一群十歲小童」也都名成利就了，而「我還是我」，穩定有餘，卻沒有甚麼進步，只能選一塊「路旁山石」，緩緩「坐下休憩」了——是的，在〈蛇〉（"The Snake"）一篇，失意的說書人亦是無奈地「回到客棧」休息。

至於其二，誤打誤撞，真可能與落蒂的佛道思維有些共鳴。「大師」和「年輕車手」象徵名利，貪求之，即易陷入無明，自取煩惱；「十歲小童」隱喻初心，因在名利大道上「奔逐」不已，結果便是「滿面風霜」，喪盡本色。其實諸法無常，一切如「流雲」、「逝水」，變動不居，煌煌名利，亦只是過眼風燈、過耳飄風，何須苦苦外索？故此，「我」選擇一塊「路旁山石」，逍遙無為地緩緩「坐下休憩」，全生養性，且柔和地說：「我還是我」，不為名利所動。

統而言之，〈傑作〉應該是傳遞著落蒂培育英才、不悔青春的心聲。而同時，文本又允許作另種詮釋，或聯繫西方童話，或融會佛道精神，其意義經由讀者參與，尚能持續增益——〈傑作〉之為「傑作」，詩家的手筆固不可少，而讀者的介入亦是煥發詩生命力的重要一環。

一朵尚潔的日日春：
落蒂與許地山的小說人物

　　前篇析說〈傑作〉時，我曾謂落蒂和「落華生」許地山別有因緣，那本是信筆寫下的一句話。但後來想想，落蒂和許地山最具代表性的小說人物——〈綴網勞蛛〉的尚潔確實頗為相似。

　　尚潔是基督教徒，赴聖筵，誦禱詞，默記經句，有好撒馬利亞人的善心[1]，又熱衷傳播福音[2]。同時，她對經文「一日要生何事，你尚且不能知道」的理解，實近於佛教的無常觀；遇事守柔退讓，順其自然，則合於道教的宗旨。凡此種種，都和許地山本人篤信基督宗教，而又深受佛家影響，並撰作《道教史》接榫。落蒂亦然，既會託庇於耶穌基督，如〈隨想曲之八〉有言：「在那樣的境界中我找到／那失落的羔羊」；又常有佛道宗哲的體悟，如〈隨想曲之六〉說：「那是一種無為無不為的片刻／某種意識的排除，更摒棄異樣的氣味／煩悶不在、恐懼不再……靜定到像一種神蹟／從來一直不解的五蘊皆空／竟然如度一切苦厄到來」。

　　尚潔發揮其宗教精神，一來是對人有愛心，乃至能夠體諒竊賊；二來是凡事容忍，即使遭暴躁的丈夫誤會與人偷情、被丈夫刺傷，她

1　尚潔不但沒有追究竊賊，還替他療傷，並囑人把他送到公醫院，這與《聖經》中照顧猶太人的好撒馬利亞人非常相似。

2　在土華，尚潔向採珠工人傳道，幾年過去，「已找著了許多失掉的珠子」。「找著珠子」典出《馬太福音》（Gospel of Matthew）第十三章，原意是指人類覓得上帝之道；許地山則反過來，以之象徵為上帝找回失喪的靈魂。

也罕作辯解，默默承受身邊人的指責；三來是不爭財利，與丈夫分開時沒有要回當得的財產，而是到南洋自力更生。

與之對應，落蒂的詩素有「重情」精神，首先便愛心滿溢。例如在《春之彌陀寺》的「師說」系列，面對所謂誤入歧途的「問題學生」時，落蒂能夠設身處地理解他們，盡力安慰。像〈父與子——給康康〉一篇，落蒂去找「抽煙，吸強力膠／打三色牌」、「自暴自棄」的學生，目的不是要責罰他，而是關心父親出車禍的學生「是否擦乾眼淚」；這和尚潔照料竊賊，「明白他底境遇」、「體貼他」，令後者「自忘是個罪人」，反覺得自己「是世界裡一個最能得人愛惜的青年」，可謂相當一致。

至如容忍，落蒂透露過有時會承受來自詩壇內外的譏評，〈隨想曲之七〉取喻謂：「電線上坐著一整排麻雀／譏笑吵鬧不停」。《大寒流》裡有〈孤寂的夜〉一篇，某位批評者本來與落蒂「你走縱的，我走橫的」，毫無「交集」，但他忽然發出挑釁，聲稱「所有人都占據天體的一個方位」了，嘲諷說文學史再沒有「位置」要留給落蒂。惡語傷人六月寒，落蒂聞言之後，「想起昔日用力的攀爬」，想起對藝文的苦心經營，即刻甚覺難過，乃至有「突然全身癱軟」之感。然而，落蒂並不反唇相譏，只是淡淡表示：「這樣就不必互相關心」；他避開冒犯者，「相遇與否／或許就如參與商吧」，免得一場爭執繼續升級。

再看一下尚潔，她亦受「外間的閒話」中傷，如同落蒂遭「譏笑吵鬧」騷擾；尚潔的丈夫很少關心她，和她「你走縱的，我走橫的」，但一次罕有地回家，他卻突指妻子偷漢，還用小刀刺傷了她，這恰似落蒂無端被人質疑和攻擊——巧的是，尚潔受傷後亦是「全身癱軟」，需要攙扶。後來，尚潔的丈夫在會堂抹黑妻子，令尚潔無法再參加聖筵；對此，尚潔也不去「分辯」，且還遠走南洋，參商隔絕，藉距離消弭紛爭——統合來看，落蒂之容忍退讓，跟尚潔實在是

如出一轍。

第三項，尚潔沒有競財逐利之心，朋友勸她和丈夫分家，她答以「財產是生活的贅瘤，不要也罷」，遂將身外之物全部留給丈夫。落蒂在《鯨魚說》的〈宿和南寺〉也有「利名竭，是非絕」的想法，他清楚看出「名利是一把解剖刀」，會「一刀一刀不帶痕跡的／削下一層層人肉」；而「傷痕纍纍的人們／仍然爭先恐後」，急急要「奔上」名和利這「兩艘／人生船」，此不能不使落蒂深深地嘆息。

必須注意到，尚潔雖守柔不爭，其內心卻是強韌非常，在任何處境皆持續地有所為，這些均與落蒂的詩寫吻合。尚潔借蜘蛛打過一個比喻：「我像蜘蛛，命運就是我底網……它不曉得那網什麼時候會破，和怎樣破法。一旦破了，它還暫時安安然然地藏起來；等有機會再結一個好的。」南洋的採珠工人整天入海冒險，卻對收穫毫無把握，這亦令尚潔領悟到：「在世間的歷程也和採珠底工作一樣。要得著多少，得著什麼，雖然不在她底權能之下，可是她每天總得入海一遭，因為她底本分就是如此。」尚潔把這些想法化為行動，因此，照小說的敘述，來到南洋的她「對於前途不但沒有一點灰心」，而且「更加奮勉」。她當起珠商的記室，除了辦正事外，又教工人們學常識、說英文、念《聖經》，令二、三十人接受了福音，可以說是有了新的成就——尚潔曾讚歎一朵「被蟲傷了一半」的花仍能開得好看，而同樣受過創傷的她亦因堅毅勤奮，重新綻放出「生活上一部分的美滿」。

落蒂方面，其繞不過的命運可能是文學熱潮在現世的大幅度衰退，而他和尚潔一樣，「更加奮勉」，不懈地奔走在追求真善美的創作路上。在較早期的《春之彌陀寺》裡，落蒂的〈夜歌〉就喊道：「這不是盛唐／我們必須堅持／孤獨的唱」，儘管知音幾希，他仍歌吟不輟，志向不改；到新近的〈隨想曲之八〉，落蒂也重申要「緊握」詩

筆，「讓原訂計畫的建築仍依著藍圖／逐步將該除的草該犂的田／都在今夜完成／千古一夕的孤獨月光」，意思是拋開冷言惡語，一秉初心，刪削繁辭，開拓題材，專注地經營至愛的詩園。

在落蒂的眾多作品中，若果要選出一篇最能和尚潔堅毅精神相配的，或許便是收錄於二〇一〇年詩集《一朵潔白的山茶花》裡的〈日日春〉了。〈日日春〉全文謂：

> 你說寂寞其實
>
> 你並不而是一座開滿
>
> 各色花朵競妍的花園
>
> 在你頻頻呼喊孤寂時
>
> 我悄悄的走近你身邊
>
> 像一朵不起眼的日日春
>
> 旺盛的開放不怕
>
> 那鮮紅的牡丹
>
> 冷艷逼人的梅花
>
> 以及野火燎原的木棉
>
> 只孤單的開在路旁
>
> 任你不小心的踩踏
>
> 身體痛楚而內心愉悅
>
> 一整夜痛苦的趴伏
>
> 明晨又將再起
>
> 奮勇地遙望你
>
> 不帶一絲企盼你的回望
>
> 默默在路旁開放

　　篇中的「你」即是文藝，說它「寂寞」嗎，其實不然。落蒂認為，只要肯用心閱讀，就能發現詩歌的「花園」正「開滿／各色花朵」，彼此「競妍」，生機處處。落蒂也自喻為「一朵不起眼的日日春」，以創作走近「頻頻呼喊孤寂」的藝壇。他不管同行的「牡丹」、「梅花」、「木棉」如何超群，依舊要「旺盛的開放」，要燦爛地書寫，要展現其自我；即使被「踩踏」、遭忽視，他仍像「安安然然地藏起來」、「等有機會」就再結好網的蜘蛛，會在「一整夜痛苦的趴伏」後興奮地宣告：「明晨又將再起」！他又像「每天總得入海一遭」的採珠工人，儘管收穫難料，無法有「一絲企盼」，卻始終「奮勇」地、「本分」地「開放」——是的，落蒂像尚潔提起的蜘蛛和工人，且像尚潔所喜悅的、那朵受過傷、本應「不起眼」卻努力「開放」的花，而蜘蛛也好，工人也好，鮮花也好，實質皆是尚潔精神的折光。

　　至此，落蒂與許地山創造的尚潔有所疊合，殆無疑義。這種聯繫或有它自身的趣味，能讓讀者在翻閱許地山或落蒂作品時更覺新鮮。另外，尚潔的心靈面貌也為掌握落蒂新詩提供線索，有助於貫通從《春之彌陀寺》到後《鯨魚說》的綿延詩思，值得讀者在展卷時細加參考[3]——忽然想起〈日日春〉最先發表於《葡萄園詩刊》，加上〈隨想曲之八〉那句「該除的草該犁的田」，興之所至，就引落蒂和尚潔應該都喜歡的《憨第德》（*Candide*）名言作結：[4]。

3　落蒂最早期的《煙雲》則別樹一格，思想與《春之彌陀寺》及其後諸作頗有不同。

4　或譯「我們必耕種我們的園子」。見伏爾泰（Voltaire）：《憨第德》（*Candide*），孟祥森譯（臺北市：錦繡出版事業股份有限公司，1999年），頁122。

破網、織網、綴網：
讀落蒂〈呈給明月——寄風燈諸子〉

在比照落蒂和許地山筆下的尚潔時，我曾概言二人有著頗多相似之處，包括擁抱宗教體悟、凡事忍讓、不爭財利和強韌向上等。論析至尾，我則謂「尚潔的心靈面貌也為掌握落蒂新詩提供線索」，意即前述數項相似之點，能夠更普遍地用以釋說落蒂各時期詩篇。本文姑舉一隅，以收錄在《春之彌陀寺》的〈呈給明月——寄風燈諸子〉為例，聊當示範，盼讀者嘗鼎一臠，並以三隅反。落蒂〈呈給明月〉謂：

一望無盡的田野，以及
荒涼的沙灘
立著
一間破舊的紅瓦厝

（幾隻鴿子
漫不經心的盤旋。）

或許亙古以來
就有隱居的哲人
將一顆心
呈給明月審視

你若謂我在此養著幾隻
閒散的鴿子，而有微言
我亦不想置辯
容或心的天空
廣漠得難以容納
我的激情

如果我們在山野採桑
而能獨見晨曦和夕陽
何必在
萬花競妍的庭園
再開一朵玫瑰

在這荒涼的溪畔
在這破舊的瓦房
我讓我養的鴿子
飛上藍天

寫出我的心情

　　不爭財利：落蒂以「幾隻鴿子」比喻風燈詩社同仁，他們並不覬
覦華屋廣廈的位置，而是「漫不經心」、無所求地，在「荒涼」與
「破舊」之處靜靜「盤旋」，不求顯揚，彷彿是「隱居的哲人」。
　　凡事忍讓：在詩中，「養」著的「鴿子」比喻詩人們寫出的作
品。未能明白詩人志業的旁觀者偶爾會對「養鴿」（寫詩）這件事

「有微言」，認為耽愛文藝的風燈同仁不圖功、不圖利，太過「閒散」了。對此，落蒂表示「不想置辯」，無意與人爭論。

　　結合「不爭財利」與「凡事忍讓」：各位同仁繼續「在山野採桑」，悠閒地寫無關利益的詩，滿足於「獨見晨曦和夕陽」的境界，在詩裡自行找到位置，獲得心靈的滿足。其他人正在社會這一大「庭園」裡「萬花競妍」著，務求更加顯眼，更形突出，而風燈同仁卻甘於淡泊，自動退讓，沒打算在「庭園」內「再開一朵玫瑰」，沒打算與人相「競」。

　　強韌向上：風燈諸子不爭名，不爭利，但在經營詩園方面卻顯得非常積極。他們在文藝的衰世一意守著詩的「田野」、「沙灘」、「紅瓦厝」，儘管觸目多是「荒涼」，但仍堅定地「立著」，沒有動搖。即使市場「難以容納」詩歌，他們依舊揮灑「激情」、「心情」，延續著古代的隱逸詩哲，「將一顆心／呈給明月審視」。在〈呈給明月〉結尾，落蒂再次呼喊：「在這荒涼的溪畔／在這破舊的瓦房／我讓我養的鴿子／飛上藍天」，他以凌空飛躍之姿，致力在詩國攀升。

　　宗教體悟：在寫作〈呈給明月〉時，落蒂已或隱或顯地露出宗哲之思。例如「如果我們在山野採桑」一節，既接近自怡悅於山中的陶弘景（西元456-536年），亦彷彿「隨意春芳歇，王孫自可留」的王維，有佛道遠離紅塵的意味──詩第三節以「隱居的哲人」自況，與此實可相聯。其次，「鴿子」因《聖經》「挪亞方舟」的敘事而象徵希望與和平，落蒂先是借「閒散的鴿子」來比喻風燈同仁，切合諸子「和平」不爭的形象；再是用「養的鴿子」隱指詩，期待自己的創作能「飛上藍天」，寄寓著「希望」，兩者皆有基督宗教的因子在。

　　上舉之不爭財利、凡事忍讓、宗教體悟等各端，均是許地山〈綴網勞蛛〉女主角尚潔的形象特點。如先前的論述所言，這些特點能移用於探析落蒂詩篇之內涵。本文稍作示範，或易有支離好詩之譏，不

過若能使讀者得機接觸落蒂篇章，也就算功不唐捐了。

　　破網（析說〈綴網勞蛛〉主角和落蒂的相似點），織網（以這些相似點再建立捕捉落蒂詩心的一種系統），而落蒂詩固不可「一網打盡」。拋磚引玉，尚俟高明綴網、綴網……

在這交會時互放的光亮：
徐志摩詩文與落蒂

　　落蒂欣賞徐志摩（徐章垿，1897-1931），曾激情地讚美後者「以新文學方面的成就，燃亮五四的天空」、「在五四時代，多少英雄豪傑的星空中，他是最耀眼的一顆明星」。落蒂不僅喜讀徐志摩的詩，亦嘗指「徐志摩的散文成就也很高」；〈我的困惑〉一篇，落蒂又回憶道：「在大學時代，小許和我是同寢室的室友，我們都是詩迷，徐志摩的散文經常給我們帶來許多安慰……尤其是小許差一點就被退學，每當他最痛苦的時候，我就找一些徐志摩最瀟灑的句子唸給他聽」。可以說，落蒂既熟讀，亦活用徐志摩的文章，他對徐氏的書寫實存著一種特別的認同。

　　據《山澗的水聲》所述，落蒂把一見鍾情的女生喚作「星子」，這名字固是靈機一觸、憑虛而出的，卻也不無徐志摩詩〈我有一個戀愛〉的基因：「我有一個戀愛；——／我愛天上的明星；／我愛它們的晶瑩：／人間沒有這異樣的神明。」確實，在《煙雲》的〈北極星〉中，落蒂就將「星子」寫得彷如「神明」：「那夜偶一仰首／便見那燦然的光芒／便見一座雕像／塑立在心靈的殿堂」，說她是神殿裡閃爍光芒的神祇。

　　落蒂也給妻子一個名字：「靜帆」。相比起對「星子」的少年衝動，落蒂和「靜帆」有著更多、更深的愛情和默契。落蒂的多篇文章都表達過對其妻的感謝，在精彩至極的〈那位教訓我的小女生〉裡，

他更詳述了追求太太時的曲折心路，讓讀者隨他忽焉悅笑，忽焉緊張，不知不覺，就融進落蒂夫婦婚戀的溫暖之中。

說回「靜帆」一名，實際上亦有徐志摩詩的形影，徐氏〈默境〉謂：「感否這柔韌的靜裡，／蘊有鋼似的迷力，滿充著／悲哀的況味，闡悟的幾微」、「在這無終始的洪流之中，／難得素心人悄然共游泳；／縱使闡不透這淒偉的靜，／我也懷抱了這靜中涵濡，／溫柔的心靈」。幾句詩文，很可以移來形容「靜帆」以及她和落蒂的相處。

落蒂《鯨魚說》透露了不少他和「靜帆」共同嘗過的、「悲哀的況味」。見於〈回首〉，是「靜帆」嫁給落蒂，得過起「大馬路轉小馬路，進鄉村小路」、「粗茶淡飯蘿蔔」、「加減鹹魚乾」的生活。落蒂曾經自責：「只有／薄薄一袋月薪」、「我能給妳的／只是／輕輕的／不值錢的／像小鳥／在花朵上一啄」。他怪自身經濟拮据，害怕會連累了愛妻。在〈奔流〉一篇，他把太太喻為「一朵城市花園／嬌貴的小花」，而卑微的他卻僅是「一枝／鄉野小草」……

可是，「靜帆」卻「並不介意」（〈回首〉），她以「鋼似的迷力」適應鄉村的種種，且與落蒂一起執教，散文〈生活〉說他們「夫婦每日早出晚歸，十幾年兢兢業業，省吃儉用」[1]。不單如此，落蒂遇著人生波浪時，婚前婚後的「靜帆」都總給他安慰，給他力量，以「柔韌的靜」和「鋼似的迷力」支持著他——在〈歸航〉，落蒂說「靜帆」的「沉靜可以提供某些／在噩運來敲命運之大門時／壓下翻滾的某些／心中浪花」；在〈大津瀑布〉，「靜帆」只「默默聆聽」落蒂訴

1　散文〈那位教訓我的小女生〉寫得更詳細：「大學畢業後一年，我們結婚了，一起在雲林海邊的鄉下學校任教，生活過得雖不富裕，但是我們很快樂。我們沒有房子，先住單身宿舍，只有四坪半那麼大，只有電冰箱、瓦斯爐，沒有電視，一年後我們申請到眷屬宿舍，雖只有十二坪大，卻有一個蠻不錯的院子，我種花，她澆水，電視機雖是黑白的，但我們看得津津有味。」落蒂在這段回憶文字中插入了不少豁達之詞，讀者卻可想見他和太太當時生活之不易。

說，就讓他重現「臉上的笑容」，且感到「心已打開不再緊鎖」；在〈遠方〉，「靜帆」在分擔困難時能以「堅毅的臉／定定的向前」，並鼓勵丈夫「要靜定握緊方向盤／排除一切雜念」。落蒂的〈騰雲〉值得更仔細看，他以「一座山又一座山／一條河又一條河」比喻人生險阻障礙不絕，儼如徐志摩〈去罷〉所云：「當前有插天的高峰！」而在「山」、「河」橫亙的道路上，落蒂感恩，正正是妻子「伸出的雙臂／含蓄的微語／溫暖了」他的「全部身心」，讓他永不氣餒。

就這樣，隨著十幾年「省吃儉用」有功，落蒂和妻子「悲哀的況味」漸減，「闓悟的幾微」卻愈出。落蒂〈我的困惑〉提到：「妻和我又聊天又泡茶，既可仰觀天宇群星，又可俯聽四野蟲鳴，白天工作的辛苦，收入的微薄，一下子彷彿都離我遠去，忘得一乾二淨。」〈蛙鳴〉亦記道：「妻和我終於想通了，調到鄉下任教，除了費用低之外，生活空間寬敞了許多，每個黃昏，我們都可以騎著腳踏車在田間小路漫步。夜晚蟲聲競奏，那種快樂，真不下於到國父紀念館聽一場音樂會。」妻子和丈夫同心，讓落蒂漸漸領悟到人生至高的淡然之味。《菜根譚》有謂：「醲肥辛甘非真味，真味只是淡；神奇卓異非至人，至人只是常」。

是以，在漫漫人生這一「無終始的洪流之中」，落蒂深感於「難得素心人悄然共游泳」，遂在〈大津瀑布〉一詩喊出：「將來的人生／或明亮或晦暗／或平坦或荊棘／都是我們所共同擁有」，誓言與妻相守終生。和書寫「星子」不同，「靜帆」和落蒂的愛融化在生活每個細節之內，詩人縱有如椽大筆，也「闓不透這淒偉的靜」。但撇除花俏，藉著簡單的文句，落蒂已切實告白說，他緊緊地「懷抱了這靜中涵濡，／溫柔的心靈」，絕不鬆手。

初識之時，落蒂發現「靜帆」和自己「很談得來，和她在一起，有一種愉快、祥和的感覺」（〈讓我給妳一個名字〉）；這種感覺一直延

續，〈婚禮〉又說：「與靜帆在一起，我沒有煩惱、沒有痛苦」；多年後回望，落蒂復指：「靜帆給我的，實在太多了」（〈永恆的星座〉）。他說自己無法寫出與「靜帆」的「波瀾壯闊」、「柔腸千折」，卻無時無刻受其「涵濡」，享受著「靜帆」所給的「實實在在的愛」。這，確乎是近於徐志摩所述的「默境」了。

最後略作補充，徐志摩散文也給落蒂的詩一定影響。例如〈夜宿峨眉聞晚鐘〉，首兩節謂：「鐘聲在夢中迴響／張眼四望／房內寂然／／鐘聲在室中迴盪／四處搜尋／四壁古書依牆而立」，此可與徐志摩〈天目山中筆記〉的數段文字合看：

鐘樓中飛下一聲宏鐘，空山在音波的磅礴中震盪。這一聲鐘激起了我的思潮。不，潮字太誇張；說思流罷。耶教人說阿門，印度教人說「歐姆」（O——m），與這鐘聲的嗡嗡，同是從撮口外攝到合口內包的一個無限的波動：分明是外擴，卻又是內潛；一切在它的周緣，卻又在它的中心：同時是皮又是核，是軸亦復是廓。這偉大奧妙的「Om」使人感到動，又感到靜；從靜中見動，又從動中見靜。從安住到飛翔，又從飛翔回復安住；從實在境界超入妙空，又從妙空化生實在：——

「聞佛柔軟音，深遠甚微妙。」

多奇異的力量！多奧妙的啟示！包容一切衝突性的現象，擴大霎那間的視域，這單純的音響，於我是一種智靈的洗淨。

此外，落蒂〈夜宿峨眉聞晚鐘〉的第三、四節，即「鐘聲在山谷間迴盪／開窗外望／屋外大雪／／四野無聲／雪落／紛紛」，復可與徐志摩〈想飛〉的開首部分比照而觀：

假如這時候窗子外有雪——街上，城牆上，屋脊上，都是雪，胡同口一家屋簷下偎著一個戴兜帽的巡警，半攏著睡眼，

看棉團似的雪花在半空中跳著玩……假如這夜是一個深極了的啊，不是壁上掛鐘的時針指示給我們看的深夜，這深就比是一個山洞的深，一個往下鑽螺旋形的山洞的深……

假如我能有這樣一個深夜，它那無底的陰森捻起我遍體的毫管；再能有窗子外不住往下篩的雪，篩淡了遠近間颭動的市謠，篩泯了在泥道上掙扎的車輪，篩滅了腦殼中不妥協的潛流……

我要那深，我要那靜。

綰合來說，〈夜宿峨眉聞晚鐘〉貫串著〈天目山中筆記〉和〈想飛〉的神思，其首二段是寫「鐘聲」予落蒂（也予讀者）「一種智靈的洗淨」，而後兩節則渲染「迴盪的」、「螺旋形」增長的「深」與「靜」，把落蒂和讀者都捲進更窈窕幽邃的禪境。

茱莉亞・克莉斯蒂娃（Julia Kristeva, 1941- ）嘗言，文本在生產時必吸納轉化先前的文本，即使作者意識不到，其書寫亦可能已受文化積累的影響[2]。用徐志摩的〈偶然〉比況，「我是天空裡的一片雲，／偶爾投影在你的波心」，那「雲」便是先有的文本，「你的波心」就是後起作家的記憶庫。落蒂喜愛徐志摩作品，下筆為文、撰詩，冥冥之中，亦如〈偶然〉說的，「你我相逢在黑夜的海上」——於意識未必觸及之處就和徐志摩有了遇合，彼此激盪，因而亦有了一次次「交會時互放的光亮」。

2　Julia Kristeva, "Word, Dialogue and Novel," *Desire in Language: A Semiotic Approach to Literature and Art*, ed. Léon S. Roudiez, trans. Thomas Gora, Alice Jardine and Léon S. Roudiez (New York: Columbia UP, 1980), p.66.

在黑暗中掙扎：
落蒂新詩與劉大白

　　「五四」群星之中，劉大白（金慶棪，1880-1932）的光芒不算非常耀眼。瘂弦曾說：「平心而論，劉大白並不能算白話時期最好的詩人，他在詩方面的成就，自無法與同時期的劉半農、康白情、沈尹默相垺。」且謂：「在現代的眼光中，像劉氏這樣的『腐儒』，究竟有多少『回顧』的價值呢？」然而，瘂弦還是在〈蛹與蝶之間──過渡期的白話詩人劉大白〉一文裡肯定了劉大白「融舊詩音節入白話，利用舊詩情景表現新意」等貢獻。

　　落蒂也曾評析劉大白諸作，除強調了劉氏創造「新調」之功外，更著力於揚揄劉氏「關切現實、反映民瘼」的詩家精神。綜覽落蒂詩，其襲自劉大白的意象甚少，如劉氏〈秋晚的江上〉有「把斜陽掉在江上，／頭白的蘆葦，／也妝成一瞬的紅顏」之句，落蒂深賞該作，但他在〈心情記事〉寫類似風景時，卻道「只有發白的蘆葦／在白日將盡的昏黃裡／輕輕搖曳」，沒有借劉氏的色彩抹一層慘淡的紅。落蒂〈秋的江邊〉也一樣，不獨題目與〈秋晚的江上〉類似，其首節的「一隻野雁叫了一聲／掠過對岸」更可和劉大白詩中「歸巢的鳥兒」相應，可〈秋的江邊〉只言「蘆葦低著白頭／沿著河岸走過去／天空、江水都藍成一色」，不願挪用劉大白的妝。

　　另外，前揭落蒂〈心情記事〉又謂：「面對大山／面對森林的黑暗／露出無比深情／而一整列枯松的手臂／仍然昂然伸向天空」，這

是說落蒂不悔地向詩國的「大山」、「森林」進發，懷著「深情」，可是「黑暗」的詩界卻只遞給他黯淡的「枯松」，從不回應其熱忱，讓他備感落寞。

在劉大白那裡，「松」的意義正相反，〈石下的松實〉寫道：「一棵松樹，／落下許多松實；／不知何時，／被壓著一塊大石。／何曾沒有生機？／只是橫遭抑塞！／／憑它與鐵同堅，和山比重，／也難免苔蘚銷磨，冰霜剝蝕；／何況一齊向上，／有多少萌芽甲坼？／劃地一聲石破，／裂縫裡先迸出松苗千百。／／努力啊，／別嫌路窄，／樹身撼動，樹根拱起，／把碎石次第排斥；／讓無數同根，／都化作長松百尺！」劉大白的「松」不僅不帶黯然之感，反而是希望的象徵，持續努力，終能把「和山比重」（大山）、遮蔽光明（森林）的巨石擠開，這過程也不需對頑石錯付「深情」。若果〈心情記事〉的數行稍變為「面對大山／面對森林的黑暗／一整列枯松的手臂／仍然昂然伸向天空」，化悲懷為積極，則其跟〈石下的松實〉便會符節相合——正正是這種相近而相殊，讓讀者察出了落蒂和劉大白在意象上的分歧。

落蒂和劉大白相似之處，倒見於他們關注的「民瘼」一致。例如，劉大白的〈賣布謠（一）〉謂：「土布粗，／洋布細。／洋布便宜，／財主歡喜。／土布沒人要，／餓倒哥哥嫂嫂！」〈賣布謠（二）〉亦言：「空肚出門，／上城賣布。／／上城賣布，／城門難過：／放過洋貨，／捺住土貨。」反映的是近代洋貨傾銷中國，以致本土手工業被擊潰、庶民生路被堵的大問題。

落蒂注視著同一議題，並且把目光上溯到洋貨傾銷華夏的原因，即清末以來的不平等條約：一八四二年的《南京條約》始，列強逼中國開放更多港口；一八五八年的《天津條約》予外國內河航行權，洋貨遂深入內地；一八九五年的《馬關條約》准許日本人在各通商口岸

設置工廠，而西方各國亦援引片面最惠國待遇條款跟進……凡此種種，使得洋貨以更廉宜的價格打進中國市場，像是〈賣布謠〉裡提及的「土布」，自然是無法與之競爭的。因此落蒂〈夏末讀史〉說：「落淚是為了那麼多條約／我竟讀不下去」，一想到國民承負的巨大壓力，他就感同身受，覺得自己變成了一條毛蟲，正被群蟻咬囓，「渾身痛苦難過」。為了〈賣布謠〉之類的悲劇不再重演，落蒂「熟背歷史」（從中吸取教訓），並高喊「無論如何也要／將八國聯軍那章／翻過去」，象徵翻開新的一頁，擺脫帝國主義強加於國人的枷鎖。

其他例子，如劉大白有〈賣花女〉，寫天沒亮就出來叫賣的「女郎」生意欠佳，「明朝又嘆飄零早」；落蒂〈哭泣的外傘頂洲〉亦同情「在漁市場叫賣」的賣蚵女，說她「依然浮沉在／命運的小舟上」，跟〈賣花女〉的「飄零」實屬一致。以現在的眼光看，劉大白〈賣花女〉第一章刻意寫賣花女子「窈窕」，第二章復有「杏花紅了」（紅杏一枝出牆來）、「梨花白了」（一樹梨花壓海棠）的意象，加上「春眠覺」（十年一覺揚州夢）的暗示，以及「濃妝也要，／淡妝也要，／金錢買得春多少」、「買花人笑，／賣花人惱」等一語雙關的句子，劉氏筆下的那位「女郎」可能已被逼淪落風塵，叫人悲戚不已。落蒂的〈笛聲〉也大力抨擊買春者，深深感慨「消失的按摩女笛聲／如此淒涼」，為身體受剝削的女性唱出哀歌。質言之，落蒂和劉大白均關顧社會的底層，二人的詩心藉此相聯。

明乎此，或許就能了解落蒂何以會撰作〈劉大白的詩〉一文。瘂弦稱許劉大白的歷史功勞，說他為新詩尋找突破口，猶如「在黑暗中掙扎」；落蒂則稍變視角，凝注於劉氏的詩心，欣賞他為「在黑暗中掙扎」的貧苦大眾發聲。落蒂雖較少取資於劉大白的意象，卻與他一起「關切現實、反映民瘼」──這，應便是落蒂「回顧」劉大白的價值了吧。

輯十
若是妳的跫音一直不響

旅遊詩的原因：
落蒂〈現代蠶〉的自述

　　落蒂推出新詩集《鯨魚說》，附錄之孟樊（陳俊榮，1959- ）論文〈落蒂的旅遊詩〉廣覽詳究，理論周延，極具參考價值。《鯨魚說》的書名無端令我想起成語「蠶食鯨吞」，而翻閱落蒂一九九四年的詩集《春之彌陀寺》，發現〈現代蠶〉一詩，或許可用以解釋落蒂專務旅遊詩的某些原因。〈現代蠶〉全詩如下：

　　　彷彿一隻蠶
　　　靜坐在那方形的
　　　只有二十吋的
　　　桑葉前，日日
　　　啃食，有營養的
　　　沒有營養的，合
　　　口胃的，不合
　　　口胃的，由於
　　　口袋阮囊羞澀
　　　無法周遊列國，無法
　　　到長滿桑葉的各地，只能
　　　在三坪大的空間，日日
　　　啃食由四面八方進口的

一流的思想（巨人手植的）

三流的聲光（小人複製的）

人為的剪裁（某種需要的）

自然的破損（眾蠶爭食的）

生吞活剝，然後

吐出五色雜陳，不純的

絲

　　日本有「引きこもり」的說法，指「繭居族」，意思是窩在家中、長期不參與社會活動之人，不乏個人魅力的織乃靖羅（ORINO Sella, 1990- ）也自稱是其中一分子。與此類似，落蒂說自己「彷彿一隻蠶」，結繭在家，「只有二十吋」的電視機便是他的「桑葉」，是他賴以接觸外界、吸收資訊的媒介。電視節目良莠不齊，繭居的落蒂在家無事，便也不管它們有無「營養」或是否合「口胃」，都一味「啃食」，且「日日」如是，寶貴光陰因此揮霍掉不少。

　　變成繭居族的人各有其原因，在落蒂而言，則為「口袋阮囊羞澀」，缺少閒錢，唯有「靜坐」家中，減省花費。不同於性格孤僻或對外面世界毫無興致者，落蒂反倒是衷心想「周遊列國」，想「到長滿桑葉的各地」遨遊的，僅僅是現實條件不許可，暫時「無法」遂其心願而已。這一分別，便讓落蒂和一般印象中消沉頹唐的繭居族有了質的差異。

　　肉體困在「三坪大的空間」，只能接收通過電視傳來的二手資訊，其實頗使落蒂忿忿不平。作為愛詩的人，他把世界看成一部大書，從中獲得的養分，將大大豐富其詩的內涵。無奈電視傳遞的、「由四面八方進口」的東西多有缺陷，雖然偶有「巨人手植」的第一流「思想」，能夠啟人心智，但更多的卻是「小人複製」的「三流的

聲光」，未易滿足落蒂的審美要求，加上各種資訊常因政治或商業的「某種需要」而遭到「人為的剪裁」，全豹難窺，一些「眾蠶爭食」的熱門題材又因供應氾濫，而有了從內部崩潰的「自然的破損」，要是跟風創作，肯定徒勞無益……凡此種種，都不盡如落蒂之意。

只是，當時「阮囊羞澀」的落蒂別無選擇，只好兀自「生吞活剝」，好的、不好的東西都「唒食」，盡力將之轉化，期望能譜成動人之詩。讓落蒂失望的是，由於吸取的養分不佳，那時他自愧只能「吐出五色雜陳，不純的／絲」，詩藝與思想均有不足。

明乎此，我們可以總結：落蒂有心網羅天下的一流思想、精彩訊息，建構自己的創作資料庫，譜寫優美感人的詩篇；可惜多年來「英雄被一文錢難倒」，無力遠遊，他亦為此頗覺壓抑。到落蒂終於有了積蓄，環境改善，可以四處行腳、「周遊列國」時，其狂熱的情思終為財貨之充沛裕如所激動，不可控勒，於是高情遠意暢展無已，遊歷所覩，多有佳作誌之，成就了豐贍的旅遊篇什，瓜熟蒂落，破繭為蝶，說來也是對青壯歲月的補償。

略作延伸，落蒂《鯨魚說》也有〈回首〉一詩，記述其自身之貧寒，頗耐咀嚼；落蒂〈現代蠶〉最後以「絲」指「詩」，中間有「蠶」、「桑葉」的連貫意象，與劉正偉首部詩集《思憶症》的〈創作人生〉可互相發明：「我是喁喁的蠶／書是精選的桑葉／詩，是我嘔心瀝血的／絲／／我老時，請用我精鍊的絲／包裹我的孤獨成／蛹／

---

1 落蒂〈現代蠶〉初刊於1985年11月30日的《詩友》，這之前，落蒂登在1984年10月20日《商工日報》副刊的〈陽光海岸〉已批評過電視節目的種種問題。他說：「你看過電視嗎？我經常被特大聲的『廣告』吵得無法安寧，你看電視劇嗎？老是相同的題材、相同的劇情，甚至下一個鏡頭是什麼，都可以猜得出來！只有我那六歲的女兒，看得津津有味，而我實在害怕，有些不妥的劇情、動作，讓我那擅長模仿的女兒看了，將來會變成什麼樣子。」「我很誠懇希望，如果你是節目製作者，請不要抄襲東洋的歌曲、劇本，甚至別人的連續劇也照抄。」

／讓我蛻變成幻化的／蛾／朝歷史的火焰勇敢的／撲去」，兩首均屬
佳構。

若是妳的跫音一直不響：
重讀《春之彌陀寺——落蒂詩集》

落蒂讀楊子澗詩後，頗受感動，因而提筆寫下〈紫藤花已爬滿你的窗口〉，其首節謂：「若是我們種的兩畦金綿菊／長滿野草／若是芒果不再開花／若是榕樹盆景長成茂密的森林／若是……／若是妳的跫音一直不響／妳知道紫藤花爬到妳窗口的心情嗎」。寫詩亦如植樹、栽花——《春之彌陀寺》是落蒂一九九四年出版的詩集，距今逾四分一世紀，但讀者若以「跫音」逼近，必可發見其中超越時間的「心情」。筆者回顧《春之彌陀寺》，撰出以下六篇。

一 〈聽蟬〉

同樣是人生短促，有作者選擇出世，及時行樂，不辜負錦堂風月，如寫下〈夜行船・秋思〉的馬致遠；有作者則選擇入世，痛惜去日苦多，務要把握韶光，立業建功，如橫槊賦〈短歌行〉的曹操。這課題在某個「靜靜的夏午」也勾起了落蒂的詩思，是當趁著白天，與日爭輝呢？抑或沐浴光中，徜徉自適？當時未及四十歲的落蒂「躺在柳樹下」，寫出了〈聽蟬〉一詩：

靜靜的夏午
我躺在柳樹下

突然

眾蟬高唱，有

慷慨激昂的，有

頓首捶胸的，有

聲嘶力竭的，有

……

祇有一隻

站在柳樹的最高枝

唱了一句：

「三十年誠不能以一瞬」

然後，脫下蟬殼

飛走了

　　唐朝時，虞世南（西元558-638年）借蟬寄寓理想人格[1]，李商隱以蟬自警[2]，兩者皆著重蟬所予人的清高聯想。落蒂筆下的「眾蟬高唱」卻表現出一種喧嘩不安，「慷慨激昂的」、「頓首捶胸的」、「聲嘶力竭的」，充滿爭奪的躁動，與馬致遠所寫「密匝匝蟻排兵，亂紛紛蜂釀蜜，急攘攘蠅爭血」頗為相似。蟬噪，它所象徵的人間之林毫絲沒有逾靜；種種可笑、可厭、可憎的鬧嚷衝突，落蒂都懶得去寫，只以橫亙一行的省略號，暗示世間萬象森羅，擾擾紛紛，事事無休歇。

　　與「眾蟬」構成對比的是詩後半那另類的「一隻」，牠「站在柳樹的最高枝」上；這「最高枝」曾見於賈島（西元779-843年）〈聞蟬感懷〉，在落蒂〈聽蟬〉裡則主要象徵那「一隻」蟬的清高，類近於

1　虞世南〈蟬〉：「垂緌飲清露，流響出疏桐。居高聲自遠，非是藉秋風。」

2　李商隱〈蟬〉：「本以高難飽，徒勞恨費聲。五更疏欲斷，一樹碧無情。薄宦梗猶泛，故園蕪已平。煩君最相警，我亦舉家清。」

戴高冠的屈原[3]、《莊子‧秋水》「非梧桐不止」的鵷雛。那蟬沒有參與俗蟬的吵吵嚷嚷，而是輕聲唱出：「三十年誠不能以一瞬」；這句話轉化自蘇軾〈前赤壁賦〉的「天地曾不能以一瞬」，表示世間萬有皆不長久，轉瞬即逝。既然如此，「慷慨激昂」、「聲嘶力竭」之類，看破了，不過是南柯夢、蝸角爭，與其陷溺泥淖，不如全性養生。那隻蟬輕盈地「脫下蟬殼／飛走了」，把世間的紛紜是非撇得遠遠。

與李商隱借蟬自警略異，落蒂的「一隻」蟬有著更顯豁的自況、自代痕跡。蟬能唱出古文「三十年誠不能以一瞬」，這已非擬人法所可囊括了；「三十年」的歲月，遠超出蟬的正常壽命，反貼合落蒂寫此詩時的年紀。哲人常以「蟬」、「禪」互通，由蟬悟理[4]；落蒂之「聽蟬」亦一樣，「蟬」是觸媒，「聽」的其實是自心；那脫殼高飛的「蟬」，是他飄逸世外之思。

另外可留意，為確保字詞新穎，篇幅不大的小詩多會避開成語，落蒂偏偏反其道而行，在詩的前半連用「慷慨激昂」、「頓首捶胸」和「聲嘶力竭」，背後原因，乃是藉常規化的遣詞對應世俗爭利思想的庸俗、普遍；到詩的結尾，落蒂則刻意破除成語「金蟬脫殼」的慣性表述，舒徐地吟詠「脫下蟬殼／飛走了」，以之對應逸出固有觀念的詩思。由成語之「守」、「變」映襯思想之「常」、「奇」，這裡含藏的乃是落蒂看似簡易、實際別有洞天的筆法。

3　剛好，「蟬」的清高形象與屈原聯繫頗深，《史記》內夾的議論曾讚揚屈原道：「濯淖汙泥之中，蟬蛻於濁穢，以浮游塵埃之外，不獲世之滋垢，皭然泥而不滓者也。」另外，屈原戴高冠，如可見於〈涉江〉：「冠切雲之崔嵬」。

4　除卻「蟬」、「禪」同音外，蟬聲「知了、知了」，也與佛家追求覺悟相合。另外，儒家以蟬象徵君子，道教將蟬蛻視為羽化登仙，這些皆有哲思可尋。

二　〈那夜的水聲〉

　　從〈聽蟬〉的成語發軔，不妨再探析落蒂另首詩作〈那夜的水聲〉。詩集《春之彌陀寺》附有詩友對落蒂篇什的讀後感，當時有意見認為〈那夜的水聲〉有散文化的問題，欠缺詩味。討論的詩文本如下：

　　　　夏雨過後
　　　　夜晚彌陀寺
　　　　早已閉上山門
　　　　水銀燈靜靜
　　　　照著廣場上的石桌
　　　　以及
　　　　空空的石椅

　　　　我們是唯一的訪客
　　　　被那八掌溪的水聲
　　　　吸引前來
　　　　我們相依站在
　　　　欄杆旁
　　　　溪畔偶有幾點火光
　　　　是誰在雨後的靜夜
　　　　還讓它為生活而明滅

　　　　是那水聲
　　　　讓我們靜靜相依偎

讓我們感到心中
也有生命的細流在潺潺
二十年了　無波的歲月
誰也不敢想像

誰也不敢想像
做為一個詩人
竟寫不出一首詩
是那水聲
又再撥動了生命的琴弦
是那水聲
一遍一遍在我心中洶湧

月光淡淡照在
夏雨過後的彌陀寺
照在八掌溪的水波上
耀動的水波
彷彿千萬首詩億萬首詩

　　可以說，上面提及的批評並非無的放矢，例如此詩第一節就完全
可改成散文體式排列：「夏雨過後，夜晚彌陀寺早已閉上山門，水銀
燈靜靜照著廣場上的石桌以及空空的石椅。」然而，技巧並非孤立存
在的，它們理應為文章的主題服務──細讀〈那夜的水聲〉一至四
節，作者想要鋪陳的乃是「做為一個詩人／竟寫不出一首詩」的苦悶
心境，假若落蒂在過程中大量屈折文句，使用跳接、比喻等詩歌手
段，上下翻飛，自在炫技，那反倒會與詩作本身的目標相悖。

　　因而可以說，〈那夜的水聲〉首四節都在壓抑，要為第五節的爆發作出鋪墊。第五節寫的是：「月光淡淡照在／夏雨過後的彌陀寺／照在八掌溪的水波上／耀動的水波／彷彿千萬首詩億萬首詩」。作者前一秒還在怨嘆「寫不出一首詩」來，下一秒就已頓悟：大塊天地有無盡藏，耳得的，目遇的，皆妙不可言；筆下縱無詩，唯水月交融、變化耀動，即能夠譜出「千萬首詩億萬首詩」。落蒂著重表現的便是此一強烈轉折[5]——何必為「寫不出」而苦惱呢？何不釋懷，為水與月的大手筆傾情禮讚？渺小的愁傷，在造化的巨流裡淘洗一空，詩人一度茅塞的心至此暢豁；或許他也相信，只要深契自然，心中「琴弦」持續「撥動」，不必勉強，藝術生命的「洶湧」終必有水到渠成的時刻。

　　作為參考，落蒂《一朵潔白的山茶花》收有〈登滕王閣〉，該篇最初發表於二○○六年，其思路仍與〈那夜的水聲〉相通：「一群行程匆匆的詩人／沿著滕王閣的樓梯／一級一級攀登／途中有人欲尋找王勃／導遊說他小酌去了／若小睡片刻／當有秋水共長天的好詩／江面只傳來重機械嘎嘎聲／沒有落霞也沒有孤鶩／只有貨船一艘艘駛過／還有各樓層商店區的叫賣聲／我手上拿著空白的稿紙／苦苦尋覓詩句不得／無奈間撕得粉碎／一揚手／晚春最後一場雪／竟從最高層飄然落下」。前面各句均是「無詩」狀態的語言，但到寫自然界的美妙時，筆鋒陡轉，「空白的稿紙」撕碎為「晚春最後一場雪」，末六行是多麼精緻而有亮光。觀乎此，便知落蒂沒有因詩友對〈那夜的水聲〉發出批評而動搖——別人譏詆的成語、散文化句子，他依然為著詩的主題而善加利用，背後的巧思，需要讀者虛心體會。

5　曾有一部以意識流手法開端的小說，作者用了多頁來寫一名銀行職員的日常聯想，乍看無聊，忽然「砰」的一聲，職員被槍彈擊斃，懸疑驚慄的敘事就此開展。這種由刻意平淡突轉為激烈澎湃的布局，恰可為理解〈那夜的水聲〉提供一些參考。

續論〈那夜的水聲〉，說落蒂在該詩前四節沒有運用任何技巧，那亦是一場誤會，此因作者經營的「象徵」和「暗示」俯拾皆是，例如第一節的「閉上山門」象徵靈感匱乏、心思閉塞，「空空」的「石桌」和「石椅」暗示心靈的僵硬及創作田園的荒蕪，這都與「寫不出一首詩」產生連結。應該注意，首節「石椅」、「石桌」的「石」是堅剛難摧的土地意象，要把它軟化，倚靠的便是「水」了，故詩的二、三、四節由「八掌溪的水聲」復甦「生命的細流」，其來有自；而「潺潺」的「水聲」漸變「洶湧」，首節的「石椅」、「石桌」最終被結尾柔和、「耀動的水波」取代，開端是閉固僵立之「石」，收合為解放奔流之「水」，兩者有著含蓄的呼應，實在頗耐咀嚼細味。

最後是落蒂在〈那夜的水聲〉裡埋下的小小彩蛋：彌陀寺「山門」的崇高，隱射「山高」；「月光淡淡」，明示「月小」；「耀動的水波」替換掉「石椅」和「石桌」，此即「水落石出」。蘇軾〈後赤壁賦〉有言：「江流有聲，斷岸千尺；山高月小，水落石出。」〈那夜的水聲〉實脫胎於茲。「八掌溪的水聲」便是「江流有聲」，那麼「斷岸千尺」呢？在另篇〈夜歌〉中，自有分曉。

三　〈讀報〉

前說落蒂以「水」沖走「石」，於是驅除了「寫不出詩來」的煩惱。其實除「水」之外，落蒂在《春之彌陀寺》裡亦常以「火」和其詩相聯，其中一例是〈讀報〉：

晨起讀報：
「畫家×××找回失竊的賓士
鋼琴家×××教琴一小時數千

　　小說家×××又再版數冊小說
……

　　我把尚未結集的詩稿
　　放在鍋中煮
　　一縷清香
　　上達天聽

　　詩的內容不難理解，首節寫的是畫家、鋼琴家、小說家收入豐厚，而作為對比，投身詩藝的「我」卻無甚回報，「詩稿」且「尚未」獲得「結集」之機會，不受出版社和讀者青睞。無可如何，落蒂便想像把詩稿「放在鍋中煮」。他認為其詩自有「清香」，通過「火」燒，香氣能升騰空中，以至「上達天聽」，獲得蒼天的欣賞。《論語》中孔子一再感嘆：「知我者，其天乎！」或許亦道出落蒂心聲。

　　當然，落蒂強調詩有「清香」，這是種懷抱自信的表現。〈讀報〉之外，這種自信亦見於〈龍喉水前戲筆〉。該篇中，落蒂眼看許多人排隊要喝龍喉水，因之忽發奇想：「若是，我想，若是／我有一首詩焚化在水中／不是有成千上萬的飲者／飲入腹中」。他亟欲與人分享自己的作品，而且深信「焚化」後的詩能渾然融入水中，沁飲者之心脾，予人清新爽朗之感。

　　如是者，從〈讀報〉的「放在鍋中煮」和〈龍喉水前戲筆〉的「焚化」可見，落蒂以「火」點燃詩文，箇中寄寓了他對自身創作的信心。然而同時，《春之彌陀寺》的「火」亦夾帶負面情緒。〈龍喉水前戲筆〉結尾，落蒂說：「只是，只是我的詩／尚未寫出」，這是打趣的話，但放大來檢視，是否落蒂認為足以沁人心脾的詩，自己其實「尚未寫出」？

在〈淒涼〉中，落蒂寫「打開自己珍藏的詩稿／發現只有無題詩三首」，其中「一首拿給妻／為冬日的生活點火」。一種解釋是「拿給妻」的詩能夠賺回稿費，支應「生活」；但如所周知，華文圈稿酬微薄，難成為應迎「冬日」的憑藉。因此，〈淒涼〉的真意當是：詩無用，把一張稿紙拿來作助燃材料「點火」，亦不可惜。用作參考，落蒂在〈我心兩章〉的第二章即說：「入秋以後，不時興作詩了／我想／打瞌睡和作夢都差不多」，把無用的創作與「打瞌睡」、「作夢」畫上等號。是以，〈淒涼〉的「火」殊非自信，反而多有無奈、頹唐的況味。

甚至乎，落蒂偶會為寫詩感到後悔，〈焚稿記〉和〈悟〉就都以「火」、「血」及時間的相連，道出落蒂心中的痛。〈焚稿記〉說：「我用那染血的稿紙／包上脫落的毛髮／一把火／把它燒了」。用「火」燒掉作品，因為它耗掉自己太多的青春、時間，「毛髮」之「脫落」，種因於對詩的傾情：「那已是二十年前的事了／十八歲少不更事／才讓頭上長了一塊頑癬／每當深夜，越抓越癢／恨不得狠狠去之而後／快」。而「稿紙」何故「染血」？那是由於落蒂為寫詩竭盡精力，嘔心瀝血所致：「深夜伏案，稿紙上盡是／我抓癢時流下的／灘灘血水」。付出甚巨，而收穫全無，落蒂遂有「一把火」把詩「燒了」的衝動。

「血」和時間的代價復見於〈悟〉，落蒂說：「我想歲月就被捏死在／那燒焦的，微微顫抖的／手心中」，這「手心」之所以「燒焦」，亦由於長期執筆寫詩。寫詩「捏死」了詩人的「歲月」，以致落蒂興嘆：「昨日尚是鐵匠錘打的年齡／而今／竟驚恐地急於伸手托住／落日／二十年竟如一夕」。同時，精力的耗費以「血」來表現：「被太陽越曬越黑的皮膚／卻驚見白色的血液流出」。內心出血、浪擲光陰，這是〈焚稿記〉和〈悟〉藉著「火」燄而照出的詩家傷口。

統合而言，落蒂詩中的「火」能燒出多種不同的心情，其一是自信，如〈讀報〉、〈龍喉水前戲筆〉所見；其二是無奈，可以〈淒涼〉為證；其三是懊悔，〈焚稿記〉及〈悟〉皆屬其例。這是限於《春之彌陀寺》的觀察，相信續看落蒂各部詩集，定能讀出搖曳火舌裡更多的細微訊息。

四 〈夜歌〉

落蒂記錄寫詩心情的作品不少，在《春之彌陀寺》中，〈悟〉和〈焚稿記〉透露出難掩的懊惱，而〈夜歌〉則揭櫫九死未悔、董道不豫的精神。這種矛盾拉扯一直到二○一九年的《鯨魚說》，都可說是落蒂詩的標識。〈夜歌〉全文謂：

> 驚起一陣寒鴉
> 我們的笑聲
> 在夜色裡
> 不斷的和著逆向的海風
> 打著節拍
>
> 我們把儒衫
> 掛在臨海的斷岸
> 我們的軀體
> 恍如潔白的月色
> 海濤一直
> 歌詠著原始的美

鐘聲
在濱海的寺廟
我們自己反覆誦讀
剛寫完的歌

夜也唱了起來，淒然地
這不是盛唐
我們清楚的知道

這不是盛唐
我們必須堅持
孤獨的唱

夜歌
驚起一群山鳥
人們
好夢正酣
我們必須堅持

鐘聲
冷冷地
在海邊

　　論時世，「這不是盛唐」，詩歌的鼎盛期已渺如雲煙，現代詩人不
過是「在夜色裡」前行，難以吸引大眾的目光。當下，詩人們把「笑
聲」譜成佳構，「反覆誦讀／剛寫完的歌」，但他們「打著節拍」、「和

著」的「海風」乃是「逆向的」，與潮流不符，顯得不合時宜。所以，他們縱或能「驚起一群山鳥」，找到一同唱和的幾位詩友，但在更廣闊的世間，「人們／好夢正酣」，才懶得理會詩界的小小圈子。詩是邊緣的，是被「冷冷地」擱置在「海邊」的。

落蒂曉得這一狀況嗎？那是當然的，〈夜歌〉即寫到：「這不是盛唐／我們清楚的知道」。他為新詩的處境備感「淒然」，卻依舊高聲呼喊：「我們必須堅持／孤獨的唱」。〈夜歌〉中，「濱海的寺廟」象徵遠離塵世功利，詩聲如「鐘聲／冷冷地」揚起，那「冷冷」不是被冷待，而是冷傲，漠視有形的財祿、無形的名譽，詩人心中早已有特立獨行的預備。

此外，〈夜歌〉「把儒衫／掛在臨海的斷岸」意境更美。前說〈那夜的水聲〉時，筆者已提示「斷岸」取自蘇軾〈後赤壁賦〉的「斷岸千尺」，而〈後赤壁賦〉的著名段落確已隱含落蒂對詩的懷抱：

> 江流有聲，斷岸千尺；山高月小，水落石出。曾日月之幾何，而江山不可復識矣。予乃攝衣而上，履巉巖，披蒙茸，踞虎豹，登虯龍，攀棲鶻之危巢，俯馮夷之幽宮。蓋二客不能從焉。畫然長嘯，草木震動，山鳴谷應，風起水湧。予亦悄然而悲，肅然而恐，凜乎其不可留也。反而登舟，放乎中流，聽其所止而休焉。

「江山不可復識」表示時過境遷，對應「這不是盛唐」；「履巉巖，披蒙茸，踞虎豹，登虯龍」摹寫行程艱辛，但落蒂與蘇軾一致，不捨地攻向「斷岸」，攀上絕壁；「蓋二客不能從焉」即「人們／好夢正酣」，獨登高處的落蒂以詩「驚起一群山鳥」，這也與蘇軾「畫然長嘯」相似；蘇子的嘯聲徒於山谷迴響，是空洞的，而只「驚起一群山

鳥」的落蒂也不免寂寞；蘇軾「悄然而悲」，落蒂也有他的「淒然」。在〈後赤壁賦〉裡，蘇軾能夠調適心境，「反而登舟，放乎中流，聽其所止而休焉」；〈夜歌〉的落蒂亦一樣，隨順著「海濤」之高低，吐露其起伏的心音，「一直／歌詠著原始的美」。在「斷岸」所掛的「儒衫」之下，落蒂保持著「潔白」如「月色」的「軀體」和心靈，未有因世人的不了解而輕改愛詩之志。

〈夜歌〉開首的「寒鴉」令人想起魯迅的〈藥〉，〈藥〉結尾的「烏鴉」兼有從正反兩面聯想的可能，給人莫大的詮釋空間；到了末段，〈夜歌〉的「鐘聲」亦然，其扣響是令人神往，還是陡增了悄愴幽邃？答案同是開放式的。但應當注意，〈夜歌〉的「寒鴉」、「鐘」、「海」、「夜」、「風」串連起來，其實可重組成宋人之詩：「無數寒鴉來遠鐘，物華心跡偶然同。不知海北江南路，更有愁人立晚風。」藉由此暗示，落蒂已表明必「堅持」在詩的崗位上佇立，這一點是沒有疑義的。

五　〈辭別的清晨〉

落蒂愛詩、寫詩，過程中雖耗用不少精神、時間，使人易生懊悔，但落蒂大抵上能夠如〈夜歌〉所述的「堅持」初心，筆耕不輟。與新詩創作一路並轡的，是落蒂對萬事萬物的由衷感情，拙著〈明我長相憶：落蒂新詩的「重情」精神〉已大略言之。《春之彌陀寺》有不少篇章特別關注臺灣原住民，如〈最後的營火〉、〈辭別的清晨〉、〈心語〉、〈山中新子民〉等皆是，此處摘〈辭別的清晨〉略作析說：

　　一樣是那個小站
　　我們一起整裝

一起搭上下山的巴士

無法不回頭

山林也不斷招手

彷彿這些子民

不再在牠的護蔭下

牠不放心，也不相信

他們會健全茁壯

數十年了，那個數代

棲息躲避風雨的小屋

那條每日在晨曦中

奔跑上學的小山路

逐漸長大成產業道路

逐漸有一兩班巴士

顏色斑斑的小站牌

它目睹多少

逐漸被腰斬的百年紅檜木

運出，目睹多少

不再回頭的青少年

而我們這一趟出門

是否就在外地生根

是否只能在臺北街頭

品嚐家鄉的水果

詩的開首寫一班原住民到部落附近的「小站」，要乘巴士「下山」，離開家園。他們充滿依依不捨之情，以致頻頻回望，像「顧瞻戀城闕」的曹植，在一次次「回頭」中「引領情內傷」。

　　富含生命力的「山林」也不忍子民離去，為著不能就近「護蔭」他們而感到「不放心」，害怕他們無法在城市中「健全茁壯」。應該說，「山林」的憂慮是有根有據的。例如，不少原住民作家都曾寫離開「山林」的女子淪落風塵，如布農族拓拔斯‧塔瑪匹瑪（漢名田雅各，1960-　）的小說〈情人與妓女〉便敘述，太魯閣族少女申素娥到臺北後被騙去賣淫，後來雖完成贖身，她卻無法捨棄為娼的惑人利潤，不願放棄皮肉生意——這一方面折射出原住民女子受誑為妓的不幸，另一面亦反映出城市的財利確有巨大吸引力，能誘使人們放棄良知陣地。在〈巫師的末日〉裡，拓拔斯寫巫莉祖母指著金錢說：「有些女人為這種東西自甘墮落，離開可愛的家鄉到都市賣笑」，這和泰雅族瓦歷斯‧諾幹（漢名吳俊傑，1961-　）〈在大同〉詩後自注：「近年來，部分原住民憧憬平地的繁榮與燈紅酒綠的生活，紛紛外出謀生」，乃是一脈相通的。

　　復舉一例，排灣族詩人馬列雅弗斯‧莫那能（漢名曾舜旺，1956-　）也為失去「山林」的「護蔭」、在城市受苦的原住民姊妹深感痛心。他在〈恢復我們的姓名〉中嘆息：「傳統的道德／也在煙花巷內被踐踏」；名作〈鐘聲響起時——給受難的山地雛妓姊妹們〉則寫出原住民女子受盡欺凌：「荷爾蒙的針頭提早結束了女兒的童年」、「保鑣的拳頭已經關閉了女兒的笑聲」；〈百步蛇死了〉亦難堪地透露：「站在綠燈戶門口迎接他們的／竟是百步蛇的後裔／——一個排灣族的少女」。可以說，原住民在城市遭到惡待的例子甚多，而落蒂筆下的他們仍不得不踏離「那個數代／棲息躲避風雨的小屋」，如慈父的「山林」自然要揪心緊張不已。

　　從拓拔斯等人的著作引申，讀者更能夠掌握落蒂〈辭別的清晨〉裡的深義。「那條每日在晨曦中／奔跑上學的小山路」所蘊含的，既有「晨曦」的光明，也有「上學」的單純、青澀，這是原住民尚在山

中時的心靈面貌；而「逐漸長大成產業道路」不僅是寫部落變貌，亦暗示離開家園的原住民必經受都市物慾的洗禮，失掉昔日的素樸。同樣地，「逐漸被腰斬的百年紅檜木」不只是實寫眼前景觀，也寄寓著部落文化無以為繼、山中子民道德被斲喪的意思。

　　關於部落文化的中斷，落蒂的其他詩作能為〈辭別的清晨〉做出補充。〈辭別的清晨〉寫許多原住民青少年最終選擇了融入城市，「不再回頭」，「在外地生根」；落蒂另詩〈心語〉亦模擬原住民的聲音：「原諒我們穿上時裝／把傳統衣著／掛在家鄉／供人／照相」，這裡的「時裝」正是城市的標記，而象徵傳統文化的民族服飾則被留在家鄉，不再隨身帶著，暗示「不再回頭」的原住民確已「在外地生根」。此外，〈辭別的清晨〉末尾說，到了城市的原住民仍會懷想部落，他們偶爾在臺北街頭「品嚐家鄉的水果」時，就會禁不住憶起當初的生活；但在另詩〈山中新子民〉中，落蒂同藉「水果」為媒介，寫出了一些「不再回頭」者的心聲：「不願再想起／往日爛了一地的水果」，對比起辛苦而又獲利不多的耕種生活，他們更樂於在城市打滾。落蒂〈山中新子民〉又謂：「山中的新子民／唱歌，不願／種水果」，這種在部落以「唱歌」吸引遊客、賺取生計的演出，其實亦呼應著〈心語〉的「把傳統衣著／掛在家鄉／供人／照相」，兩者皆見證部落文化變成了以娛人為主的商業活動。

　　落蒂〈辭別的清晨〉中，「青少年」選擇了「不再回頭」。那麼，如果他們年老後改變想法，想要重回「山林」懷抱，又會是怎麼樣呢？答案當然是開放式的，但讀者不妨參考拓拔斯的〈夕陽蟬〉：小說主人公金谷在部落長大，其後到城市謀生，打拚數十年，事業可算有成，退休五年決定重新歸化布農，於是輾轉回到故土；可是，由於心態、習慣均已改變，如何重新適應竟成了金谷的巨大難題，部落與其說讓人熟悉，不如說是令他害怕。畢竟，如同落蒂所言，離開的原

住民已經「在外地生根」，他們的文化生命已「被腰斬」；「目睹」這一切的落蒂，實難禁心頭的唏噓。

在《春之彌陀寺》出版後，落蒂仍持續留意山林的子民，其詩作如〈卑亞南蕃社〉、〈最後的雲豹〉、〈武界傳奇〉、〈馬蘭山莊〉等，常可見部落和原住民的身影。有意的讀者，可順藤而摸瓜，品落蒂日熟的情思。

六 〈鄉村即景〉

在整部《春之彌陀寺》中，兩首名為「鄉村即景」的作品頗能撼動我心。〈鄉村即景之二〉謂：

> 薄暮時分，我
> 站在溪畔
> 看著沉下去的落日
>
> 一列臺糖小火車
> 費力的駛過
> 長滿野草的軌道
>
> 溪畔的鴨寮
> 破舊的茅屋頂
> 在晚風中搖搖欲墜
> 一個老人
> 蹲在枯樹下
> 抽著悶煙

一個滿臉泥灰的小孩
傻傻對我
一笑

我
楞在驟起的晚風中

　　此詩的高明之處，首先在於全篇首三節皆有人、物融一的傾向。在第一節，「我」已日漸年老，而眼前紅日也正西斜，「沉下去的落日」與「我」的垂暮合一。第二節，「小火車」艱辛「駛過」，對應「我」半生「費力」，但記憶的「軌道」上只有「野草」，沒有榮耀──其靈感或是來自余光中的散文名篇〈記憶像鐵軌一樣長〉。到〈鄉村即景之二〉第三節，「破舊的茅屋頂」衰頹已甚，另位「抽著悶煙」的「老人」也缺少生命力，這些都與情緒低落的「我」相疊合，使「我」的形象更為豐滿。

　　來到詩的第四、五節，落蒂筆鋒一轉，帶出與「我」迥然相異的「小孩」。昔日的「我」當然也曾有過「滿臉泥灰」的童稚歲月，爛漫天真；可是時過境遷，眼前「小孩」毫不世故的「一笑」倒提醒「我」已飽歷風霜，使「我」自傷年邁，以致在「驟起的晚風中」愣住。

　　所以說，整首詩以「晚風」、「落日」、「老人」、「野草」、「破舊的茅屋頂」等正襯「我」垂垂老矣；但正中有奇，落蒂復以「小孩」作出對照，令文脈有所變化──當「我」窘困地呆住時，青春不再、光陰難返等種種唏噓便一併湧至，「我」的哀愁也達到了極點。

　　至此，我們若再檢視一次〈鄉村即景之二〉，當發現全詩表面只是鋪陳事物，而沒有直接呈現「我」的感受，用墨非常含蓄；讀者必

須注意詩人埋下的暗線，調動想像，重建聯繫，才不致辜負、錯過落蒂此作深邃的意蘊。

落蒂的〈鄉村即景之一〉亦屬傑作：

一隻老牛
栓在榕樹下
咀嚼著蔗葉，以及
乾枯的茅草，以及
往事

一架耕耘機
昂首闊步
引吭高歌
而過

一個老農，慢慢的
解開牛繩
將老牛
牽上貨車，然後
含淚，目送卡車
絕塵而去

然後，頹然坐在樹下
輕聲地說：「老牛，
別哭！」

在詩中，象徵現代科技的「耕耘機」昂然駛進田裡，取代了隱喻傳統的耕牛，側面表現出農村的變貌。以情節論，這部分令我想起錦雲（劉錦雲，1938- ）《狗兒爺涅槃》的結尾：「馬達聲大作。推土機隆隆開入。」但就老者形象言，狗兒爺激烈抗爭，聲嘶力竭，而落蒂筆端的「老農」則是無奈承受巨變，飽含愁哀，兩篇作品動人之處自有不同。

順著〈鄉村即景之二〉的襯托筆法來看，〈鄉村即景之一〉的人與物在形象上也有種種疊合，能引發讀者的聯想。例如「老牛」不只「咀嚼」草葉，還「咀嚼」其「往事」，這與緬懷昔日鄉村的「老農」互相照應──「老牛／栓在榕樹下」，「老農」其實也「栓在」長年生活的田地上。

詩的最後一節說，「老農」在送走耕牛後「頹然」地「坐在樹下」，嘴裡仍一聲聲安慰遠去的「老牛」，請牠「別哭」；事實上，要安慰、要忍住「別哭」的也是他自己──「老牛」被「耕耘機」取締，逃不過被「牽上貨車」送去屠宰的命運，而「老農」又何嘗逃得過遭新時代淘汰的慘淡結局呢？

統合來說，落蒂的兩篇「鄉村即景」都以老者為主角，〈鄉村即景之二〉借各類事物烘托「我」的形象，〈鄉村即景之一〉則在暗示農村變化之餘，藉「老牛」對應「老農」，產生複義。由於落蒂並不直寫「我」和「老農」的自傷，筆法含蓄，讀者有更多細味詩旨的空間，且能在領略篇中感情後，產生更深層次的共鳴。

邀古人談詩：
落蒂《春之彌陀寺》五題

一　隱居在詩行的哲人：落蒂新詩的「逸」筆

我們在〈呈給明月——寄風燈諸子〉中看到陶弘景，看到王維，其實《春之彌陀寺》的〈聆聽〉一篇亦寫過：「山頂上白雲／松樹間的明月」，前句合併陶弘景「山中何所有，嶺上多白雲」，後句則近於王維〈山居秋暝〉的「明月松間照」，這一道一佛的出世形影時時閃現在落蒂詩篇中。

當談到隱逸意向，直率地，落蒂的〈溪頭小唱〉會詠嘆：「經年的塵念不在／都市的擾攘不再／霓虹不再／虛偽不再／昂首對山林長嘯／且輕輕拭去／滿眶的霧濕」。詩人以「山林」和「都市」對舉，仰視自然，即背向塵俗的聲影，這多少和馬致遠「紅塵不向門前惹，綠樹偏宜屋角遮」的意旨相應。

這樣看，落蒂的〈卑亞南番社〉亦並非單純記遊，而是象徵作者已「厭倦」都市，感到「疲憊」，於是轉而向山林尋求安慰。篇中的「今夜什麼也不想」是指放空心思，不再「蛩吟時一覺才寧貼，雞鳴時萬事無休歇」；而「慢慢飲著／剩下的半壺酒」及分享「熱騰騰的野豬肉」，實際即馬致遠「帶霜烹紫蟹，煮酒燒紅葉」之回響，享受在綠樹圍繞中放懷行樂。

落蒂的〈山中無人〉則與柳宗元〈始得西山宴遊記〉相關，在頭

四行的鋪墊過後，「在你的兩側／一路爬上去」即重複柳宗元朝西山頂「攀援而登」；「四周滿是針葉林／每一支針尾／都閃亮著一顆星球」既像佛家的「一花一世界，葉一如來」，亦可以是柳宗元般「心凝形釋，與萬化冥合」的效果；至於〈山中無人〉末尾的「四野無人／我席地而坐，拿起酒壺／咕嚕咕嚕的喝了起來」，那完全是柳宗元置身自然時的「披草而坐，傾壺而醉」、「引觴滿酌，頹然就醉」了。

陶弘景、馬致遠不達而隱，柳宗元欲仕得隱，王維則亦仕亦隱，各人同中有異，但都在文學的長幅畫卷上留下「隱」的墨跡。落蒂在〈呈給明月〉裡把自己和一眾風燈同仁比喻為「隱居的哲人」，他的詩確也多紹繼古哲，揉而合之，在字行之間大放「逸」彩。

二　南窗寄傲看〈山嵐〉：落蒂的「和陶詩」

捨陶弘景、馬致遠等人之外，落蒂佳作也與「古今隱逸詩人之宗」陶淵明異代回響。只讀表面，落蒂「山居小品四帖」的〈山嵐〉已多閒適自樂之趣；若深入地看，該篇實際上是語語有所本，跟千古之上的陶淵明展開了對話。〈山嵐〉謂：

晨起一片煙嵐
冉冉飄近我蟄居的木屋
我把它剪貼在
向南的小窗

至於黃昏的霧靄
只有伸手一撈
和著今夏好友寄送的春茶

　　一起煮來

　　品詩

　　落蒂詩的首節寫自己「蟄居」在「木屋」之中，但與陶淵明「審
容膝之易安」、「敝廬何必廣」一樣，他頗安於這小小的天地。何以見
得？第四行「向南的小窗」正呼應陶氏〈歸去來辭〉的「倚南窗以寄
傲」──靠著「南窗」，不必受世俗拘束的落蒂正自豪著呢，彷彿那
喊出「何陋之有」的劉禹錫。陶淵明詩常以「山嵐」盡散為佳，如
〈時運〉有「山滌餘靄」，〈詠貧士‧其一〉有「朝霞開宿霧」，〈歸去
來辭〉那句「恨晨光之熹微」，其實不僅僅是趕路歸家時才有的感
覺。在這方面，落蒂顯得較陶氏更無所謂，當「晨起一片煙嵐／冉冉
飄近」時，他便順手「把它剪貼在／向南的小窗」，拿它作裝飾的風
景，並怡然地欣賞起暗沉的霧靄來。

　　只不過，「霧靄」久久不散，籠罩至「黃昏」，落蒂的心情難免亦
受一定影響，這和陶淵明〈停雲〉詩裡一再受「停雲靄靄」、「靄靄停
雲」困擾的情況相似。怎麼辦呢？落蒂是較陶淵明幸運的。〈停雲〉
一篇，陶淵明想找知音共話，「願言懷人」，以之排遣愁鬱，偏偏客觀
上「舟車靡從」，他無法與友聯繫，惟空自嘆：「願言不獲，抱恨如
何！」落蒂則只消輕輕「一撈」，便覓著「今夏好友寄送的春茶」，與
知交猶似比鄰，於是一邊烹茶，一邊看「霧靄」，竟忽然就「品」出
「詩」的味道來，悅目賞心。

　　綜合來看，落蒂的〈山嵐〉句句與陶淵明詩文相和相答，恰似隱
者相逢。落蒂正茗茶，而陶淵明「過門更相呼」，說是「有酒斟酌
之」。剪一片煙嵐贈予陶氏，落蒂笑言：「春秋多佳日」，可一同「登
高賦新詩」；雲裡霧裡，亦何妨促席說平生！南窗寄傲，滋味悠長。

三　出世與入世：落蒂〈夜訪彌陀寺〉的掙扎

　　在論說落蒂〈聽蟬〉時，我曾借曹操、馬致遠分別代表「入世」和「出世」的精神。無獨有偶，當落蒂在〈夜訪彌陀寺〉躊躇於出世、入世之間時，他的詩亦撞見了曹、馬二君。〈夜訪彌陀寺〉的首節是：

　　　　或者應該飲酒放歌
　　　　或者應該與那位老僧
　　　　一起讀經
　　　　在這樣的靜夜
　　　　月光燈影與燭淚
　　　　同時來到彌陀寺

　　其第五，亦即最後一節則為：

　　　　應該煮酒抑或放歌
　　　　我想
　　　　應該再仔細讀讀
　　　　老僧
　　　　荒蕪的臉

　　兩節都提及「酒」與「歌」，差異是首節的「飲酒」、「放歌」同屬一類，皆與「讀經」對立，而尾段的「煮酒」則與「放歌」有別，兩者中間存著「抑或」的抉擇。
　　原來，首節的「酒」與「歌」皆來自曹操〈短歌行〉開頭的「對

酒當歌」。〈短歌行〉中，曹操深嘆「去日苦多」，時不我待，必須把握光陰，集結智能之士，早定神州，使得「天下歸心」——其專注事功，無疑是入世精神的最佳象徵。明乎此，落蒂〈夜訪彌陀寺〉首節的「酒」、「歌」跟「讀經」修行分殊，自然就屬情理之中了。

到第五節，由於「煮酒」和「放歌」有著「抑或」的扞格，「放歌」依然是〈短歌行〉象徵入世的「當歌」，「煮酒」卻已和「煮酒論英雄」的曹操無關，而是與出世的馬致遠互聯——馬致遠有「煮酒燒紅葉」之句，見於其套曲〈夜行船・秋思〉。〈夜行船・秋思〉視功業為虛幻，說「秦宮漢闕，都做了衰草牛羊野」，而曹操雖人稱「豪傑」，其「鼎足三分」的國度也逃不過「半腰裡折」。所以，馬致遠認為與其爭名逐利，搞得像「密匝匝蟻排兵，亂紛紛蜂釀蜜，鬧攘攘蠅爭血」，倒不如隱身於「裴公綠野堂，陶令白蓮社」，在秋日「和露摘黃花，帶霜烹紫蟹，煮酒燒紅葉」，及時行樂。〈夜行船・秋思〉結尾還說，即使有人來招馬致遠出山，他也要佯裝已醉，拒見貴客——這種沉湎杯中、不問世事的選擇，可謂是徹頭徹尾的出世精神。

那麼，該是「右手持酒卮，左手持蟹螯，拍浮酒池中，便足了一生」呢？還是該致力於恢復「對酒歌，太平時，吏不呼門。王者賢且明，宰相股肱皆忠良」的理想世界呢？落蒂的〈夜訪彌陀寺〉並沒有給出答案。我卻晃了神，覺得詩中「飛入暗處」的「蝙蝠」，無端也像是〈短歌行〉的「月明星稀，烏鵲南飛」。

四　同遊媚筆泉：「我有嘉賓」的落蒂新詩

落蒂在評析石秀淨名（陳建宇，1959-）〈古城〉之時，嘗引用姚鼐（1731-1815）著名的〈覆魯絜非書〉。尋索落蒂《春之彌陀寺》的一些詩作，偶爾也可發見姚鼐〈遊媚筆泉記〉的印跡。

　　姚鼐〈遊媚筆泉記〉先是寫「溪上大聲潀然」，以流水淙淙之響襯托環境之幽靜；落蒂的〈武陵農場〉亦有「我被一陣水聲驚醒」之語，疑心將能聽見「星子落水的聲音」，側面道出了夜之沉寂。不過，王維〈山居秋暝〉已寫過「清泉石上流」，也是以水聲入耳，傳遞「春山空」的感覺。落蒂「山居小品四帖」的〈山霧〉所云：「我聽到今夏／第一顆松子／滑落的聲音」，實在也較近於王維〈鳥鳴澗〉的「人閑桂花落」。

　　姚鼐〈遊媚筆泉記〉再寫「時有鳴巂」，以杜鵑啼響襯托山林默默；落蒂〈山中夜〉也說「所有精靈／都因而／悉悉索索／匐伏而來」，借山中生命弄出的聲音渲染山野闃然。只是，南朝人所作〈入若耶溪〉已有「蟬噪林逾靜，鳥鳴山更幽」之妙筆，落蒂似乎不僅師法姚鼐，還直承了更前代作者的詩想。

　　姚鼐〈遊媚筆泉記〉亮出奇句：「山風卒起，肅振岩壁，榛莽、群泉、磯石交鳴」，好落蒂，短短五行的〈山風〉將之巧妙轉化：「山風在空中狂吼／宣稱自己是最好的歌者／群樹不信／就在下面嘩啦嘩啦的／鼓噪起來」[1]，擬人化的風和樹活潑非常，畫面生動，和姚鼐所書可謂負勢競上，互相軒邈。然而，忽又想起柳宗元的〈袁家渴記〉便寫過「每風自四山而下，振動大木」，〈石渠記〉又有「風搖其巔，韻動崖谷」，姚鼐「卒起」的「山風」，實際也非空穴自來。

　　那麼，如果打比喻的話：當落蒂在《春之彌陀寺》邀古人對談時，姚鼐即抱〈遊媚筆泉記〉率先入座；然後，在〈覆魯絜非書〉裡自言「獲侍賢人長者為師友」的他又召喚更多前輩先達，聯袂赴會，與落蒂共醉詩文。

1　後來，落蒂《鯨魚說》把此詩修改成〈不信〉：「風在空中宣稱是最好的歌者／群樹不信／在下面喧譁了起來」。

更古代的篇章如石，藉姚鼎之陪而浮出記憶深潭，相互映照，顧盼生光，且在讀者心中復甦──這或許正正如〈遊媚筆泉記〉所言，是「溪有深潭，大石出潭中，若馬浴起，振鬣宛首而顧其侶」也。

五　關山松下，伐木新聲：談落蒂詩的用典

落蒂〈山中無人〉、〈呈給明月〉、〈卑亞南番社〉、〈夜訪彌陀寺〉和〈山風〉等詩的典故藏得較深，但與此同時，《春之彌陀寺》亦有許多明示與前代文本有著聯繫的篇章。

例如，「南橫七帖」的〈大關山隧道〉在提示「秦漢」、預作鋪墊之後，再引錄漢高祖劉邦（約西元前256-前195年，西元前202-前195年在位）〈大風歌〉的「大風起兮」，用典相當明顯；〈松下〉則轉化自賈島有名的〈尋隱者不遇〉，其中「沒有童子可問／更不會／言師／採藥／去」，只略改賈氏原詩的「松下問童子，言師採藥去」，一樣不難被讀者認出。

落蒂這些顯著的用典並不拘泥於舊解，而是往往注入新意，切合現代情境：「大風起兮」不再是中原逐鹿的風起雲湧，落蒂借它來形容穿過隧道的磅礡氣流；「童子」並不為人「尋隱者」，而是帶出「生命的意義」這一問題之難解，沒有能提供標準答案的「師」。最特別的是「山居小品四帖」的〈伐木〉，它沿用《詩經‧小雅‧伐木》的標題，但篇中只聞「伐木丁丁」，久無「鳥鳴嚶嚶」，反用了《詩經》的典故，暗示自然生態已遭嚴重破壞──這樣的寫法，確實非常新鮮。

落蒂在言及買地退隱的〈福壽農場〉裡寫道：「經書我自己會帶／至於現代詩什麼的／還望你為我／選一些托人帶來」。這一小小的片段透露，落蒂不薄今人，但更不願稍離古人流傳下來的「經書」，他在創作中廣涉先賢詩文，可謂其來有自。從以上五篇論述更可見

出，《春之彌陀寺》不但包含，且妙用了許多古文化語碼，這又足證
落蒂並未踵常途之促促，而是能創新突破，別樹一幟，其詩作因此多
有可賞之處。

落蒂再演義：
重頭〈讀詩〉

　　閱讀的先後和寫作的順序無關，最典型的例子，當是現代人每每先熟悉元明之際的《三國演義》，接著才翻開西晉成稿的《三國志》，然後因《三國志》而憶起演義說部的情節。讀詩亦一樣，當我們瀏覽過落蒂各時期的詩文後，回過頭再唸《春之彌陀寺》的〈讀詩〉，腦海中線索交織，後起的文本與先行的文本對映互融，似乎又產生新的聯想、新的理解。落蒂的〈讀詩〉謂：

> 想必是昨夜苦苦吟哦
> 今晨醒來
> 竟然發現，案頭上
> 有幾滴鮮血，心煩意亂
> 猛推窗，今夏
> 所有的蟬聲，一起
> 洶湧而入，煞時
> 一片喧鬧
> 起身逃入園中
> 遂發現荷葉上一顆露珠
> 渾圓晶瑩透明
> 我捧起，仰首
> 一飲而盡

啊！今夏讀到你的
第一首好詩

　　第四行提到「幾滴鮮血」，承接首行「苦苦吟哦」，自可析讀為落
蒂嘔心瀝血地撰作——他的〈悟〉、〈有情詩〉和〈焚稿記〉等都曾述
及「血」和寫詩的連繫，而〈絕情書〉、〈在遠遠的地方看你〉等則皆
以「血」和情書互聯。此外，《落蒂小品集》也寫過：「一位作家，也
是詩人，正埋首在稿紙上書寫，不，應該說輸血，血液一點一滴從他
的筆管中流出，沾滿整張稿紙」，堪為佐證。

　　然而，我更心怡的解釋是來自與散文〈幻影〉的對照——〈幻
影〉裡那位自尊自大的領袖性情乖張，言辭怪誕，偏偏有不少人服從
他的權威，甚至願意「在手指頭上擠出幾滴鮮血」，以表忠誠。移入
〈讀詩〉的脈絡，則詩的頭四行乃指落蒂「苦苦吟哦」，歌詠出有益
世道的詩篇，但一覺醒來，「案頭上」讀到的報紙還是印滿妖邪橫
行、人心迷亂的舊聞，那些「幾滴鮮血」的荒謬情景仍持續發生——
看來，以文藝濟世是沒有盼頭了。

　　於是，積鬱於胸的落蒂走去「猛推窗」，想要吸一口新鮮空氣，
呼出負面情緒。但「猛推窗」在〈傷痕〉一詩的用法是：「你猛然推
窗／臨風飛舞的窗簾／搖動我紛亂的思緒」，即是「推窗」之後，愁
懷未減，「思緒」反更加「紛亂」。果然，〈讀詩〉接下來就是「今夏
／所有的蟬聲，一起」跨過窗框，「洶湧而入，煞時／一片喧鬧」，聲
聲聒噪，喋喋不休，使得落蒂更顯煩躁。

　　應當留意的是，〈讀詩〉此處之「蟬聲」乃與〈聽蟬〉一篇和
應。〈聽蟬〉謂「眾蟬高唱，有／慷慨激昂的，有／頓首捶胸的，有
／聲嘶力竭的，有／……」象徵某些躋身社會高處、掌握資源的人只
知大言炎炎，裝模作樣，實際上卻治絲益棼，徒添噪音，沒能導正人

心，反而迷惑了人。當然，「所有的蟬聲」還有來自平頭百姓的，那「一片喧鬧」令我想到〈大寒流〉：「人們偏偏無感的划拳行酒令／任大寒流在室外呼號」，意思是：一般人不顧妖邪當道，依然吵吵嚷嚷地「划拳行酒令」，製造「喧鬧」，玩樂如常，對掩至的「大寒流」無動於衷。

回到〈讀詩〉，鬱結難舒的落蒂敵不過「蟬聲」聒耳，當下即「起身逃入園中」。「園」的意象是寄寓化愁為喜的，如落蒂〈三灣梨園中的果農〉一詩，即有梨園農人「在像地獄一般孤獨的／山間曠野／把痛苦化成一簍簍成果／讓所有人笑開懷」的描寫。落蒂沒有實體的「梨園」可栽[1]，卻有無邊的「詩園」可植——藉文藝匡正社會之念，在他腦中迄未消失。不是嗎？落蒂〈一片冰心在玉壺〉有言：「如今面對紛亂世情，心中盼望有解世紛、濟蒼生、安黎民的人物出現」；作為讀書人，他縱無力「解」、「濟」、「安」，卻絕不卸下「苦苦吟哦」的重責，在臉書自剖道：「在風雨如晦，雞鳴不已的時代，叫我寫一些與當代無關，甚至置身事外的詩，我真的辦不到。」而這些，正正便是《大寒流》結集出版的緣起。

所以，落蒂在〈讀詩〉的後段轉換心情，不再被剛剛醒來時的「發現」搞得「心煩意亂」。他在園中另有「發現」，即「荷葉上」的「一顆露珠」，多麼「渾圓晶瑩透明」，就像精妙的詩；他隨即把葉子「捧起，仰首」，將露水「一飲而盡」——這一幕，後來見於落蒂的〈登獨立山〉第十章「露珠」：

　　從睡夢中醒來
　　走出帳篷

---

1 落蒂其實也想過「弄一塊地」來耕種，只不過被妻子勸止了。事見落蒂《山澗的水聲》所收〈衝動〉一文。

靜寂中一顆晨露
在葉片上閃閃發亮
輕輕搖動樹幹
露珠迅速落下滑入我口中

　　與〈讀詩〉同是「從睡夢中醒來」，〈讀詩〉是走進「園中」，〈登獨立山〉是「走出帳篷」，行動頗為一致。固然，更大的重點是，〈登獨立山〉的落蒂如佛家修行之人，喝下「露珠」，細味其清冽，即渾忘一切煩惱，輕安自在，盡拋罣礙；〈讀詩〉的落蒂也一樣，藉由「一飲而盡」，消釋了「喧鬧」，消釋了「心煩意亂」——唯有堅定了內心，才能踏穩以文藝匡助世間的道路。

　　〈讀詩〉來到尾聲，不同於第五行蟬鳴撲至的「今夏」，倒數第二行的「今夏」情調開朗，能搭上〈流雲的夢幻〉那句「今夏本擬化成夏天的漂鳥」，含藏翩然欲飛之想，暗示落蒂將於詩園繼續翱翔。所謂「讀到你的／第一首好詩」，「你」也是落蒂，譽之為「好」，是因為落蒂充分肯定自己再次出發、深耕詩園的第一步。

　　「好詩」也可以包含落蒂對自然界的讚美——在〈漓江〉，落蒂被美景懾住，「幾乎對自己的眼睛／產生懷疑」；在〈始信峰〉，落蒂說自己「受了美的驚嚇」；在〈玉龍雪山〉，落蒂心中湧起「對美的一種痴狂」；在〈蘆笛岩〉，落蒂不只雙眼「為之一亮」，甚至訝異得「全身／麻木」。凡此種種，都可看出落蒂常常是有感（感覺、感恩）於造化的。更特別的，是如〈登滕王閣〉和〈那夜的水聲〉所述，落蒂明明處於寫不出詩的狀態，但自然界亮麗的「晚春最後一場雪」和「耀動的水波」卻讓他心中的詩復甦——在〈讀詩〉裡，落蒂也是受「荷葉上一顆露珠」觸動而撇開「心煩意亂」，振作寫詩之志，情況與〈登滕王閣〉、〈那夜的水聲〉相似。落蒂在〈那夜的水

聲〉形容波光「彷彿千萬首詩億萬首詩」，在〈讀詩〉讚頌「荷葉上一顆露珠」為「好詩」，兩者的理路是相同的。

通過不計文本寫作先後次序的「內互文」（intratextuality）閱讀，我們能從落蒂的〈讀詩〉推展更廣的網絡，觸發更多面向的聯想。不熟悉落蒂詩文的讀者，據此可以捕捉到作家的幾處亮點，接續按圖索驥，便可進於寶山，滿載而歸；已經是落蒂文字知交的愛詩人，則能據此重溫作家的種種詩思，把詩文演義、再演義，其樂無窮。

吟餘屋角見雲生

禪意猶無盡藏：
讀落蒂「失落的地平線」選輯

　　拜讀落蒂《大寒流》輯四「失落的地平線」，其運筆刻畫之巧、用典之妙或箇中情感自然率真，著實動人心弦，而詩中蘊藏的佛理玄思，禪機精深，更是使人感悟良多。全輯十首，字字盡見風花雪月，句句不離俗世紅塵，而實為行旅參禪，餘音裊裊。落蒂的修習之路能分三部分去看，自〈膜拜——為媽祖文化節朗誦而作〉始定整輯以佛法為調，一如昔年玄奘（西元602-664年）西行求經，開篇四首就畫下同樣宏偉的西行之旅，自湄洲島起，至麗江、香格里拉，直到西北邊陲喀那斯湖。行程既定，旅中有感，又寫下〈在茶馬古道上做夢〉、〈屬都湖〉、〈在儋州遇見蘇東坡〉、〈麗江大水車〉及〈玉龍雪山〉，表面藉詩描景寄情，底蘊卻是在論佛說法。全輯最後以〈廣場——聞北非中東民主狂潮有感〉作結，從自我解脫過渡至對世間的關懷，廣場說的正是那一座為了紀念在「茉莉花革命」，乃至說「阿拉伯之春」革命（2010-2012）伊始自焚而亡的穆罕默德・布瓦吉吉（Mohamed Bouazizi, 1984-2011），至此若見佛相，禪意藏猶無盡。

　　落蒂自東土起行，止於北疆，或非有意，卻暗合當年玄奘法師西行取經之途。在華文化中，西方一直象徵著美善，若《詩・邶風・簡兮》中提到「彼美人兮，西方之人兮」；而在漢藏佛門中，西方則是淨土、極樂世界之所在。如此想來，落蒂的西行似有求善、求感悟之所指。而從地緣看來，本輯明顯分為三部分，前四首畫下四地，自湄

洲島、麗江、香格里拉以及喀那斯湖，朝西挺進，深入腹地，正是西
行求法的大調；後五首則徘徊於香格里拉和麗江，與失落之地的輯題
相合，也是落蒂求法的心之所向，至於儋州之行加插其中，另有深
意，容後再析論。

　　落蒂修禪之旅自湄洲島起行。湄洲島的媽祖廟，始建於宋太宗
（趙炅，西元939-997年，976-997年在位）雍熙四年（西元987年），
是存世最久的，故有「媽祖廟中的祖廟」之尊稱。媽祖（本名林默）
原是道教神祇，民間大抵從《元史・卷七十六・祭祀志五・名山大川
忠臣義士之祠》稱之謂「南海女神靈惠夫人」始作聯想，並逐步將媽
祖與「南海觀音」關聯起來[1]。在《三教源流搜神大全》中提到「（媽
祖）幼而穎異，甫周歲，在襁褓中，見諸神像，叉手作欲拜狀；五歲
能誦《觀音經》……」[2]不少記載亦稱，媽祖自幼好禮佛焚香[3]。更有
記載道，林默之母因吃了南海觀音所贈的優缽花（即睡蓮）才懷了林
默一說[4]。至此，媽祖此題與佛教的關聯，不言而喻。

　　〈膜拜——為媽祖文化節朗誦而作〉起以烏雲蓋天，天地「一片
漆黑」，雷聲閃電，世界彷如「末日」，而「浪濤要捲走一切」，世間

1　蕭登福：〈從文獻上看媽祖神格的宗教屬性，兼論媽祖與佛道二教〉，「媽祖信俗學術
　　研討會」，莆田學院，2011年6月9-12日；戴文峰：〈「媽祖」名稱由來試析〉，《庶民
　　文化研究》3（2011年），頁44-58。「觀世音菩薩因為『聞聲救苦』，所以名為『觀世
　　音』，因為菩薩觀理自在、觀人自在、觀境自在、觀心自在，所以又名『觀自在』。
　　菩薩還有『施無畏』、『大悲菩薩』、『圓通大士』、『南海觀音』等諸多名號。」佛光
　　星雲編著：《佛光教科書》，第3冊（高雄市：佛光出版社，1999年），頁25。
2　《三教源流搜神大全》（臺北市：臺灣學生書局，1989年），頁182。
3　「喜焚香禮佛」，見王必昌：《重修臺灣縣志》（臺北市：臺灣銀行經濟研究室，
　　1961年），頁170；「性好禮佛」，見連橫：《臺灣通史》（臺北市：臺灣銀行經濟研究
　　室，1962年），頁573。
4　「母陳氏，嘗夢南海觀音，與以優缽花，吞之，已而孕……誕之日，異香聞里許，
　　經旬不散。」見《三教源流搜神大全》，頁182。

一副充滿苦難的畫像，躍然於紙上。人在時代狂潮中，只能「閉目跪地祈禱」或「驚慌奔逃」，可見人未曾開悟，無以面對「苦」，有感於自性自度似乎暫且不行，故此落蒂主張求索於佛理。而就在這剎那間，「人們彷彿看到心中的救世主」──媽祖。全靠她「正在天空中揮動手勢／把一切驚恐趕入虛空趕入深海／那手勢輕輕揮動／即已撥開千萬重千萬重濃霧／那眼輕輕張開／即已射出萬道光芒」。自此人們、船隻才有了「主張」、「方向」，「浪花」、「飛魚」或「飛鳥」等「有情眾生」與「無情眾生」才能去苦，「強颱／中颱／輕颱／皆隱去無法形成」，苦去而生樂，樂得「耀動著銀光」、「跳華爾滋」或「跳倫巴恰恰」。媽祖在落蒂眼中，除了是「披著救苦救難的保護披肩」的菩薩，更是佛法的化身。他相信即便天地要「再刮起焚風」，人又逢劫難，只要「一切將依偎著妳（媽祖）」，只要佛在心中，屆時天地澄明，世間又將是一片「祥和」之景。落蒂對佛法的嚮往與追求，由此表露無遺。

　　既嚮往且欲求索於佛理，落蒂接續西行至〈麗江〉與〈香格里拉〉。在〈麗江〉，旅程與塵俗如「迷人的醇酒」把落蒂醉倒，他雖明白人之於世「只是一個過客」，知道「無法永遠沉迷在這樣一條河流」，卻尚未擺脫「我執」，而是被「緊緊纏繞」了。正是化用了李商隱的「春蠶到死絲方盡」為「心被春蠶吐出的絲／緊緊纏繞」，春蠶不死思悠悠，是眾緣和合之果，亦是「萬古樓在小山上閃著萬古情」的因。萬古樓，是雲南土司木府外圍的莊園建築。木氏屬納西族（古稱「麼些」），族人驍勇善戰，故其族君阿琮阿良宋元之時為朝廷所冊封於麗江任土司，世代鎮守西南，歷經元明清三朝數百年。木氏一姓，則始於阿甲阿德（1311-1390），元朝末年朱元璋（明太祖，1328-1398，1368-1398在位）派義子沐英（1345-1392）攻入雲南，阿甲阿德率先投誠，後獲朱元璋賜姓木，自此「令木氏世官，守石門以絕西

域，守鐵橋以斷吐蕃，滇南藉為屏藩」[5]。木府於雲南當地，乃至在西南地區的歷史地位，可謂是無異於藩王重鎮。因此，落蒂訪而有感，暗合杜甫〈越王樓歌〉中的「君王舊跡今人賞，轉見千秋萬古情。」

「萬古情」除了是對賞君王舊跡有感，更是對匆匆百年，人生得意須盡歡的呼聲。正如李白〈答王十二寒夜獨酌有懷〉的「人生飄忽百年內，且須酣暢萬古情」，這才有了「把我醉倒這邊疆酒店」。落蒂看似牽絆於俗世之間，開始「迷失在東巴文字的圖騰裡」，觀賞著園林中的「花」、「草」，留意著過路的「異樣美女的微笑」，喝著雲南特產「小粒咖啡」，坐看「流水」、「小橋」又「哼著小曲」，下榻於「金府大酒店中／江南小鎮的建築」，而忘於本心。實則旨在提醒眾人雖應盡歡一生，亦別「忘了天邊還有什麼雲朵」，忘了佛，佛一直憐念眾生，相忘了的只有人而已。般剌密帝（Pramiti）譯《大佛頂首楞嚴經・大勢至菩薩念佛圓通章》載：「譬如有人，一專為憶，一人專忘。如是二人，若逢不逢，或見非見。」如是求法，即便與佛相遇，亦只會「若逢不逢，或見非見」，落蒂深明此道，故於提綱之節便提醒眾人秉持本心，方能達至「二人相憶，二憶念深，如是乃至從生至生，同於形影，不相乖異」之境。反覆細嚼下，方見其暗合聞法之精要——「醇（純）」。落蒂迷的醇酒，實如玄奘法師譯《瑜伽師地論》所述，是「無雜染心」、「無散亂心」，與日常之酒，確乎不同。

本心既立，則往〈香格里拉〉。香格里拉（Shangri-La）原是一個虛構的地名，來自英國人詹姆斯・希爾頓（James Hilton, 1900-1954）出版於一九三三年的小說《消失的地平線》（*Lost Horizon*），有人認為他是以香巴拉（Shambala）的傳說為基礎改寫成。香巴拉則是佛教

5　張廷玉等：《明史》，第27冊（北京市：中華書局，1974年），頁8098-8100。

其中一個淨土的名稱，意譯為「極樂世界」。雲南中甸縣在二〇〇一年才正式更名為香格里拉縣，有說「香格里拉」與中甸縣古城藏語地名「尼旺宗」一致，意為「心中的日月」，亦是落蒂心中求法之地。在那裡，有著「我們的筆訴說不清」的美，而「在美的誘引中／在醉人湖泊的寧靜中／大家是說不出話來／被嚇呆的遊客」。在那裡，落蒂參悟了「諸法空相」、「緣起性空」之理，又即「諸法空性、無相」，一切法乃因緣生，無有自性，方為實相。是世間萬事萬物皆為「因緣和合」而生，並無所謂「真正的本質（性）」，故謂「空性／無有自性」。為解此法，落蒂分別提到三個層次的理解，其一為「在失落的地平線與雪崩之間」，「失落的地平線」說的是虛構小說，而「雪崩」則指真實存在於雲南一隅，名為「雪崩村」的世外桃源；其二為「在美豔的少女／突然變成醜陋的老婦之間」，借「美豔少女」與「醜陋的老婦」變化之間，說「諸法無常」，因緣是時有變幻，並非永恆不變，無須執著，也隱含了佛教不淨觀，乃至白骨觀所欲帶出的教誨，即「色身不過是臭皮囊」，既非永恆真實，何必執迷；其三為「成千上萬人渴望見證／電影故事和真愛之間的距離」，「電影故事」可謂摻真帶假，有時候亦難分虛實，與所謂「真愛」之間的距離是多麼捉摸不定，或近或遠，亦似眾生活著有如夢裡，難辨真假，與開悟、破妄、除我執之間的距離也是那麼飄忽。諸法既為因緣生，無自性空，則應以中道觀之，是故體悟盡在「之間」。見龍樹菩薩（Nāgārjuna, 約西元150-250年）《中論·觀四諦品第二十四》第十八頌，偈云：「眾因緣生法，我說即是無，亦為是假名，亦是中道義。未曾有一法，不從因緣生，是故一切法，無不是空者」；其弟子青目釋之作：「眾因緣生法，我說即是空。」自此便知，緣生、空、假

名、中道等用詞，所表意趣應是一致[6]。意味著世間一切法因緣而生，並無實相，性自空無，而「緣起性空」便是離二端之中道，認清世間一切不過是藉由安立假名肯認，一切名號不過是暫時指稱（temporary designation）[7]。如此以來，「中」與「空」便等同起來，對二端之虛妄均如實觀之，不落二端，超脫塵俗之間的妄執，正如落蒂遊走於「之間」以觀法悟道。而且，這種「空」或「中」的觀念並不可執迷，執能生妄，因而落蒂說的是「之間」，代表了「一種動態的智慧」，方能如實「照察實相而得超脫」[8]。至此，釋法漸明，佛法果真是「閃亮的銀器／很精緻的細說遊記作者未說謊」。落蒂回過神來，看香格里拉，更覺當地未有沾染過多的紅塵俗氣，當地人是「貧乏不能使他們生活艱困／從穿衣住房的表現中／可以看見」，當地環境是「外邊的美麗世界未曾飛進來／五光十色的亮麗人生也沒有印記」，比之凡塵俗世間虛妄的美，可謂別有一番風味。香格里拉歷經「千百代的光陰」，「就和人們的腳步一樣／彳亍又彳亍」，雖然慢慢地有所變化，卻是保留著那一份單純真摯，果係世間應索求。

對佛法的求索，不免需要面對「爭辯於唯心與唯物之間」的挑戰，落蒂遊喀那斯湖時，便解答了這一問題。他「經過八百公里的奔走／車子便通過一條淺淺的小溪／來到湖邊」，沉浸於「一望如鏡的淺藍」風景，將「我的人影沉入湖中」，又以「天上的白雲」象徵佛法，說自己與之「一起悠遊」。探索佛法，必然遭受唯物學派的挑戰，故此「許多人說這湖有水怪／且不斷有專家追蹤」、「有人用現代科學儀器監測／有人用古老易經推論」，但無論怎樣用科學手段去探

6　吳汝鈞：〈龍樹之論空、假、中〉，《華岡佛學學報》7（1984年），頁101-111。

7　林建德：〈龍樹語言策略之哲學詮解〉，《法鼓佛學學報》2（2009年），頁58。

8　林建德：〈道家消長律與佛教緣起法之哲學比較——以《老子》與《中論》為主的考察〉，《文史哲》5（2015年），頁12。

測，佛法似乎是「傳說仍只是傳說」或「仍是一團模糊」。在落蒂看
來，世間一切法應「一如群山在水中的倒影／時常晃動變幻」，諸法
是無常變幻，佛法是唯心唯識。然而，受到科學觀的影響，亦不免有
些心生動搖，所以「我們雇了一條堅固的船／整日在水面搜尋」，探
尋的並非水怪，而是佛門真理。這種唯物導向的搜索，似乎讓落蒂自
覺離經叛道，因此他「有時也向上蒼祈求」，還是隱隱不安，最終
「只剩心中仍然存著憂慮」，或是憂慮佛祖怪責自己生有懷疑。但不
管心念如何起伏，周遭「卻只有飛鳥仍在天空遨翔／牧民仍趕著牛
羊」，世間萬法並未因為他的懷疑而受到影響，「一切」對佛法的追求
「都在不確定中」，一是和應〈香格里拉〉中提到的無常之間悟法，
也是解釋了自己心生動搖的因。至此，遍尋不獲，便「有朋友嘆氣說
／我們只是偶而前來／那會如此巧合碰上／就讓傳說繼續傳說」，表
面說找不到水怪，在落蒂看來則是科學觀的一次失敗，終於回歸了
「唯心唯識」一途。至此，落蒂的心才平靜下來，像「湖一樣遼闊／
水仍一樣碧藍如鏡」。

鄭鍵鴻

落蒂的紅白合戰：
飛升與沉落

　　讀落蒂詩集《大寒流》輯三「飛升與沉落」，驚歎落蒂筆下景色壯闊、情感直率外，更為其中遣用顏色之精妙所奇。全輯三組詩（「旅日手記」四首雖分別發表，但以四詩關聯緊密、時間相近，視為一組）雖前後時隔七年，卻緊密呼應，或可為一窺詩人心境轉變之絕佳材料。

　　落蒂詩大開大合，直抒胸臆，各詩意蘊清晰明白：〈在楓紅中飛升與沉落〉借滿野紅楓，反映詩人心內鬱結；「旅日手記」四首縱橫時空，神遊古今，大有看破今昔之勢；〈旅日小品六帖〉不失小品之名，字裡行間寫意無限，靜觀意趣較〈黑〉更上層樓，幾達人在物內、心在物外之境。三組詩以紅、白二色為主調，此進彼退，烘托詩意。無獨有偶，紅、白二色於日本文化舉足輕重，而三組詩正取材自旅遊日本之事，兩者關係，惹人遐思。本文由此發凡，試讀三組詩作運用顏色之表裡巧思，聊作後記。

　　紅、白二色相對之意味久而有之，有說可遠溯至平安時代源平合戰，其流傳見於劍道試合，乃至近年已成為日本除夕必備節目之「紅白歌合戰」。以此為背景，再讀落蒂三組詩，除發現落蒂以此日本文化元素呼應其旅日詩作，更能欣賞其渲染顏色，昇華情感之技法。

　　刊於二〇一〇年的〈在楓紅中飛升與沉落〉，記詩人「黑部立山賞楓心情」。首節已開始渲染色彩，寫「是那一片楓紅／令我飛升又

沉落」，甫製造懸念，又寫「然而我的心／卻飛越在海拔一千公尺上／島外之島上的／黑部立山」，點明時地，卻似是有意遠離那一片令詩飛升又沉落的楓紅，與副題「賞楓」相悖，惹人好奇；次節自言「靜觀是一種／解決疑惑的好方法」，以靜觀心法與字面意義並行，同寫眼見的楓紅，以及「深入心坎」的楓紅；之後，詩人的心彷彿墮進黑暗的中世紀，只可彳亍跌撞，直到在「即將降落的霜雪／前突然停止／在一片血紅之中」。至此，紅、白二色已是壁壘分明，各據一方，而各自象徵，則於後文逐漸示明。

落蒂特以典故揭示顏色的象徵意味，寫「我看到了莊周」，而這個「莊周」，竟不夢蝴蝶不觀魚，反而夢楓紅、觀楓紅。結合前文自言遠離弗里德里希・尼采（Friedrich Nietzsche, 1844-1900）與阿圖爾・叔本華（Arthur Schopenhauer, 1788-1860）之事，可概括紅色象徵詩人脫離形上追求，為現實物事所困的感情。既知紅色之象徵，則可探白色之意味。詩人點明主旨，與紅色緊密關聯之糾結鬱悶，原來來自「朋友」，以下一段耐人尋味：「他們的詩句朝如青絲／暮竟成雪／他們歌頌虛無／卻不知什麼是虛無／他們歌頌楓紅／而眼裡心裡／都沒有／楓紅」，固然批評「朋友」詩句缺失神蘊，只是形容為「朝如青絲／暮竟成雪」，批判其難成不朽外，亦與後文呼應。詩人自以瀟灑，獨自品酒賞楓，卻覺落楓如「紅雪」，更浮想對「十七歲的小戀人」的「思念」。全節落紅滿野，獨此「如今已是阿嬤」的當年的小戀人，「背著一個黑色的包袱」在走，詩人幾欲「歸還他早年送我的油紙傘／好讓她撐著／頂住這一場好大的紅雨」，承襲上文色彩意義觀之，年華既去，現實洗禮，人雖相別，往日回憶又幾曾離去？

詩人旋即看見「那黑色的形影／變白了」，直如「半節的狂草」，後竟於「一陣飄落的紅雨中」，看見屈原攜著一本冊子緩緩走來，「上面沒有書名／內頁只有一行／不再是離騷的詩句／而是寫滿一行湧動

的紅潮」。兩節相比，詩人先見「在一片楓紅之中」有一個變白了的
形影，接過屈子之冊後，只看見空白頁內「寫滿一行」的紅潮，正為
詩人於現實追求及自我追求之掙扎中的寫照。組末節自言所悟，「朋
友都不來了」，更「說我的詩句／裝了滿滿的一缸醋」，道既不同，
「我仍靜靜的／獨自面對／那一片滿山遍野／鮮血一樣的紅」，雖未
能擺脫紅塵，卻已初得脫俗之心。

　　四年後，落蒂刊「旅日手記」四首，較之〈在〉，紅、白二色情
勢逆轉。詩人追求的雪白「本來很遙遠而今已在眼前」，從「半節的
狂草」昇華成「一支開天闢地的巨筆／讓宇宙的浩瀚／形成那一堵空
空洞洞什麼也沒有的白／那一堵延伸到無限／延伸到前後上下左右／
一片冷寂的白」。猶見前作詩人對「朋友」歌頌虛無而不知虛無為何
物的批判，詩人此刻已見空洞的冷寂澄明，殊有不同。然後詩人到訪
合掌村，望向鋪雪山麓，竟又如前作般看到「一塵不染脫俗的美
女」，唯是次再無紅雨傾盆，只有「誘人的天空」，以及「一片烏黑
中」的「亮光」，一切明亮、明白。及至第三首，方首次得見紅色探
頭，那是春去的「殘櫻」與秋來的「紅葉」，然而這些盤踞詩人心頭
的紅，此時已是詩人思索時間興衰的一點一抹，取而代之的是「那些
遙遠又遙遠的夢／如悠悠白雲／飄過天際」，也就飄到第四首的城
頭，花朵紅了又謝，謝了又紅，象徵世代對現實物質追求的輪迴不
息，但詩人只「看到城頭寒鴉似在企盼永恆」，出世似的於茫茫雪白
中追求自我精神。

　　不過四年，詩人便由被現實糾纏的困境，超脫至渺視凡俗之境
地，然而這並非詩人前進的終點。三年又過，詩人刊〈旅日小品六
帖〉，仍以白為主調，卻與其他顏色調和，形成五彩斑斕之景觀。見
其一「橘色的花／綠色的樹」；其二「白色富士山／突然傲立在／一
片吉野櫻之間／藍色流雲」；其三「一個個圓形／淺黃色／草球」、

「一片藍色的／海／或者／天空」；其四「一片燃燒後的紅楓」、「幾點鵝黃／和／深綠」、「白雲」；其五「花樹」、「幾朵早開的小花」；其六「種雪的田地」、「遠方深藍的大海」，如此多彩繽紛的景致，可謂使人耳目一新。景隨心變，詩人自言「以白色和紅色的積極」，「點燃那／心中猛烈燃燒的火／在極冷與極熱間／來回奔馳」。至此，落蒂已出塵於入世、出世之漩渦，得以悠然自得的心境為底蘊，遊刃有餘。「背著手／在白雲間漫步」者，或實為落蒂自己，已然出世、觀世去了。

　　落蒂詩直來直往，暢達舒爽，卻不失巧思經營，以上三組詩之顏色象徵，只落蒂詩妙筆之鳳毛麟角，更暗合其旅日詩作之背景，實令人讚歎不絕。想來日本文化裡的紅、白相爭不斷，卻儼然成為代表顏色，而詩人之思想不亦然乎？入世、出世者，古來多少文人之困，而落蒂三組詩濃縮七年時光，終於得以靜觀世道，糅合兩者，自得其中，又豈不與紅、白二色互照同光？

余城旭

跨越文類邊界：
落蒂詩作與「自然書寫」

　　託物起興、寓情於景的傳統其來有自，自然界之物往往為古代詩人們發抒情感之寄寓，如屈原以香草美人喻一己品格之高潔、王維以田園之風物展示鄉民的淳樸和自己安然自得的心境。以自然界物象入詩的作品何謂多不勝數，但落蒂《鯨魚說》詩集同名的輯三「鯨魚說」卻體現了詩人對現代性的敏感，對發展主義尤為警惕，由是突破描寫自然以人類思考本位的框架，於詩中提出重視環保的倡議，讓人聯想到吳明益（1971-　）、劉克襄（劉資愧，1957-　）等人強調為自然發聲的「現代自然書寫」。

　　既謂現代發展中的自然書寫，自與上述借景抒懷的傳統山水、田園文學不同，其興起溯源於西方環境倫理學的討論，意在修正過去人與自然變動分離的思考模式[1]。面對工業革命後資本主義及高度發展，加上西方生態熱潮的影響，開啟了臺灣自然寫作風氣的熱潮，「現代自然書寫」遂成為學界熱衷討論的議題。本文則欲聚焦於以反思人類發展如何對自然造成壓迫為書寫動念的狹義「自然書寫」，以落蒂針對環保生態的詩作為例，探討新詩被歸類進狹義「自然書寫」的可能。

　　狹義「自然書寫」的定義亦眾說紛紜，其中有論者認為展現

---

[1]　吳明益，《臺灣自然書寫的探索1980-2002：以書寫解放自然BOOK1》（新北市：夏日出版社，2012年），頁212。

「人與自然間互動」的過程，具強烈的心靈反省的作品即屬「自然書寫」[2]；亦有謂行文間擁有超越「人類中心主義」（anthropocentrism）的環境信念即合乎此一分類標準[3]。然而，由於狹義自然書寫意在增添人們對自然的了解，有強調行文間需具備「科學性」之論，如吳明益指「自然書寫」需要做到「真、善、美」[4]，其中的「真」即要求作品必須建基於作者觀察、記錄、探究與發現等「非虛構」自然體驗之上，並用自然語言將所觀察到的自然以盡量貼近原始的面目呈現[5]；行文的肌理亦需由自然知識的應用與客觀的知性理解組成[6]。然而，落蒂的詩作突破「科學性」與「文學性」兩者難以兼全的制約，以精煉而情感滿溢的語言，揭示生態破壞背後的人性醜惡。早年詩作對消費式觀光的批評，發展為對權力機構的諷刺，展現「自然書寫」跨學科的特性。詩作中亦反映人類對自然觀念的演化——由崇拜到妄圖將之統御的轉變；因此其跳脫出「人類中心主義」的框架，以動植物的視角切入，喚醒讀者與自然的共感。最後，詩中臺灣地景的象徵與人事，亦為落蒂對自然的關懷增添另一涵義：對臺灣島嶼的深厚情感，反映落蒂的「重情」精神。

首先，落蒂直寫人類如何破壞生態，將主觀情緒融鑄詩中，極具渲染力量。以〈我想回到從前〉為例，作者以第一身的「我」說出「我不要烏黑的河水／更不要臭氣濃濃的工廠／更不要那致癌的因子／不要在種稻的農地上種煙囪」，連續四個「不要」堆疊出後文怨憤

2　王家祥：〈我所知道的自然寫作與臺灣土地〉，《自然禱告者》（臺中市：晨星出版社，1992年），頁5。

3　李炫蒼：〈現當代臺灣「自然寫作」研究〉，碩士論文，臺灣師範大學國文研究所，1999年，頁14。

4　吳明益，《臺灣自然書寫的探索1980-2002：以書寫解放自然BOOK1》，頁9。

5　吳明益，《臺灣自然書寫的探索1980-2002：以書寫解放自然BOOK1》，頁9。

6　吳明益，《臺灣自然書寫的探索1980-2002：以書寫解放自然BOOK1》，頁36-44。

交集的情感高潮：「啊！我想回到從前」；「一去不復返」的形容則反映現狀無可逆轉的悲涼。〈北港溪〉亦直抒「我」的喟嘆：「我望著日夜奔流不息的污水／只有向天發出一聲沉重的嘆息」，直接簡明地發抒自己對自然為工業發展所蹂躪的無力。值得注意的是，〈北港溪〉亦同時論及早年溪水泛濫時讓沿岸居民「家破人亡田地農作流失」，作者刻意將兩者並置，可見人類與自然的角色對調，展示作者觀察到人與自然關係出現轉變，呈現人與自然的不同時期的「互動」，在主觀的情感發抒中埋藏客觀現象。這種不調和的處理，開拓讀者的思考空間：人類嘗試駕馭自然，是否有其因由？

另外，落蒂將早年詩作觀光客的批評，落實到針對權力機構的諷刺，展現「自然書寫」跨學科的特性。早於〈向天湖〉及〈青草湖〉兩詩，作者分別提及「各地遠道的觀光客」、「遊客來此打香腸」，縱然人類和自然在旅途中彷彿更為接近，但偏向娛樂化的旅遊模式，非但使兩者無所交流，前者更成為破壞後者原有生態的施害者。如青草湖因該地區過度開發而消失，落蒂諷刺消費式觀光的運作模式必將破壞自然；〈向天湖〉詩則暗諷所謂文化觀光的片面，而詩中的賽夏族「矮靈祭」，又恰與自然相關，再呈現人類對自然觀念的演化：觀光客觀看賽夏族祭拜自然的「矮靈祭」時看到的是「不解的手勢」、「語言曖昧／彷彿天上傳來的密音」，只「合著節拍配合呼告」，暗示他們對習俗背後的自然崇敬一知半解，僅視作異國奇觀。更進一步，落蒂批評那些利用生態謀求經濟利益、卻未施行完善的政策或行動以保障自然、生態的權力機構，如〈畫像〉寫「大怪手／正一勺一勺的／把山中樹木挖走／露出光禿禿的土石／（聽說他們要蓋高爾夫球場）」，指責權力者犧牲大片的植被，興建體育設施以牟利；〈代鳥兒發出求救信號〉直寫「不要再等執行公務的懈怠人士」打擊非法捕殺鳥兒的不法活動，諷刺政府無心保育生態等，寥寥數句即揭示生態問題背後

人類的自私與漠然，以及助長問題的經濟、政治因素，跨越純文學的情感發抒，導向社會學的研究範疇。

　　正如上文所述，從〈北港溪〉、〈向天湖〉等詩作可見，作者體察到「人類—自然」的關係呈現自崇拜到征服的態度轉向。尚有例子如〈天池〉中由「西王母和周穆王／結緣的天池」到「人們從山腳下／一路開發而來」的差異、北港溪由「母親河」降格至「污水」，顯示中國人喜神話化自然環境的敬畏傳統趨於式微。就上文：「人類嘗試駕馭自然，是否有其因由？」的提問，落蒂超脫「人類中心主義」的寫作技法，或暗示了他的答案——相較於劉克襄企圖建立「城市—自然」共存渠道、提倡生態旅遊等主張，落蒂於〈鯨魚說〉、〈吊籃植物〉二詩作中，以動、植物的視角切入，其中所具有的「深層生態意識」眼光，隱然有「以生態為中心」的思考向度。所謂「深層生態學」（deep ecology），由挪威哲學家阿恩・內斯（Arne Naess, 1912-2009）提出，旨在掀起人們對「環境正義」的認識，以生態為重的信念如肯定人類與非人類生命本身的價值，重申以上價值與非人類世界是否可供人類使用，並無重要關聯等[7]，強調生命型態的多樣性。〈鯨魚說〉以一尾反覆擱淺岸上的鯨魚為敘事者，現實中雖和人類「沒有共同的語言」，但詩人以擬人筆法，轉換立場、易地而處的思考，想像海洋生物的生存樣態，由此傾吐人類對海洋的水質及噪音污染，讓其失去生存意欲的苦況，其「以死亡向人們抗議」的悲壯之姿更是使人扼腕，使人與動物構成精神、情感上的共感；〈吊籃植物〉則以植物於大廈林立城市中的委曲求存，諷刺人類駕馭自然的妄自尊大。「聽從主人吩咐」、「有時我也想伸展一下四肢／卻因太過逾越」二句的「主人」、害怕「逾越」等字眼，顯示自然界為人類「階級剝削」；

7　賴俊雄：《批判思考——當代文化理論十二講》（新北市：聯經出版事業股份有限公司，2020年），頁503-04。

又如植物「看不到自己的天空／不敢發表太多自己的意見」顯示植物生存權及主體性的缺失。嘉里・沃爾夫（Cary Wolfe, 1959- ）於《動物儀式：美國文化、物種論述與後人類理論》（*Animal Rites: American Culture, the Discourse of Species, and the Posthumanist Theory*）一書，曾指出無論人類如何演化也不可能徹底擺脫「獸性」，終究還是動物的一種。因此，接受社會化、具有高度文明及文化素養的「人類化的人類」（humanized human）概念之建立，事實上只為正當化人類對自然界的統御權[8]。〈吊籃植物〉正是對這種人類自詡為「萬物之靈」的觀念進行了深刻的諷刺。

　　或許會有人質疑「擬人」的筆法代表詩作無法擺脫人類中心思考的設限，但筆者認為這種「角色互換」仍不失為一種辯證自身與自然關係的方法，展示人和其他生物的互動關係：人類並非單向地從自然、動物身上獲取資源，而均是世上的生靈。通過思考自己與外在世界的聯繫，才能挖掘自我心靈、更為理解自身。植物於都市所受的階級壓逼、鯨魚為噪音污染而導致的精神衰弱，均與人的生命經驗互有呼應，讓人更能聯繫自身與動物的相似之處，從而建立同理心，又或是作為重建「視萬物為有情性」概念的資源。落蒂代入自然界不同物種重新觀照環保、自然等議題，正是關心其他物種利益的嘗試，「意味人類自我本位自私心態的消泯」[9]。

　　以此為基點再思考〈北港溪〉之矛盾處所引介出的疑問：自然有機會傷害人類，是否構成人類不得不嘗試駕馭自然的原因？筆者認為落蒂出於「重情」之性，天災所造成的「家破人亡田地農作流失」，亦是其漫步溪畔時內心「酸楚」的原因之一，因此出於滿足基本需求

8　賴俊雄：《批判思考——當代文化理論十二講》，頁493。

9　呂怡菁，〈生態願景與社會系統的「整體性」省思與重構——九〇年代以來自然生態詩作的寫作特點〉，《新竹教育大學人文社會學報》4.2（2011年），頁67。

的舉措，其並不反對，畢竟人類終歸是生態系統的一環；但出於欲望、自私的干預，因而危害其他生物的生存權利，則為作者所不齒。如〈荒蕪之島〉寫道：「據說島上有人／把有毒的東西／灑在各處」，使白海豚、黑嘴鷗面臨死亡威脅。另外，很多宣揚環保的作品其中一個有力論點為：若然其他物種滅絕，人類也無法獨善其身，使保育成為「自保」的功利行徑。然而落蒂寫：「任何人／任何生物／都將在來日或／來日後的無窮來日／面對一個／寂靜無聲的荒島」，先寫「任何人」再寫「任何生物」的語序，將人包納進生物圈內，見其有別於「人類本位思考」的巧思。

承上落蒂「重情」之特點，詩中的臺灣自然風貌，也反映落蒂對自然的關懷，包含對臺灣島嶼的深厚情感。將〈畫像〉中「海岸線」、「島嶼」意象與〈鯨魚說〉詩題並置齊觀，不禁讓人聯想到臺灣島嶼之輪廓，與鯨魚游泳之姿相似（參圖一）[10]；加之落蒂詩中提及到野柳地質公園、北港溪等臺灣獨有地景，〈畫像〉中「甘蔗」——早於荷蘭統治時期已大量種植，以生產蔗糖的經濟作物、「地瓜」——適性於臺灣的糧食作物，加之臺灣島亦狀似番薯，如林清玄（1953-2019）〈紅心番薯〉一文以地瓜象徵臺灣等，可見詩句的自然物象充滿地方特色，既與吳明益、劉克襄等針對臺灣高度發展而提出「現代自然書寫」的關懷一致，也展現落蒂對出身地的深情。如此一來，〈鯨魚說〉的鯨魚之死，或寄寓了更深層的象徵意義或警示意味：自然生態的失衡，所引致的可以是整個島嶼的覆滅。

吳明益曾言：自然書寫之義是一變動的邊界，因為任何文學的界義都是一種後設的言說[11]，所涵蓋的範圍實具變動、拓展的潛能；即

---

10 圖像取自「地圖與遙測影像數位典藏計畫」：http://gis.rchss.sinica.edu.tw/mapdap/?p=
    3515。受啟發於陳韋聿，〈生在臺灣的我們，聽過幾個臺灣與鯨魚的故事？〉，文章
    連結：https://storystudio.tw/article/gushi/whale-story-and-tw。

11 吳明益，《臺灣自然書寫的探索1980-2002：以書寫解放自然BOOK1》，頁52。

便有現存的「界義」，不同的研究角度或可再次擴闊文類的邊界。落蒂詩作的「自然書寫」或未能盡然滿足吳明益對「真」的看法，然而其中的情感、取材及技法，仍與「自然書寫」的書寫動念、研究範圍暗合；詩中對環境破壞所呈現的痛切與哀傷，也未嘗不是另一種更直接打動人心的「真實」。故此，落蒂詩作可說是跨越了某些「自然書寫」作品所面臨的作法困境，拓展「自然書寫」的寫作範式。

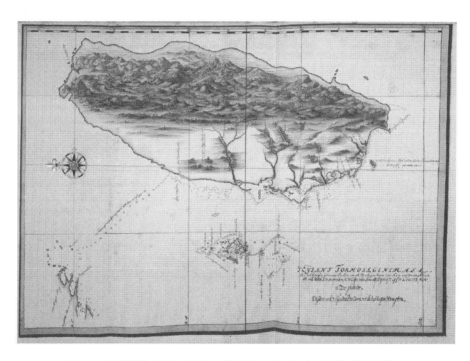

圖一　荷蘭檔案館典藏，《福爾摩沙島與澎湖群島圖》，
斷年約1665-1668年

陳卓盈

落蒂〈木棉花〉譜曲演唱

雅　子

雅子，主修豎琴，愛好文學與自然。二〇一〇年因重症失去自主生存能力，由另一半全心照顧，從此告別自然生態，展開藥物與輪椅的日常。

深居簡出的歲月，日日筆耕從未間斷。書寫範疇涵蓋散文、現代詩與小說等，曾獲礦溪文學獎報導文學優選，著作含《追著蝴蝶到豐原》、《漂浪日記：乘著輪椅去航行》、《讀心樹》及《都會綠寶石》（合著）。同時，透過音樂詮釋多位現代詩人之作品，從藝術歌曲至流行音樂，以多元的曲風延伸文字之意象。

文學作品散見詩刊、生態季刊與報紙副刊等，音樂作品發表於簡雅子YouTube影音頻道。

請掃描 QR Code 欣賞演唱影片

落蒂新詩中英語朗誦

聖保羅男女中學　莊爾雅

・民政事務總署贊助第46屆全港青年學藝比賽
全港青年學藝比賽大會　港島獅子會合辦
全港青年中國古典詩詞朗誦比賽（2020-21年度）
普通話初中組──亞軍
・第71屆香港學校朗誦節──女子普通話詩詞獨誦──亞軍
・71ˢᵗ Hong Kong Schools Speech Festival—Public Speaking Solo—Champion
・第70屆香港學校朗誦節──女子普通話詩詞獨誦──亞軍
・第70屆香港學校朗誦節──女子粵語詩詞獨誦──季軍
・－第69屆香港學校朗誦節──詩詞獨誦──普通話小學五、六年級女子組──冠軍
・第69屆香港學校朗誦節──道教詩文作品朗誦粵語小學四至六年級──冠軍
・第69屆香港學校朗誦節──新詩創作小學四至六年級──亞軍
・69ᵗʰ Hong Kong Schools Speech Festival—Solo Verse Speaking—Primary 6 Girls—3ʳᵈ Place
・第67屆香港學校朗誦節──詩詞獨誦粵語小學四年級女子組──季軍
・第65屆香港學校朗誦節──散文獨誦粵語小學二年級女子組──冠軍

‧第65屆香港學校朗誦節──詩詞獨誦普通話小學一、二年級女子組──冠軍

‧65th Hong Kong Schools Speech Festival─Solo Verse Speaking─Ages 5 to 7 Boys and Girls─2nd Place

‧65th Hong Kong Schools Speech Festival─Solo Prose Reading─Ages 5 to 7 Boys and Girls─3rd Place

‧第16屆全港中小學普通話演講比賽2014九龍區初小組比賽──優異星獎

‧第64屆香港學校朗誦節──詩詞獨誦粵語小學一年級女子組──冠軍

‧64th Hong Kong Schools Speech Festival─Solo Verse Speaking─Ages 5 to 7 Boys and Girls─Champion

請掃描 QR Code 欣賞朗誦影片

〈木棉花〉

中文朗誦　　　　　　　英文朗誦

〈鷺鷥〉

中文朗誦　　　　　　　英文朗誦

〈山嵐〉

中文朗誦

英文朗誦

〈山霧〉

中文朗誦

英文朗誦

跋

　　我與落蒂初見於明道大學的校內餐廳，再見於張榮發基金會國際會議中心的榮雍坊，兩次都沒有同柸，未交一語；正式通訊，是在我排隊進場聽 BTS 演唱會時，新登陸網上社交平臺的落蒂給我發來短訊，邀我撰稿，我絮絮叨叨的各種論述便是由此開始。

　　這當中固然有正襟危坐去寫的文字，如〈也是禪關也是詩：落蒂《山中物語》禪解〉、〈宗教呼召：落蒂後《鯨魚說》的「隨想曲」〉等；但回想起來，更多的是從流飄蕩，任意東西，在人生的邊上率爾為之。第一篇的〈明我長相憶：落蒂新詩的「重情」精神〉，是在中文大學邊吃飯邊寫完的；〈毫無章法的詩句？落蒂《在遠遠的地方看你》的內在線索〉，則作於在咖啡廳等朋友的空檔；〈魚腹中的舊書：落蒂《觀景》試析〉、〈燈光和腳印：落蒂《讀史》、《回首》中的情〉皆是火鍋店、韓燒食館的配菜；〈道蹤詩裡尋：落蒂新詩裡的黃大仙兄弟〉最特別，那是在一家生意興隆的快餐廳等點餐取餐共用去六十分鐘，剎那永恆，永恆剎那，乘間以手機敲出的怪論；此外，還有些章節是在課節間的空際匆匆不暇草書，類近於中學生的限時寫作。交稿後，由落蒂代為寄給各家詩刊、報紙、雜誌，承蒙各方編者不棄，據說亦占用了好多書冊的好多篇幅。

　　由於對刊登情況未作記錄，文稿又散存於七八部電腦之中，難以化零為整，到落蒂說可都為一集時，我這「窺谷忘反」之人倒顯得張皇無所措手足。幸而，術有專精的年輕學人鄭鍵鴻、余城旭、陳卓盈（以年齒序）及時挺身，代作收集、整理；一番爬羅剔抉，補苴罅

漏，費神勞心，把茫茫墜緒統而合之，才有了現在這本《青林果熟星宿爛：落蒂新詩論集》，可算是不負落蒂之望。全書除第四輯有些「千里一曲」的成年人議題，所以是我自來操刀外，其餘各部，三位編者的分工如下：

鄭鍵鴻——第三、九、十輯

余城旭——第五、七、八輯

陳卓盈——第一、二、六輯

　　書名搬自宋人陳造（1133-1203）的詩：「青林果熟星宿爛，修竹風來環佩鳴。翠影扶疏僧宇靜，吟餘屋角見雲生。」截出首句，取其「成熟」、「燦爛」之意，並為一至三輯的總題。一至三輯析說的是落蒂詩作的「重情」主調，及其里程碑式詩集《大寒流》和《鯨魚說》的魅力，正正為展示落蒂佳構的成熟與燦爛。因收進《風吹沙》的〈山中物語〉深富禪機，與《鯨魚說》多篇意旨接近，相關論述也列入此一部分。

　　四至六輯，總題為「修竹風來環佩鳴」——風過處，修竹響起環珮之聲，象徵讀者（風）和文本（竹）相遇，便可生發新的詮釋（環佩鳴）。在這三輯，我如莽撞的風，刻意「誤讀」出作者原意以外的訊息，吹響新曲，目的是見證落蒂詩篇經得起一再詮解、別富生命力。輯四多有飲食男女之事，輯五旁涉次文化，輯六則出入於中外歷史之林，題材廣泛，或許頗不易為志趣各異的讀者通盤掌握。但得魚可忘筌，愛詩之人循其理路，自行化作風，亦必可聽見落蒂修竹的別致聲音。

　　七至十輯，「翠影扶疏僧宇靜」，回顧落蒂《煙雲》、《春之彌陀寺》、《臺灣之美——詩寫臺灣》等詩集。這幾部傑作出版距今已頗有

年日，漸漸逸出了資訊爆炸時代的讀者視野，但當初的扶疏翠影依舊綠意盎然，只要重新翻開書頁，一探那靜靜的僧宇，便會發現其中蘊含著深邃的詩思。撥開「扶疏」，我也略言了較罕為人注意的、落蒂和「五四」作家的關連，打破這一研究領域之「靜」。

壓軸是「吟餘屋角見雲生」，取字面意思，我在鄭鍵鴻、余城旭、陳卓盈三人完成編次任務後，再邀他們就落蒂新詩自撰評析之文，續以妙筆畫出彩雲。鄭鍵鴻出入佛典，探析落蒂行旅中的哲思，鑽研甚深，予人啟發良多；余城旭注意到落蒂詩的顏色意蘊，紅代表「入世」，白代表「出世」，融合各色代表「觀世」，言人所未言，觀察頗為獨到；陳卓盈細說落蒂之「自然書寫」，以理論支持，左右逢源，相信對研閱落蒂散文亦有示範作用，讀者不容錯過。

順帶一提，借用陳造之詩，「果熟」衍義「落蒂」，「星」和「靜」分別含藏「星子」與「靜帆」——兩位落蒂生命中重要的女子，這該是瞞不過讀者的另一彩蛋吧。

感謝落蒂，感謝為這部論集貢獻過心力的朋友，特別是賜封面題字的李憲專教授、賜推薦序的綠蒂理事長、賜推薦序詩的林柏維教授和劉正偉教授。論述初始，BTS的〈Fire〉才推出一年，飛火燎原，如今〈Dynamite〉已張揚地爆發。倏忽之間，便是幾度春秋。條件許可，日後當就《風吹沙》、《一朵潔白的山茶花》等繼續發論，並以更嚴謹的方式研究《煙雲》的愛情書寫、《大寒流》的用典和《鯨魚說》的原型演變。是為跋。

余境熹

文學研究叢書‧現代詩學叢刊 0807022

青林果熟星宿爛：落蒂新詩論集

作　　者　余境熹
責任編輯　官欣安
特約校稿　林秋芬

發 行 人　林慶彰
總 經 理　梁錦興
總 編 輯　張晏瑞
編 輯 所　萬卷樓圖書股份有限公司
　　　　　臺北市羅斯福路二段 41 號 6 樓之 3
　　　　　電話 (02)23216565
　　　　　傳真 (02)23218698

發　　行　萬卷樓圖書股份有限公司
　　　　　臺北市羅斯福路二段 41 號 6 樓之 3
　　　　　電話 (02)23216565
　　　　　傳真 (02)23218698
　　　　　電郵 SERVICE@WANJUAN.COM.TW
香港經銷　香港聯合書刊物流有限公司
　　　　　電話 (852)21502100
　　　　　傳真 (852)23560735

ISBN　978-986-478-477-6
2021 年 7 月初版
定價：新臺幣 620 元

如何購買本書：

1. 劃撥購書，請透過以下郵政劃撥帳號：
　帳號：15624015
　戶名：萬卷樓圖書股份有限公司
2. 轉帳購書，請透過以下帳戶
　合作金庫銀行　古亭分行
　戶名：萬卷樓圖書股份有限公司
　帳號：0877717092596
3. 網路購書，請透過萬卷樓網站
　網址 WWW.WANJUAN.COM.TW

大量購書，請直接聯繫我們，將有專人為
您服務。客服：(02)23216565 分機 610

如有缺頁、破損或裝訂錯誤，請寄回更換

國家圖書館出版品預行編目資料

青林果熟星宿爛：落蒂新詩論集/余境熹
著. -- 初版. -
臺北市：萬卷樓圖書股份有限公司,
2021.07
面；　公分. -- (文學研究叢書. 現代詩學
叢刊 ;807022)
ISBN 978-986-478-477-6(平裝)

1.楊顯榮 2.新詩 3.詩評
863.21　　　　　　　　　　110008661